Sally M[illegible]nzie

Le Baron mis à nu

Noblesse oblige – 5

Traduit de l'anglais (États-Unis) par Xavier Hanart

Milady Romance

Milady est un label des éditions Bragelonne

Titre original : *The Naked Baron*

Suivi d'un extrait de : *The Naked Viscount*

ISBN : 978-2-8112-0847-9

Bragelonne – Milady
60-62, rue d'Hauteville – 75010 Paris

E-mail : info@milady.fr
Site Internet : www.milady.fr

À mon agent, Jessica Faust,
et à mon éditeur, Hilary Sares.
Et, comme toujours, à Kevin.

Note de l'éditeur

Les événements décrits dans ce roman se déroulent en même temps que ceux du premier tome de la série *Noblesse oblige, Le Duc mis à nu*.

Chapitre premier

Passant la double porte, lady Grace Belmont fit son entrée dans la salle de bal du duc d'Alvord.

Grands dieux.

Elle s'arrêta net sur le petit palier. Des centaines de bougies éclairaient autant de visages – elle aurait juré que tous, sans exception, étaient tournés vers elle. Les hommes en costumes noirs cintrés et cravates immaculées ajustèrent leurs monocles. Les femmes vêtues de toilettes somptueuses, et coiffées de plumes qui s'agitaient, se dissimulèrent derrière leurs éventails pour ricaner et échanger des messes basses.

Oh seigneur! Elle aurait voulu prendre ses jambes à son cou, mais toute fuite était impossible car un petit groupe de femmes âgées bloquait l'escalier.

Grace tressaillit et serra les poings. Elle tenta d'inspirer profondément mais l'air était saturé par l'odeur de cire de bougie mêlée à divers parfums et à des relents de corps à l'hygiène douteuse. Des taches noires se mirent à danser devant ses yeux. Allait-elle s'évanouir ? L'amazone du Devon s'écroulant du haut de son mètre quatre-vingts pour former un abominable tas sur le parquet d'une salle de bal, voilà qui aurait constitué un spectacle des plus divertissants pour les invités du duc. Une entrée en matière idéale pour sa première – et dernière – Saison.

— C'est magnifique, non ?

— Quoi donc ? demanda Grace en baissant les yeux vers la silhouette menue et gracieuse de sa tante, lady Oxbury.

— Cette salle de bal, les invités…, répondit sa tante, rayonnant de plaisir. C'est splendide, ne trouvez-vous pas ? Cela me rappelle ma première sortie dans le monde. La salle de bal ressemblait beaucoup à celle-ci. Mais, à l'époque, les messieurs portaient davantage de dentelles et de velours. Ils étaient aussi hauts en couleur que les dames, peut-être même davantage. J'étais émerveillée, conclut-elle avec un grand sourire.

Émerveillée ? L'émerveillement ne faisait pas partie des émotions qui nouaient l'estomac de Grace en cet instant précis. La nausée – même s'il ne s'agissait pas tout à fait d'une émotion – la peur, la honte, la gêne, la colère… un joyeux bouillon mijotait au creux de son ventre. Mais l'émerveillement n'était pas un ingrédient de cette recette. Pas même un assaisonnement.

— Vous n'aviez que dix-sept ans et vous étiez jolie, déclara Grace à sa tante. J'en ai vingt-cinq et je suis imposante.

— Grace ! s'exclama lady Kate. Ne dites pas cela. Vous êtes majestueuse.

« Majestueuse ». Combien Grace détestait ce mot ! Il était utilisé par des femmes menues comme sa tante, des femmes à côté desquelles elle se sentait comme une Gargantua en jupon. À moins d'évoquer une personne de sang royal, on ne se servait de « majestueuse » que pour éviter de dire « grosse ».

— Absolument, renchérit lady Kate. Majestueuse. Vous êtes stupéfiante. N'avez-vous point remarqué que tous ces messieurs sont en admiration devant vous ?

En fait, ils semblaient tous admirer une zone bien délimitée de son anatomie.

— Ils me reluquent, ma tante, précisa Grace. Cela n'a rien à voir.

— Balivernes ! Ils sont tous stupéfaits par votre beauté, argumenta lady Kate dans un sourire de toute évidence forcé. Toutefois, si vous vous obstinez à faire cette tête, vous allez tous les faire fuir.

Que Dieu vous entende, lui répondit Grace intérieurement.

— Ma tante, ne voyez-vous pas vers quoi ils dirigent tous leurs monocles ? Ces hommes ne regardent pas les traits de mon visage, ils examinent tous ma poit…

— Grace ! l'interrompit lady Kate. (Elle s'éventa tout en jetant de rapides coups d'œil alentour.) Voyons ! Faites attention à ce que vous dites. Vous n'êtes plus à Standen.

Elle n'y était plus, en effet, et ne pouvait s'en prendre qu'à elle-même. Si elle avait su tenir sa langue quand sa tante leur avait rendu visite pour l'entraîner dans cette équipée farfelue, elle serait chez elle, pelotonnée dans un fauteuil du salon avec un bon livre, écoutant d'une oreille distraite les litanies de son père au sujet de la jachère et des problèmes d'irrigation.

Cette vision ne lui procura aucune satisfaction.

Comment pourrait-il en être autrement? pensa-t-elle en réprimant un soupir. Son existence à Standen s'était avérée très confortable tant que son père ne lui prêtait que peu d'attention. Mais les choses avaient changé l'année précédente, depuis qu'il s'était mis en tête de la marier à tout prix.

Les vieilles dames avaient enfin réussi à descendre la première marche de l'escalier et envisageaient d'aborder la deuxième. Leur faudrait-il la soirée entière pour atteindre la piste de danse?

Grace parvint à dissimuler sa contrariété. Si seulement elle avait eu la bonne idée d'en faire de même à Standen… Mais comment aurait-elle pu garder son calme alors que son père lui répétait sans cesse qu'elle serait la risée de Londres si jamais elle faisait une apparition dans les bals de la Saison? Elle n'y était pas parvenue. Sa colère avait éclaté, balayant sur son passage toute notion de bon sens.

Elle lâcha un petit soupir impatient qui fit voler puis retomber devant ses yeux quelques boucles folles. Elle regarda de nouveau sa tante.

Celle-ci semblait prête à l'étrangler de ses doigts élégants.

— Vous vous minez pour rien, Grace. Miss Hamilton est pratiquement aussi grande que vous, ne l'avez-vous pas remarqué? Et je suis certaine qu'il y a ici d'autres dames tout aussi… (Lady Kate rougit et toussota.)... bien bâties. Votre père est un sot, ajouta-t-elle en tapotant gentiment le bras de sa nièce. Beaucoup d'hommes seront disposés à vous faire la cour.

Grace trouva cette dernière affirmation très présomptueuse mais n'avait aucune envie d'en discuter.

— Vous savez bien que je ne suis pas ici pour trouver un mari, tante Kate. Père a déjà tout réglé avec Mr Parker-Roth. Je suis juste venue pour participer à quelques soirées et visiter Londres.

Et aussi pour profiter de mes derniers moments de liberté avant d'abandonner mon existence à John, ajouta-t-elle intérieurement.

— Mais souhaitez-vous vraiment épouser cet homme, Grace ?

— Euh...

Non, mais elle était résignée à accepter son destin. Elle ne pouvait pas vivre à Standen jusqu'à la fin de ses jours et les mariages d'amour n'étaient que des contes de fées réservés aux romans Minerva.

— Le choix de père me satisfait, finit-elle par avouer. Après tout, c'est lui qui vous a trouvé Oxbury, non ? Et vous avez connu vingt ans de bonheur matrimonial.

Le visage de lady Kate afficha aussitôt une expression des plus étranges, un peu comme si elle venait de prendre une pleine bouchée d'anguille bouillie et qu'elle ne parvenait pas à se décider entre l'avaler ou la recracher.

— Ah… Euh… Oui, balbutia-t-elle. Je pense tout de même que vous pourriez – que vous devriez – jeter un petit coup d'œil alentour, Grace. Mr Parker-Roth est sans doute un excellent parti mais comment pourriez-vous en être sûre si vous n'avez rien à lui comparer ? Même si ce fut très bref, j'ai moi aussi participé à une Saison.

— Eh bien…

— Vous n'allez quand même pas vous contenter de rentrer chez vous avec une mine de chien battu pour entendre votre père vous dire qu'il vous avait prévenue ?

— Vous avez raison, conclut Grace.

Elle tenait là son unique chance de découvrir Londres, alors autant profiter de l'expérience. Elle n'aurait qu'à inscrire la population masculine de la capitale sur la liste des visites, entre le pont de Londres et l'abbaye de Westminster.

— J'imagine qu'il n'y a aucun mal à jeter un coup d'œil, concéda-t-elle.

— Voilà qui est parlé, approuva lady Kate en souriant. Et il y a tellement à voir. (D'un geste gracieux, elle désigna l'assistance.) Toute la bonne société est à vos pieds.

— Elle le sera si ces dames se décident à bouger afin que nous nous joignions à la foule, précisa Grace.

Tout espoir n'était pas perdu car les dames en question venaient d'atteindre la dernière marche.

— Exact, dit lady Oxbury, ravie. Alors profitez-en pour nouer quelques connaissances. J'aperçois déjà quelques messieurs de belle taille. Les voyez-vous ?

— Cela se pourrait, admit Grace.

Effectivement, certains hommes paraissaient plus grands que la moyenne même si, étant située en hauteur, elle ne pouvait pas en être certaine.

— Cela se pourrait ? répéta lady Kate. C'est sûr et certain, voulez-vous dire. Regardez cet homme qui se tient près du ficus, par là. Ou celui-là, à côté des fenêtres. Ou encore ces deux messieurs près du… près du… Oh, mon Dieu !

Lady Kate était devenue pâle comme un linge. Elle s'agrippa au bras de Grace si fort qu'elle y laissa une marque.

— Que se passe-t-il ? Quelque chose ne va pas ? demanda sa nièce.

Deux hommes se tenaient à côté d'un bouquet de palmiers en pot et lady Oxbury avait les yeux rivés sur le plus âgé d'entre eux. Celui-ci, d'une taille respectable, avait les tempes légèrement grisonnantes. D'allure très distinguée, il n'avait rien d'inquiétant. Alors qu'est-ce qui troublait autant…

À cet instant, le regard de Grace se posa sur son voisin.

Oh.

Son cœur se mit à battre la chamade et elle sentit le rouge lui monter aux joues. L'espace d'un instant, elle en oublia de respirer.

Ce monsieur était encore plus grand que l'homme que dévisageait lady Kate et plus jeune d'une dizaine d'années. Sa veste noire très ajustée mettait en valeur ses épaules larges. Ses cheveux, d'un blond doré, et un peu plus longs que ne le recommandait l'usage, étaient peignés en arrière. Il avait le front large, les sourcils très marqués, des pommettes hautes, un nez droit, une bouche ferme… et était-ce une fossette que l'on apercevait au centre de son menton ?

Il la regardait lui aussi mais pas à la manière déplaisante des autres hommes. Non, absolument pas. Grace croisa son regard et ressentit une sensation étrange, nouvelle, qui se lova au creux de son ventre.

Que lui arrivait-il ? Était-elle indisposée par l'air chargé de suie de Londres ? Elle n'avait encore jamais ressenti une telle fièvre, un tel abattement…

Elle rougit. Allait-il s'en rendre compte ?

Il lui adressa un demi-sourire. Oui, il s'en était aperçu.

Les doigts de lady Kate s'enfoncèrent un peu plus dans le bras de Grace.

— Je… je dois me rendre aux commodités. Tout de suite ! annonça-t-elle d'une voix étranglée.

— Cette salle est bondée ! s'exclama David Wilton, baron Dawson.

Il s'empara de deux coupes de champagne sur le plateau d'un valet qui passait et partit se réfugier près des palmiers en pot, une zone qui s'était révélée relativement calme.

— Il y a tellement de monde que j'ai du mal à respirer et à m'entendre penser, ajouta-t-il.

— Bienvenue dans le beau monde londonien, lui dit son oncle en lui prenant des mains l'un des deux verres pour avaler une généreuse gorgée de vin pétillant. Vous savez maintenant pourquoi je déteste cet endroit, d'autant plus que cette soirée-ci est particulièrement courue. Selon la rumeur, tout le monde veut apercevoir l'Américaine qui réside chez le duc d'Alvord. Et les gens sont impatients de voir comment le cousin de ce dernier va réagir quand il la rencontrera.

David se mit à siroter son champagne d'un air maussade. Les ragots ! On les subissait autant, voire davantage, à Londres qu'à la campagne. C'était la première fois qu'il mettait les pieds dans la capitale pour la Saison et si cela ne tenait qu'à lui, ce serait la dernière. Il lui fallait une épouse ; voilà pourquoi il était venu. Et il lui semblait impensable de choisir parmi les demoiselles habitant près de son domaine. Il les côtoyait depuis l'enfance et aucune n'éveillait en lui la moindre étincelle de désir, dans son cœur comme ailleurs.

Il scruta les débutantes rougissantes uniformément habillées d'un blanc virginal. *Peuh ! Une belle bande de dindes*, se dit-il.

— Vous voyez quelque chose… Je veux dire quelqu'un qui vous intéresse, mon neveu ?

— Non, répondit David en faisant de son mieux pour dissimuler l'ennui mortel qui l'envahissait.

Pas encore en tout cas. Mais nous venons à peine d'arriver. Les dames les plus séduisantes, j'entends par là un peu plus mûres, n'ont peut-être pas encore fait leur entrée.

Il espérait vraiment que ces donzelles surexcitées n'étaient pas tout ce que la bonne société avait à offrir cette année-là. C'est qu'il n'avait pas l'éternité devant lui. Certes, il n'avait que trente et un ans et n'était baron que depuis une année. Mais il avait conscience de la fragilité de l'existence et connaissait ses responsabilités. Il fallait qu'il veille à sa succession.

Même son père, aussi désinvolte fût-il, avait réglé cette question bien avant de se fendre le crâne sur un rocher.

— Que dites-vous de cette fille ? Elle restera jolie à regarder, que ce soit le matin au petit déjeuner ou dans des draps froissés.

David posa les yeux sur la jeune femme que lui désignait son oncle, une blonde portant une robe cramoisie dont le corset était incroyablement décolleté. Elle remarqua l'attention qu'il lui portait et se mit à agiter son éventail.

— Je ne pense pas, non, décréta David, qui trouvait cette gamine trop petite et bien trop maigre à son goût. N'avez-vous pas l'impression que son tailleur a manqué de tissu pour terminer sa robe ?

— C'est possible, lui répondit son oncle Alex avec une pointe de lubricité dans la voix.

— Cette fille est assez jeune pour être la vôtre, le réprimanda David en fronçant les sourcils.

Le visage d'Alex se crispa. Quelque chose – du regret ou de la peine – passa dans son regard pour disparaître si vite que David se demanda s'il ne s'agissait pas d'un reflet généré par les bougies.

— Qui pourrait reprocher à un homme de regarder ? demanda Alex avec une moue qui se voulait lascive. N'a-t-on pas le droit d'admirer la beauté sous toutes ses formes ?

— Surtout quand, parmi les formes en question, il s'en trouve deux qui semblent prêtes à jaillir du décolleté de la demoiselle.

— Surtout…

— Tenez-vous un peu, mon oncle ! s'exclama David en éclatant de rire.

— J'en ai plus qu'assez de devoir me tenir convenablement, se plaignit Alex. Voilà maintenant une vingtaine d'années que je n'avais pas mis les pieds dans la capitale. Si j'ai envie de célébrer cela par un soupçon de mauvaise conduite, qui pourrait trouver à y redire ?

— Vous n'allez tout de même pas prendre exemple sur les pratiques scandaleuses de mon père, pas à votre âge ? demanda David en espérant que sa voix ne trahissait pas son inquiétude.

— Et pourquoi pas ? La vie de Luke fut brève mais intense. Il savait ce qu'il voulait et n'hésitait pas à se servir.

— Mais…

— Mr Wilton ! Oh, Mr Wilton ! Mon Dieu, est-ce vraiment vous ?

— Qu'est-ce que… ?

Les deux hommes se retournèrent dans un même mouvement. Une vieille dame aux cheveux soigneusement poudrés s'approchait d'eux aussi vite que le permettait sa canne.

— Bon sang ! murmura Alex. Lady Leighton. Je pensais qu'elle avait rejoint sa dernière demeure.

David étouffa un rire.

— Elle a l'air parfaitement vivante, et franchement ravie de vous voir.

— Dieu seul sait pourquoi.

Dès qu'elle fut assez près pour le faire, lady Leighton s'agrippa au bras d'Alex.

— Il était temps que vous reveniez à Londres, Mr Wilton ! s'exclama-t-elle. Cela fait si longtemps. J'ai failli ne pas vous reconnaître.

— Ah.

David toussota pour ne pas éclater de rire. L'enthousiasme de lady Leighton semblait réduire son oncle au mutisme.

La dame fronça les sourcils et son étreinte devint une caresse bienveillante.

— Je voulais que vous sachiez que j'ai été désolée d'apprendre la mort de vos parents, dit-elle.

Le visage d'Alex se contracta. Bon sang. Cette fois-ci, David identifia sans peine l'émotion qui traversa les yeux de son oncle. Ce regard triste et blessé lui était par trop familier. Quand Alex comprendrait-il qu'il n'était pas responsable de la mort des grands-parents de David ?

Celui-ci se racla la gorge.

Lady Leighton porta alors son attention sur lui.

— Et qui est donc ce jeune homme ? demanda-t-elle.

Alors que David s'apprêtait à répondre, elle l'arrêta d'un geste de la main.

— Non, ne me dites rien, lança-t-elle. La ressemblance est très frappante. Lord Dawson, n'est-ce pas ?

Malédiction. Tout le monde retrouvait donc son ignoble père dans les traits de son visage ? C'était là une épreuve qu'il n'avait pas anticipée quand il avait passé en revue toutes les raisons de ne pas venir à Londres. Il inclina la tête avec tout le dédain dont il fut capable. Cette femme allait peut-être percevoir le message caché et changer de sujet.

Il n'en fut rien. Triomphante, lady Leighton frappa le sol de la pointe de sa canne.

— C'est bien ce que je pensais ! s'exclama-t-elle. Vous êtes le fils de Luke. Vous a-t-on déjà dit à quel point vous ressemblez à votre père, milord ?

David sentit son estomac se pétrifier. *Non, Dieu soit loué.*

— En effet, il semblerait que nous partagions quelques ressemblances physiques, dit-il.

Il s'était battu toute sa vie pour que les similitudes entre son père et lui restent de l'ordre de l'apparence.

— Ah. Vous n'êtes pas un dépravé, au moins ? demanda la dame. Quoique… Malgré tous ses défauts, Luke Wilton était un homme charmant.

Elle secoua la tête, générant une averse de poudre capillaire qui atterrit sur son ample poitrine.

— Quelle tragédie épouvantable ! Et pour vous, Mr Wilton, poursuivit-elle en reportant son attention sur Alex, quel drame de voir Standen vous mettre des bâtons dans les roues tant d'années plus tard. J'espère que votre visite à Londres signifie que vous avez enfin surmonté votre déception. Vous savez, vous pouvez encore vous trouver une charmante femme et avoir des enfants. Vous ne devez pas avoir beaucoup plus de quarante ans, n'est-ce pas ?

— Euh…

— Il est largement temps pour vous de vivre votre vie, monsieur, dit-elle en lui tapotant le bras encore une fois. Une femme finira bien par vous mettre le grappin dessus, vous verrez.

(Lady Leighton se tourna alors vers David.) Êtes-vous venu à Londres pour faire vos emplettes sur le marché du mariage vous aussi ? C'est parfait. J'apprécie les hommes qui savent prendre leurs responsabilités et qui font ce qui s'impose. (Elle rit.) Devrais-je prendre les paris quant à savoir lequel de vous deux aura un héritier en premier ?

Ce fut au tour de David de rester sans voix.

— Je n'ai pas besoin de vous le rappeler, mais…, commença lady Leighton. (Au grand soulagement des deux hommes, elle laissa sa phrase en suspens et fit signe à quelqu'un.) Tiens ! Voici Mrs Fallwell. Je dois m'entretenir avec elle d'un sujet particulier. J'espère que vous ne m'en voudrez pas si je m'éclipse.

— Faites donc, lui dit Alex.

— Nous ne voudrions pas vous retenir, ajouta David.

— Parfait, déclara alors lady Leighton en leur serrant le bras à chacun. Je vous souhaite bonne chance avec ces dames, mes chers amis.

Elle s'éloigna pour aller accoster Mrs Fallwell.

— Dieu merci, lâcha David.

Les deux hommes échangèrent un regard et se mirent à rire.

— Je n'aurais jamais pensé dire cela un jour, mais bénie soit Mrs Fallwell ! s'exclama Alex avant de prendre une nouvelle gorgée de champagne. C'est un vrai moulin à paroles, vous savez ?

— Ah oui, vraiment ? De quoi parlait lady Leighton quand elle évoquait votre déception et le fait que Standen vous ait mis des bâtons dans les roues ? demanda David.

— Je n'en ai pas la moindre idée, répondit Alex, rouge jusqu'aux oreilles.

Il avala d'une traite le reste de son champagne puis s'empara d'une nouvelle coupe sur le plateau d'un valet.

— Me cacheriez-vous quelque chose ? insista son neveu.

— Je ne vois pas du tout de quoi il pourrait s'agir, confirma Alex en scrutant son champagne.

Bien décidé à découvrir pourquoi son oncle évitait son regard, David reprit :

— Lady Leighton semblait vraiment… Oh non, ce n'est pas vrai !

— Un problème ? s'alarma Alex en levant les yeux.

— Oui. Les jumelles Addison sont là, lança David qui cherchait déjà alentour un endroit où se cacher.

— Elles vous ont donc suivi jusqu'à Londres ? Voilà qui est impressionnant, reconnut Alex en ricanant. Il semblerait que l'une des sœurs Addison tienne à mettre la main sur un baron.

— Alors il faudra qu'elle en trouve un autre, décréta David.

Les palmiers suffiraient à le cacher. Sinon, il restait toujours ce pilier bien large juste à côté.

— Méfiez-vous, lui conseilla son oncle. Il vous faudra jouer avec finesse pour ne pas vous faire piéger et vous retrouver aussitôt devant l'autel.

David, occupé à mettre un maximum de barrières entre lui et les sœurs Addison, ne prit pas la peine de répondre. Elles n'avaient rien d'horrible, sauf que David les connaissait depuis le berceau. Certains hommes auraient sans doute été ravis de les épouser, mais pas lui. D'une part, il était incapable de les différencier. Et confondre son épouse avec la sœur de celle-ci conduirait à des situations bien embarrassantes. D'autre part, elles étaient toutes deux bien trop maigres.

Il risqua un regard de l'autre côté de la colonne. Dieu merci, elles ne l'avaient pas vu. Il regarda s'éloigner leurs silhouettes osseuses, ce qui n'avait rien d'une vision enchanteresse.

Toutes les femmes se doivent-elles d'être menues et rachitiques ? se demanda-t-il. Il espérait bien que non.

Il devait bien en exister une qui s'accorderait avec un homme de sa stature. À l'image de ses grands-parents, il était d'une taille bien plus haute que la moyenne. Et son grand-père avait trouvé sa grand-mère.

Il ferma les yeux. Il ressentait encore de la mélancolie quand il pensait à eux. Toutefois, le sentiment n'était désormais plus qu'un léger malaise, sans commune mesure avec la douleur écrasante, presque physique, des premiers temps. Certes, ses grands-parents avaient dépassé les soixante-dix ans. Mais ils étaient toujours en parfaite santé, vigoureux et plus vivants que la majeure partie des gens ayant la moitié de leur âge, le jour où leur satanée voiture avait dérapé pour venir se fracasser contre le grand chêne en bas de la pente située entre la propriété d'Alex à Clifton Hall et Riverview.

Ils auraient dû passer la nuit chez Alex. D'ailleurs, celui-ci avait insisté pour qu'ils restent car il faisait noir et il pleuvait. Mais les grands-parents de David étaient aussi têtus l'un que l'autre et tenaient à dormir dans leur lit.

Et aujourd'hui, ils étaient morts.

Oui, la vie est bien fragile, se dit David. C'est un don qu'on peut vous reprendre à tout instant. Voilà pourquoi il devait convoler et consommer ce mariage le plus tôt possible. Il ne laisserait pas le titre mourir avec lui.

Toutefois, il n'était pas question qu'il épouse l'une de ces filles maigrelettes. Il cherchait plutôt une femme à la poitrine généreuse, aux hanches larges, auprès de laquelle il ferait bon dormir, douce, accueillante, chaleureuse. Non, pas chaleureuse... brûlante. Avec un corps à vous faire oublier votre propre nom.

Une femme comme celle qui venait d'entrer dans la salle de bal.

Sacrebleu! Il se redressa et ferma la bouche. Il ne tenait pas à passer pour un demeuré si jamais elle regardait dans sa direction.

Immense, bien plus grande que toutes les femmes qui l'entouraient, et tout en courbes voluptueuses; elle était splendide. Hélas, l'encolure de sa robe remontait trop haut et couvrait sa peau de porcelaine. David aurait adoré toucher cette peau, avec ses doigts, ses lèvres, sa langue. Hum...

Et sa coiffure? Un pur ravissement, elle aussi. On avait rassemblé ses cheveux en un haut chignon d'où s'échappaient quelques mèches qui encadraient son visage. Les doigts de David s'agitèrent alors qu'il s'imaginait les passer dans cette masse soyeuse, libérer les longues boucles qui tomberaient en cascade sur les épaules de la jeune fille, sur ses épaules nues.

Sur ses seins nus...

Se pouvait-il qu'ils soient aussi généreux qu'ils semblaient l'être?

Elle fit un pas en avant et se retourna pour s'adresser à celle qui l'accompagnait. La jupe de sa robe se tendit, soulignant ses hanches et ses longues, très longues jambes.

Dieu du ciel, il était presque pantelant!

Qui était-elle ? Son oncle le savait peut-être.

— Alex, lança-t-il.

— Qu'y a-t-il ? lui répondit son chaperon en jetant un coup d'œil par-dessus son épaule. Vous vous cachez toujours ?

— Non, répondit David. Les sœurs Addison sont parties à l'autre bout de la salle. Mais venez voir, s'il vous plaît. J'ai une question à vous poser.

— Me voici, déclara Alex en contournant le bosquet de palmiers nains. Toujours là pour rendre service.

— Qui est cette femme ? demanda David en faisant un geste vers l'entrée de la salle.

— Quelle femme ? Ne me dites pas que vous avez jeté votre dévolu sur l'une des ancêtres qui peinent à descendre l'escalier.

— Bien sûr que non, espèce d'âne bâté. Je vous parle de la grande fille très belle qui se trouve sur le palier.

— Oh, commença Alex en levant les yeux. Comment le saurais-je ? La dernière fois que je suis venu à Londres, elle devait encore porter des couches... si tant est qu'elle fût née, bien sûr.

— Vous n'avez donc aucune idée de qui il s'agit ?

Mince ! pensa David, pour le moins déçu.

— Aucune, lui répondit Alex en le regardant d'un air interrogateur. Pourquoi tenez-vous tant à identifier cette donzelle ? Vous aurait-elle volé quelque chose ?

Oui. Mon cœur.

Bon sang, venait-il de prononcer ces paroles à voix haute ? Non, puisque Alex continuait de l'observer d'un air vaguement amusé. S'il avait fait cette révélation, son oncle en serait sans doute resté bouche bée.

De plus, cette affirmation n'était pas du tout exacte. Certes, l'un de ses organes était ravi – et pouvait espérer d'autres ravissements plus intimes – mais il ne s'agissait pas de son cœur.

— Bien sûr que non. C'est juste que j'ai décidé…, hésita David. En fait, je pense que cette dame ferait une parfaite baronne.

— Comment ? s'exclama Alex.

À ce moment-là, il ouvrit bel et bien la bouche en grand, renversant même un peu de champagne sur son veston.

— Seriez-vous stupide ? demanda-t-il, médusé.

— Je ne pense pas, non, répondit David.

Il ne connaissait pas le nom de cette femme, mais savait qu'il la désirait. Elle était la première qui avait éveillé chez lui… le moindre intérêt. Celui-ci prenait d'ailleurs de telles proportions qu'il menaçait de devenir très gênant.

Au moins, cette femme ne risquait pas d'être écrasée s'ils se retrouvaient au lit. Il faudrait bien entendu qu'il ménage sa sensibilité féminine mais leurs deux corps s'accorderaient parfaitement. Il reprit une gorgée de champagne et l'avala d'un trait, sans en sentir le goût. Hélas, son corps à lui semblait déjà fort impatient de découvrir jusqu'à quel point ils pourraient s'accorder. Il allait devoir maîtriser son ardeur avant d'espérer pouvoir faire sa connaissance.

Elle pourrait se formaliser s'il lui sautait dessus comme un adolescent en rut.

La chaperonne qui accompagnait cette jeune femme s'étant avancée, David pouvait désormais voir son visage. Il les désigna du menton en s'adressant à son oncle :

— Peut-être connaissez-vous cette dame, alors ? J'imagine qu'il s'agit de sa mère.

— Qu'est-ce qui vous fait croire que je..., commença Alex. (Il s'immobilisa dès qu'il posa les yeux sur la femme plus âgée.) Non, lâcha-t-il fébrilement. Je ne... Elle est plutôt... Elle ressemble...

Ses balbutiements s'évanouirent en un son étouffé.

— Que vous arrive-t-il ? lui demanda son neveu.

Décidément, Alex n'avait pas l'air dans son assiette. David reporta son attention sur la dame dont ils parlaient. Elle ne faisait rien d'inhabituel et se contentait de regarder autour d'elle. Mais, à l'instant où son regard tomba sur Alex, elle ouvrit la bouche, écarquilla les yeux et devint pâle comme un linge avant de s'agripper au bras de sa fille.

Ah, sa fille. Elle regardait David et une légère teinte rosée très seyante montait de son cou pour gagner ses joues. Le phénomène se propageait-il sur tout son corps ? David aurait donné cher pour le vérifier.

Il sentait presque la caresse de son regard tandis qu'elle suivait le galbe de ses épaules et les traits de son visage. Elle ouvrit un peu la bouche pour s'humecter les lèvres.

Il avait déjà constaté l'air que prenaient certaines femmes en l'observant. Cette fille le désirait, même si elle n'en avait peut-être pas encore conscience. En effet, elle semblait bien trop innocente pour comprendre ce qu'elle ressentait. Mais il se ferait un devoir – ou plutôt un grand plaisir – de le lui expliquer, sans omettre aucun détail, même les plus torrides.

— Bonté divine, murmura Alex.

Il refusait d'y croire. Il ferma les yeux et serra ses paupières avec force avant de les rouvrir.

C'était elle. Diable, c'était bien Kate.

Après toutes ces années, il se retrouvait enfin dans la même pièce que lady Kate Belmont même si, entre-temps, elle était devenue comtesse d'Oxbury.

Mais Oxbury était mort depuis un an, à peu près en même temps que les parents d'Alex.

Kate referma enfin la bouche et se retourna, la main toujours solidement agrippée au bras de… sa fille ?

Non, il était impossible que cette jeune femme fût sa fille. Alex avait suivi de loin la vie de Kate et savait que son union avec Oxbury n'avait engendré aucune descendance. Pas de fils puisque c'était le cousin d'Oxbury qui avait hérité du titre, et pas de fille non plus.

Même s'il était gêné de l'admettre, il s'était toujours réjoui que Kate n'ait pas eu d'enfant avec Oxbury. Il poussa un soupir amer. Pensait-il vraiment que leur relation ait été purement platonique ? Voilà qui était hautement improbable, même si Oxbury avait trente ans de plus qu'elle.

Il observa Kate alors qu'elle s'éloignait en compagnie de la jeune femme. Elle était toujours aussi pâle.

— Il est clair que vous les connaissez, lui dit David en le tirant par la manche. Pourriez-vous me les présenter, s'il vous plaît ?

— Non ! s'écria Alex.

Kate n'avait que faire de le revoir ou de rencontrer un Wilton, qu'il s'agisse de David ou d'un autre. Quant à la jeune femme, ce n'était sans doute qu'une parente. Le frère de Kate, le duc de Standen… Il avait bien une fille, lui…

De pire en pire.

David lui jetait un regard mauvais. Alex prit alors une longue inspiration pour se calmer.

— La plus âgée est la veuve du comte d'Oxbury, déclara-t-il.

— Et la plus jeune ? Elles sont ensemble, c'est évident. Elles doivent avoir un lien de parenté car leur différence d'âge est trop importante pour qu'elles ne soient que des amies. D'un autre côté, si la chaperonne est la comtesse d'Oxbury…

— Je vous assure qu'il s'agit bien de la comtesse. Je pense qu'elle accompagne sa nièce, la fille du comte de Standen.

Cette vieille ordure.

— Et donc, commença David. Pouvez-vous me présenter à elles ?

— Non.

Alex ne doutait pas que Kate lui crache au visage s'il l'approchait.

— Pourquoi pas, dans la mesure où vous connaissez lady Oxbury ? insista David.

— J'ai connu lady Oxbury. Nuance. Je ne pense pas qu'elle me reconnaîtrait.

David faillit s'étrangler avec son champagne.

— Il me semble pourtant qu'elle vous a bien identifié, mon oncle, parvint-il à dire.

Pourquoi David me regarde-t-il avec ce sourire ? pensa Alex.

— Je veux dire qu'elle ne ferait guère cas de ma personne, précisa-t-il. Elle me tournerait le dos instantanément si je m'adressais à elle.

— Je suis convaincu du contraire. Veuillez me présenter, répéta David. Je ne suis pas aussi important qu'un comte mais ma baronnie est ancienne et respectée. Je…

— Vous n'avez pas écouté, l'interrompit Alex. Essayez de faire abstraction de votre désir. Cela n'a rien à voir avec vous. N'avez-vous pas entendu le nom que porte cette jeune femme ? C'est la fille du comte de Standen.

— Et alors ? Je peux… Oh.

Dans d'autres circonstances, l'expression surprise et figée de David aurait été comique.

— Exactement. Standen, reprit Alex. L'homme que votre mère lady Harriet a quitté pour s'enfuir avec votre père. Je peux vous assurer que le comte de

Standen déteste tous les Wilton. Il n'est pas question pour lui que vous fassiez la cour à sa fille. Jamais.

Alex, le visage cramoisi et la mâchoire crispée, avait parlé d'une voix suraiguë. Son neveu en resta interdit.

La fille du comte de Standen ? Quelle poisse ! Voilà un obstacle en effet, mais pas insurmontable. Il n'avait jamais rencontré Standen mais cet homme n'était certainement pas un imbécile. Ces événements étaient révolus depuis de longues années. Sans doute était-il passé à autre chose. La preuve : il s'était marié et avait eu une fille.

— Je suis certain que Standen a oublié toute cette histoire depuis longtemps, dit David.

— Croyez-moi, le comte n'a rien oublié du tout, grommela Alex.

— Allons... Ce scandale a eu lieu il y a une trentaine d'années. Si j'en crois ce que m'a dit grand-mère, le comte aurait pu remercier Dieu à genoux chaque soir de ne pas avoir épousé ma mère. Elle était bien trop jeune et trop effrontée pour lui.

— Je peux vous assurer que le comte n'éprouve que de la haine à l'égard de notre famille, ajouta Alex d'un air dépité. Il traînera sa sœur en tenue d'Ève d'un bout à l'autre de St James Street avant de consentir à ce qu'une Belmont épouse un Wilton.

— Comment pouvez-vous en être si sûr ? demanda David.

— Il me l'a dit en personne, répondit Alex avec une amertume inhabituelle. C'était il y a vingt-trois ans, le jour où je suis allé lui demander la main de sa sœur.

Chapitre 2

— Vous êtes sûre d'aller bien, tante Kate ?

— Ah. Oh. Euh…, balbutia lady Oxbury.

Non, elle n'allait pas bien du tout. Dieu merci, personne d'autre n'était présent dans les commodités. Perdre ainsi toute contenance était déjà bien assez gênant sans qu'elle doive en plus se donner en spectacle devant une poignée de curieux.

Il fallait qu'elle parvienne à se calmer avant de remettre les pieds dans la salle de bal.

Kate joignit les mains et essaya de ralentir sa respiration. Si seulement elle avait pu desserrer son corset. Elle regrettait d'avoir demandé à Marie, sa femme de chambre, de tirer autant sur les lacets. C'était stupide de sa part mais elle s'était imaginé qu'ainsi elle serait de nouveau jeune, mince et virginale, voire qu'elle retrouverait ses dix-sept ans. Voilà qui était tout bonnement impossible. Marie aurait beau tirer sur les cordons jusqu'à ce qu'ils rompent, lady Oxbury aurait toujours des rides au coin des yeux et des mèches grises disséminées dans sa chevelure…

Elle n'avait plus dix-sept ans. Alex avait dû être surpris, pour ne pas dire horrifié, en voyant à quel point elle avait vieilli.

Oh, Alex.

Kate gémit doucement. Elle s'obligea à inspirer par le nez puis à expirer par la bouche. *Respire. Calme-toi.*

— Tenez, respirez un peu vos sels, lui dit Grace en passant la petite boîte odorante sous le nez de sa tante.

— Non, je… Ah!

Kate redressa brutalement la tête en inhalant le parfum piquant.

— Vous vous sentez mieux?

— Euh…

Non. À peine avait-elle davantage conscience de l'état lamentable dans lequel elle se trouvait. Serait-il envisageable qu'elle passe toute la soirée dans cette pièce?

Il n'en était pas question. En tant que chaperonne de Grace, il était de son devoir de retourner dans la…

Respire.

Grace continuait d'agiter le flacon de sels sous son nez. Kate s'en empara et le referma.

Il y avait de fortes chances qu'Alex – Mr Wilton – n'ait même pas remarqué son entrée dans la salle. Il ne s'était certainement pas souvenu d'elle et des incidents déplorables qui avaient jalonné la Saison à laquelle elle avait été conviée. Il avait sûrement oublié la scène humiliante qui s'était déroulée dans le jardin de cette même propriété.

Elle gémit en se couvrant le visage de ses mains.

— Tante Kate, seriez-vous souffrante?

— Non, je vais bien, répondit-elle en levant vers Grace la main qui tenait le flacon de sels.

Alex avait-il remarqué sa présence ? Elle avait été trop surprise pour apercevoir, et encore moins traduire, l'expression de son visage.

— Dites-moi ce qui ne va pas, exigea Grace. Y a-t-il un problème avec ces deux hommes ?

Deux ? Ils étaient deux ? Kate fit un effort pour surmonter son désarroi. *Ah oui.* Elle se souvint que l'autre était plus jeune et ressemblait beaucoup à Alex. Il devait s'agir de son neveu, le fruit de la première discorde entre les Wilton et les Belmont.

Bonté divine, pourquoi Alex est-il venu ? Il aurait mieux valu qu'il reste dans sa province. Quelle coïncidence infernale l'avait fait revenir à Londres au moment précis où elle avait décidé de s'y rendre ?

Les parents d'Alex étaient décédés à peu près en même temps qu'Oxbury. C'était peut-être ça. Quand elles sont confrontées à la mort, certaines personnes réfléchissent à la vie qu'elles ont menée. Le décès de son mari l'avait sans aucun doute poussée à se poser des questions sur sa propre existence.

— Tante Kate…, insista Grace.

Lady Oxbury rougit. Elle avait pensé, sans oser se l'admettre, qu'en accompagnant Grace dans sa recherche d'un mari, elle pourrait… jeter un coup d'œil, elle aussi, dans les salles de bal de Londres. Même si l'héritier d'Oxbury lui faisait mener une existence minable qui se cantonnait à la maison douairière, elle ne cherchait pas un nouvel époux mais plutôt…

Elle était veuve et les veuves étaient autorisées, voire encouragées, à prendre certaines… libertés. Elle avait donc pensé que…

Mais elle ne s'était pas imaginé qu'elle allait retrouver Alex.

Vingt-trois ans plus tôt, elle avait soif d'aventure et d'inattendu. Ses rêves étaient peuplés d'hommes séduisants et de baisers volés, d'amour et de mariage, de « Ils vécurent heureux et eurent beaucoup d'enfants. »

Elle avait gagné en sagesse avec le temps. Elle savait bien que la vie réserve des satisfactions si l'on y met du sien – et avec un minimum de chance. Mais vivre heureux et avoir beaucoup d'enfants ? Voilà qui était réservé aux contes de fées.

Pourtant, Alex était bien là. Se pouvait-il… Était-il envisageable que… ?

— Ma tante ! Mais qu'avez-vous ? Êtes-vous malade ? Voulez-vous partir ?

Oui, oui. Il fallait qu'elle parte, loin de ce bal, loin de Londres. Elle voulait se retrouver dans un endroit où elle se sentirait en sécurité, où elle pourrait se cacher.

Mais un tel endroit n'existait pas. Le domaine d'Oxbury, avec son manoir bien propret et ses allées taillées au cordeau, n'était plus son foyer, et si Kate quittait la capitale, Grace devrait la suivre. Elle perdrait ses chances de faire ses débuts dans le monde et de se choisir un mari par elle-même.

Kate ne voulait pas que Grace soit forcée par les circonstances – ou par Standen – à faire la même erreur qu'elle.

— Tante Kate ! s'exclama Grace, désormais réduite à la secouer par l'épaule.

— Quoi ? s'écria Kate en cillant avant de la regarder.

— Dois-je demander à quelqu'un de faire avancer notre voiture ? demanda sa nièce d'un air très inquiet.

— Non. Non, bien sûr que non.

Kate prit le temps de s'humecter les lèvres et de lisser sa robe. Ses mains ne tremblaient presque plus.

— Je vais très bien, dit-elle.

Grace ouvrit alors la bouche mais Kate leva une main pour endiguer les protestations de sa nièce.

— Je vous assure que je vais très bien. J'ai eu une petite crise de nerfs, voilà tout, ajouta-t-elle dans un sourire forcé. Cela faisait des années que je n'avais pas mis les pieds dans une salle londonienne. J'ai été un peu submergée par mes émotions mais c'est passé. (Elle se leva et vérifia la position de sa jupe.) Allez, retournons au bal.

— Pas avant que vous m'ayez expliqué ce qui vient d'arriver, déclara Grace en croisant les bras de manière décidée.

En cet instant, Kate aurait souhaité que sa nièce soit d'une stature moins intimidante.

— Je viens de vous le dire, insista-t-elle. J'ai eu un petit vertige.

Grace afficha le même air sceptique que prenait parfois son père. Une expression détestable aux yeux de Kate. Malheureusement, depuis la mort de ses parents – elle n'était alors qu'une enfant –, elle l'avait vue bien trop souvent à son goût. C'était toutefois moins désagréable que l'air hautain et froid qu'il arborait quand il était en colère... comme la dernière fois qu'elle était venue à Londres, par exemple.

— Je ne suis peut-être pas rompue aux usages de la capitale, tante Kate, mais je ne suis pas une gourde non plus. Vous vous êtes montrée d'un calme olympien tout au long de ce voyage. J'imagine mal qu'une simple salle de bal, fût-elle pleine à craquer, puisse vous faire trembler de la sorte. J'ajouterai que votre crise de nerfs n'a commencé qu'au moment où vous avez posé les yeux sur le grand monsieur un peu âgé posté près des arbustes en pot. Qui est-il ? demanda Grace avant de sourire. Mais surtout, qui est le jeune homme qui l'accompagne ?

À son grand dam, Kate constata que les yeux de Grace étincelaient. Quelle malédiction ! De tous les hommes présents à Londres, de tous les hommes du monde, c'était justement celui que Grace ne pourrait jamais avoir.

— Je n'en suis pas sûre, répondit Kate.

Elle fit mine de partir mais Grace la retint par le bras.

— Qui pensez-vous qu'ils soient, alors ? lui demanda-t-elle.

Kate s'avoua vaincue. Il était clair que Grace ne cesserait de la harceler que lorsqu'elle aurait sa réponse.

— Cela fait des années que je n'ai pas vu le plus âgé des deux et je n'ai jamais rencontré le plus jeune. Toutefois… Eh bien, je pense…

— Oui ? dit Grace.

Elle semblait fulminer et serrait les dents. Si elle avait été son père, elle aurait très certainement commencé à hurler.

— Qui sont-ils, ma tante ? répéta-t-elle.

— Je pense que le plus âgé est Mr Alexander Wilton et que le plus jeune est son neveu, le baron Dawson.

— Oh, dit Grace.

Kate se sentit soulagée. Sa nièce semblait avoir conscience du problème. Il allait donc être facile de la mettre en garde et de l'enjoindre à éviter ces messieurs.

— J'imagine que votre père a déjà mentionné ce nom devant vous.

— Cela lui est arrivé, reconnut Grace.

Elle se mordilla la lèvre. En effet, elle avait entendu son père parler du précédent baron, le grand-père de celui-ci. En général, cela commençait invariablement par « ce satané Dawson » pour déboucher sur une condamnation sans appel de l'homme et de sa famille, passée, présente et à venir. Un jour, elle avait commis l'erreur de demander à son père pourquoi il détestait autant lord Dawson. Elle n'avait pas obtenu de réponse claire mais un chapelet de jurons suivi d'un silence de plomb.

Le vieux baron était mort un an plus tôt, peu de temps après lord Oxbury. C'était également à cette époque que son père avait décidé qu'elle devait épouser John. Sur le moment, elle s'était imaginé que cette lubie avait été déclenchée par le décès de lord Oxbury. Mais elle n'en était plus si sûre.

— Tante Kate, pourquoi père déteste-t-il autant les Dawson ? Ce n'est pas comme si nous étions voisins. Pour autant que je sache, il n'a jamais rencontré les deux hommes présents au bal de ce soir. Ou déteste-t-il le vieux baron en particulier ? Je lui ai déjà posé cette question mais il ne m'a pas répondu.

Bien sûr qu'il a refusé de répondre, pensa Kate. *Surtout à sa fille.* Mais il n'appartenait pas à lady Oxbury de révéler les secrets de Standen, surtout qu'elle ne tenait pas à exposer ses propres écarts de conduite.

— Tout ce que vous devez savoir, c'est qu'il vous faut éviter ces hommes, déclara-t-elle.

Grace, les sourcils froncés, affichait un air obstiné, une autre expression qu'elle avait héritée de son père.

— Tout cela est ridicule, dit-elle. Si vous ne pouvez pas ou ne voulez pas me dire de quoi il retourne, je vais de ce pas le demander à lord Dawson. J'imagine qu'il le sait, lui.

Kate gémit. Grace aurait-elle l'audace de mettre sa menace à exécution ?

— J'ignore totalement ce que lord Dawson sait ou ne sait pas, finit-elle par dire. Mais cela n'a aucune importance. Ce n'est pas le genre de conversation que l'on doit tenir dans une salle de bal pleine de commères.

— Dans ce cas, je trouverai un endroit plus discret où poser mes questions, annonça Grace avec désinvolture. Le jardin, par exemple.

— Non ! s'exclama Kate.

La dernière fois qu'un Wilton avait emmené une Belmont dans le jardin du duc d'Alvord… Kate posa la main sur sa poitrine. Était-ce la honte qui faisait ainsi battre son cœur ou bien… ?

Oui, c'était forcément la honte. Cela tombait sous le sens. Il n'y avait pas à en douter. Elle ne voulait pas se remémorer cette soirée si pénible.

Pourtant, la situation n'était devenue vraiment désagréable que plus tard, quand Standen lui avait demandé de le rejoindre dans son bureau. Les instants passés avec Alex dans le jardin avaient été exceptionnels. Elle chérissait ce souvenir, le gardait précieusement au plus profond de son cœur.

Mais il n'était pas question que Grace se fabrique des souvenirs avec l'actuel baron.

— Vous savez bien qu'il serait inconvenant que vous vous retrouviez dans ce jardin avec un homme, lui dit-elle.

Grace haussa les épaules. Sa tante crut voir une pointe de défi dans son regard.

— N'ayez crainte, ma tante. Je ne ferai rien qui puisse déboucher sur un scandale, la rassura-t-elle. De plus, John n'est pas homme à écouter les ragots qui se colportent à Londres.

— Mr Parker-Roth n'attache peut-être aucune importance aux qu'en-dira-t-on mais ce n'est pas le cas de la haute société. Voulez-vous que votre Saison prenne fin avant même d'avoir commencé ?

— Je veux juste découvrir quel est ce secret que père et vous me cachez.

— Grace, je…

Deux femmes firent alors irruption dans la pièce.

— … et avez-vous vu le regard furieux que lady Charlotte a lancé à cette Américaine ? demanda la plus boulotte des deux. Jamais je n'aurais… Oh ! (Elle s'immobilisa, dévisagea Kate et écarquilla les yeux.) Seriez-vous…, balbutia-t-elle. Est-ce possible ? Lady Kate Belmont ? Pardon, lady Oxbury ?

— Effectivement, je suis lady Oxbury. Et vous êtes ?

— Vous ne me reconnaissez pas, Kate ? s'esclaffa la femme. Je sais que j'ai pris du poids avec toutes mes grossesses mais je ne pensais pas avoir changé à ce point. Nous avons fait nos débuts la même année. Nous nous cachions dans les ficus lors du bal des Wainwright, trop effrayées pour adresser la parole à qui que ce soit. J'ai été vraiment triste quand vous avez quitté la capitale si brusquement.

— Prudence ? Prudence Cartland ? demanda lady Kate avec un regard interrogateur.

— Elle-même, si ce n'est que je suis devenue lady Delton. Je vous présente mon amie, Mrs Neddingham.

— Je suis ravie de faire votre connaissance, Mrs Neddingham. Permettez-moi de vous présenter ma nièce, lady Grace.

Durant toute la conversation qui suivit avec ces deux femmes, Kate ne put s'empêcher de sourire.

Même si, à bien y réfléchir, c'était une évidence, elle n'aurait jamais imaginé qu'elle avait encore des relations à Londres. Elle se souvenait bien de la petite Prudence, toute timide. À présent qu'elle savait de qui il s'agissait, elle retrouvait dans les formes généreuses de cette matrone la jeune fille aux côtés de laquelle elle avait fait ses premiers pas dans le beau monde. Allait-elle croiser d'autres anciennes connaissances durant ce bal ? Mis à part Alex, bien entendu…

Alex ! Avec son neveu ! Il fallait absolument qu'elle veille à ce que Grace ne s'en approche pas. Cette gamine avait déjà manifesté bien trop d'intérêt pour les Dawson. Si elle était vraiment attirée par le baron… Non, le destin ne se montrerait pas aussi cruel.

— J'ai été ravie de vous revoir, Prudence, ainsi que de faire votre connaissance, Mrs Neddingham, mais Grace et moi devons…

Kate regarda alors à sa droite. Grace, qui s'y trouvait un instant plus tôt, avait disparu. Pire, elle ne se trouvait même plus dans la petite pièce.

— Vous cherchez votre nièce, Kate ? lui demanda Prudence en riant. Je crains qu'elle se soit lassée d'écouter les vieilles femmes que nous sommes échanger leurs souvenirs. Elle s'est éclipsée il y a bien dix minutes.

C'était la providence qui avait envoyé Mrs Neddingham et lady Delton, se dit Grace en quittant la pièce réservée aux dames. Désormais, elle pouvait se mettre en quête de lord Dawson sans avoir à en débattre au préalable avec sa tante. Elle était déterminée à découvrir pourquoi son père ressentait une telle aversion envers la famille du baron… mais aussi pourquoi tante Kate s'était enfuie dès qu'elle avait aperçu Mr Wilton.

Si sa famille avait quelques cadavres dans le placard, elle était prête à les rencontrer, surtout si ceux-ci la poussaient vers l'autel pour épouser Mr Parker-Roth.

La salle de bal était encore plus bondée qu'à son arrivée. Au centre, des couples alignaient les pas de danse tandis que des groupes de chaperonnes enturbannées partageaient les derniers potins et que des demoiselles riant sous cape jetaient de discrets coups d'œil vers les jeunes gens adossés aux murs.

Le brouhaha de toutes ces voix couvrait presque la musique jouée par l'orchestre. Les senteurs mêlées des parfums, des baumes et des corps agressaient les sens de Grace à présent qu'elle se trouvait au beau milieu de la foule.

Où donc était passé lord Dawson ? Étant l'un des hommes les plus grands de cette assistance, il aurait dû être facile à repérer. Son oncle se trouvait toujours à côté des palmiers en pot, mais où était le baron ? Elle finit par l'apercevoir, debout près d'un ficus, à côté des portes menant au jardin.

Elle ressentit la même joie à le contempler qu'au moment où elle se trouvait sur le palier en haut de l'escalier. Pourtant, cette fois-ci, il ne lui accordait même pas un regard. Qu'y avait-il chez cet homme qui donnait à Grace l'impression d'avoir des papillons dans le ventre ? Quant au reste de son corps... elle éprouvait comme une excitation au niveau de sa poitrine, mais aussi dans des zones inavouables dont la seule pensée la fit rougir.

Toutes les femmes présentes dans cette immense salle présentaient-elles ces mêmes symptômes ? Elle en était persuadée, même si personne d'autre ne semblait observer lord Dawson avec autant d'intérêt.

Comment pouvait-on ne pas le regarder ? Si un artiste avait dû faire un tableau de cette salle, lord Dawson en aurait été le sujet principal. Tout le reste n'était qu'accessoire, un simple décor destiné uniquement à le mettre en valeur, lui.

Il était là, calme, attentif et solitaire. Allait-il regarder dans sa direction ? Elle retint son souffle, tout son être tendu vers cet espoir.

C'était idiot. Elle n'allait pas rester là à ne rien faire en espérant qu'il la remarque. Elle avait besoin de lui parler et n'allait pas s'en remettre au seul hasard pour y parvenir. Elle commença donc à se déplacer mais ne fut pas assez rapide. Elle le vit sortir.

Aucune importance, elle allait le suivre. Malgré les mises en garde de sa tante, ce n'étaient pas quelques vulgaires plantes ou un ciel nocturne qui la décourageraient. Lady Oxbury était sa chaperonne, il était donc normal qu'elle s'inquiète. Mais Grace se considérait assez grande pour prendre des décisions toute seule.

Elle contourna une dame d'âge mûr qui s'appuyait sur une canne et dont la toilette foisonnait de plumes, puis esquiva le regard d'un gentleman corpulent, pour finalement atteindre la porte.

Lady Oxbury et sa nièce avaient-elles quitté le bal ? Cela faisait bien dix minutes qu'il les cherchait sans déceler le moindre signe de leur présence.

David résista à l'envie de consulter une fois encore sa montre gousset. Il avait déjà surpris bien trop de regards curieux de la part des invités du duc d'Alvord, en particulier de la gent féminine. Il ne souhaitait pas que tout le monde se demande pourquoi il sortait sans arrêt sa montre de sa poche. Il valait donc mieux faire preuve de patience. Si les deux femmes étaient encore présentes, ce qu'il souhaitait de tout cœur, elles finiraient par revenir tôt ou tard dans cette salle.

Il contourna un ficus pour se soustraire au regard insistant d'une mère accompagnée de sa très jeune fille.

Il s'en voulait de les éviter ainsi. Il aurait dû leur adresser la parole ainsi qu'à toutes les dames venues à ce bal, au lieu de se concentrer uniquement sur la fille de Standen. Alex avait raison : la vie serait bien plus simple s'il pouvait trouver une femme charmante dont le passé n'était pas lié à son satané père.

Mais voilà : il appréciait beaucoup le physique de la nièce de lady Oxbury. Bel euphémisme ! Rien que d'y repenser, son enthousiasme prenait des proportions indécentes. Toutefois, il ne l'avait pas encore rencontrée. Peut-être parlait-elle avec la gouaille d'une poissonnière, peut-être sentait-elle l'ail…

Il se força à parcourir la salle de bal du regard. Elle fourmillait de candidates au mariage. Chacune d'entre elles avait deux yeux, un nez, une bouche et des cheveux correctement apprêtés. Pourtant, aucune n'enflammait son… son cœur de la sorte.

Aussi excité qu'un chien de chasse ayant repéré l'odeur d'un renard, il était incapable de penser à autre chose qu'à la nièce de lady Oxbury.

Si seulement elle n'était pas la fille du comte de Standen. Ou si seulement ce dernier était un homme raisonnable. Pouvait-il vraiment reprocher à David la mort de lady Harriet ? C'était tout bonnement impensable. De nombreuses femmes mouraient en couches. N'était-ce d'ailleurs pas en tentant de donner le jour à son héritier mort-né que l'épouse de Standen était décédée ?

Celui-ci ne pouvait certainement pas tenir David responsable des actions de son père. Si tous s'accordaient à reconnaître sa ressemblance avec Luke Wilton, personne n'avait jamais insinué qu'il fût la cause de la fugue amoureuse de ses parents.

Certes, il n'écartait pas l'hypothèse selon laquelle sa mère était déjà enceinte à ce moment-là mais on lui avait toujours laissé entendre qu'il n'avait pas encore été conçu quand le jeune couple avait décidé d'aller se marier en Écosse… même s'ils n'avaient certainement pas perdu de temps pour se mettre à l'ouvrage ensuite.

Se pouvait-il que Standen voie le baron comme de la mauvaise graine, uniquement à cause de son géniteur ?

La colère le prit aux tripes. *Le vieil imbécile !* se dit-il. Si quelqu'un avait le droit d'éprouver des griefs, c'était bien David. Pourtant, il ne nourrissait pas de rancune envers Standen au sujet de la mort de son père. Il n'en voulait d'ailleurs à personne. Pourtant, s'il avait fallu distribuer les blâmes, lord Wordham, son grand-père maternel, en aurait eu son lot. Si cet homme n'avait pas tenté de forcer sa fille à épouser Standen, toute cette suite d'événements tragiques ne se serait pas mise en branle.

David desserra les dents. Lord Wordham était mort. Toute colère envers lui était donc vaine.

Tout ce qu'il avait à faire, c'était de persuader Standen qu'il serait le mari idéal pour sa fille. Comme il avait passé sa vie entière à prouver à la face du monde qu'il n'avait rien de commun avec Luke Wilton, il devrait y parvenir.

Il s'accorda un nouveau coup d'œil à sa montre. Où donc étaient passées ces deux dames ? Toujours aucun signe d'elles. Bien, il accepterait la défaite pour ce soir, mais ne manquerait pas de les trouver lors du prochain événement mondain. Il avait hâte d'y être et pouvait se réjouir de cette impatience : en effet, rien n'avait su éveiller son attention depuis la mort de ses grands-parents dans ce maudit accident.

Il ferma les yeux un court instant. Il allait bien mieux, c'était évident. Il avait enfin accepté la disparition de son grand-père et de sa grand-mère, tout comme il avait accepté le titre de baron et les responsabilités qui l'accompagnaient.

Il sourit. Ce soir, il avait fait un autre pas en avant. Il n'était plus question de se faire une raison et de trouver une épouse uniquement dans le but d'assurer sa descendance. Désormais, il avait à cœur de séduire une femme afin qu'elle lui donne un héritier.

Une autre débutante et sa mère prête à tout pour la marier avançaient dans sa direction. Il fallait qu'il échange quelques phrases avec elles, qu'il invite la fille à danser…

Impossible. Il sortit par la porte donnant sur le jardin.

Où était Grace ? Kate scruta la salle de bal. La musique la submergea et, même si la disparition de sa nièce la préoccupait, Kate sentit son cœur s'envoler. Plus jeune, elle adorait danser. Elle observa les couples qui tournoyaient sur la piste au rythme d'une valse. Il était scandaleux de voir des hommes et des femmes se toucher ainsi. Oui, absolument scandaleux.

Et si la valse avait existé du temps de son premier bal ? Que se serait-il passé si, jadis, elle en avait dansé une avec Alex ?

Le regret assombrit son cœur comme la suie le faisait des murs de Londres. Elle le vit, toujours debout près des palmiers en pot. Il la regardait…

Elle détourna les yeux. Il fallait qu'elle retrouve Grace. Ce n'était pas le moment de penser à Alex et au passé.

Elle était pourtant incapable de penser à quoi que ce soit d'autre.

Elle était encore très belle.

Alex avala une autre gorgée de champagne. La décoration choisie par Alvord, qui faisait la part belle à la verdure, lui plaisait beaucoup. Ce vase de fleurs, par exemple, était idéalement disposé au milieu des palmiers. Les hauts-de-chausses d'Alex, ajustés comme une seconde peau, ne laissaient aucune place à l'imagination, rendant douloureusement évidente aux yeux du premier venu la nature des pensées qui occupaient son esprit.

Douloureusement évidente, oui… car la douleur était bien là. Il fallait qu'il pense à autre chose qu'à Kate. Il y avait peu d'espoir qu'il puisse soulager sa peine ce soir.

Mais, s'il y parvenait…

Il avait donc beaucoup de chance de se trouver derrière un magnifique et luxuriant arrangement floral.

Il ferma les yeux un instant, sans toutefois faire disparaître les souvenirs. Vingt-trois ans plus tôt, lors d'un bal organisé par le précédent duc d'Alvord, il avait demandé à Kate de l'épouser. Il savait bien qui elle était. Pourtant, il n'avait pu s'empêcher d'en tomber amoureux. Il fit une grimace. Quel idiot il avait pu être !

Et quel idiot il faisait ce soir !

Il regarda Kate une fois de plus. Elle se trouvait seule près des fenêtres donnant sur la terrasse et s'éventait. La fille de Standen avait disparu.

Allons, Kate. Vous devriez vous montrer plus prudente. Vous savez bien ce qui peut se passer dans les jardins du duc.

Quelle folie ! Il avait entraîné Kate dans cet endroit des années auparavant et c'était là qu'il lui avait demandé de devenir sa femme, le seul acte spontané et téméraire de toute sa vie. Et elle avait accepté, même si, comme il devait l'apprendre plus tard, elle était déjà fiancée à Oxbury.

Juste après sa demande, il lui avait donné un baiser – très chaste car elle était encore vierge et lui, à peine davantage.

Il ne put réprimer un sourire discret en pensant à quel point ce baiser l'avait hanté : un baiser maladroit, bref, tout juste un effleurement, mais riche de mille attentes, mille espoirs. C'était la promesse d'une passion naissante, une passion qui, hélas, resterait insatisfaite. Le lendemain matin, Alex avait rendu visite à Standen pour lui demander la main de sa sœur ; celui-ci lui avait fait une réponse sans appel : il faudrait qu'il gèle en enfer pour qu'un Wilton épouse un jour une Belmont. D'ailleurs, il avait déjà envoyé Kate en province.

Alex ne l'avait plus jamais revue… jusqu'à ce soir.

Désormais, elle était veuve. Peut-être la compagnie d'un homme lui manquait-elle ?

Il prit une autre gorgée de champagne, puisant un peu de courage dans le vin pétillant.

Il aurait juré que rien n'avait changé chez elle. Elle avait toujours cette apparence fragile, cette même allure de sylphide qu'à ses débuts.

Accepterait-elle de le suivre dans le jardin ? Se laisserait-elle embrasser de nouveau ? Cette fois, le baiser qu'il lui donnerait n'aurait rien de sage. Il serait torride, brûlant, charnel.

Il vida sa coupe d'un trait, la jeta dans la verdure puis quitta l'abri que lui offraient les palmiers. Il était temps de mettre ses espoirs à l'épreuve.

Kate regardait la fenêtre. Les bougies et les danseurs s'y reflétaient parfaitement. En revanche, tout ce qui se passait sur la terrasse lui demeurait invisible, à moins qu'elle ne colle son nez contre la vitre et ne dispose ses mains en œillères.

Elle allait devoir sortir pour retrouver Grace. La jeune femme se trouvait forcément sur la terrasse, puisqu'elle n'était plus dans la grande salle.

Comment sa nièce avait-elle pu faire fi de ses mises en garde insistantes ? Ne comprenait-elle pas le danger ? D'accord, elle était plus âgée que la plupart des débutantes. Pour autant, il ne s'agissait que de sa première Saison à Londres. Elle finirait bien par commettre un faux pas, d'autant plus qu'elle semblait s'imaginer que son âge et sa physionomie la dispensaient de suivre les règles de la bonne société.

Et Kate ne savait que trop bien ce qui pouvait arriver dans les jardins du duc d'Alvord.

Seigneur. La simple évocation de cet endroit faisait resurgir tant de souvenirs, tant de sensations.

Elle agita son éventail avec vigueur. Il était temps qu'elle cesse de se raconter des histoires. Si elle n'était pas encore sortie pour tenter de retrouver Grace, c'était dans l'espoir qu'en restant dans la salle de bal, elle inciterait Alex à venir la voir. Elle s'était montrée aussi irresponsable que lamentable.

Son corset était bien trop serré. Dorénavant, elle écouterait les conseils de Marie et ne céderait plus à l'envie de paraître plus jeune. Elle tenta d'inspirer avec calme.

Elle aurait voulu échapper à la foule et à cette atmosphère étouffante. Elle aurait aimé se rendre dans le jardin avec Alex…

Non ! Non, pas avec lui… En aucun cas.

Cette soirée de malheur ne finirait-elle jamais ? Kate avait si chaud, se sentait si mal… Et tous les convives qui ne faisaient que parler d'elle. Bien sûr, Prudence s'était montrée très amicale mais elle avait perçu comme une lueur de pitié dans les yeux de son ancienne amie. Quoi de plus normal ? Prudence avait une maison remplie d'enfants alors que Kate n'avait rien.

Elle scruta de nouveau la salle et aperçut Alex.

Elle détourna les yeux et fit semblant de regarder par la fenêtre. Allait-il lui proposer de danser ou, pire, de faire quelques pas dans le jardin ?

Elle s'éventa de plus belle.

Il avait dû multiplier les conquêtes durant les vingt-trois ans qu'elle avait passés à être une épouse modèle – ou tout du moins une épouse – auprès de son mari, tellement plus âgé qu'elle…

Grands dieux, voilà qu'il venait dans sa direction.

Il fallait qu'elle rejoigne les autres chaperonnes. On est toujours plus en sécurité au sein d'un groupe. Elle jeta un coup d'œil vers le troupeau de dames âgées qui les surveillaient, Alex et elle, tout en s'échangeant des messes basses derrière leurs éventails.

Non, elle n'irait pas grossir les rangs des chaperonnes.

Elle vit dans la vitre le reflet d'Alex qui approchait…

Elle se passa la langue sur les lèvres. Son cœur battait la chamade et… Elle rougit et agita son éventail avec une énergie redoublée. Des mèches de cheveux virevoltaient autour de son visage.

Même l'endroit secret entre ses cuisses – où Oxbury s'était si souvent glissé au début de leur mariage lorsqu'on pouvait espérer qu'elle lui donne un héritier – puis de plus en plus rarement à mesure que la maladie le gagnait, même cet endroit réagissait.

C'était comme si elle venait de s'éveiller après un long sommeil.

— Lady Oxbury ? demanda Alex.

Il se tenait juste derrière elle. Avec lenteur, elle se retourna pour lui faire face et planta son regard dans le blanc immaculé de son gilet. La bouche aussi sèche que le sable du désert, elle était incapable de parler.

— Lady Oxbury, vous sentez-vous bien ? demanda-t-il.

Elle essaya de retrouver son souffle mais ce satané corset était vraiment trop serré.

— Je…, commença-t-elle en parvenant à lever les yeux jusqu'à ses lèvres.

Sa bouche était ferme, assurée, ses lèvres fines…

Kate se souvenait-elle de la sensation qu'elles lui avaient procurée ? Elle aurait été prête à jurer que oui. Leur contact léger et éphémère avait déclenché un incendie qui couvait déjà depuis vingt-trois ans.

Leurs yeux se croisèrent…

Diantre, une telle chaleur se dégageait de ces profondeurs azurées. Son regard était si intense.

Elle passa de nouveau la pointe de sa langue sur ses lèvres.

Les braises du feu passé semblaient vouloir donner naissance à des flammes. L'incendie pourrait la consumer tout entière si elle n'y prenait pas garde.

Avait-elle envie d'être prudente ?

Était-elle un papillon de nuit, attirée par la flamme qui allait la détruire, ou un phénix auquel ce brasier allait redonner la vie ?

— Kate, accompagnez-moi dans le jardin, proposa-t-il.

Sa voix grave et pleine de promesses fit fondre tous les remparts que sa conscience avait pu ériger.

Dans un même élan, elle eut envie de se livrer à ses caresses, à son étreinte.

Des gouttes perlèrent à son front. Elle avait été fidèle à Oxbury au cours des longues années de leur mariage puis de l'année interminable qui avait suivi son décès. Le fait d'envisager aussi rapidement d'aller se promener dans le jardin avec cet homme faisait-il d'elle une gourgandine ?

Non, car il ne s'agissait pas de n'importe quel homme. C'était Alex.

Papillon ou phénix, suicide ou renaissance, tout cela lui importait peu. Elle allait se rendre dans le jardin avec Alex, dût-elle le traîner elle-même dans les buissons.

Chapitre 3

La terrasse était fraîche, silencieuse et plongée dans l'obscurité. La lumière dispensée par les chandeliers de la salle de bal ne s'égarait pas au-delà de la porte et des fenêtres. On avait bien disposé quelques lanternes dans le jardin mais elles semblaient générer davantage d'ombres qu'elles n'en dissipaient. D'après les murmures que Grace entendait, de nombreux couples se réjouissaient de cette pénombre.

Elle aurait dû rentrer. Après réflexion, elle avait compris dans quel embarras elle se placerait en discutant avec le baron dans ces lieux. Après tout, ils n'avaient jamais été présentés. Lord Dawson n'avait sans doute aucune idée de qui elle était.

Elle rougit en pensant à la façon dont il l'avait contemplée alors qu'elle se trouvait au sommet de l'escalier. Son regard semblait l'avoir atteinte au plus profond de son âme, à condition bien entendu que son âme soit située vers…

Cette zone… Voilà qu'elle vibrait à nouveau. Non, ce n'était pas son âme, la sensation était bien trop physique.

— Je vous demande pardon mais avez-vous l'intention de sortir, mademoiselle ?

— Quoi ? Oh, euh…, balbutia Grace.

Elle se rendit compte qu'elle bloquait le passage à un petit homme dégarni, qui eut vite fait de s'absorber dans la contemplation de son corsage.

Grace recula si brusquement qu'elle se prit le talon dans l'ourlet de sa jupe.

— Ah ! s'écria-t-elle en tendant les mains en avant afin de retrouver son équilibre.

Mais il était trop tard, la chute était inévitable. *Quitte à s'écrouler lamentablement, autant le faire hors de la salle de bal*, se dit-elle avant de lâcher un « Oh ! » de surprise.

Deux bras puissants la rattrapèrent et elle se trouva plaquée contre une poitrine sans doute taillée dans du granit.

— Vous n'avez rien ? lui demanda une voix grave et inquiète, mais teintée d'une pointe d'amusement.

— Ah ! répéta-t-elle.

Elle cilla en reconnaissant son sauveur. C'était lord Dawson, évidemment.

— Euh…, bredouilla-t-elle.

Il lui fut impossible de construire une phrase cohérente, ni même de penser. Elle ne s'était jamais retrouvée aussi près d'un homme. Une vague de sensations la submergea : la force brute des bras de lord Dawson qui la tenait comme si elle ne pesait rien, la texture rêche de son veston contre sa joue, les parfums de linge propre et son odeur à lui.

Pour la première fois de sa vie, elle se sentit petite, elle qui, même enfant, dépassait déjà toutes les filles et la plupart des garçons. Ce sentiment était très troublant.

Elle se concentra sur le visage de lord Dawson mais cela ne lui fut d'aucune aide. L'observer d'aussi près ne fit qu'affoler les battements de son cœur et désorienta davantage son pauvre cerveau.

Il avait bien une petite fossette au menton, ainsi qu'une autre sur la joue et de longs cils noirs soulignaient ses yeux…

Malgré la pénombre, ses dents paraissaient immaculées. Était-ce là un sourire moqueur ? Quoi de plus normal ? Elle restait bouche bée à le regarder comme la dernière des sottes.

— Vous n'avez rien ? répéta-t-il.

Si la note amusée était cette fois-ci plus prononcée, une autre intonation avait fait son apparition. Son regard avait retrouvé sa chaleur.

— S'est-elle évanouie, Dawson ? Voulez-vous que j'envoie chercher de l'aide ?

— Je ne pense pas que ce sera nécessaire, Delton.

Bon sang, à quoi pensait-elle donc ? Se retrouver dans les bras de lord Dawson était déjà assez fâcheux mais que cela se passe sur la terrasse du duc d'Alvord, au beau milieu d'un groupe de curieux dont l'un était sans doute l'époux d'une amie de sa tante Kate… Grace n'avait pas besoin de sa chaperonne pour comprendre qu'elle frôlait le suicide social.

La jeune femme fit mine de se redresser. Lord Dawson la relâcha tout en tenant son coude pour qu'elle garde l'équilibre. Elle fut tentée de s'en dégager mais avait encore besoin d'un peu d'aide pour tenir debout toute seule.

Elle remit jupes et jupons en ordre et releva la tête.

— Je vais bien monsieur, déclara-t-elle. Merci de vous en inquiéter.

— Je vous présente toutes mes excuses, mademoiselle. Je…, bafouilla Delton.

De toute évidence, le pauvre homme ne savait pas vraiment comment il avait pu causer ce petit désastre. C'était compréhensible, après tout, car il avait juste voulu passer une porte, rien de plus. Si la poitrine de Grace s'était retrouvée au même niveau que les yeux de ce monsieur, il n'y était pour rien.

— Je vous en prie, n'y pensez plus, lui dit Grace. Tout était ma faute.

Lord Dawson raffermit légèrement la pression qu'il exerçait sur son coude.

— Allons, rien n'est jamais la faute d'une dame. N'est-ce pas, Delton ? demanda-t-il.

— Non, en effet, répondit l'intéressé. J'en prends l'entière responsabilité.

— Non, non, conclut Grace. Je n'aurais pas dû m'attarder dans le passage.

David eut un petit sourire. La fille de Standen allait-elle finir par se disputer avec Delton ? Il valait mieux qu'il l'éloigne de la terrasse car ils attiraient du monde.

Son sourire s'épanouit. Il serait ravi de l'emmener dans le jardin pour commencer à lui faire la cour. Absolument ravi. Quelle chance qu'il se soit trouvé exactement au bon endroit quand cette jeune femme avait trébuché.

Oui, une chance incroyable. Comme il l'avait supposé, son charme n'avait d'égal que sa stature. Il s'était retenu de lui voler un baiser devant Delton et tous les curieux qui les observaient. Avec encore un peu de chance et une once de talent, il parviendrait sans doute à lui en dérober un dès qu'ils se retrouveraient seuls au milieu de la verdure. Après tout, elle n'avait pas protesté quand elle s'était retrouvée dans ses bras. Non, elle avait même eu l'air d'apprécier la situation.

Il recula légèrement pour s'approcher de l'escalier menant au jardin.

Il fallait absolument qu'il batte en retraite vers les taillis car son enthousiasme commençait à se voir, constata-t-il, amusé. Fort heureusement, il pouvait se cacher derrière la jupe de cette dame.

De plus, il tenait à découvrir son prénom. Il n'allait pas continuer à penser à elle en l'appelant « la fille de Standen ».

— Eh bien, plus de peur que de mal, dit-il, mettant ainsi un terme à son flot d'excuses aussi polies qu'inutiles. Maintenant, veuillez avoir l'obligeance de nous excuser, Delton… Je pense qu'une petite promenade apaisante dans le jardin nous ferait le plus grand bien, à cette demoiselle et à moi.

— Oui, bien entendu. Je ne voudrais pas vous retenir. Je voulais juste sortir pour fumer un peu, voyez-vous ? Je vais donc dégager le passage. Je suis tellement désolé de cet incident. Bonne promenade… C'est tellement apaisant, la verdure.

— Mais…

Cette fille n'allait quand même pas passer la soirée à chercher qui avait raison ou tort dans ce contretemps navrant ? Delton lança à lord Dawson un regard contrit. Le baron comprit le message et accepta. Il fallait que quelqu'un prenne cette jeune femme en main et il était tout disposé à être celui-là. D'ailleurs, il avait déjà posé une main sur elle. Il la poussa très légèrement pour la diriger vers les marches descendant jusqu'au jardin.

— Nous attirons un peu trop l'attention, ma chère, lui glissa-t-il à l'oreille. Je doute que ce soit ce que vous cherchez.

— Oh, fit la jeune femme en parcourant la terrasse du regard.

— Quelques instants passés à admirer les plantations du duc vous permettront de vous calmer et offriront aux témoins de notre petite – notre minuscule – péripétie le temps de s'intéresser à autre chose qu'à vous et vos exploits.

— Mais le fait de se promener dans le jardin ne va-t-il pas à l'encontre des bonnes mœurs ? demanda-t-elle en fronçant les sourcils.

— Allons donc ! Pensez-vous vraiment que le duc d'Alvord aurait fait installer toutes ces lanternes le long des allées de son parc si le fait de s'y promener avait quoi que ce soit de scandaleux ? lui répondit-il.

Bien entendu, David n'avait aucune intention de se cantonner à ces allées mais se garda bien de le préciser.

— Oh. Oui, je pense que vous avez raison, concéda-t-elle.

Tante Kate ne serait pas d'accord du tout, pensa Grace en descendant l'escalier au bras de lord Dawson. Quel euphémisme ! Cela dit, sa tante se montrait toujours trop anxieuse et le baron avait présenté à Grace un argument cohérent. Si se promener parmi les plantes était si inconvenant, le duc n'aurait jamais suggéré cette idée à ses invités en faisant éclairer les allées de son jardin.

Et Grace devait parler à cet homme. C'était même dans ce but qu'elle était sortie sur la terrasse. L'intimité d'une promenade serait parfaite pour découvrir les raisons de l'étrange antipathie de son père et de la surprenante crise de nerfs de sa tante.

Grace allait se comporter de manière tout à fait respectable et lord Dawson ne franchirait pas les limites d'une conversation courtoise.

Toutefois, s'il osait…

Elle jeta un nouveau coup d'œil vers le baron et tressaillit légèrement, sentant comme un petit frisson d'excitation.

Arrivés au bas des marches, ils prirent à gauche pour suivre le chemin menant à la partie principale du jardin en laissant derrière eux le bal, ses lumières et sa foule. Une brise caressait les joues de Grace. Elle se serait crue en pleine campagne. Cependant, ils étaient bien à Londres et, dans cette ville, le silence n'était jamais total. Le brouhaha de la rue – craquements et tintements des harnais, frottement des roues sur les pavés, cris des cochers – se mêlait aux bribes de conversation qui s'échappaient des fenêtres ouvertes de la salle de bal.

Dépassant un banc d'apparence rustique, ils s'arrêtèrent près d'une petite fontaine au centre de laquelle se trouvait une statue de Pan immortalisé en pleine cabriole. L'eau s'échappait en cascade des tubes de sa flûte et jaillissait des bouches d'une multitude de poissons.

Lord Dawson se dirigea vers le côté opposé de la fontaine pour examiner un poisson qui ne crachait pas d'eau. Grace le suivit. À cet endroit, la végétation était luxuriante. Ils se retrouvaient pour ainsi dire dans un berceau de verdure. Si John avait été là, il aurait offert à Grace une véritable conférence sur la moindre feuille et la plus petite brindille. Elle se prit à espérer que lord Dawson ne se passionnait pas pour la botanique.

— Est-ce une truite ? demanda-t-elle.

Quelle question stupide ! s'admonesta-t-elle. Ce n'était qu'un élément de décoration. Et il pouvait tout aussi bien s'agir d'une baleine, qu'en avait-elle à faire ?

— Je n'en sais rien. Je ne m'intéresse pas vraiment aux poissons, répondit le baron.

Il sourit et se tourna vers elle. Comme par mégarde, la main de Grace s'était retrouvée dans celle de David qui ne portait plus de gant.

— En revanche, je m'intéresse beaucoup à vous, déclara-t-il. Auriez-vous la gentillesse de me dire votre nom ? Mon oncle Alex l'ignore et je ne veux pas continuer à vous appeler « la fille de Standen » ou « la nièce de lady Oxbury ».

Il frottait délicatement son pouce sur toute la longueur de sa paume.

— Oh, euh…, bafouilla-t-elle tandis qu'un nouveau trouble la parcourait. (Elle toussota pour se donner un peu de contenance avant de répondre.) Grace… Mon nom est Grace.

Il écarta une mèche de cheveux du visage de la jeune femme.

— Et je suis David Wilton, baron Dawson de Riverview. (Sa voix se fit plus grave.) Je suis très, très heureux de faire votre connaissance, lady Grace.

Grace retira sa main et observa cet homme d'un air soupçonneux. Ils se trouvaient à l'écart mais n'étaient pas tout à fait dissimulés. N'importe qui passant dans l'allée aurait pu les apercevoir. Lord Dawson semblait détendu et avenant, tout sauf inquiétant.

Elle n'avait rien à craindre. Autant profiter de l'instant pour l'interroger sur son père et sa tante.

Sa main la chatouillait toujours dans la zone où il avait passé son pouce. Elle la frotta contre sa jupe.

Et si cet échange ne se limitait pas à de simples informations ?

Elle s'humecta les lèvres. Si une telle opportunité se présentait… Eh bien, elle ferait preuve de témérité et tâcherait d'apprécier ce court moment de liberté.

Elle avait vingt-cinq ans et, de toute sa vie, n'avait jamais rien fait d'un tant soit peu inconvenant.

Elle était trop mûre et trop sensée pour se laisser entraîner jusqu'à la dépravation la plus complète. Des centaines de personnes se trouvaient aux alentours. Si le besoin s'en faisait sentir, elle pourrait compter sur ses robustes poumons.

David perçut l'hésitation sur le visage de Grace. Il ne fallait pas qu'il tente de profiter d'une jeune fille aussi innocente. Elle l'avait suivi en toute confiance.

Mais comment pourrait-il résister à la tentation ? Il faisait nuit et ils se retrouvaient dans cet endroit à l'abri des regards. Il n'allait pas lui faire le moindre mal. Ses intentions étaient tout à fait honorables.

Bon, encore fallait-il s'entendre sur la définition du mot « honorable ». Il n'était pas question de l'entraîner au-delà du point de non-retour mais il était disposé à la conduire aussi près de cette limite qu'elle y consentirait. Et il pensait au mariage, bien entendu. Dieu sait combien il pensait au mariage...

Quelques idées très créatives impliquant cette magnifique fontaine lui traversèrent l'esprit mais il les chassa. Lady Grace était vierge et des centaines de membres de la haute société se trouvaient dans les parages, que ce soit dans la salle de bal ou dans ce même jardin. Quand ils seraient mariés et qu'il lui aurait fait découvrir les joies du devoir conjugal, tous deux pourraient alors se lancer dans des activités plus inventives.

Grace avait l'air sérieux de quelqu'un qui s'apprête à parler affaires, un genre d'affaires sans doute différent de celui que David avait en tête.

— Je suis sortie sur la terrasse pour vous trouver, lord Dawson.

— Ah bon ? Vous m'en voyez ravi. Mais, s'il vous plaît, appelez-moi David.

— Je ne me le permettrais pas, dit Grace en écarquillant les yeux. Nous nous connaissons à peine.

— Oh, croyez-moi, vous allez très bientôt apprendre à mieux me connaître.

Pour autant qu'il puisse en juger dans la pénombre, elle rougit.

— Je…, balbutia Grace.

— Chut, ordonna-t-il en s'approchant. Moins fort. Le son se propage mieux dans l'air nocturne.

— Ah ? dit-elle.

Sa confusion était adorable. Elle restait littéralement bouche bée. Il était impensable qu'il ne profite pas de cette invitation involontaire.

Il baissa la tête lentement, laissant à la jeune femme tout loisir de s'écarter mais elle n'en fit rien. Il surprit dans son regard l'instant où elle se décida à accepter le baiser qu'il lui offrait et ne put s'empêcher de sourire en réduisant complètement la distance qui les séparait.

Les lèvres de la jeune femme étaient fermes, tièdes et douces. Quant à sa bouche ! Il ne se servit que de la pointe de sa langue et taquina le tracé de ses lèvres, osant à peine les dépasser. Il voulait la charmer, et non l'effrayer. L'immobilité de la jeune femme ne laissait aucune place au doute : il s'agissait là de son premier baiser. David l'attira à lui avec délicatesse, jusqu'à ce que leurs corps soient en contact de la poitrine jusqu'aux genoux.

Qui aurait pu croire qu'un baiser prude et chaste puisse être aussi érotique ? Il se contentait de lui embrasser le visage et ses mains ne s'égaraient pas au-delà de son dos corseté mais, pour autant qu'il s'en souvienne, il n'avait jamais été aussi excité. Comme elle se montrait réceptive !

Pantelante, Grace émit de petits gémissements. À l'instant où les lèvres de lord Dawson – David – avaient touché les siennes, sa moindre pensée s'était évaporée, la laissant en proie à un maelström de sensations. Il lui effleurait la bouche et l'agaçait de petites touches brèves avec la légèreté d'une aile de papillon. Grace sentit ses lèvres se tendre à l'instant où la langue de David les toucha et glissa lentement sur elles.

Une vague de chaleur parcourut son ventre dans un frisson. Elle voulait… Elle avait besoin de… de quoi ?

Il la serra contre lui. Voilà ! Ça ! C'était ça dont elle avait besoin. Pourtant, elle en voulait davantage.

Il la plaqua contre son torse et entreprit de lui déposer de doux baisers sur les paupières, les pommettes. Venait-elle de gémir ? Non, c'était impensable.

Elle sentit un petit rire monter dans la poitrine de David alors qu'il posait une main sur sa nuque.

— Chut, murmura-t-il.

Grace sentit la caresse de ses lèvres sur son lobe et le souffle de ses paroles dans ses cheveux ; aussitôt un frisson lui parcourut l'échine.

— N'oubliez pas : la nuit, le moindre son porte plus loin, ajouta-t-il. Il ne faudrait pas qu'on nous découvre.

Non, il avait raison. Il ne faudrait pas qu'on les découvre car... car ils étaient...

Ils étaient en train de se comporter de manière scandaleuse dans un taillis.

Elle repoussa de toutes ses forces le torse de ce malappris qui relâcha immédiatement son étreinte.

— Mais que se passe-t-il ? demanda ce balourd en souriant.

Ce qu'il se passait ? Elle, la fille célibataire du comte de Standen, se trouvait seule dans un jardin avec un homme que son père détestait. Pour couronner le tout, elle avait accordé à ce gaillard d'outrageantes libertés. Elle s'était laissé attirer contre lui, l'avait autorisé à l'embrasser...

Le souffle coupé, elle posa une main sur sa bouche. Elle avait permis à lord Dawson de lui donner son tout premier baiser. Avait-elle totalement perdu la tête ? Seul son promis, John Parker-Roth, aurait dû profiter de ce privilège, en aucun cas ce rustre. Son père avait peut-être raison de haïr cette famille.

— Pas de réponse, ma chérie ? insista-t-il. Auriez-vous perdu votre langue ?

Quelque chose dans la manière dont il avait prononcé le mot « langue » la fit rougir. Elle tenta de répliquer mais le son qui sortit de sa bouche fut un borborygme incohérent entre le gargouillis et le grognement.

— Lord Dawson... Je..., bafouilla-t-elle.

Quelles paroles étaient appropriées en pareille situation ?

Aucune ne lui semblait convenir.

Elle envisagea un instant de lui flanquer une gifle retentissante mais trouva que cela aurait été injuste. Il ne l'avait pas entraînée de force dans cette étreinte, elle y avait même participé activement.

Elle gémit : à cette pensée, elle sentit se lover au creux de son ventre le serpent froid de la culpabilité. Elle enfouit son visage entre ses mains.

— Grace...

Elle sentit ses bras lui enserrer les épaules et la ramener vers lui. Elle aurait dû se débattre mais n'en trouvait pas le courage. De plus, elle se sentait bien, tout contre lui.

— Grace, tout va bien. Nous n'avons rien fait de mal. Mes intentions sont honorables.

— Honorables ? demanda-t-elle en levant la tête.

— Tout à fait, la rassura-t-il dans un sourire. Cela va vous paraître présomptueux mais... feriez-vous de moi le plus heureux des hommes ?

— Quoi ? glapit-elle, convaincue d'avoir mal entendu.

— Accepteriez-vous de m'épouser ? demanda David en souriant de plus belle.

Elle en fut éberluée. Même si elle mettait les pieds à Londres pour la première fois, elle se doutait bien qu'une petite escapade dans la verdure ne se soldait que rarement par une demande en mariage. Personne ne les avait vus et même si elle n'aurait jamais dû se comporter comme elle l'avait fait, il ne s'était rien passé d'irréversible.

— Seriez-vous fou ? demanda-t-elle. Nous venons tout juste de nous rencontrer.

Il balaya cet argument d'un haussement d'épaules.

— Dès que vous êtes entrée dans la salle de bal, j'ai su que vous seriez la baronne idéale.

Elle avait la réponse à sa question : cet homme était bien fou. Un fou très séduisant, soit, mais quand même. Ou s'agissait-il d'un nobliau sans le sou ?

— Je ne suis pas une héritière fortunée, vous savez.

Ce fut au tour du jeune homme de la regarder comme si elle était frappée de démence.

— Je ne cours pas la dot, déclara-t-il. J'ai les poches bien remplies.

— Oh. Eh bien sachez qu'il n'y a aucune chance que je vous épouse.

Mais pourquoi ressentait-elle un tel pincement au cœur en prononçant ces paroles ? Tout ce qu'elle savait de ce baron Dawson, c'était que son père détestait sa famille... Et qu'il était grand, de fort belle allure et plutôt doué dans l'art de la séduction.

— Pourquoi donc ? demanda-t-il d'un air inquisiteur.

— Outre le fait que je ne vous connais pas...

— Ce qui pourrait s'arranger très facilement, intervint-il en souriant.

Grace fit de son mieux pour ne pas lever les yeux au ciel.

— … je me suis déjà engagée auprès d'un gentleman, ajouta-t-elle.

Son père tenait sans doute pour acquis qu'elle envisageait d'épouser John. D'ailleurs, celui-ci avait d'ores et déjà un œil sur la parcelle de terre qui jouxtait sa propriété et qui appartenait au père de Grace. Il voulait y planter des roses ou des rhododendrons ou quelque chose comme ça…

Elle repartit vers la salle de bal. Près d'elle, lord Dawson suivait le rythme de ses pas. Elle devait bien se l'admettre : il était agréable de se retrouver au côté d'un homme qui… Eh bien, d'un homme qui était à sa mesure. Il lui prit la main pour la poser sur son bras, et elle ne protesta pas.

— Vous ne m'avez pas embrassé comme si vous étiez déjà engagée auprès de qui que ce soit, lui fit-il remarquer.

— Je ne vous ai pas embrassé du tout ! lança-t-elle en retirant brusquement sa main.

Il eut l'air interloqué.

— C'est vous qui m'avez embrassée, précisa-t-elle en sentant son visage rougeoyer de plus belle.

Si cela continuait, elle ressemblerait à une lanterne de plus dans ce jardin.

— Vous avez raison, concéda-t-il avant de poursuivre sur un ton faussement entendu. D'ailleurs, vous avez repoussé de toutes vos forces mes effusions outrageantes, n'est-ce pas ?

— Euh…

Non, elle ne l'avait pas repoussé. Elle avait accepté ses avances de manière scandaleuse. Oui, parfaitement scandaleuse.

— J'étais tellement étonnée que je n'ai pas pu bouger, hasarda-t-elle.

— Hum…, lâcha lord Dawson en la regardant. Parlons de cet engagement. Seriez-vous fiancée ?

— Non, pas précisément, répondit-elle.

Pourquoi tournait-elle autour du pot ? Elle était déjà pratiquement mariée.

— Ah ? Alors que faut-il dire, précisément ?

— Oh, euh…, balbutia-t-elle.

Elle ne pouvait pas se résoudre à prononcer le mot « fiancée ». D'ailleurs, elle n'était pas du tout fiancée. Techniquement, à cet instant précis, elle était libre de profiter des quelques instants délicieux qu'elle vivait à Londres.

— Vous me semblez indécise, fit remarquer lord Dawson en lui prenant la main pour la porter à ses lèvres avec un sourire. Je vais vous aider à prendre votre décision.

— Non, je…

Il souleva une mèche de ses cheveux. Elle était parfaitement à son goût. Il en avait plus qu'assez des femmes fluettes à qui il avait toujours peur de faire mal. Grace, quant à elle… Il se dit qu'elle était capable de rendre coup pour coup.

Bon sang, quelle image ! À cette évocation, son anatomie se rappela à son attention, prête à en découdre.

Il fallait qu'il la persuade d'accepter son offre. Elle était sans doute convaincue d'être engagée envers cet homme mais tous ses gestes indiquaient le contraire. Elle ne l'aurait pas embrassé avec un tel entrain si elle était amoureuse d'un autre.

— Maintenant que j'y pense… Vous ne m'avez pas dit pourquoi vous me cherchiez, lui dit-il avec un regard appuyé. J'imagine que ce n'était pas pour m'entraîner dans les fourrés.

Son audace fut récompensée. Elle s'arrêta net et lui fit face. Ses yeux semblaient lancer des éclairs. Hélas, ils étaient désormais visibles de la terrasse. Il ne put donc rien faire de plus que d'admirer la vue qu'elle lui offrait.

— Quel culot ! s'exclama-t-elle. En aucun cas ! Je voulais vous poser des questions au sujet de ma tante et de mon père. Savez-vous pourquoi il y a tant de ressentiment entre nos deux familles ?

Par un heureux hasard, Grace tournait le dos à la maison de leur hôte. Ainsi, elle ne vit pas sa tante et l'oncle de David sortir de la salle de bal. Sa tante ne la vit pas non plus mais Alex les aperçut. Il marqua une courte pause avant de guider lady Oxbury dans la direction opposée. Ils finirent par disparaître derrière un arbre majestueux.

— Du ressentiment, dites-vous ?

Pour un peu, il en aurait éclaté de rire. Ce n'était certainement pas par hostilité réciproque que lady Oxbury et Alex venaient de s'isoler des regards. *Bien joué, cher oncle*, se dit David.

— En effet, reprit Grace. Ma tante Kate a été prise d'un malaise quand elle a vu votre oncle. C'était si violent qu'elle a dû se retirer quelques instants pour retrouver son calme. Savez-vous quelle est la nature de leur relation ?

David n'eut aucun mal à l'imaginer.

— Il me semble que mon oncle a demandé la main de votre tante la dernière fois qu'il est venu à Londres, répondit-il à la jeune femme.

— C'est impossible ! s'exclama-t-elle, stupéfaite. Tante Kate n'en a jamais parlé.

— De même que mon oncle ne l'avait jamais évoqué avant que votre tante n'entre dans cette salle de bal, répliqua David.

Étrange, d'ailleurs, se dit-il. *Pourquoi avoir passé cela sous silence ?* Tous deux avaient pourtant partagé quelques soirées alcoolisées au cours des années précédentes. Ils avaient déjà discuté mariage et surtout, depuis qu'il avait hérité du titre, de la nécessité pour David de trouver une épouse qui lui donnerait un descendant. Quoi de plus naturel que d'évoquer, autour d'une bouteille de porto, une demande en mariage rejetée ?

Alex en avait-il eu le cœur brisé ? En réfléchissant à la question, David se dit qu'il était très étonnant que son oncle ne se soit pas marié. Alex n'était guère porté sur les relations épisodiques et vieillissait. Même s'il n'avait pas de titre à transmettre à d'éventuels héritiers, c'était un propriétaire terrien établi. Lui aussi aurait dû avoir une femme et des enfants.

La tante de Grace était devenue l'épouse de lord Oxbury…

Bon sang, si jamais lady Oxbury s'est montrée cruelle envers Alex…

Il valait mieux qu'il ait une petite conversation privée avec elle à ce sujet.

Lady Grace secouait la tête tout en se mordillant la lèvre inférieure. À cette vue, David oublia lady Oxbury et Alex.

— Quel rapport cela pourrait-il avoir avec l'aversion de mon père envers les Wilton ? Une demande en mariage n'est pas une insulte… À moins bien entendu que votre oncle soit enclin à se montrer aussi empressé que vous dès qu'il se retrouve dans un buisson, déclara-t-elle en le regardant droit dans les yeux.

À cet instant précis, David n'était pas prêt à la contredire.

— De toute façon, une demande en mariage en bonne et due forme aurait dissipé tout risque de scandale, ajouta Grace. Êtes-vous certain que votre oncle a vraiment fait sa demande ?

— Oh, oui. Et votre père l'a envoyé paître. Il détestait les Wilton bien avant qu'Alex ne demande la main de votre tante.

— Mais pour quelle raison ? demanda-t-elle. À moins que tous vos parents soient aussi pénibles que vous, je ne vois pas.

— Très drôle. Votre père ne vous a-t-il jamais parlé de lady Harriet, la fille du marquis de Wordham ?

— Non, répondit Grace après un instant de réflexion. De qui s'agit-il ?

— De qui s'agissait-il, rectifia David avec un sourire calme. C'était ma mère.

L'expression de Grace changea en un clin d'œil. Son air soucieux disparut, son regard et sa bouche s'adoucirent.

— Je suis désolée, dit-elle doucement en posant une main sur le bras de David.

Une chaleur étrange envahit alors le torse du baron. Il trouvait tout cela stupide. La compassion de Grace était déplacée. Il avait eu sa grand-mère, et celle-ci avait passé avec lui bien plus de temps que ne l'aurait fait sa mère. Tout le monde s'accordait à dire que ses parents étaient têtus et fantaisistes, qu'ils traversaient la vie comme deux ouragans et s'en remettaient aux autres pour ramasser les débris après leur passage.

Bien sûr, sa grand-mère n'était plus là. Riverview était désormais une maison vide.

Mais cela changerait dès qu'il aurait épousé Grace. À eux deux, ils repeupleraient le domaine. La demeure deviendrait bien plus animée qu'elle ne l'était du temps où David était enfant.

Il fallait que Grace accepte et qu'elle rejette cet autre homme.

Il ignora la culpabilité qui s'emparait de lui à cette pensée. Il n'avait aucune raison de se sentir coupable. Grace n'était pas amoureuse de cet homme.

Son père avait-il tenu ce genre de raisonnement lorsqu'il manigançait sa fugue amoureuse avec lady Harriet ?

Jamais de la vie ! David n'avait rien à voir avec Luke Wilton.

Soudain, Grace afficha de nouveau son air contrarié.

— Pourquoi mon père m'aurait-il parlé de votre mère ? demanda-t-elle.

— Euh…

Il remit à plus tard l'étude des points communs qu'il entretenait avec son père, bien convaincu qu'il n'y en avait aucun. Il se trouvait seul dans un jardin en compagnie d'une femme sublime et comptait bien en profiter, même s'il était clair qu'une petite leçon d'histoire s'imposait.

— Parce que, il y a trente et un ans de cela…, commença-t-il avant de se reprendre. Non, trente-deux ans pour être précis, ma mère a quitté votre père pour s'enfuir à Gretna Green avec le tristement célèbre Luke Wilton et l'épouser contre l'avis de ses parents.

Chapitre 4

— Il faudrait que j'aille retrouver Grace.

Kate avait dit cela d'une voix hésitante, comme si son cœur n'y était pas. Parfait. Alex avait d'autres projets pour occuper les courts instants qu'ils allaient passer ensemble.

La température était sensiblement plus agréable à l'extérieur. Quelques couples étaient disséminés sur la terrasse, mais Grace ne se trouvait pas parmi eux. Alex jeta un coup d'œil sur sa gauche et l'aperçut en compagnie de David, dans le jardin. Fallait-il qu'il le dise à Kate ?

— Si je comprends bien, c'est la première Saison de lady Grace ? demanda-t-il.

— En effet, répondit Kate en soupirant. Elle est un peu âgée pour une débutante… Non, en fait, elle est vraiment âgée puisqu'elle a vingt-cinq ans. Mon frère envisageait de la marier à l'un de ses voisins mais la cousine de son majordome qui travaille à la laiterie Oxbury l'a dit à ma gouvernante qui me l'a rapporté. Il était impossible pour moi… Je me suis dit qu'il fallait que j'emmène Grace à Londres.

— Je vois, conclut Alex.

Vingt-cinq ans ? Cette fille était en âge de se débrouiller toute seule. Comme David, d'ailleurs. Alex lui avait recommandé de ne pas courtiser cette demoiselle en particulier mais si ce jeune fou préférait passer outre les conseils avisés de son oncle, libre à lui. David ne ferait aucun mal à lady Grace et Alex avait ses propres préoccupations.

Il posa la main de Kate sur son bras. Elle sentait la lavande, le même parfum qu'elle portait autrefois, quand il était jeune et considérait que l'avenir était riche de promesses, et non de culpabilité et de regrets.

Les doigts de Kate tremblèrent un peu mais elle ne retira pas sa main.

Il sourit. L'avenir était peut-être riche de promesses, après tout. Il n'avait pas ressenti un tel optimisme depuis bien longtemps – depuis la dernière fois qu'il était entré dans ce jardin en compagnie de Kate.

Il la guida pour descendre les marches de la terrasse puis ils prirent sur la droite, vers la petite charmille qu'ils avaient découverte lors de leur première promenade. Serait-elle encore là ? Après vingt-trois ans, on pouvait s'attendre à ce qu'elle ait disparu. Le duc, l'actuel ou son prédécesseur, avait peut-être réaménagé le jardin et remplacé leur cachette par un parterre de pensées. Ou la nature, en reprenant ses droits, l'avait peut-être réduite à un fouillis de terre, de branches et de feuilles mortes.

Non, la chance sourit de nouveau à Alex. L'alcôve était aussi verdoyante que dans son souvenir.

— Vous rappelez-vous cet endroit ? lui demanda-t-il.

— Oui, répondit Kate dans un filet de voix. Bien sûr que je me le rappelle.

Comment aurait-elle pu l'oublier ? Un regret soudain envahit le cœur d'Alex.

À l'époque, elle n'avait que dix-sept ans et lui, tout juste vingt-deux ans. Soit, il était déjà considéré comme un homme mais, en fait, il était à peine plus qu'un garçon. Il croyait encore que l'honneur était une vertu cardinale et que l'amour aurait raison de tout.

Il s'était montré bien naïf. Mais comment aurait-il pu en être autrement ? Il était encore si jeune.

Il aurait dû suivre l'exemple de son frère Luke et convaincre Kate de s'enfuir avec lui jusqu'à Gretna Green, à la frontière entre l'Angleterre et l'Écosse. Là, ils se seraient mariés puisque les lois écossaises régissant cette union étaient bien plus permissives que celles en vigueur en Angleterre. Il aurait alors connu vingt-trois ans de bonheur conjugal au lieu de ces années de solitude, de nuits passées à lire près de l'âtre ou, pire, à hanter des auberges pour se satisfaire avec des femmes qu'il n'aimait pas.

S'il avait emmené Kate jusqu'en Écosse, il aurait des fils à ce jour, des filles... une famille.

Hélas, il avait été le plus raisonnable des deux frères, le plus pondéré, le plus prudent, le plus sensible. Bon sang, quand on voyait où cela l'avait mené...

D'un autre côté, l'audace de Luke l'avait mené à la mort.

Fallait-il qu'Alex mette cette promenade sur le compte de la nostalgie ? Qu'il passe son chemin, sans s'arrêter, et finisse de traverser ce jardin avant de remonter les marches menant à la terrasse, bien sagement, comme un vrai gentleman respectueux des bonnes manières ?

Pas question. Il n'était pas venu jusqu'à Londres pour jouer les petits garçons bien élevés, mais pour s'encanailler, et il comptait bien le faire. Avec Kate. N'était-ce pas à cause d'elle qu'il s'était si souvent réveillé raide comme la justice ?

Il passa sous une branche basse pour avancer vers la pénombre. Kate le suivit sans hésitation et sans le moindre murmure de protestation.

Il lui tint la main pour l'aider à enjamber les racines et suivre le sentier étroit, longer la ligne d'herbe déjà foulée par d'autres couples. Quelqu'un d'autre se trouvait-il alentour ? Il s'arrêta, posa un doigt sur les lèvres de Kate pour l'empêcher de parler et écouta. Il entendit les accords lointains de la musique s'échappant de la salle de bal, des rires venant de la terrasse, le bruissement d'un petit animal courant dans les buissons, mais rien qui indiquait la présence de deux amoureux échangeant quelques baisers volés sous la charmille, Dieu merci.

Il fit le tour de la haute haie pour accéder à ce petit havre d'intimité. Mieux valait ne prendre aucun risque. Il déplaça Kate et se tint devant la trouée dans la verdure. Ainsi, d'éventuels importuns ne verraient que son dos et, avec un peu de chance, ne demanderaient pas leur reste.

Il ne voulait pas qu'on puisse les voir. Il ne voulait pas non plus qu'on les interrompe. Diable, si toute cette fête, tout ce beau monde et même l'univers entier pouvaient cesser d'exister ! Et la vie se réduire à ce berceau de verdure, à lui et à Kate. Plus de temps, passé ou futur, plus de souvenirs. Rien que l'instant présent et nul autre endroit que ce lieu.

— Nous voilà seuls, murmura-t-il, effrayé à l'idée de briser le charme en faisant trop de bruit.

— Oui, souffla-t-elle à son tour.

Elle gardait la tête baissée, les yeux rivés sur le gilet d'Alex.

La lumière de la lune perçait à travers les frondaisons et glissait sur les épaules de Kate pour baigner le haut de ses seins, faisant luire sa peau.

Il ferma les yeux un instant. Elle était si belle qu'il sentait son cœur – mais pas seulement – s'enflammer. Il observa la courbe délicate de son cou, les élégantes boucles qui s'étaient échappées du carcan des épingles. Il voulait la tenir contre lui pour la protéger de toutes les douleurs de la vie et pour aimer la moindre parcelle de son corps parfait.

Il n'aurait jamais cru se retrouver un jour dans cet endroit avec elle. Avait-il seulement imaginé qu'il la reverrait un jour ? Lorsqu'il avait appris la nouvelle du mariage de Kate avec Oxbury, quelque chose en lui était mort. Or, voilà qu'il se sentait revivre.

— Kate.

Elle leva enfin les yeux et s'humecta les lèvres.

Il fallait qu'il la touche, qu'il sente sa peau contre la sienne. Il enleva ses gants – il aurait même souhaité se dévêtir un peu plus, mais pas dans le jardin du duc – et caressa les lèvres de Kate. Il la sentit soupirer au moment où elle fermait les yeux. Elle renversa un peu la tête en arrière et entrouvrit à peine la bouche en signe d'invitation.

Pas encore. Il n'allait pas l'embrasser maintenant. Mais bientôt, très bientôt.

Du bout des doigts, il suivit le tracé de ses seins et les observa se gonfler alors qu'elle prenait son inspiration. Elle se mit à mordiller sa lèvre inférieure et ses mains s'agrippèrent à ses bras, non pas pour le repousser mais pour éviter de tomber.

Il posa les mains sur son cou élégant et lui caressa les joues avec douceur du bout des pouces. Elle ne put retenir un gémissement discret. Sa peau semblait brûlante.

— Vous m'avez manqué, Kate.

— Ah, dit-elle en ouvrant les yeux.

Son regard semblait trouble.

— Vous… Vous m'avez manqué, vous aussi, avoua-t-elle. (Elle déglutit et il ressentit le mouvement de sa gorge.) Atrocement.

Du bout du doigt, il suivit le tracé de sa lèvre inférieure.

— Devrais-je vous embrasser ? demanda-t-il.

— Oui. Je vous en supplie.

Il pencha alors la tête.

Voyons ce qu'elle a appris auprès de son mari.

Il se redressa. Non. Il n'était pas question de penser à Oxbury. C'était le passé. Alex avait laissé tout cela derrière lui lorsqu'il était entré dans cette alcôve. Rien ne comptait plus que l'instant présent.

— S'il vous plaît, murmura-t-elle. S'il vous plaît, Alex.

Il posa délicatement sa bouche contre la sienne, comme il l'avait fait alors qu'ils étaient bien plus jeunes. Elle ne bougea pas les lèvres. Il les effleura puis déplaça ses baisers sur sa joue, son front, ses paupières. Sa peau était très douce.

Le parfum de la lavande qui, comme jadis, se mêlait aux senteurs marquées de ce jardin, l'enivrait.

Il mourait d'envie de passer ses doigts dans les cheveux de Kate mais se retint, déterminé à se montrer prudent. Tôt ou tard, ils devraient retourner dans la salle de bal. Il ne fallait pas qu'elle porte les traces de cette petite escapade.

Elle renversa la tête, lui offrant ainsi davantage de terrain à explorer et il accepta cette invitation. Il déplaça sur le côté une mèche de cheveux et posa des baisers dans le cou de Kate, descendant lentement vers le doux renflement de ses seins. Elle tressaillit et émit un petit son incertain, entre soupir et halètement. Il revint à sa gorge, en sentit la pulsation sous ses lèvres.

Il avait rêvé cette scène précise pendant si longtemps : de retour dans le jardin d'Alvord, il tenait Kate dans ses bras et l'embrassait. Le songe s'achevait toujours alors qu'elle était nue contre lui… ce qui, bien entendu, n'était pas une option envisageable dans le cas présent. Toutefois, il restait un détail qu'il pouvait faire devenir réalité.

Il posa de nouveau sa bouche sur celle de Kate mais, cette fois, il ne s'agissait plus d'une caresse délicate. Cette fois, il glissa la langue entre ses lèvres.

Elle se raidit un instant, comme surprise, et il s'arrêta. Elle n'allait quand même pas le rejeter, si ?

Non. Elle se détendit et se colla à lui, lui rendant son baiser avec hésitation, comme si elle n'avait pas la moindre idée de la marche à suivre.

Il lui prit doucement le menton et entreprit de la guider. Elle avait un goût de menthe, de citron et de vin. À la fois sucré et acide. Une perfection.

Il était comme pétrifié de désir. Il voulait la libérer du carcan de son corset, lui défaire sa robe, explorer ses seins, son ventre, ses cuisses. Il voulait bien davantage que ce baiser déjà merveilleux.

Elle était veuve, lui célibataire. Rien ni personne ne pouvait les empêcher de faire ce qu'ils auraient dû faire des années auparavant. Ils n'auraient même pas à fuir jusqu'à Gretna Green.

Il recula et posa sa joue contre les cheveux de Kate, tâchant de reprendre le contrôle de ses idées et de sa respiration avant de lui demander sa main.

Ce fut elle qui retrouva sa contenance en premier.

— Alex, je…, commença-t-elle avant de s'interrompre.

— Kate…

Elle posa un doigt sur les lèvres d'Alex et eut un petit geste de la tête.

— Non, je..., hésita-t-elle de nouveau.

L'espace d'un instant, elle sembla occupée à rassembler ses idées, puis un sourire se dessina sur ses lèvres.

— Venez ce soir à Oxbury House. (Elle semblait essoufflée et tendue et baissa les yeux vers son menton.) Viendrez-vous ? demanda-t-elle.

Elle ne pense quand même pas à...

— Vous souhaitez que je vous raccompagne, lady Grace et vous, à l'issue du bal ? demanda-t-il.

— Non, répondit-elle en secouant la tête. Ce n'est pas cela... J'aimerais... Je veux que vous... veniez me voir... plus tard. (Elle leva les yeux et croisa son regard quelques fractions de seconde avant de reprendre la contemplation de son menton.) J'aimerais que vous veniez dans ma chambre.

Il avait du mal à l'entendre car elle murmurait. Pourtant, il comprit parfaitement ce qu'elle dit ensuite.

— Dans mon lit. J'aimerais que vous me retrouviez dans mon lit.

— Pardon ? s'exclama-t-il.

— Chut ! Quelqu'un pourrait vous entendre.

Kate se mordit la lèvre. Alex écarquillait les yeux, bouche bée, de toute évidence choqué.

Elle partageait ce sentiment et sentit la honte l'envahir. Venait-elle vraiment d'inviter un gentleman à la rejoindre dans son lit ?

Tout à fait. Elle s'éloigna de lui et releva la tête. Alex la regardait en fronçant les sourcils. Elle adopta la même attitude. Il n'avait pas intérêt à la juger.

C'était une femme mûre, pas une débutante comme sa nièce. Que cette dernière fasse la même chose, voilà qui aurait été choquant. Grace était vierge, jeune et fertile. Kate n'était plus rien de tout cela.

Grace… Elle aurait dû partir à sa recherche au lieu de suivre cet individu.

Mais elle avait préféré suivre Alex dans le jardin et tenter de retrouver cette période magique où elle était jeune et amoureuse.

Elle s'était comportée comme une sotte, une vraie tête de linotte.

— Et à combien d'hommes avez-vous fait l'honneur de cette invitation, lady Oxbury ?

Elle eut l'impression qu'il venait de la gifler. Comment osait-il dire une chose pareille ?

Il était évident qu'il la connaissait à peine. Ils n'avaient passé ensemble que deux mois au milieu d'une Saison, ponctuée de quelques soirées, et cela remontait à vingt-trois ans. Elle n'avait été qu'une enfant. Elle était une femme à présent. Comment aurait-il pu la connaître ?

— Voilà qui ne vous regarde pas, Mr Wilton, lâcha-t-elle.

— C'est que je suis quelque peu regardant au niveau de mes relations, lady Oxbury, ajouta-t-il.

Cette fois-ci, il avait mérité sa gifle. Elle devait retirer sa proposition. Il n'était pas question qu'elle couche avec ce mufle.

Elle ouvrit la bouche pour le lui dire mais aucun mot ne franchit ses lèvres.

L'insupportable vérité, c'était qu'elle n'avait jamais cessé de le désirer depuis leur premier baiser. Elle avait pensé à lui durant sa nuit de noces, une fois qu'Oxbury était retourné dans son propre lit après avoir rempli son devoir conjugal. Elle avait rêvé de lui dans le noir et parfois même à la table du petit déjeuner alors qu'Oxbury lisait son journal tout en avalant ses toasts et ses rognons. Elle en avait honte, mais s'était souvent imaginé que c'était lui, et pas Oxbury, qui la rejoignait dans son lit dans l'espoir de concevoir un héritier.

Elle avait eu de l'affection pour Oxbury et avait toujours fait de son mieux pour agir en épouse parfaite. Elle n'avait jamais pris d'amant. Pour autant, lui avait-elle vraiment été fidèle ?

Non, pas tout à fait. Pas au plus profond de son cœur.

Assez ! Cela faisait un an que son époux était mort et enterré. Personne ne pourrait lui reprocher d'avoir un galant… Enfin, personne d'autre que Mr Wilton le bien-pensant ici présent. Elle était curieuse, voilà tout. Elle avait enfin l'occasion de découvrir comment se seraient passées les choses si Alex s'était réellement retrouvé dans son lit à la place de son mari.

Elle était persuadée que ce serait très agréable. Un simple baiser d'Alex avait déjà éveillé en elle des sensations inédites. Où avait-il pu développer de tels talents, lui qui ne s'était jamais marié ?

— Vous êtes regardant, dites-vous, Mr Wilton ? Pourtant, j'oserai affirmer que depuis notre dernière rencontre vous avez fréquenté davantage de femmes que je n'ai connu d'hommes.

Venait-il de rougir ? Elle n'en douta pas un instant.

— Cela n'a absolument rien à voir. Je suis un homme.

Exact. Et les règles voulaient que les dames ferment les yeux sur les vagabondages des messieurs. S'il était son époux – elle réprima un frisson à cette idée – elle détournerait le regard. Oui, mais voilà : ce n'était pas son mari et il se permettait de lui reprocher des écarts qu'il avait sans doute commis lui-même à maintes reprises.

— Je suis veuve, Mr Wilton, lui rappela-t-elle. (Ne pouvant plus supporter son expression, elle regarda ailleurs.) Je pense avoir le droit de me comporter comme bon me semble. Cela dit, si mon invitation ne vous intéresse pas, n'en parlons plus. Ayez l'obligeance d'oublier que j'ai abordé le sujet.

Elle n'avait pas à avoir honte. Il ignorait ce que c'était de se retrouver dans une totale solitude. Elle n'avait plus d'époux, aucun enfant et pas de foyer. Elle maîtrisa à grand-peine la vague d'angoisse qui lui serra la gorge. À quoi bon s'appesantir sur des frustrations auxquelles elle ne pouvait rien changer ?

Non, Mr Wilton ne pouvait pas soupçonner qu'elle se trouvait dans une situation désespérée. En tant qu'homme, il avait un contrôle total de son propre destin. Il pouvait choisir de convoler ou de rester célibataire. Il était maître en son domaine. Il n'avait pas la moindre idée de l'existence qu'elle menait.

— Je crois que j'aimerais retourner au bal maintenant, si vous n'y voyez pas d'inconvénient, dit-elle. J'ai négligé mes obligations et je dois m'assurer que Grace est revenue.

Ce grand dadais restait planté devant elle. Tant pis. S'il ne souhaitait pas l'accompagner ou s'il s'en sentait incapable, elle retrouverait son chemin toute seule.

— Ayez l'obligeance de m'excuser, Mr Wilton. Il serait préférable, à l'avenir, que nous limitions nos échanges à un salut courtois. Il me semble que nous nous sommes dit tout ce que nous avions à nous dire pour le temps qu'il nous reste à passer à Londres.

Elle était très fière d'elle. Elle était parvenue à prononcer tout ce discours sans pleurer ni même laisser sa voix flancher. Elle avança pour contourner Alex.

Il l'arrêta en refermant sa main sur son bras.

— Lady Oxbury, dit-il avant de marquer une pause.

Son visage était dans l'ombre et elle ne voyait pas son expression.

— Kate... Je vous demande pardon. Je ne voulais pas me montrer insultant.

Elle ne put s'empêcher de grommeler. Ah bon, il ne voulait pas se montrer insultant ? Cet homme la prenait-il pour une parfaite idiote ?

— Vraiment, ajouta-t-il. Disons que j'ai été… surpris.

Cela, elle pouvait le comprendre, car elle-même s'était trouvée surprenante. Elle n'aurait jamais imaginé avoir la témérité de proposer une telle folie.

— Très bien. J'accepte vos excuses, concéda-t-elle. Maintenant, ayez la gentillesse de me raccompagner jusqu'à la salle de bal.

Il détourna le regard. À la lumière de la lune, elle vit qu'il crispait la mâchoire. Il ne fit pas mine de se mettre en route ou de la relâcher.

À quoi pensait-il donc ? Il n'avait quand même pas l'intention de la retenir ici au risque que Grace les découvre ? Comment pourrait-elle expliquer à sa nièce sa présence dans un endroit aussi retiré ? Il fallait qu'elle rentre, et tout de suite.

Elle allait ouvrir la bouche pour exiger qu'il la lâche quand il se tourna vers elle.

— Kate, risqua-t-il d'une voix grave.

— Mr Wilton…

— Appelez-moi Alex, Kate.

À l'entendre, on aurait pu croire qu'il souffrait.

— Très bien, Alex, dit-elle en posant la main sur son bras. Nous devrions retourner au bal.

— Je… Puis-je… Enfin…, bredouilla-t-il. (Il prit une profonde inspiration comme pour se donner du courage.) Si je le peux, j'aimerais accepter votre charmante proposition.

— Ma proposition ? demanda lady Kate.

— Oui. J'aimerais… vous rendre visite. Ce soir. (Il avait clairement du mal à prononcer ces mots.) Si vous m'y autorisez.

Kate sentit son ventre se contracter d'excitation. Elle tenait là sa dernière occasion de changer d'avis et devait se montrer raisonnable, prudente.

Non, elle comptait se montrer audacieuse. Elle n'avait encore jamais suivi les élans de son cœur et cela faisait des années qu'elle le regrettait. Il n'était pas question qu'elle persiste dans cette erreur.

— Très bien, déclara-t-elle.

Seulement, elle ne lui permettrait pas de se présenter à la porte d'entrée. En aucun cas ! Son intrépidité avait des limites. Toutefois, un gros arbre poussait près de sa fenêtre…

— Laissez-moi une demi-heure d'avance…, commença-t-elle avant de se reprendre. Disons plutôt une heure après que j'aurai quitté le bal. Vous lancerez des graviers contre ma fenêtre, à l'angle nord-ouest du deuxième étage, et je vous ferai entrer. Enfin, à condition que vous soyez toujours en mesure de grimper dans un arbre.

Il lui sourit de toutes ses dents, étincelantes dans le clair de lune.

— Je pense pouvoir convaincre mon vieux corps d'accomplir cet exploit.

Elle fronça les sourcils. S'il tombait ? Il pourrait s'estropier. Et quel scandale ! Toute la bonne société n'en finirait plus de gloser en cherchant à savoir pourquoi on avait ramassé Mr Wilton sous les fenêtres de la chambre de lady Oxbury.

— En fait, il vaudrait mieux que je laisse l'entrée des domestiques déverrouillée, déclara-t-elle.

— Vous ne me croyez pas capable d'emprunter un chemin plus romantique ?

Elle sourit en retrouvant dans la voix d'Alex cette petite note de sous-entendu qui lui avait manqué. Tout allait peut-être se passer à merveille. Ce ne serait pas de l'amour – en tout cas pas de la part d'Alex – mais ce serait… parfait. Au moins, cela lui permettrait de satisfaire sa curiosité. Elle pourrait enfin ranger ce béguin qu'elle avait pour lui au chapitre des souvenirs, là où était sa place.

— Je ne veux surtout pas que vous dépensiez toute l'énergie dont vous aurez besoin par la suite.

— Femme de peu de foi, s'esclaffa-t-il. Je serai ravi de vous montrer que j'ai de l'énergie à revendre. (Il se pencha en avant et lui déposa un baiser sur le nez.) Toutefois, je pense que je passerai par l'entrée des domestiques. Inutile de me fatiguer inutilement quand des activités bien plus réjouissantes m'attendent.

Frivole et taquin… Que demander de plus ? Peu lui importait qu'il la prenne pour une veuve joyeuse. Elle passa les mains sur son torse et remonta jusqu'à son cou. Elle avait décidé de se laisser courtiser et séduire.

— Je suis très impatiente, lui confia-t-elle.

À la fougue de son baiser, elle comprit qu'il l'était également.

Il ne fallait pas qu'elle pense à son père, ni à lady Harriet, la mère de lord Dawson. Il ne fallait pas non plus qu'elle songe à l'étonnante demande en mariage du baron. En fait, il ne fallait pas qu'elle réfléchisse du tout. Elle comptait juste profiter de cette danse qui, pour une fois, ne lui donnait pas l'impression d'être une géante conduite par un nabot.

Lord Dawson était fou à lier mais il se montrait un danseur hors pair. Grace virevoltait, guidée par ses grandes mains puissantes. Elle n'avait jamais ressenti un tel plaisir à se mouvoir et avait envie de rire à gorge déployée.

Elle détestait la danse en général et la valse en particulier. Elle s'était toujours sentie trop imposante et inélégante pour cet exercice. Le plus souvent, elle était plus grande que son partenaire, et parfois... Par exemple, à Standen, elle avait été forcée d'informer Mr Fenton qu'elle ne se tiendrait plus jamais debout si près de lui. Faisant une tête de moins qu'elle, il l'invitait à danser pour pouvoir examiner son décolleté de plus près.

Mais ce soir, dans les bras de lord Dawson, danser était une expérience tout à fait différente. Elle se sentait légère et... gracieuse. Son sourire s'épanouit mais sa bonne humeur fut de courte durée.

John détestait danser. Tout du moins, il détestait danser avec elle. Il leur était arrivé de claudiquer sur une piste en cadence avec la musique, mais... Elle soupira. Avec John, une danse était au mieux une occupation banale. Mais n'était-ce pas ainsi qu'il voyait la vie en général ?

Tout cela : la danse, la musique, les couleurs chatoyantes et les belles toilettes... Tout ce romantisme n'était qu'un instant fugitif, une étincelle de magie. Dès les premières lueurs du matin, tous les élégants, les fleurs et les musiciens auraient disparu et il n'en resterait plus qu'un parquet rayé, une poignée de feuilles mortes et quelques pétales blancs flétris.

Mais l'aube était encore loin. Ce soir, Grace allait profiter de la magie. Quand l'heure serait venue, à l'issue de la Saison, elle rentrerait chez elle pour retrouver son existence morne et banale auprès de son père et de John.

— La musique vous plaît, ma chère ? demanda David.

Tout à son plaisir, elle ne s'offusqua pas qu'un bel homme l'appelle « ma chère », trouva même cela normal.

— Oui, beaucoup, répondit-elle.

Il lui adressa un demi-sourire et Grace ressentit de nouveau cet étrange petit frisson.

Lord Dawson était si beau que c'en était indécent. Ce menton carré, bien dessiné, avec cette fossette, était envoûtant. Et cette fossette, justement ! Sur un visage déjà aussi séduisant que celui du baron Dawson, ce genre de détail aurait dû être considéré comme de la concurrence déloyale. Il y avait des reflets dorés dans le blond profond de ses cheveux en bataille et ses yeux bleu foncé reflétaient son humour et aussi… quelque chose de chaleureux et d'intense.

Grace commençait d'ailleurs à avoir un peu chaud. En voyant le sourire radieux de David, elle comprit qu'elle devait être en train de rougir. *Bonté divine…*

Elle ferma les yeux, ce qui n'arrangea pas du tout la situation. En effet, toute son attention se reporta sur la manière dont David la tenait et la guidait, à la fois ferme et douce. Soudain, son corset effleura le gilet de son cavalier. À ce contact, elle eut l'impression que ses seins devenaient plus imposants et plus lourds. Sous le choc, elle tressaillit et inhala cette chaleur épicée qui semblait émaner de lui.

Elle rouvrit les yeux. C'en était trop. Elle aurait dû prendre congé dans le jardin ou au moins s'éloigner de lui une fois de retour dans la salle de bal.

Elle leva les yeux pour regarder son visage. Il lui adressa un grand sourire, qui creusa la fossette de sa joue. Il savait parfaitement ce qu'elle pensait.

Bon sang ! Kate devait être aussi rouge que des braises ardentes. En tout cas, elle avait bien l'impression de luire. Elle fronça de nouveau les sourcils.

David dut retenir un petit rire. Pensait-elle vraiment pouvoir l'intimider ? Ce regard faisait peut-être effet sur son « presque fiancé », mais pas sur lui. Il éprouvait comme de la pitié pour cet homme. Si ce quidam épousait Grace – une issue que David était de plus en plus décidé à éviter – elle le mettrait plus bas que terre. À dire vrai, David ferait une bonne action en débarrassant ce gentleman de Grace car lui, au moins, saurait comment maîtriser sa fougue.

Bon sang. Il recula légèrement. L'idée de maîtriser Grace – dans un lit, bien entendu – eut sur lui l'effet attendu.

Elle avait toujours l'air contrariée.

— Ne me lancez pas ce regard méchant, Grace. Cela ne m'effraie aucunement.

L'effrayer ? Grace faillit lever les yeux au ciel. C'était lui qui l'impressionnait. Il lui faisait l'effet d'une araignée trônant au centre d'une toile de séduction, attendant qu'elle finisse par tomber dans son piège.

— Ne soyez pas ridicule. Bien sûr que je ne vous effraie pas. Je n'ai jamais fait peur à qui que ce soit de toute ma vie.

L'étrange petite lueur dans le regard de lord Dawson parut s'intensifier. Se moquait-il d'elle ? Comment osait-il ? Il aurait fallu… Si seulement…

Elle aurait dû ressentir de la colère. Au lieu de ça, elle avait chaud et se sentait décontenancée.

— Je ne vous crois pas, dit-il en la faisant tournoyer au son de la musique. Selon moi, le quidam moyen doit trembler devant vous.

— Seulement parce qu'il a peur pour ses orteils, grommela-t-elle. Les hommes de Standen savent trop bien ce que le beau monde de Londres ne va pas tarder à découvrir : j'ai fait plus d'infirmes que Napoléon.

Il la ramena vers lui pour éviter un autre couple et leurs torses se touchèrent une nouvelle fois. Ses seins étaient toujours très sensibles. Leurs pointes durcirent. Comme c'était embarrassant ! Il s'en rendait compte, c'était certain…

— Sottises ! s'exclama-t-il. Je n'ai aucune crainte pour mes orteils.

Ses orteils ? Bon sang, voilà qu'elle se mettait à avoir des idées salaces à propos des doigts de pied de cet homme. La conversation tournait autour de la danse, pas autour des orteils de lord Dawson.

— Vous n'avez pas peur pour eux parce que vous êtes un excellent danseur, dit-elle.

Il fit une moue entendue et baissa la tête ainsi que la voix. Il avait une voix magnifique, profonde, douce et chaude comme le plus riche et le plus suave des chocolats. Ses mots effleurèrent ses cheveux et caressèrent ses oreilles avant de créer des vagues de chaleur jusque dans son…

Non ! Il ne fallait pas qu'elle pense à de telles choses. Pas d'orteil, pas de pied, pas de secret, de chaleur, d'excitation… Non, en aucun cas. Voilà, c'était décidé. Pas de doute et pas de regret…

— Aimeriez-vous voir dans quel autre domaine je suis aussi très doué, ma douce ?

La jeune femme tressaillit de désir malgré elle. Elle prit ses distances avec les lèvres de David et ordonna à son cœur ainsi qu'au reste de son corps de bien se tenir. Elle n'était pas une gamine. Elle savait reconnaître une tentative de séduction quand elle en voyait une.

— Lord Dawson…, commença-t-elle en lui servant son regard le plus glacial.

— Chut, lady Grace, lui souffla-t-il.

Ses yeux étincelaient. Il se moquait encore d'elle, ce gredin.

— Pourquoi êtes-vous aussi agitée ? demanda-t-il. Je ne faisais allusion qu'à des jeux de salon… Les vingt questions, une partie de brisque, les devinettes, les jonchets. (Il prit un air interrogateur.) De quoi pensiez-vous que je parlais ?

Diable ! Si seulement elle n'avait pas le teint si clair ! Son visage, désormais aussi brûlant que les flammes des bougies, devait être écarlate. Lord Dawson essayait de l'intimider et elle n'allait pas le laisser faire.

— De séduction, milord, répondit-elle vivement. Ne me prenez pas pour une idiote. Vous n'avez eu de cesse de m'entraîner…

À cet instant précis, l'orchestre joua la note finale. Hélas, sous le coup de l'émotion, la voix de Kate était quelque peu montée dans les aigus. Quelques couples se tournèrent vers eux et lord Dawson lui adressa un demi-sourire.

Bon sang.

— … de m'entraîner vers le buffet.

Elle pria de toute son âme pour que personne ne remarque qu'elle était rouge de honte ou, si certains devaient s'en apercevoir, qu'ils mettent cela sur le compte de la danse.

— Il est vrai que ce homard en croûte a l'air succulent ! lança David avec un petit rictus.

Par bonheur, tous ceux qui les entouraient reprirent le cours de leurs conversations respectives.

— Quoi ? lâcha Grace.

— Ce fameux homard en croûte, lady Grace. Si mignon, si tentant et si séduisant.

— Oh. Arrêtez de vous moquer de moi, s'il vous plaît.

Il était clair qu'il se riait d'elle, même s'il ne le faisait pas ouvertement. Il évitait de sourire. Mais l'amusement étincelait dans ses maudits yeux.

— C'est que vous êtes tellement drôle, dit-il en lui prenant la main pour la poser sur son bras. D'autant plus que vous semblez totalement ignorer à quel point vous êtes belle et séduisante.

Oui, cet homme était bien fou.

— Je ne suis pas drôle ou…, commença-t-elle. Ou… quoi que ce soit d'autre ! Épargnez-moi ces fadaises !

Lord Dawson s'était mis à marcher et comme il tenait la main de Grace fermement plaquée sur son bras, elle n'eut d'autre choix que de le suivre.

— Où m'emmenez-vous ? lui demanda-t-elle.

— Jusqu'au buffet, bien entendu. Allons goûter à cet appétissant homard en croûte.

— Je n'ai pas faim, annonça Grace en s'arrêtant net.

Hélas, c'était la stricte vérité. Son estomac déjà mis sens dessus dessous par la simple présence de cet énergumène n'aurait pu accepter la moindre nourriture. C'était bien dommage car ces mets figuraient en général en bonne place parmi ses préférés et elle soupçonnait ceux-ci d'être absolument exquis. Le duc d'Alvord était réputé pour la finesse de sa table.

— Alors prenez donc un verre de limonade à la place, lui suggéra le baron.

Décidément, il était très autoritaire.

— Je ferais sans doute mieux d'aller retrouver ma tante, dit la jeune femme.

Mais où est donc passée tante Kate ? Grace balaya la salle du regard alors que lord Dawson s'obstinait à l'entraîner vers la pièce où l'on avait dressé le buffet.

— Ainsi, vous pourriez chercher votre oncle, suggéra-t-elle.

— Pas la peine, déclara-t-il en désignant du menton la porte donnant sur le jardin. Vous voyez ? Ils reviennent d'une petite promenade dans le parc.

— Eh bien ! On dirait qu'ils sont plutôt en bons termes. Qu'en dites-vous ? demanda Grace en faisant de son mieux pour les regarder avec discrétion.

— Vous avez raison. Peut-être sont-ils parvenus à régler leurs différends, suggéra David.

Grace risqua un autre coup d'œil vers le couple. Même si elle avait l'air nerveuse, sa tante souriait. Quant à Mr Wilton, il paraissait un peu tendu. Malgré cela, ils se tenaient proches l'un de l'autre. Ils prirent même part à la danse suivante. Tante Kate allait-elle retrouver l'amour ?

— J'accepterais volontiers une coupe de champagne, annonça Grace avec un sourire.

Chapitre 5

Elle avait osé inviter Alex dans son lit.

Kate croisa très fort ses mains sur ses genoux et, tournant la tête vers la fenêtre de la voiture, fit semblant de regarder les rues de Londres plongées dans le noir.

Avait-elle été prise de démence ? C'était la seule explication possible. Elle ne s'était jamais montrée aussi audacieuse auparavant. Audacieuse ? Ah ! Ce qu'elle avait fait allait bien au-delà de l'audace, c'était…

C'était bien trop scandaleux pour qu'on y pense.

Pourtant, elle y avait pensé et l'avait même fait. Elle avait posé la question à Alex… et il avait répondu « oui ».

Grands dieux ! Elle appuya ses mains contre son ventre. Ce corset de malheur lui permettait à peine de respirer.

Dans une heure – voire moins – Alex serait dans son lit.

Elle se mordilla la lèvre. Au moins, dans toute cette histoire, elle avait manifesté une once de bon sens en évitant de se rendre au buffet. Si son estomac finissait par se rebeller, elle éviterait ainsi des conséquences humiliantes.

Qu'est-ce qui lui prenait ? Sa digestion était le cadet de ses soucis. Si Alex devait venir dans sa chambre – dans son lit – il s'attendrait à ce qu'elle fasse montre d'un peu d'expérience, de talent, de quelque chose qui justifie le déplacement. Elle ne pourrait pas se contenter de s'allonger et d'attendre comme elle le faisait avec Oxbury.

Elle essaya de retrouver son souffle. Il ne fallait pas qu'elle s'affole. Oxbury ne s'était jamais plaint. Il donnait même l'impression d'apprécier l'exercice puisqu'il l'avait pratiqué durant toutes ces années, même quand…

Bref, il l'avait pratiqué.

Les hommes avaient besoin de moments de détente, et peu leur importait sans doute avec quelle femme ils les partageaient. Dans le noir, toutes les femmes devaient se ressembler.

Pouvait-on en dire autant de tous les hommes ?

Non. Alex n'aurait sûrement rien à voir avec Oxbury.

Elle allait le découvrir dès ce soir. Après toutes ces années passées à se poser des questions et à se languir, elle saurait enfin. Peut-être lui faudrait-il reconnaître que ce qu'elle avait attendu n'était pas différent de ce qu'elle avait déjà connu.

Quoi qu'il en soit, elle pourrait enfin mettre de côté toutes les incertitudes qui l'assaillaient, et avancer, enfin débarrassée des « et si » ou autres « si seulement ».

L'expérience serait-elle vraiment différente avec Alex ? Ses baisers lui en avaient déjà offert un aperçu.

Elle ferma les yeux de plaisir. À la seule pensée des lèvres d'Alex contre les siennes, de son corps solide et de la force de ses bras, elle sentit un frisson singulier dans son bas-ventre.

Elle rougit. Ce n'était pas tout à fait son bas-ventre…

— Ce fut plutôt, hum… distrayant.

Kate ouvrit brusquement les yeux, inquiète que Grace ait pu deviner la nature de ses pensées.

Celle-ci eut un hoquet et lui adressa un grand sourire indolent.

Bonté divine ! Kate scruta sa nièce dans la faible lumière. Grace avait le regard légèrement vitreux et, maintenant qu'elle y pensait, la jeune femme avait un peu trébuché au moment de monter dans la voiture.

— Combien de verres de champagne avez-vous bus, Grace ?

— Juste deux.

Grace renversa la tête contre le dossier de la banquette et observa le plafond comme pour y dénicher la bonne réponse puis déclara en gloussant :

— Ou trois. Je n'ai pas vraiment compté.

— Magnifique, lâcha Kate d'un ton exaspéré.

Il était clair qu'elle aurait dû prêter davantage attention à sa nièce et moins – beaucoup moins – à Mr Alex Wilton. D'un autre côté, comment aurait-elle pu s'imaginer que Grace profiterait de son premier bal à Londres pour s'enivrer ? Cette fille – cette femme – avait quand même vingt-cinq ans.

— J'imagine que vous aviez déjà bu du champagne auparavant ? ajouta-t-elle.

— Bien entendu ! répondit Grace.

En disant cela, elle redressa la tête pour regarder sa tante mais gâcha son effet en perdant l'équilibre et en glissant sur le côté. Elle se rattrapa de justesse à la banquette et reconnut :

— Mais pas autant.

— Vous allez avoir mal au crâne demain matin, prédit Kate.

— Et… et alors ? balbutia Grace en reprenant place. Je me sens merveilleusement bien, là. Je n'ai jamais été aussi heureuse.

— « Heureuse » ? répéta Kate. Oui, on peut dire ça comme ça. On peut aussi dire « pompette ».

— La barbe. Pourquoi êtes-vous aussi grognon ? Vous ne vous êtes pas amusée ? lui demanda Grace en fronçant les sourcils.

Sans se départir de son sérieux, Kate regarda par la vitre en plaçant ses mains contre ses tempes afin de bloquer la lumière provenant de la voiture. Elle se détendit en reconnaissant le quartier. Elles étaient presque arrivées à Oxbury House. Avec un peu de chance, elle parviendrait à faire monter Grace et à la mettre au lit avant que celle-ci ne s'écroule ou ne se trouve mal.

— Je ne suis pas allée chez le duc d'Alvord pour m'amuser, dit-elle. J'étais là pour vous chaperonner. Il me semble clair que je ne me suis pas parfaitement acquittée de ma tâche.

Grace contemplait de nouveau le plafond. Elle eut un petit rire puis porta son regard sur sa tante.

— Me chaperonner ? Était-ce cela que vous faisiez dans le jardin avec Mr Wilton ?

— Je vous cherchais, rétorqua Kate. (Ce n'était qu'un petit mensonge, mais comme Oxbury avait l'habitude de le dire : « La meilleure défense, c'est l'attaque. ») Puisque nous en parlons, expliquez-moi un peu ce qui vous a pris de sortir dans le parc toute seule, poursuivit lady Oxbury. Vous n'êtes pourtant pas l'une de ces débutantes idiotes et ingénues. (Elle marqua une pause.) Enfin, vous êtes bien une débutante mais pas une idiote ni une ingénue. Du moins, je l'espère.

— Je n'étais pas seule, ricana Grace.

Grands dieux ! Qu'est-ce que Grace avait bien pu faire ? Sans doute rien d'aussi scandaleux qu'elle. Non, on ne pouvait pas comparer leurs deux situations. Kate était une veuve alors que Grace était encore vierge.

Normalement…

Voilà que sa propre culpabilité faisait naître en Kate des idées complètement farfelues.

— C'est encore pire, lança-t-elle à Grace. Si quelqu'un vous avait vue, c'en serait fini de vous. Votre Saison serait terminée. Comprenez bien que la haute société londonienne se délecte des ragots susceptibles de mettre en pièces la réputation des toutes jeunes femmes, et même des moins jeunes.

— Je voulais juste m'entretenir avec le baron Dawson, glissa Grace d'un ton badin.

— Comment ? s'exclama lady Kate.

Standen l'étranglerait s'il apprenait que Grace avait adressé la parole au baron. Quant à déambuler dans le jardin en sa compagnie, c'était impensable.

— Vous vous êtes promenée dans le parc avec lord Dawson ? s'écria lady Kate. Je n'arrive pas à y croire. Je vous avais bien dit de ne pas vous approcher de lui. Vous savez que votre père a des griefs envers la famille de cet homme.

— Et alors ? Père n'est pas là, me semble-t-il, fit remarquer Grace avec un clin d'œil. Vous n'allez pas vendre la mèche, hein ? Parce que moi aussi, j'aurais des choses à raconter. Vous vous trouviez également dans le parc en compagnie d'un Wilton, ma chère tante.

— À la différence près que vous êtes une jeune femme à marier. Vous auriez dû rester bien sagement sur la terrasse, répliqua Kate d'un ton qu'elle trouva elle-même peu convaincu.

Cela n'avait aucune importance. Grace n'était plus en état de prêter attention à de telles nuances.

— Peut-être que je n'ai pas envie d'être sage. Peut-être que je veux m'amuser un peu avant de me retrouver enchaînée à Mr John P… Parker-Roth et à ses satanées roses.

— Grace…, commença lady Kate.

Mais Grace se redressa et se rattrapa au bord de la banquette juste avant de tomber la tête la première sur les genoux de sa tante.

— J'aime bien Mr Park... John, dit-elle. J'aime bien aussi sa mère et son père et ses frères et ses sœurs. Je les aime bien tous ! (Elle agita un doigt sous le nez de lady Kate.) Mais j'aime bien aussi le baron Dawson. Je l'aime, euh... vraiment beaucoup. (Elle se rassit au fond de son siège, appuya la tête contre le dossier et croisa les bras.) Il me donne l'impression d'avoir des fourmis partout.

— Grands dieux ! s'exclama lady Kate.

Des fourmis partout ? Voilà qui était une très mauvaise nouvelle. Près d'un quart de siècle auparavant, lady Kate avait elle aussi ressenti ce genre de picotements et elle savait que cela menait immanquablement à l'idée du mariage. Or, elle avait appris à ses dépens que Standen danserait nu à *Almack* avant de laisser sa fille épouser un Wilton.

Pourquoi diable avait-il fallu qu'Alex et son neveu choisissent précisément cette Saison pour se rendre à Londres ?

Parce que le vieux baron était mort, bien sûr. Lord Dawson était donc venu à la capitale pour y trouver une épouse ou pour attirer quelques jeunes femmes – y compris la fille de son pire ennemi – sur la voie de la luxure.

Elle se raidit. Il ferait bien de se tenir à l'écart de Grace si ses intentions n'étaient pas tout à fait louables. S'il lui faisait du mal...

Avec un soupir, lady Kate s'affala contre les coussins. Même s'il envisageait le mariage, le baron allait devoir chercher ailleurs car Standen ne donnerait jamais son approbation. Quand Alex la rejoindrait, elle devrait s'entretenir sérieusement avec lui au sujet de son neveu.

Si toutefois il venait. Le bon sens et la prudence pourraient lui suggérer, après mûre réflexion, de rester chez lui. Il n'avait jamais été un homme inconsidéré. Grimper jusqu'à la fenêtre d'une dame – ou se glisser chez elle par l'entrée de service – n'était pas dans les habitudes d'Alex Wilton, elle en était sûre.

Quoique… Après tout, elle n'avait fréquenté Alex que quelques mois, et c'était si loin derrière elle. Peut-être était-il devenu expert dans l'art de s'introduire à pas de loup dans les chambres des dames avant d'en repartir tout aussi discrètement. En toute honnêteté, elle-même ne se serait jamais crue capable d'inviter un homme dans son lit et elle venait pourtant de le faire.

Toutefois, c'était surtout de Grace et de ses activités amoureuses – elle frissonna à cette idée – dont elle devait s'inquiéter dans l'immédiat.

— Grace…, commença-t-elle.

Mais sa nièce lui coupa la parole.

— Lord Dawson m'a raconté que son oncle vous avait demandée en mariage avant que vous épousiez Oxbury. (Grace avait l'air fâchée et nettement moins ivre.) Pourquoi ne m'aviez-vous pas confié ce détail, tante Kate ?

— C'était il y a longtemps, répondit Kate en se réjouissant d'être dissimulée dans l'ombre.

— Cela s'est passé la dernière fois que vous êtes venue à Londres, lui rappela Grace. C'est pour cela que vous y êtes revenue ? Pour revoir Wilton ? Comme vous êtes désormais libre, tout comme lui... (Elle soupira.) C'est si romantique !

— Cela n'a rien de romantique, répliqua lady Kate, bien décidée à ne pas laisser sa nièce interférer dans sa relation avec Alex, quelle qu'elle soit. Ne soyez pas ridicule.

Grace se pencha en avant, prenant encore une fois le risque de s'écrouler. Elle se redressa un peu.

— Vous savez... Cette fois-ci, père ne peut pas vous arrêter, lui souffla-t-elle.

En effet, Standen ne pouvait absolument plus rien contre elle. À l'idée de cette bravade, un léger frisson lui parcourut le dos. Elle n'avait plus dix-sept ans mais était devenue une femme... une veuve joyeuse. Jusque-là, elle avait mené son existence en prenant soin de satisfaire son frère et son époux. Désormais, elle pouvait enfin choisir de se faire plaisir.

C'était toutefois impossible. Elle n'était pas l'héroïne d'un conte de fées vivant par ses propres moyens dans un château. Elle ne pourrait pas épouser Alex même s'il le lui proposait – et cela avait peu de chances d'arriver. Non seulement Standen se mettrait dans une rage folle mais, en plus, tous les charognards de la bonne société déterreraient les scandales qui avaient émaillé les relations passées entre les Belmont et les Wilton. Cette idée lui était insupportable et elle refusait de l'envisager alors que sa nièce débutait à peine sa première Saison.

— Ce n'est pas aussi simple, Grace.

Avoir une relation amoureuse, pourquoi pas ? Cela pourrait être toléré, à condition qu'elle se montre discrète, très discrète. Si la plus petite allusion à la visite d'Alex – en imaginant qu'il vienne – parvenait aux oreilles de la haute société, les commères ne manqueraient pas d'exhumer les racontars qui avaient couru au sujet de son frère. Ni de rappeler le fiasco qu'avait été la première idylle entre Alex et elle.

— Pour quelle raison papa voudrait-il vous empêcher d'épouser Mr Wilton, tante Kate ? Il devrait quand même comprendre que vous mèneriez une existence bien plus épanouie auprès d'un époux qu'enfermée dans la maison douairière, à regarder le nouveau lord Oxbury laisser le domaine aller à vau-l'eau, dit Grace en lui souriant. Vous savez, papa considère cet homme comme un imbécile.

— Grace ! s'exclama lady Kate. Surveillez votre langage.

Standen ne s'était-il donc pas occupé de l'éducation de Grace ? Il aurait dû se remarier. Tout le monde s'était attendu à ce qu'il le fasse une fois passée l'année requise à porter le deuil de sa femme. Il lui aurait fallu un héritier. C'était toujours le cas mais il y avait peu de chance qu'il puisse en avoir un désormais, à cinquante-six ans.

— C'est ce qu'a dit papa quand votre époux est mort, se défendit Grace.

— Je n'en doute pas. Il n'a jamais porté l'héritier d'Oxbury dans son cœur, ce qui est le cas de beaucoup de gens. Cela ne signifie pas pour autant qu'il me laissera épouser Mr Wilton. Un autre homme… n'importe quel autre homme, sans doute, mais pas Mr Wilton. Si lord Dawson vous a raconté notre histoire, vous devez le savoir. (Lady Kate baissa les yeux et lissa sa jupe.) De toute façon, Mr Wilton n'a jamais parlé de mariage.

— Il le fera.

— Non, rétorqua lady Kate en relevant la tête pour regarder Grace.

— Ne dites pas n'importe quoi, tante Kate. Je vous ai vue valser avec lui. Il le fera, c'est certain.

— Dites-moi, Grace… Vous avez absorbé une certaine quantité de champagne depuis que vous avez fait cette observation, non ?

— Eh bien…

— Cela n'a aucune importance, décréta lady Kate. Si Mr Wilton devait me proposer le mariage, ce qu'il ne fera pas, je serais obligée de refuser.

Grace doit encore s'imaginer que l'amour peut triompher de tout, à moins que ce ne soit le champagne qui lui dicte ses paroles. Vivre heureux, jusqu'à la fin des temps, entourés d'une ribambelle d'enfants… Cela n'existait pas dans la réalité. Les gens devaient affronter tous les jours la censure imposée par la société ou leur famille. La passion était une chose merveilleuse mais, à défaut, l'amitié, le respect et la complicité feraient l'affaire. Plutôt qu'une vie faite d'amour et d'eau fraîche.

— Mais…, commença Grace.

La voiture s'arrêta et lady Kate n'eut pas à affronter d'autres arguments oiseux. Mr Sykes, qui remplissait à la fois la fonction de majordome et de valet de pied, ouvrit la portière et risqua un coup d'œil prudent à l'intérieur.

— Tout va bien, Mr Sykes. Lady Grace a réussi à rentrer sans évacuer quoi que ce soit.

— J'en suis fort aise, dit-il en tendant la main. Puis-je me permettre de vous aider à sortir, lady Grace ?

— Certainement.

Grace descendit rapidement de la voiture mais, à l'instant où son pied toucha le pavé, elle s'écroula contre Sykes.

— Grace ! s'écria sa tante.

— N'ayez crainte, milady, la rassura Sykes en soutenant Grace d'un bras. Si vous voulez bien avoir l'amabilité de me rejoindre et de vous placer de l'autre côté de lady Grace, je pense que nous devrions nous en sortir.

Sykes était parvenu à caler la masse considérable de Grace contre son propre corps afin d'aider lady Kate de sa main libre.

— Je vais bien, tante Kate. J'ai juste besoin d'une petite minute pour retrouver mon équilibre… Oh ! s'écria Grace avant de se plaquer une main sur la bouche.

— Milady, plus vite nous aurons ramené lady Grace à sa chambre, moins nous aurons de risque de devoir assumer un regrettable incident en pleine rue.

— Vous avez tout à fait raison, Mr Sykes, approuva Kate en se précipitant hors de la voiture. Allons vous mettre au lit, Grace.

Celle-ci approuva et fit un pas en avant, fermement tenue par Sykes.

— L'air de la nuit semble... Non, il me rend vraiment..., balbutia Grace. (Elle s'arrêta pour se couvrir de nouveau la bouche. Elle prenait une belle teinte verte.) Oh...

Kate jeta un coup d'œil à Sykes.

— En effet, milady. Je dirais qu'il était temps que vous arriviez, déclara celui-ci d'un air entendu.

Ils firent entrer Grace dans la maison puis l'aidèrent à monter l'escalier menant à sa chambre. Ils l'installèrent sur sa couche, le dos calé à la tête de lit.

Kate poussa un soupir de soulagement. Elle espérait de tout cœur que Grace ne serait pas trop mal en point. Elle se souvint que la seule fois où elle-même avait bu plus que de raison, c'était à l'issue du premier bal auquel elle avait assisté chez le duc d'Alvord. Elle avait volé une bouteille de cognac appartenant à Standen après qu'il lui eut énuméré et détaillé toutes les raisons faisant qu'elle ne pouvait pas – et qu'elle ne pourrait jamais – épouser Mr Alex Wilton. Elle ne s'était jamais sentie aussi malade – tout simplement parce qu'elle ne l'avait jamais été à ce point – surtout quand son frère l'avait bouclée dans la voiture dès l'aube. Il avait fallu qu'elle fasse le voyage jusqu'à Standen au gré des chaos de l'attelage.

Il valait mieux qu'elle demande à Sykes d'aller chercher sa femme de chambre. Elle saurait quoi faire pour soulager Grace.

— Mr Sykes, auriez-vous l'obligeance de…, commença-t-elle.

— Holà ! Pourquoi la pièce tourne-t-elle ? demanda Grace derrière elle.

— Quoi encore ? s'écria lady Kate en faisant demi-tour.

Sa nièce avait pris la très mauvaise décision d'essayer de s'allonger. Son visage était devenu blanc comme un linge.

— Je crois que je vais être…, geignit Grace en se tournant sur le côté et en tentant de se relever.

Kate s'empara d'une bassine posée sur la table de toilette.

— Allez chercher Marie, Sykes. Faites vite, ordonna-t-elle.

Alors qu'elle positionnait la bassine sous le menton de Grace, une idée la frappa.

Malédiction ! Elle n'avait pas déverrouillé l'entrée de service pour Alex.

— Je m'en vais, mais vous n'êtes pas obligé d'en faire de même, David, lança Alex.

Ce dernier suivit des yeux le duc d'Alvord qui valsait en compagnie de Miss Sarah Hamilton. Alvord regardait sa cavalière comme s'il n'y avait personne d'autre dans la salle. Miss Hamilton avait les joues empourprées et posait sur le duc un regard où se lisait l'adoration.

Les intentions d'Alvord envers son invitée américaine ne faisaient de doute pour personne – ni pour Alex ni pour le reste des convives masculins. Alex était animé des mêmes desseins à l'égard de Kate. Valser avec elle ce soir avait été un enchantement mais il espérait qu'il avait su dissimuler ses pensées plus habilement que le duc.

Diable ! Si la valse avait été en vogue vingt-trois ans plus tôt, il aurait à coup sûr trouvé un moyen pour emmener Kate jusqu'à Gretna Green, au mépris du scandale. Sinon, il serait devenu fou.

Et ce soir, il avait enfin réussi à…

— Pourquoi voudrais-je rester ? demanda David. Ma future épouse est partie.

Ce garçon avait la détermination d'un chien de chasse qui a flairé sa proie.

— Je vous l'ai déjà dit : Standen ne vous donnera jamais son consentement, lui rappela son oncle.

— Et je vous le répète : peu m'importe. Grace est majeure. Je n'ai pas besoin de la permission du comte.

— Vous prenez pour acquis que lady Grace sera d'accord.

— Je suis persuadé de pouvoir la convaincre, répliqua David avec un sourire arrogant.

— Eh bien je vous souhaite bonne chance, grommela Alex. Les raisonnements des femmes dépassent mon pauvre entendement.

En disant cela, il pensait à Kate. Qu'est-ce qui lui avait pris de l'inviter à venir la rejoindre ? Certes, elle était veuve, mais c'était toujours Kate, celle qu'il avait connue timide, calme, réservée et modeste.

Avait-elle changé à ce point ? En vingt-trois ans, elle en aurait eu le temps. Au bout du compte, l'avait-il si bien connue que ça ?

David avala ses dernières gouttes de champagne.

— Je suis prêt. Allons-y, déclara-t-il.

— Très bien, dit Alex.

Il aurait pourtant préféré que son neveu s'attarde au bal. Ainsi, il aurait pu s'éclipser plus aisément jusqu'à Oxbury House. Il était impératif que personne – y compris David – ne sache où il allait cette nuit.

D'ailleurs, s'y rendrait-il ?

Sa tête le lui déconseillait. La Kate qu'il avait connue – tout du moins la femme dont il avait vénéré le souvenir durant toutes ces années – n'aurait jamais proposé à un homme de coucher avec elle sans la mener d'abord devant l'autel. Si cet écart de conduite venait à être connu, son frère serait fou de rage ; quant aux commères de la ville… elles en feraient leur festin.

Son cœur – entre autres – insistait énergiquement pour qu'il y aille, en revanche. Kate l'avait obsédé durant toutes ces années et son visage avait toujours été présent dans son esprit, même quand il se trouvait dans le lit d'une autre femme. Elle lui avait dérobé une partie de son cœur et il voulait la récupérer.

De plus, Kate était veuve. Pour autant qu'il le sache, elle avait couché avec d'autres hommes avant même que le corps d'Oxbury soit complètement froid. S'était-elle seulement montrée parfaitement fidèle à son époux de son vivant ? Oxbury approchait des soixante-dix ans au moment où il avait rendu l'âme. Cela faisait sans doute des années qu'il ne s'acquittait plus de son devoir conjugal.

Toutefois, il s'agissait de Kate.

Il pouvait se fier à autre chose qu'à son intuition. Le cousin de la belle-sœur du majordome d'Alex travaillait dans une auberge située près du domaine de campagne d'Oxbury. Si Kate avait eu des amants, il en aurait entendu parler.

Alex récupéra son chapeau et sa canne auprès d'un valet avant de sortir dans le vacarme des chevaux, des voitures et des cochers.

— D'après moi, Alvord va faire de cette Américaine une duchesse, dit David. Qu'en pensez-vous ?

Le jeune baron avait pris la direction de leur maison de ville en longeant la file des attelages attendant leurs élégants propriétaires. Alex lui emboîta le pas mais ne répondit rien. Il avait l'esprit ailleurs.

En fait, David se désintéressait totalement de savoir qui le duc d'Alvord allait épouser mais il fallait qu'il dise quelque chose. Il débordait d'une énergie refoulée et ne tenait plus en place. Le spectacle du duc valsant avec Miss Hamilton avait été pour lui une torture, un peu comme si on l'avait obligé à regarder un couple faire l'amour. Certes, certains hommes appréciaient être spectateurs de ce genre d'activités mais lord Dawson préférait grandement en être acteur et il n'aurait pas répugné à s'y livrer avec lady Grace dans un grand lit douillet.

Valser avec elle avait eu un goût de paradis mais pas autant que leur trop courte entrevue dans le parc. Elle était aussi merveilleuse à enlacer et à embrasser qu'il l'avait imaginé.

Donc, s'il ne faisait pas diversion en entamant la conversation, il se mettrait à imaginer avec pléthore de détails frustrants à quoi pourrait ressembler une nuit avec elle. Les images, les caresses, les parfums... Or, il préférait nettement avoir rejoint l'intimité toute relative de Dawson House avant de laisser libre cours à ses fantasmes. Sinon, marcher dans des hauts-de-chausses aussi ajustés allait vite devenir très inconfortable.

— À votre avis, dans combien de temps lirons-nous la nouvelle des fiançailles du duc dans le *Morning Post* ?

— Quoi ? demanda Alex en le regardant d'un air absent.

Pauvre oncle Alex. De toute évidence, son imagination l'avait entraîné sur les chemins qu'il s'efforçait pour sa part d'éviter. Toutefois, Alex semblait capable de penser à lady Oxbury et de marcher en même temps. Ce soir-là, soupçonnait David, la tension sexuelle serait à son comble dans la bibliothèque de Dawson House, au point de dépasser celle d'un dortoir de collégiens. Fort heureusement, il disposait d'une réserve de cognac bien suffisante pour noyer leurs désirs les plus fous.

— Le duc d'Alvord et Miss Hamilton, dans combien de temps vont-ils se marier, d'après vous ?

— Ah oui… Cette valse impudique, répondit Alex. (Il toussota.) Dans les plus brefs délais.

Combien il aurait aimé ajouter que Kate et lui allaient se marier très bientôt eux aussi.

Allaient-ils vraiment coucher ensemble dès ce soir ?

— Voilà qui pourrait semer une belle zizanie. La fille de Rothingham n'avait vraiment pas l'air ravie qu'une gamine débarquant des colonies lui chipe Alvord. Je serais étonné qu'elle laisse cette noble proie lui échapper aussi facilement. Quant au cousin d'Alvord, Richard Runyon, il semble aussi malfaisant que la rumeur le laisse entendre.

Alex faisait de son mieux pour dissimuler son ennui. Pour quelle raison David palabrait-il ainsi au sujet du duc et de ses invités ? D'habitude, il n'était pas aussi bavard.

— Il ne me semble pas avoir vu Mr Runyon, lâcha Alex.

— Peut-être a-t-il fait son apparition alors que vous étiez dans le jardin avec lady Oxbury ?

Alex trébucha sur un pavé.

— Prenez garde, mon oncle. Il ne faudrait pas que vous tombiez et que vous vous cassiez quelque chose. Vous ne pourriez plus faire la cour à lady Kate.

— Lui faire la cour ? répéta Alex en dévisageant son neveu. Vous êtes ridicule.

— Alors, qu'est-ce qui vous a retenu dans ce jardin ? demanda David. Vous examiniez les plantes ? Vous devisiez sur les écrits de Platon ? Vous y êtes resté assez longtemps pour… pour faire tout un tas de choses, en fait.

Devait-il vraiment taquiner Alex de la sorte ? Si son oncle se sentait un tant soit peu aussi frustré que lui, il n'était pas impossible qu'il sorte de ses gonds. Toutefois, Grace attendait sans doute de lui qu'il encourage Alex à poursuivre sa tante de ses assiduités. Se moquer de son oncle n'était sans doute pas la méthode qu'elle préconiserait mais parler à cœur ouvert n'était ni le style de David ni celui d'Alex. Et de toute évidence, les encouragements étaient superflus.

— Assez, David, lui intima Alex. Ce que je fais ne vous regarde pas.

David éclata d'un rire si sonore qu'un chien errant de l'autre côté de la rue jappa de surprise avant de s'enfuir par une ruelle.

— Vous ne voulez pas faire un peu moins de bruit, pour l'amour de Dieu ? reprit son oncle.

— Pourquoi donc ? demanda le baron. Auriez-vous peur que nous dérangions les bâtards du quartier et les coupe-jarrets qui nous attendent, tapis dans l'ombre ?

— Oui, j'aimerais mieux éviter ça.

— Vous ne me semblez guère prêt à vous battre ce soir, mon oncle.

— Effectivement.

Alex ne manquait pourtant pas d'énergie, mais préférait s'économiser. Kate n'apprécierait certainement pas qu'il apparaisse à sa porte ou à sa fenêtre en sang et couvert de bleus. Si tant est qu'il y fasse son apparition, bien entendu…

— Je reconnais que je n'en ai pas envie non plus, dit David dans un rire teinté de regret. Je souffre déjà bien assez, si vous voyez ce que je veux dire.

Il fit un clin d'œil à Alex qui grommela en prétendant n'avoir rien vu. Au lieu de cela, il se concentra sur la rue devant lui. Il sentait presque le regard pensif que David posait sur lui. C'en était trop.

Il détestait Londres. Il aurait voulu se retrouver chez lui. S'il était à Clifton House à cet instant précis, il serait confortablement installé dans son bureau avec un verre de cognac à portée de main, un livre ouvert devant lui et un feu crépitant dans la cheminée. Il serait calme, tranquille, détendu, pas en train de marcher dans une rue sale de la capitale à se demander s'il devait coucher avec lady Oxbury, s'il devait enfin concrétiser le rêve qui l'avait hanté nuit après nuit pendant tant d'années.

Un bon feu et un bon livre… Voilà qui semblait particulièrement soporifique.

— Si vous faites la cour à lady Oxbury, cela pourrait servir ma cause, dit David. Vous pourriez distraire le dragon pendant que je m'enfuis avec la princesse.

— Lady Oxbury n'a rien d'un dragon, et la seule chose qui pourrait servir votre cause, ce serait que Standen change radicalement d'opinion à l'égard de notre famille. Même le plus joueur de tous les hommes ne miserait jamais le moindre sou sur un tel miracle.

Alex mourait d'envie de faire la cour à Kate. Mais comment serait-ce possible à réaliser au grand jour ?

Les vieilles commères ressusciteraient les scandales. Bon sang, ce serait épouvantable. Non, la suite de sa relation avec Kate devait se dérouler dans l'intimité, loin des regards indiscrets.

Et quel endroit pouvait être plus intime que la chambre de Kate ?

Elle l'attendait. C'était une femme à présent, jouissant d'une certaine expérience…

— Alex, m'accordez-vous ne serait-ce qu'un peu d'attention ?

Mais ce n'était pas une femme légère. Il ferait mieux de l'épouser avant de partager son lit. Toutefois, c'était elle qui l'avait invité. Il aurait été particulièrement impoli de ne pas se rendre à…

— Alex !

— Quoi ? s'écria-t-il en s'arrêtant net.

David se tenait dans l'allée, presque dix pas derrière lui.

— Mais que faites-vous là ? lui demanda Alex.

— Je me demandais combien de temps il vous faudrait avant de constater que vous étiez seul, lui répondit le baron en souriant. Vous deviez être plongé dans des pensées pour le moins… accaparantes.

Ce neveu de malheur lui servit une moue entendue.

Alex haussa les épaules et se remit à marcher. David ne bougea pas.

— Quoi encore ? s'exclama Alex en se retournant. Voulez-vous que je vous laisse, planté là comme un réverbère ? Venez.

— Alex, regardez autour de vous.

— Pourquoi donc ? (Il jeta un coup d'œil alentour et ne vit qu'une rue ordinaire de Londres.) Que suis-je censé voir ?

— Que nous sommes arrivés. C'est Dawson House.

— Oh.

Effectivement, il s'était peut-être perdu dans ses pensées. Il observa David qui sortait sa clé pour déverrouiller la porte.

Alex aurait dû le suivre à l'intérieur mais il ne parvenait pas à mettre un pied devant l'autre. Entrer était la dernière chose qu'il souhaitait faire, en tout cas entrer dans la maison de David. Il fallait qu'il mette de l'ordre dans ses idées, qu'il se débarrasse de cette énergie qui parcourait ses veines.

— Je pense que je vais faire quelques pas. Ne m'attendez pas.

David le regarda longuement puis haussa les épaules et referma la porte derrière lui.

Une fois seul, Alex hésita. Il lui était encore possible de changer d'avis. Il pouvait – il devait – se montrer raisonnable et responsable. Il valait mieux qu'il monte dans sa chambre et qu'il aille se coucher. Seul.

Mais il voulait se conduire mal, faire fi des convenances, totalement. Mr Alex Wilton, gentleman bien propret, avait décidé de se comporter comme une fripouille, un débauché, un vaurien.

Bon, peut-être pas. Mais à son âge avancé, il pouvait briser – ou tout du moins tordre – certaines règles, pour une fois. Il ne comptait pas s'en priver.

Il se remit en route, cette fois vers Oxbury House.

Chapitre 6

Peu importait qu'elle ait oublié de déverrouiller l'entrée de service. Alex ne viendrait pas. Jamais il ne ferait quelque chose d'aussi scandaleux, surtout s'il avait l'occasion d'y réfléchir.

Kate ramena ses cheveux en arrière tandis que Marie quittait la pièce pour aller vider la bassine. Grace s'était écroulée contre ses oreillers.

— Vous vous sentez mieux ? lui demanda sa tante.

— Un peu, gémit Grace en fermant les yeux un instant. Je suis désolée. J'ai bien peur que cette soirée n'ait été un désastre absolu.

— N'ayez crainte. Je ne pense pas qu'il y ait eu trop de dégâts. Lord Dawson a fait en sorte que vous n'attiriez pas l'attention même s'il eût été plus avisé de vous empêcher de boire autant de champagne.

— Comment quelque chose d'aussi délicieux peut me mettre dans un état pareil ? marmonna Grace en se couvrant le visage.

— Je l'ignore, avoua lady Kate en riant. Mais si cela peut vous consoler, vous n'êtes pas la première à laquelle l'alcool fait perdre la tête. Les petites bulles sont de grandes séductrices.

— Ça, c'est sûr, reconnut Grace en soupirant.

Lady Kate acquiesça. Elle commençait à se détendre. Le teint de Grace s'était considérablement amélioré. Après une bonne tasse de thé à la menthe apportée par Marie, Grace irait bien mieux, à défaut d'être à nouveau fraîche comme une rose.

Kate jeta un coup d'œil circulaire dans la pièce en redoutant qu'ils n'aient pas ce genre de thé dans cette maison. Les meubles massifs en acajou et les rideaux rouge sang la déprimaient.

Il s'agissait de la chambre à coucher du propriétaire. Les valets avaient déposé les bagages de lady Kate dans la pièce adjacente, même si elle ne jouissait plus du statut de maîtresse de maison. Elle leur avait donc demandé d'apporter les affaires de Grace ici. Dans la mesure où elles étaient les seules à séjourner dans cette demeure, il était inepte de s'attacher au protocole.

Cette chambre conviendrait parfaitement au nouveau lord Oxbury – la Fouine – car lui-même était déprimant. C'était d'ailleurs l'un de ses nombreux défauts. Elle avait détesté devoir lui demander la clé d'Oxbury House et elle pouvait affirmer qu'il avait détesté la lui donner. Elle était convaincue qu'il l'avait fait dans l'espoir qu'un homme désespéré lui proposerait le mariage, le libérant ainsi des obligations qu'il avait envers elle.

Oui, cette pièce sombre serait la tanière idéale pour la Fouine mais avait-elle convenu au lord Oxbury qu'elle avait épousé ? Il y avait sans doute résidé quand il venait dans la capitale pour occuper son siège à la Chambre des lords. Elle ne pouvait pas en être certaine car elle ne l'avait jamais accompagné. Elle avait toujours considéré qu'il lui fallait rester dans leur propriété à la campagne afin de s'assurer que tout allait bien en son absence.

C'était stupide car Critten, l'intendant, était tout à fait compétent.

La vérité, c'est qu'elle n'avait jamais voulu mettre les pieds dans la capitale et qu'Oxbury n'avait jamais insisté pour qu'elle le fasse. Peut-être savait-il déjà ce qu'elle commençait à peine à comprendre : qu'elle avait peur d'y croiser Alex. Le cas échéant, comment aurait-elle réagi ?

Il valait sans doute mieux qu'elle ne le sache pas.

— Allons dans ma chambre, Grace. Enfin… si vous vous en sentez capable.

— Oui, je me sens mieux depuis que… (Grace fit un geste vague vers l'endroit où s'était trouvée la bassine.)

Elle se mit debout en s'aidant du baldaquin puis déclara :

— Avant tout, je voudrais enlever ma robe et mon corset.

— Bien entendu, je… Mais qu'est-ce que c'est que ce vacarme ? s'écria lady Kate.

— C'est sans doute Hermès, dit Grace en riant. C'est bien le seul chien dans cette maison, non ?

— Oui, mais je pensais qu'il dormait.

Marie entra, apportant le thé, un petit chien noir et blanc sur les talons.

— Chut, méchant toutou, ordonna-t-elle. Tais-toi un peu. Ta maîtresse est rentrée. Tu vois bien qu'elle ne t'a pas abandonné.

— Hermès ! Du calme, sale bête.

Le chien regarda lady Kate et lui offrit un bref aboiement de bienvenue avant de reporter son attention sur Marie.

— Si cela ne vous dérange pas Marie, pourriez-vous déposer ce plateau dans ma chambre ? demanda lady Kate.

— Bien sûr, milady. À condition que ce suppôt de Satan ne me fasse pas tomber.

Hermès, à présent dressé sur ses pattes arrière, se dandinait et sautillait autour des jupes de Marie, la queue fouettant l'air et les oreilles battant comme les ailes d'un oiseau.

— Oui, vous êtes très amusant, monsieur, dit la femme de chambre. Si vous voulez bien vous écarter, que je puisse sortir…

Hermès aboya et s'exécuta mais suivit Marie de près.

— Dites-moi, Marie… Vous n'auriez pas un morceau de fromage dans la poche de votre tablier, par hasard ? demanda lady Kate en riant.

Hermès partageait sa vie depuis trois ans. Sa présence avait beaucoup aidé lady Kate après le décès de lord Oxbury. Toutefois, il avait la vilaine manie de se désintéresser complètement d'elle dès qu'il pensait que quelqu'un allait lui offrir quelque chose à manger, à moins, bien entendu, que ce quelqu'un soit la Fouine. Très perspicace pour juger les humains, le petit chien avait appris à se méfier du nouveau lord Oxbury. La nourriture que la Fouine lui offrait avait toutes les chances d'être empoisonnée.

— Ça se pourrait bien, répondit Marie en souriant. La pauvre bête était toute triste que vous soyez partie toute la soirée. Je me suis dit qu'elle méritait une douceur.

— Vous savez pourtant que c'est un acteur-né, Marie, répliqua lady Kate. Son talent n'a d'égal que celui d'Edmund Kean.

— Mais regardez-moi cette frimousse ! dit Marie en posant le plateau.

Elles se tournèrent toutes vers le chien.

Hermès jappa et retroussa ses babines comme s'il tentait de sourire. Ensuite, il inclina la tête sur le côté et se mit à battre l'air avec ses pattes avant.

— Très bien. Tenez, monsieur, lui dit Marie en lançant la friandise au chien qui l'attrapa au vol et l'avala en deux bouchées. Il retomba alors sur ses quatre pattes puis alla s'allonger à côté de lady Kate.

— Tu sais que Marie n'a plus de fromage, n'est-ce pas, petit mendiant ? dit sa maîtresse en grattant les oreilles d'Hermès. L'animal bâilla et posa la tête sur ses pattes.

— Au moins, on connaît le plus court chemin jusqu'à son cœur, fit remarquer Grace en souriant.

— Bien vrai, confirma Marie. C'est le même chemin que pour la plupart des hommes. (Elle fit un clin d'œil.) Rassasiez-les… quelle que soit leur fringale, et ils seront heureux. Laissez-moi vous aider à vous préparer pour la nuit puis vous pourrez boire votre thé et manger quelques biscuits. Ça va vous remettre l'estomac d'aplomb.

Grace retourna dans sa chambre pour se changer ; pendant ce temps, lady Kate servit le thé. Elle huma la vapeur parfumée. L'odeur de menthe poivrée était relaxante. Elle sentit ses épaules et son cou se détendre. Dès que Marie en aurait terminé avec Grace, elle lui demanderait de dénouer ce fichu corset et de l'aider à passer sa chemise de nuit. Ensuite, elle pourrait vraiment se libérer de sa tension nerveuse.

En attendant la venue d'Alex.

Une vague de chaleur monta de sa poitrine à son cou avant d'atteindre ses joues. Elle n'aurait jamais dû lui faire cette proposition. Comment avait-elle osé ? Il avait eu l'air tellement choqué par son impudence.

Même s'il avait dit qu'il viendrait, il avait sûrement changé d'avis depuis. Alex n'était pas homme à transgresser les convenances. Si cela avait été le cas, ils se seraient enfuis jusqu'à Gretna Green et elle aurait été sa femme durant toutes ces années au lieu d'être l'épouse de lord Oxbury. Ils auraient peut-être eu des enfants…

Non, ils n'auraient pas eu d'enfants.

À cette pensée, elle sentait encore une douleur aiguë lui transpercer le cœur.

Elle avait quarante ans désormais. À quoi bon penser encore à la maternité ? Mais à l'époque, quand elle était une toute jeune mariée…

Chaque mois, elle avait espéré, et chaque mois, son attente s'était muée en un tourment écarlate. À l'issue de sa deuxième année de mariage, elle avait fini par accepter sa stérilité.

Oxbury, Dieu ait son âme, s'était fait une raison longtemps avant elle. Il ne lui en avait jamais voulu même si cela signifiait que son titre et tous ses biens seraient légués à la Fouine, ce cousin court sur pattes, gros, gras et pénible qui leur rendait visite deux fois par an, regardait systématiquement son ventre à peine franchi le seuil de la porte, et souriait en constatant qu'il était aussi plat que le jour de son mariage.

Elle prit une grande gorgée de thé mais il était encore trop chaud pour qu'elle puisse l'avaler. Elle le recracha et reposa délicatement la tasse sur la table.

Sa stérilité était désormais plutôt un avantage. Si Alex (ou n'importe quel homme) osait… Il n'y aurait aucune conséquence gênante.

Mais Alex ne viendrait pas. Le risque du scandale était tout simplement trop grand. S'il voulait se donner du bon temps, il serait plus simple pour lui de chercher son bonheur parmi les innombrables courtisanes de Londres.

S'il venait, la porte de service serait verrouillée. Alors il s'en irait et ne chercherait plus jamais à la revoir, ce qui serait une bonne chose. Très bonne. Excellente, même. Elle soupira profondément.

Elle pouvait se détendre désormais et elle allait le faire. Elle allait s'extirper de ce satané corset puis passerait sa chemise de nuit la plus vieille, la plus élimée et la plus confortable.

Marie et Grace entrèrent dans la chambre.

— Voulez-vous que je vous aide à vous changer maintenant, milady ? demanda la domestique.

— Je vous en prie, répondit Kate, impatiente de retrouver ses aises.

Une pure folie. La raison aurait voulu qu'il fasse demi-tour, qu'il retourne à Dawson House pour retrouver sa chambre et y siroter un verre de cognac en lisant… n'importe quoi.

Il venait de finir un livre de Byron, *Le Pèlerinage de Childe Harold*, et n'avait pas envie d'en commencer un nouveau.

En résumé, il allait donc trousser Kate parce qu'il n'avait rien d'intéressant à lire ?

Non. Il donna un coup de pied dans un caillou qui roula sur le pavé. Il n'était pas question qu'il… fasse cela à Kate. C'était obscène. Il allait… Il allait…

Il n'avait pas la moindre idée de ce qu'il allait faire. Il aviserait une fois à Oxbury House et rien ne pourrait l'empêcher de s'y rendre. C'était une certitude. Il avait besoin de voir Kate. Bon sang, après toutes ces années à rêver d'elle, à l'attendre, à la désirer… Comment pourrait-il ne pas aller la voir ?

Il changea de trottoir. Pour une ville comme Londres, il était encore tôt et les rues étaient plutôt calmes dans cette partie de la capitale. La plupart des gens huppés continuaient de se divertir dans des bals, des fêtes ou au théâtre – selon les lieux qu'ils avaient l'habitude de fréquenter.

Oxbury House n'était plus très loin, à peine à quelques pâtés de maison. Il avait parcouru un plus long chemin pour se rendre à Blantrope House, le lendemain du bal chez Alvord, vingt-trois ans plus tôt. Pour cette soirée-là, lady Blantrope avait accepté de chaperonner Kate, dans la mesure où l'épouse de Standen était enceinte et puisque ce dernier était de sortie.

Le moindre détail de cette maudite matinée était gravé dans sa mémoire. Des bribes lui revenaient parfois pour le hanter dans les moments les plus incongrus : au milieu de la nuit ou durant un dîner mondain. Chaque fois qu'il y pensait, il ne pouvait s'empêcher de se crisper – comme à présent.

Plus que tout désireux de faire bonne impression, il avait passé beaucoup de temps à s'habiller. Dormir un peu aurait aussi été une bonne idée mais il avait été bien trop nerveux pour pouvoir s'allonger. Il avait attendu neuf heures – une heure presque inconvenante – et s'était mis en route.

Malgré cela, il était arrivé trop tard. Standen avait envoyé Kate à la campagne dès les premières lueurs de l'aube. De toute façon, cela n'avait eu aucune importance car elle était déjà fiancée à Oxbury.

Nom de Dieu ! Nom de Dieu ! Il donna un coup de pied dans un autre caillou, l'envoyant rebondir sur le perron d'une maison. Son entrevue avec Standen s'était soldée par l'échange le plus humiliant de toute sa vie.

À l'instant où il s'était emparé du heurtoir de la porte d'entrée de Blantrope House, il avait réfléchi à Luke et à lady Harriet ainsi qu'à la débâcle de Gretna Green. Il s'était inquiété à l'idée que Standen puisse encore éprouver de la rancune… et il ne s'était pas trompé, bien entendu. Quant à Kate, elle ne s'était pas montrée tout à fait honnête envers lui, lui cachant qu'elle était déjà quasiment mariée au moment où ils s'étaient promenés ensemble dans le jardin. Cela, il ne l'avait pas compris.

Pourquoi ne lui avait-elle pas parlé d'Oxbury? Et surtout, pourquoi l'avait-elle laissé l'embrasser? Son manque de sincérité l'avait blessé au moins autant que la manière cinglante avec laquelle Standen l'avait congédié.

Alex s'arrêta devant Oxbury House. Il leva les yeux sur la façade symétrique mais, dans son esprit, il voyait un autre bâtiment.

Le majordome de Blantrope l'avait fait attendre dans une antichambre minuscule et lugubre. Il voyait encore l'affreux papier peint à motifs rouges et le chat en porcelaine à l'air courroucé qui trônait sur le manteau de la cheminée. Au bout d'une heure d'attente, Alex avait envisagé sérieusement de flanquer ce maudit greffier dans l'âtre.

Ou de le lancer au visage de Standen.

— Qu'êtes-vous venu faire ici? s'était offusqué Standen en entrant dans la pièce.

On aurait pu croire qu'il s'adressait à un cafard. Pour autant, il s'agissait du frère de Kate, de son tuteur. Alex ne pouvait pas dire ses quatre vérités à cet imbécile.

— Lord Standen, je viens vous voir au sujet de votre s…

— Ma sœur est retournée en province.

— Je vois.

Le ton de Standen n'incitait en aucun cas à la conversation mais Alex avait la stupidité de sa jeunesse.

— Je suis venu vous demander sa main, déclara-t-il.

— Elle est déjà engagée auprès du comte d'Oxbury. Leur mariage aura lieu dans quelques semaines.

— Ah, lâcha Alex, qui reçut la nouvelle comme un coup de poing dans le ventre. Mais…

— Vous ne tenterez jamais de la revoir, l'interrompit Standen. Est-ce bien clair ?

Comment cet odieux personnage aurait-il pu être plus clair ?

— Oui mais…, commença Alex.

— Parfait, poursuivit Standen en prenant l'air pincé de quelqu'un qui sent une mauvaise odeur. Sachez que je préférerais traîner ma sœur dans le plus simple appareil sur St James Street plutôt que de l'autoriser à vous épouser.

Au diable cet homme ! Alex avait filé, sans prendre Standen tout à fait au sérieux. Sur le chemin du retour, il avait élaboré quantité d'hypothèses, toutes plus folles les unes que les autres… puis il avait vu l'annonce dans le *Post*.

Au début, il s'était retrouvé dans un état second. Puis, alors qu'il recouvrait l'usage de ses sens, une douleur presque physique s'était emparée de lui, comme si on lui avait coupé un bras ou une jambe tandis que, dans un coin de sa tête, une question le taraudait sans cesse : s'il s'était montré plus décidé, si, ce fameux soir dans le jardin d'Alvord, il avait insisté pour que Kate s'enfuie avec lui à Gretna Green, l'aurait-elle suivi en abandonnant Oxbury ?

Cet homme était de trente ans son aîné, mais c'était également un comte.

Il poussa un long soupir. Voilà qu'il se retrouvait à Londres, devant Oxbury House où l'attendait Kate.

Ce soir, il trouverait peut-être enfin la paix de l'esprit. C'était pour cela qu'il venait à elle : pour mettre un point final à une histoire inachevée, pour voir s'il pouvait enfin soigner cette satanée blessure.

Il fit le tour de la maison jusqu'à l'entrée de service, posa la main sur le bouton de porte, voulut le faire tourner…

Il ne bougea pas.

Alex essaya de nouveau. La poignée ne tourna pas. Il enleva alors ses gants et s'y prit à deux mains. Rien.

Cette maudite porte était verrouillée.

David étendit ses longues jambes vers le feu et remua ses orteils à l'intérieur de ses bas. La chaleur était agréable. Il avala une gorgée de cognac et savoura le liquide qui glissait lentement sur sa langue avant de descendre dans sa gorge. Cette chaleur-là était, elle aussi, très plaisante. Mais la chaleur qui le remplirait d'aise…

Il laissa aller sa tête contre le dossier du fauteuil, ferma les yeux et libéra enfin son esprit. Comme un chien de chasse dont on venait de lâcher la laisse, celui-ci se précipita sur sa proie.

Lady Grace Belmont.

Elle était la perfection incarnée. Il n'avait jamais eu de faible pour les rousses. Il avait toujours préféré les blondes. Toutefois, il n'avait jamais vu des cheveux comme ceux de Grace. Ils n'étaient pas vraiment roux. Leur couleur était plutôt l'alliance parfaite entre le cuivre, l'or, le feu et la lumière. Il désirait follement y glisser ses doigts, sentir ses mèches soyeuses glisser contre ses paumes, effleurer son torse, son…

Il s'enfonça dans son fauteuil et écarta largement les jambes afin qu'une partie importante de son corps ait toutes ses aises pour exprimer son admiration. Cette zone générait tant de chaleur que ses hauts-de-chausses risquaient la combustion spontanée.

Si seulement lady Grace Belmont était présente.

Si Grace était là… Il prit une autre gorgée d'alcool et la fit rouler dans sa bouche. Si lady Grace était là…

Que ferait-il donc si Grace se trouvait dans sa chambre à cet instant même ?

Que ne ferait-il pas ?

Tout d'abord, les épingles à cheveux. Oui. Il les enlèverait lentement, une par une, en regardant les magnifiques mèches de Grace tomber en cascade sur ses épaules. Cette couleur cuivre sur cette peau laiteuse… magnifique. Puis, il plongerait ses doigts dans sa chevelure, y enfouirait son visage, s'enivrerait de la fraîcheur de son parfum. Il soulèverait de sa nuque une poignée de cheveux et l'écarterait pour déposer un baiser sur cet endroit si sensible, tout près de son oreille.

Et ensuite ? Après cela, il explorerait son visage. Il embrasserait ses joues, ses pommettes, ses paupières. Il effleurerait ses lèvres, en évitant de se montrer trop empressé, puis, alternant baisers, mordillements et suçons, il descendrait jusqu'à ce battement à la base de sa gorge avant de repartir vers son épaule. Alors, il lui enlèverait sa robe.

Il changea de position dans son fauteuil. Ses hauts-de-chausses lui paraissaient de plus en plus étriqués.

Où en était-il ? Ah oui : la robe de Grace. Il la ferait glisser de ses épaules avec lenteur, savourant la découverte de sa peau parfaite. Quittant les épaules de la jeune femme, il descendrait jusqu'à ses seins avant d'atteindre sa taille et ses hanches en poussant le tissu vers le bas pour, finalement, laisser choir la robe à ses pieds afin qu'elle se retrouve en corset et en chemise.

Alors, il la retournerait et ramènerait les cheveux par-dessus ses épaules pour pouvoir lui embrasser le cou.

Aurait-il la patience de dénouer tous ses dessous ?

Il éclata de rire. Il n'aurait conseillé à personne de parier qu'il en était capable. Ses doigts lui semblaient aussi épais que l'organe qui exigeait d'être libéré de l'étroitesse de son pantalon. Euh, non…

Quand même pas aussi épais. Toutefois, il était certain qu'il ne pourrait jamais dénouer tous ces petits rubans. Il vaudrait mieux qu'il se serve de son couteau. Grace pourrait-elle lui en vouloir ? Non, s'il s'acquittait correctement de sa tâche, elle ne pourrait que partager son impatience.

Il sourit en regardant le feu. Oh oui, il les libérerait, elle et ses si jolis seins. Il poserait ses mains sur sa poitrine et plaquerait Grace contre lui tout en cajolant ses seins voluptueux.

Ensuite, il la retournerait de nouveau. Il caresserait la courbe délicate de son torse, de sa taille, la rondeur ample de ses hanches et toute la longueur de ses jambes jusqu'à atteindre l'ourlet de sa combinaison. Il s'agenouillerait afin de pouvoir mieux suivre du regard ses mains faisant le trajet inverse, de pouvoir les regarder alors qu'elles glisseraient jusqu'à ses chevilles, ses mollets, ses genoux, remontant avec elles le fin vêtement. Peut-être s'arrêterait-il au niveau de ses cuisses, juste au-dessus de ses genoux afin de déposer un baiser sur sa peau blanche et douce. Puis, il laisserait ses lèvres suivre la course de ses mains jusqu'à ce qu'il se saisisse de son charmant derrière et qu'il enfouisse son visage dans les douces boucles au-dessus de ses cuisses. Seraient-elles rousses, elles aussi ?

Bon sang, il en avait le souffle coupé. Il allait devoir déboutonner son pantalon. Il ne pourrait jamais monter à l'étage s'il ne faisait pas le nécessaire pour retrouver ses aises. Il ne s'était pas retrouvé dans cette situation depuis l'adolescence.

Il fallait qu'il pense à autre chose qu'à Grace.

Alex. Il fit la grimace en se disant que ce n'était sûrement pas un bon choix. À cette heure, Alex se trouvait sans aucun doute dans la chambre de lady Oxbury, faisant à cette dame tout ce que David s'était imaginé faire à Grace. Alex, le plus prudent et le plus correct des frères Wilton, prenait part à ce qui pourrait devenir un gigantesque scandale si la rumeur publique s'en mêlait.

Aucune des connaissances d'Alex ne pourrait y croire. Même David refuserait de l'admettre s'il n'était pas rentré du bal d'Alvord avec son oncle.

À moins bien sûr qu'Alex fût juste en train de se dégourdir les jambes dans les rues de Londres.

David se leva pour se servir un autre verre de cognac. S'il en buvait suffisamment, il ne rêverait pas de Grace une fois qu'il aurait réussi à se traîner jusqu'à sa chambre pour se mettre au lit. Il ne rêverait pas du tout.

Il remplit son verre tout en faisant le tour de la bibliothèque du regard. Son arrière-grand-père avait été le dernier Wilton à séjourner dans cette pièce. Son grand-père avait toujours détesté Londres. Luke, son père, n'avait que vingt ans quand il s'était enfui avec lady Harriet.

Si jeune.

L'amour que se portaient ses parents aurait-il perduré s'ils avaient vécu ?

Les anecdotes que lui racontait sa grand-mère quand il était enfant ne lui permettaient pas d'en douter. Elle lui avait dépeint un couple tellement complice qu'il aurait pu triompher de toutes les épreuves hormis la mort. Les histoires que lui avaient confiées des aubergistes, les garçons d'écurie, les membres de l'aristocratie locale et des pairs qui avaient connu son père, en revanche… Eh bien, grand-mère avait toujours eu un faible pour les contes de fées.

La réputation de Luke Wilton ne reposait pas sur sa stabilité et son sens des responsabilités.

David passa la main le long d'une étagère sur laquelle étaient rassemblés des livres en grec et latin, d'autres traitant d'agriculture et d'horticulture. Il était clair que ces ouvrages n'avaient eu qu'une fonction décorative.

Dans les contes de fées que lui racontait sa grand-mère, le rôle du méchant avait tout naturellement été attribué à lord Wordham, le père de sa mère. Si cet homme n'avait pas essayé de forcer lady Harriet à épouser Standen, ses parents n'auraient pas filé vers Gretna Green et son père ne se serait pas ouvert le crâne sur un rocher dans la cour de l'écurie. Toutefois, à y réfléchir, et en toute honnêteté, David n'aurait pas voulu que sa fille – en imaginant qu'il en ait une – épouse un homme comme son père.

Mais ne pas vouloir d'un gibier de potence pour gendre ne justifiait pas que Wordham ait abandonné lady Harriet dans cette auberge, pas plus que son refus de la voir sur son lit de mort ou de reconnaître le fils qu'elle avait mis au monde.

David soupira puis prit une nouvelle gorgée de cognac. La chaleur de l'alcool le tranquillisait.

Lord Wordham était mort mais lady Wordham était bien vivante, ici, à Londres.

Pourquoi le relever ? Elle non plus n'avait jamais montré le moindre intérêt pour David.

Il s'approcha du feu et le tisonna, produisant une volée d'étincelles.

Alex n'avait que quatorze ans quand Luke était mort. Était-il déjà un modèle de bienséance à l'époque ou l'était-il devenu en réaction à l'attitude ouvertement frondeuse de son grand frère ? Cela n'avait plus aucune importance car Alex faisait enfin preuve d'effronterie.

David esquissa un sourire en regardant les flammes. Si Alex avait réussi à distraire lady Oxbury – et elle lui avait semblé très distraite au cours de la soirée – cela offrirait à David de nombreuses occasions de faire beaucoup de choses aussi scandaleuses que charmantes avec lady Grace.

Il irait jusqu'à ce trou dans la campagne pour l'enlever, exactement comme son père avait ravi sa mère à Standen.

Non. Les deux situations n'avaient rien en commun. Luke avait été inconséquent, s'était comporté comme un vaurien. David était quelqu'un de responsable, à l'image d'Alex.

Mis à part que, dans les circonstances présentes – et là aussi comme Alex – il ne se montrait peut-être pas assez responsable.

Grace lui était destinée, nom de Dieu, elle n'avait rien à faire avec ce Parker-Roth. Cet homme avait eu des années pour la courtiser et, de toute évidence, avait échoué de manière lamentable.

David lui ferait la cour. S'il ne parvenait pas à la conquérir, il s'avouerait vaincu et laisserait la place à Parker-Roth.

Mais il réussirait. Il mettrait du cœur à l'ouvrage et apprécierait chaque instant de son dur labeur.

Il avala ce qui lui restait de cognac avant de prendre la direction de l'escalier et de son lit.

Alex observait la porte. Il tira une fois encore sur la poignée, sans résultat. Il n'y avait plus de doute possible, c'était verrouillé.

Kate avait changé d'avis.

Bon sang de bois ! Il avait fait tout ce chemin et s'était débattu avec ses problèmes de conscience, tout ça pour quoi ? Pour trouver porte close.

Elle s'était de nouveau moquée de lui, comme elle l'avait fait vingt-trois ans auparavant. Était-elle dans sa chambre, riant à ses dépens ?

Il sentit monter en lui l'envie de frapper quelque chose, mais il n'était plus un jeune homme stupide. Enfin… pas aussi stupide que ça. Il n'était pas question qu'il martèle un mur ou un tronc d'arbre avec son poing. Il ne ferait que se blesser la main et dévoiler sa présence…

Un tronc d'arbre. Hum… Et si… ?

Non, il valait mieux rentrer à Dawson House. Avec un peu de chance, il parviendrait à convaincre David qu'il avait juste fait une longue promenade. S'il se mettait en route tout de suite et s'il marchait d'un bon pas, il rentrerait à temps pour retrouver son neveu dans la bibliothèque et partager un verre de cognac avec lui avant d'aller se coucher.

Il était très fatigué.

Non, il n'était pas aussi fatigué que ça.

Kate avait l'air tellement sincère dans le jardin d'Alvord. Certes, le jugement d'Alex était biaisé par le désir, mais ses instincts animaux ne l'avaient pas totalement aveuglé.

Peut-être qu'une fois rentrée chez elle, elle avait pris conscience du scandale que pourrait provoquer la présence d'Alex à Oxbury House si quelqu'un l'apprenait. Son courage l'avait abandonnée.

Il valait mieux qu'il rentre.

Il fit demi-tour et commença à se diriger vers la rue.

Ou alors… Peut-être avait-elle oublié de déverrouiller la porte ? À moins que le majordome soit passé après elle et qu'il l'ait fermée pour la nuit.

Il s'arrêta. Il ne pouvait pas repartir sans en avoir le cœur net.

Il se tenait près de l'angle nord-ouest de la maison. Elle lui avait parlé d'un arbre. Oui, il était bien là, avec son tronc large et ses branches robustes. Y grimper ne poserait aucun problème, même pour un homme de son âge. De plus, la fenêtre de sa chambre était éclairée.

Il en avait assez de se perdre en conjectures. Il voulait savoir une fois pour toutes s'il avait un avenir – voire un présent – avec Kate.

Il ramassa un caillou dans l'allée du jardin et arma son bras en visant la fenêtre de la chambre de lady Oxbury.

Chapitre 7

Grace prit sa tasse de thé entre ses deux mains et se laissa aller dans un profond soupir. Dire qu'elle avait bu du champagne à s'en rendre malade… Dieu merci, lord Dawson ignorait ce détail même s'il avait sans doute remarqué qu'elle faisait un excès.

Elle réprima un gémissement et ferma les yeux. Comment avait-elle pu se comporter de manière aussi stupide ? Le premier verre s'était vidé si vite. La danse lui avait donné soif et elle se sentait un peu nerveuse. Elle n'avait pas l'habitude qu'un bel homme bien bâti fasse attention à elle. De plus, celui-ci avait déclaré qu'il souhaitait l'épouser. Alors, quand il lui avait tendu une deuxième flûte, elle s'en était emparée avec reconnaissance.

Par la suite, elle avait été tellement heureuse de voir tante Kate et Mr Wilton ensemble qu'elle avait fêté cela avec un troisième verre… ou s'agissait-il du quatrième ?

Elle prit une gorgée de thé. Sans la présence de lord Dawson, tout se serait déroulé sans heurt. Elle serait restée dans la salle de bal, à danser avec les hommes qui ne trouvaient pas de cavalière. Elle aurait enduré la situation en se tardant même de retourner à Standen, et d'écouter John disserter sur ses plantes.

Elle reposa brusquement sa tasse dans un tintement de porcelaine. Elle ressentait une étrange impression de vide au plus profond d'elle-même.

Peut-être qu'un biscuit lui ferait du bien. Elle tendit la main vers l'assiette.

Les oreilles d'Hermès se dressèrent quand Grace mordit à pleines dents dans la petite pâtisserie croustillante. Il s'assit près d'elle avant qu'elle ait terminé sa première bouchée.

— Laisse-moi deviner..., lui dit-elle. Tu veux un biscuit, toi aussi ?

Hermès aboya deux fois et remua la queue, l'implorant du regard avec un air visiblement affamé.

— Mais, tu viens d'avoir du fromage.

Le petit chien posa ses pattes sur les genoux de Grace et la regarda droit dans les yeux, les oreilles abattues, comme pour signifier que le morceau de fromage avait été dérisoire et que le petit chien qu'il était avait autant d'appétit et d'énergie qu'un molosse.

— Hermès ! s'exclama lady Kate en quittant son dressing vêtue d'une volumineuse chemise de nuit. Laisse cette pauvre Grace tranquille.

— Il sait se montrer persuasif, fit remarquer sa nièce en riant. Puis-je lui donner un biscuit ?

— Cela ne ferait que l'encourager, vous savez. Mais... Bon, d'accord. Rien qu'un ou nous ne pourrons plus freiner sa gloutonnerie, répondit Kate avant de se tourner vers Marie. Hermès a bien fait sa promenade du soir ?

— Oui. Jem, le valet, l'a fait sortir dans le jardin.

— Parfait. Il devrait bien dormir cette nuit, estima lady Kate dans un sourire. Je vous remercie, Marie. Ce sera tout.

— Tu ne m'as pas l'air très fatigué mon Hermès, dit Grace alors que la domestique s'éloignait.

Elle lui présenta un biscuit que le chien brisa d'un coup de dents au creux de sa paume avant de lui lécher les doigts pour en récupérer la moindre miette.

— Vous arrive-t-il seulement de nourrir ce pauvre animal ? plaisanta la jeune femme.

— En permanence, répondit lady Kate. Je m'étonne même que son ventre ne traîne pas par terre.

— Oui, en effet…, ajouta Kate avant de scruter la chemise de nuit de sa tante plus attentivement. Où donc avez-vous trouvé cela ? Elle a l'air très ancienne.

— Elle l'est, confirma Kate en s'asseyant dans l'autre fauteuil et en ramenant ses pieds sous elle. Mais elle est aussi très confortable.

— Elle est surtout élimée. Vous devriez peut-être profiter de votre séjour à Londres pour la remplacer, lui suggéra Grace.

Elle ne pouvait pas résister à Hermès qui dansait devant ses genoux, l'implorant de ses grands yeux. Elle cassa un petit morceau de son biscuit et le lui tendit. Il s'en empara et repartit vers lady Kate en trottant.

— Il a peut-être peur que je le lui reprenne, dit Grace.

— À moins qu'il ne se rende compte qu'il commence à exagérer.

Grace s'éclaircit la voix. *Puisqu'on aborde le sujet…*

— Je voulais vous dire… En fait, euh…, bredouilla-t-elle.

Autant arrêter de tourner autour du pot.

— Je suis vraiment désolée pour ce soir, se lança-t-elle. Je ne comprends pas ce qui s'est passé. J'avais déjà bu du champagne avant mais cela ne m'avait jamais rendue malade.

— Une petite dose de ce breuvage peut produire des effets majeurs. Avez-vous seulement mangé quelque chose durant ce bal ?

— Non, répondit-elle en se souvenant qu'elle avait été bien trop ébranlée pour goûter au homard en croûte dont lui avait parlé le baron.

— Vous n'avez rien pris au déjeuner non plus, lui rappela sa tante.

— Je n'avais pas faim. J'étais nerveuse, je suppose.

— Je pense que si vous aviez mangé, le champagne ne vous aurait pas autant affectée. La prochaine fois, évitez de boire en ayant l'estomac vide, conclut lady Kate.

L'idée même de boire quoi que ce soit de plus fort qu'une tasse de thé était insupportable à Grace.

— N'ayez aucune crainte. Je ne boirai plus jamais de champagne, déclara-t-elle en se massant le front. Me serais-je… ridiculisée de manière irrémédiable ?

(Elle fit une grimace.) M'être humiliée au point que je ne puisse plus jamais participer à un événement mondain, cela devrait me réjouir.

— Non, vous ne vous êtes pas ridiculisée le moins du monde. Même moi, je n'ai compris que vous aviez trop bu qu'une fois dans la voiture, alors que nous rentrions.

— C'est vrai ?

— Je vous assure, confirma lady Kate en posant sa tasse de thé avant de se pencher en avant. Maintenant, si vous vous en sentez le courage, il faudrait que nous parlions.

Voilà qui ne présageait rien de bon. Grace oserait-elle prétexter une rechute ?

— Grace, au sujet de lord Dawson…, commença sa tante.

L'estomac de la jeune femme se noua. Une rechute était en effet parfaitement plausible.

— Qu'y a-t-il ? dit-elle.

— Il… Bon, vous savez bien que votre père serait fou de rage s'il apprenait que vous avez tenu compagnie au baron.

Papa… Le baron Dawson…

À son tour, Grace se pencha en avant puis demanda :

— Tante Kate, pourquoi papa ne m'a-t-il jamais parlé de lady Harriet ?

Soudain, Kate parut sur la défensive. Elle reprit place au fond de son fauteuil, mettant ainsi une certaine distance entre elle et Grace.

— Lady Harriet ?

— La fille du comte de Wordham… La mère de lord Dawson, précisa Grace.

Et le grand amour de papa ? se demanda-t-elle. *Mais alors, qu'était maman à ses yeux ?* Quand Grace avait deux ans, sa mère était morte en couches. La jeune femme n'avait aucun souvenir d'elle si ce n'était un portrait dans la galerie familiale. C'était une femme menue à la chevelure rousse avec de grands yeux noisette et qui affichait une expression sérieuse. Grace avait toujours cru que son père ne s'était pas remarié car la mort de son épouse lui avait brisé le cœur.

Son cœur était peut-être brisé, mais ce n'était pas à cause de sa mère.

L'estomac de Grace se noua de plus belle.

— Sans doute considérait-il, et à juste titre, que c'était de l'histoire ancienne, expliqua lady Kate en faisant tout son possible pour éviter son regard.

— Toutefois, il est clair qu'il a toujours du chagrin au sujet de lady Harriet, affirma Grace d'une voix un peu tremblante. Aimait-il ma mère, au moins ?

Grace savait qu'elle n'aurait pas dû se préoccuper de cela mais elle se sentait trahie.

— J'en suis convaincue, Grace, la rassura sa tante en lui tapotant la main. J'ai toujours cru que votre père et votre mère vivaient une relation harmonieuse. Lady Harriet était son premier amour et… (Lady Kate rougit.)… les premières amours sont toujours très intenses. N'allez pas vous imaginer que mon frère a encore des sentiments pour lady Harriet.

— Ah ? s'étonna Grace. Alors comment expliquer qu'il déteste toujours autant la famille Wilton ?

— Parce qu'il considère que son honneur a été bafoué par un Wilton, j'imagine, répondit lady Kate dans un rire sans joie. Il ne pardonne ni n'oublie jamais, Grace, ce qui est précisément la raison pour laquelle vous ne pouvez pas entretenir une amitié avec lord Dawson.

Grace soupira, admettant que sa tante avait raison. Une femme avisée ferait le nécessaire afin d'éviter lord Dawson pour le reste de la Saison. Non seulement son père détestait cet homme, mais le baron semblait d'une ténacité à toute épreuve, le genre d'homme à vous faire perdre le sens commun, le genre d'homme en compagnie duquel elle avait tendance à abuser du champagne.

Hélas, elle n'avait aucune envie de se comporter en femme avisée, mais aspirait plutôt à l'imprudence – champagne et autre spiritueux mis à part, elle pensait avant tout au baron, à la valse et aux promenades dans des jardins qui ne se transformaient pas en conférences sur la botanique.

Ce voyage à Londres n'était qu'une petite fenêtre dans le mur grisâtre de son existence, rien d'autre qu'un court interlude, un scintillement de magie, une porte brièvement ouverte sur des contes de fées et des fins heureuses. Elle comptait bien en profiter pleinement, et aussi longtemps qu'elle le pourrait.

Elle redeviendrait sage et responsable une fois qu'elle serait rentrée chez elle et qu'elle aurait épousé John.

Grace reposa le biscuit qu'elle grignotait sur l'assiette. Son appétit lui faisait soudain défaut. Son estomac lui paraissait aussi lourd que si elle avait avalé un boulet de canon.

— Ne vous inquiétez pas, ma tante. J'ai déjà dit à lord Dawson qu'il était inutile qu'il me fasse la cour.

— La cour ? s'écria lady Kate en renversant un peu de thé sur sa chemise de nuit. J'ose espérer qu'il ne vous a pas proposé le mariage. Il vient à peine de faire votre connaissance.

Exact. Grace ne le savait que trop. En tout cas, sa tête le savait. Son cœur, lui, avait un point de vue tout à fait différent. C'était comme si elle avait toujours connu le baron.

— Selon toute apparence, lord Dawson n'est pas homme à perdre du temps.

Tout le contraire de John, qui ne l'avait jamais embrassée. Grace n'avait pas souffert de cette omission jusqu'à présent.

Elle n'avait jamais considéré John comme un amoureux transi. Grace savait bien qu'il était davantage attiré par l'idée d'acquérir une partie du domaine de son père qu'il était attiré par elle. Elle avait pensé qu'il ferait un mari très convenable. Négligent, sans aucun doute, mais elle ne réclamait pas d'attention.

Ils auraient un enfant ou deux, voire trois – même si elle avait du mal à imaginer la conception de ces enfants, elle se doutait que John s'acquitterait de cette tâche sans trop de manières – et elle serait satisfaite. Au moins, il ne la tromperait jamais. Enfin... mis à part ses visites régulières à sa maîtresse, Mrs Haddon.

Non, les mots « passion » et « John Parker-Roth » se retrouvaient rarement dans une même phrase, à moins que le thème de cette phrase soit d'ordre végétal. C'étaient les roses et les jardins qui éveillaient des émotions chez John, pas les femmes et les mariages.

— Vous ne pouvez pas épouser lord Dawson, décréta lady Kate d'un ton à la fois sévère et inquiet, en fronçant les sourcils.

— Je sais bien, répliqua Grace en affichant le même air contrarié.

Mais ce soir-là, elle n'avait pas été la seule femme à se promener dans le jardin.

— Vous, par contre, vous pouvez vous marier avec Mr Wilton, fit-elle remarquer.

— Quoi ? s'exclama lady Kate d'une voix si stridente qu'Hermès dressa les oreilles.

— Rien ne vous empêche d'épouser Mr Wilton, insista Grace en se penchant en avant. Je ne comprends absolument pas pourquoi vous avez omis de me parler de sa demande en mariage quand nous nous sommes retranchées dans les commodités, mais peu importe. Vous êtes veuve, il est célibataire, vous êtes donc tous les deux libres. Vous pouvez l'épouser quand vous le voulez.

— Ah... euh..., bafouilla lady Kate.

Elle était devenue pivoine. Était-ce un bon signe ?

— Mr Wilton vous a-t-il fait une nouvelle demande ce soir quand vous étiez tous les deux dans le jardin, ma tante ?

Grace espérait bien qu'elle lui en aurait parlé si c'était le cas. Mais son état d'ivresse avancé l'en avait peut-être dissuadée.

— Je vous ai vue valser avec lui, poursuivit Grace. Vous sembliez radieuse.

— Euh… Radieuse ? répéta Kate qui, en cet instant, avait l'air plus horrifiée que radieuse. Vous devez vous tromper.

— Non, je vous assure. Je…

Bing !

Kate bondit sur ses pieds comme si elle avait reçu une décharge électrique. Hermès se releva et fonça vers la fenêtre en aboyant furieusement.

— On dirait que quelqu'un lance des graviers, dit Grace. Qui cela peut-il bien être ?

Bing !

Hermès se trémoussa devant les rideaux avant de mordre un bout de tissu et de tirer. Lady Kate restait immobile, pâle et pétrifiée commc unc statuc de glace.

— Voulez-vous que j'aille voir qui est là ? demanda Grace.

Elle s'apprêtait à traverser la pièce quand lady Kate la retint par le poignet.

— Non !

Sa tante habituellement si calme et posée semblait soudain très agitée.

— Tante Kate, qu'y a-t-il ?

— Rien. Tout va bien.

Kate détacha son regard de la fenêtre et esquissa un sourire… mais sursauta quand un autre caillou frappa le carreau.

— Vous savez quoi, Grace ? Cette conversation était des plus agréables – Bing ! – mais je me sens subitement épuisée – Bing ! – et je pense que j'aimerais aller – Bing ! – me coucher – Bing ! Bing ! – maintenant. (Kate tira Grace jusqu'à la porte séparant leurs deux chambres et l'ouvrit.) Vous devriez aller au lit vous aussi. Vous avez besoin de repos.

Effectivement, Grace ne se sentait pas encore tout à fait remise de ses abus d'alcool.

— Très bien, déclara-t-elle avant de marquer une pause pour écouter. On dirait qu'il n'y a plus de bruit. La personne qui était dehors est sans doute partie.

— Oui, vous avez sûrement raison, reconnut Kate en poussant Grace dans sa chambre. Dormez bien.

— Vous aussi, tan…

Vlam !

Si Grace s'était trouvée un peu plus près de la porte, elle l'aurait prise dans le nez. Elle resta immobile un instant, à la regarder, puis haussa les épaules et fit volte-face. Il était clair que sa tante ne souhaitait pas être dérangée. Ce n'était pas un mal. Maintenant qu'elle se retrouvait seule, Grace se rendait compte qu'elle était fourbue.

Elle se glissa dans son lit et s'allongea avec précaution. Heureusement, la chambre ne se mit pas à tourner. Elle jeta un regard vers la table de nuit sur laquelle Marie avait reposé la bassine. Parfait. Ainsi, au cas où les nausées la reprenaient, Grace pourrait en éviter les conséquences humiliantes.

Comment avait-elle pu se comporter aussi sottement ? Elle aurait dû se rendre compte que les bulles lui montaient à la tête, penser que…

C'était bien là le problème : elle avait arrêté de penser. Ses sens avaient pris le dessus. Elle avait été ensorcelée par un certain baron, grand, beau et bien charpenté.

Grands dieux. Elle se pencha en avant et éteignit la bougie. Qu'allait-elle faire ? Le baron Dawson n'était pas homme à accepter un refus. Pourtant, elle devait lui dire « Non ».

Elle ne pouvait pas briser de nouveau le cœur de son père. Elle ne pouvait pas prendre fait et cause pour une famille qui lui avait ravi son premier amour, lui causant un chagrin tel qu'il ne s'en était toujours pas remis, toutes ces années plus tard. Elle n'allait pas lui donner des petits-enfants qui auraient du sang Wilton dans les veines.

Des petits-enfants… Des bébés… Des bébés qu'elle aurait avec Dav…

Non. Pas les bébés de lord Dawson mais ceux de John.

Son estomac gargouilla un peu. Allait-elle avoir besoin de cette satanée bassine ?

De plus, elle ne pouvait pas ignorer les conséquences que ces actions auraient également sur John.

Il avait le projet de l'épouser. Si elle le quittait, il serait blessé – ainsi que mortifié et insulté – tout comme sa famille. Elle détesterait cela.

Elle se tourna sur le côté. Fort heureusement, son estomac ne formula pas la moindre protestation.

Elle devait refuser les avances de David, mais ici dans le noir, dans l'intimité de sa chambre, rien ne l'empêchait de rêver. Et si elle pouvait lui dire oui ?

Ce serait formidable. Elle valserait avec lui de bal en bal, aussi souvent qu'elle le désirerait. Elle pourrait visiter à son bras les jardins de ses hôtes sans offrir à la bonne société de quoi cancaner. Et, une fois qu'ils se retrouveraient dans ces jardins…

Elle sourit et se pelotonna dans son lit. Il ne serait pas question de cours sur les plantes. Non, ils recommenceraient toutes les choses formidables qu'ils avaient faites ce soir, iraient peut-être plus loin… Elle avait la certitude que David s'était retenu.

Le corps de cet homme était si dur et si fort. Rien à voir avec le sien. Pourtant, il avait fait preuve de délicatesse. Elle s'était sentie à l'abri et en sécurité. Et quelle dextérité dans l'utilisation de ses lèvres, de sa langue et de ses doigts… Il lui avait fait connaître tant de sensations excitantes et enchanteresses.

Ce frisson… Oh. Ce frisson la parcourut une nouvelle fois. Elle avait chaud et se sentait insatisfaite. Elle s'étira mais la friction des draps contre sa peau lui parut insupportable.

Elle se coucha alors sur le ventre et s'étendit sur le matelas mais cela ne lui apporta aucun soulagement.

Penser à David avait été une erreur. Ce n'était pas ainsi qu'elle parviendrait à s'endormir. Si seulement elle arrivait à se remémorer l'un des exposés de John sur la classification des plantes, elle s'endormirait en quelques minutes. Hélas, elle ne leur avait jamais accordé assez d'attention pour être capable de s'en souvenir.

Elle n'y échapperait pas, il allait falloir qu'elle compte les moutons.

Elle se remit sur le dos, ferma les yeux d'une manière résolue et commença : un, deux…

Ce devait être Alex qui se trouvait dehors. Qui d'autre cela pouvait-il être ?

Kate courut jusqu'à la fenêtre. Pourquoi avait-elle décidé de porter sa plus ancienne chemise de nuit ? Elle avait été lavée tant de fois que ce n'était guère plus qu'une guenille. La plus modeste des femmes de chambre aurait eu honte de la posséder. Ce n'était pas le vêtement rêvé pour séduire un homme. Il fallait qu'elle se change.

Elle n'en avait pas le temps.

Était-il parti ? Cela faisait maintenant un moment qu'elle n'avait pas entendu de gravier frapper contre la vitre. Hermès avait cessé de se battre avec les rideaux et gisait au sol, pantelant.

Alex n'était certainement pas parti. *Dieu, faites qu'il soit encore là*, implora Kate – mais demander au Seigneur de l'aider dans une liaison…

Le chien se redressa et recommença à aboyer tandis que Kate écartait les rideaux.

— Chut, Hermès ! Tu vas réveiller tout le quartier.

Alex n'allait pas s'enfuir après avoir parcouru tout ce chemin. Même si Oxbury House ne se trouvait qu'à quelques pâtés de maison de Dawson House, il avait fait le déplacement, ce qui signifiait qu'il désirait…

Il ne fallait pas qu'elle pense à ce qu'il pouvait désirer.

Elle tira sur le loquet de la fenêtre.

Où était l'urgence ? Alex était sans doute reparti. Pourquoi serait-il resté alors qu'elle avait oublié de déverrouiller l'entrée de service puis ignoré ses tentatives pour attirer son attention ? À cette heure-ci, il devait déjà être à mi-chemin sur le trajet de retour.

Bon sang de bois, ce vieux loquet refusait de bouger. Elle tira dessus avec les deux mains. Il fallait qu'elle ouvre cette fenêtre. Non, il ne pouvait pas être très loin. Peut-être que si elle criait…

Si elle criait, toute la ville se demanderait pourquoi lady Oxbury se tenait penchée à la fenêtre de sa chambre, à hurler dans la nuit.

Au moins sa chambre donnait sur l'arrière du bâtiment ; peut-être que personne ne remarquerait rien.

C'était même certain, si elle ne parvenait pas à ouvrir cette maudite fenêtre. Elle aurait beau crier tout son soûl, seul Hermès pourrait l'entendre.

Elle secoua le loquet de plus belle. Était-il rouillé ou bloqué par la peinture ? Cette fenêtre de malheur n'avait-elle donc jamais été ouverte en quarante ans, ou quel que soit le nombre d'années qui s'était écoulées depuis que la mère d'Oxbury était morte. Les domestiques avaient bien dû aérer les pièces avant qu'elle et Grace arrivent. Quoi qu'il en soit, cette fichue fenêtre résistait. Elle tira une dernière fois, de toutes ses forces.

Enfin ! Le loquet se désengagea dans un grincement. Elle tira alors sur la fenêtre qui protesta à son tour mais se souleva lentement. Kate se pencha à l'extérieur…

Elle n'y voyait rien. Elle n'entendait pas davantage car Hermès faisait un vacarme de tous les diables.

— Tais-toi, stupide cabot, lui ordonna-t-elle.

Elle retint sa respiration et tendit l'oreille…

Elle distingua alors le timbre grave d'un homme riant sous cape. D'où cela pouvait-il venir ? Du pied de l'arbre ? Les ombres y étaient trop épaisses pour qu'elle en ait le cœur net.

— Alex ? murmura-t-elle d'un ton pressant.

— Bonsoir, Kate.

— Alex ! (Soulagée de constater qu'il était encore là, elle prit appui contre le montant de la fenêtre.) Je suis désolée d'avoir…

— Chut, lança-t-il dans un autre rire étouffé. Voulez-vous que je monte ? Nous pourrions… discuter.

La petite pause dans sa phrase la fit frissonner. Oui, ils pourraient parler… et faire d'autres choses.

— D'accord, montez. Vous allez pouvoir vous débrouiller avec cet arbre ?

— Évidemment.

Rien n'était moins « évident » pour un homme de quarante-cinq ans, même d'une condition physique aussi remarquable que celle d'Alex, que grimper à un arbre pour passer par la fenêtre d'une chambre. Elle se mordit la langue et fit quelques prières en le regardant se débarrasser de sa veste et son gilet avant d'entreprendre son ascension parmi les branches. Elle prit Hermès dans les bras et recula alors qu'il atteignait le niveau de la fenêtre.

— Soyez prudent, l'implora-t-elle.

Il lui sourit, à califourchon sur une branche robuste. En tout cas, elle espérait qu'elle soit robuste car elle ne voulait pas le voir s'écraser au sol.

— Une chance que les jardiniers aient négligé l'élagage de cet arbre, déclara-t-il. Reste qu'il pousse bien trop près de la maison.

Il n'avait quand même pas l'intention de discuter horticulture assis dans ce fichu arbre ?

— Pour l'amour de Dieu, Alex ! Entrez avant de vous rompre le cou.

— Avec plaisir, c'est demandé si gentiment.

Il attrapa une branche au-dessus de sa tête et balança les jambes dans l'encadrement de la fenêtre. Un instant plus tard, il se retrouvait dans sa chambre.

— Et me voici ! Sain et sauf ! s'exclama-t-il, triomphant, en ouvrant les bras.

— Dieu merci ! lança-t-elle en faisant un pas vers lui avant de se figer.

Il était tellement grand. Elle resserra les bras autour d'Hermès. Imaginer Alex, rêver qu'il se tienne là, devant elle, c'était une chose, mais l'avoir effectivement dans cette pièce en était une autre.

Et dans son lit, alors ? *Bonté divine.*

— Voudriez-vous un peu de thé, bredouilla-t-elle en reposant Hermès puis en se tournant vers la table.

Oxbury avait quarante-sept ans quand ils s'étaient mariés, soit seulement deux ans de plus qu'Alex au moment présent. Mais Oxbury avait toujours eu l'air vieux. Certes, Kate n'avait que dix-sept ans à l'époque, mais ce n'était pas la raison, pas la seule raison en tout cas, pour laquelle elle le voyait ainsi. Oxbury était, il fallait bien l'avouer, décharné. Il ne mesurait que quelques centimètres de plus qu'elle et avait des épaules étroites légèrement voûtées ainsi que des bras et des jambes grêles. Il portait des gaines, de faux mollets et d'autres artifices vestimentaires pour étoffer sa silhouette. Lors de leur nuit de noces, elle avait été surprise de voir la rejoindre dans son lit un squelette en chemise de nuit.

Elle serait outrée de découvrir qu'Alex portait le même genre de rembourrage. Ce soir, elle saurait…

Seigneur. S'il lui… Si vraiment ils…

— G-Grace et moi prenions une tasse de thé à la menthe, expliqua-t-elle. C'est très relaxant. Avec des biscuits. Il en reste un peu. Grace n'avait pas grand appétit. Moi non plus. (Elle n'allait pas expliquer pourquoi.) C'est du pain d'épices. Hermès en raffole. N'est-ce pas Hermès ?

Elle se tourna de nouveau pour jeter un coup d'œil aux deux mâles présents dans sa chambre. Hermès et

Alex la regardaient comme si elle était complètement incohérente.

— Je ne suis pas venu prendre le thé, Kate, chuchota Alex d'une voix chaude.

Son intonation laissait entendre une question à laquelle elle n'était pas encore prête à répondre.

Pourquoi ne pouvait-il pas juste s'emparer d'elle et l'emmener dans le lit pour y faire ce qu'il faisait une fois qu'il se retrouvait dans un lit ? Mis à part dormir, bien entendu.

— Non, vous ne voulez pas de thé, bien sûr, dit-elle. Je crains que… Je n'avais pas prévu… Je n'ai pas de cognac ou de…

Il s'approcha d'elle et lui prit les mains qu'elle faisait voleter autour d'elle comme des moineaux ivres. Son étreinte était ferme, chaleureuse et étrangement rassurante, réconfortante. Elle prit une profonde inspiration et le regarda.

— Kate, voulez-vous que je m'en aille ? lui demanda-t-il.

— Euh…, hésita-t-elle.

On ne pouvait pas dire qu'il tournait autour du pot.

— Je le ferai si vous le désirez, dit-il.

Il scrutait son visage. Incapable de supporter son regard, elle détourna les yeux. Hermès s'était couché dans sa panière posée dans un coin de la pièce. De toute évidence, il avait confiance en Alex, lui.

Il posa un doigt légèrement calleux sur son menton, la forçant à le regarder dans les yeux.

— La porte de service était verrouillée, Kate. Était-ce pour me signifier de repartir ? lui demanda-t-il.

Il fronça les sourcils et elle sentit qu'il commençait à reculer.

— Veuillez m'excuser. Je…, commença-t-il.

Elle s'agrippa à sa chemise des deux mains. « *Non !* », pensa-t-elle. Elle devait trouver le courage de le dire. Elle avait eu tort de se figurer qu'Alex allait prendre les choses en main.

— Je… J'aimerais que vous restiez. S'il vous plaît. Ne partez pas.

— Vous êtes sûre ?

— Oui.

Elle était nerveuse, voire terrifiée, mais elle était également certaine, absolument certaine, de vouloir qu'il reste.

Alex posa les yeux sur Kate. Elle ne se comportait pas comme une femme qui avait l'habitude de recevoir des hommes dans son lit. Elle paraissait fébrile, effarouchée. Avait-elle peur de lui ? Impossible, jamais il ne lui aurait fait de mal.

Au lieu de l'embrasser, il la rapprocha de lui et l'enlaça. Au bout d'un moment, il sentit qu'elle passait ses bras autour de sa taille.

Elle était si petite, si délicate.

— Oxbury vous manque-t-il, Kate ?

Qu'est-ce qui lui prenait ? Était-il stupide ? Il n'avait tout de même pas l'intention de l'entretenir de son défunt mari ?

Elle le serra plus fort.

— Oui, reconnut-elle. (Bon sang ! Était-ce un sanglot qu'il venait d'entendre ?) Oui, il me manque.

Enfer et damnation ! Voilà qu'elle se mettait à pleurer. Les épaules de Kate tremblèrent. Il sentit des larmes imbiber sa chemise. Il se rendit compte qu'elle frissonnait à chaque respiration.

— Chut, murmura-t-il en berçant sa tête, les doigts plongés dans sa chevelure. Du calme, mon amour.

Il n'ignorait rien du deuil, de ces vides dans l'existence tellement béants qu'on pouvait craindre d'y tomber pour ne plus jamais arrêter de dégringoler. Quand son père et sa mère étaient morts…

Diable ! Il avait les larmes aux yeux. Une poussière s'y était sans doute logée quand il escaladait les branches. Il sentit sa gorge se serrer. Il déglutit.

Il ne pleurait pas. C'était réservé aux femmes et aux dandys.

Il caressa les cheveux de Kate tandis qu'elle sanglotait en pensant à Oxbury. Ils étaient si doux. Ils lui glissaient entre les doigts comme de la soie et retombaient jusqu'à sa taille. Il fut ravi de constater qu'elle ne les avait pas tressés.

Elle sanglota plus fort.

Quel piètre don Juan il faisait ! Il aurait dû l'embrasser à l'instant même où elle s'était retrouvée dans ses bras, pour attiser son désir ou quelle que soit cette envie qui l'avait poussée à l'inviter ici. Il aurait dû l'entraîner vers le lit sans autre forme de discours. Pourquoi avait-il fallu qu'il mentionne Oxbury ?

Parce que cet homme n'était mort qu'un an auparavant, qu'il avait été l'époux de Kate durant plus de la moitié de sa vie. C'était là des faits auxquels il était impossible d'échapper. Quand il coucherait avec Kate – si cela arrivait, bien entendu – Oxbury serait là, lui aussi. Fort heureusement, ce ne serait que sous la forme d'un souvenir agréable – un souvenir agréable et lointain – mais à en juger par le chagrin de Kate, il n'y avait peut-être pas de place dans son cœur pour un simple mortel.

Si Kate pleurait encore Oxbury, pourquoi diable lui avait-elle demandé de venir ?

— Je ferais mieux de m'en aller, Kate.

Elle secoua la tête en s'accrochant de plus belle à sa chemise. Il allait être difficile de lui faire lâcher prise.

Il lui passa la main dans le dos. Hum… Sa chemise de nuit était usée. Le tissu était si fin qu'il avait pu deviner les contours de sa charmante silhouette quand elle s'était dirigée vers le plateau à thé : ses seins, sa taille, ses hanches et même l'ombre de ses boucles intimes. À présent, il pouvait sentir le doux renflement de ses seins contre son torse et la chaleur de sa peau là où il l'avait caressée. Plus de robe, plus de corset, rien qu'une femme.

Une femme en pleurs qui n'avait pas la tête au batifolage.

Quelle conduite adopter ? Partir ? Elle n'allait pas le laisser faire. La séduire ? Même le plus insensible des libertins hésiterait à attirer une femme aussi désespérée dans un lit.

Une seule option s'offrait à lui : la réconforter. Il n'existait aucun moyen de remonter le temps, aucune incantation magique capable de faire disparaître les vingt-trois ans qui s'étaient écoulés. La demoiselle à laquelle il avait offert son cœur n'existait plus depuis longtemps. À sa place se tenait cette belle femme qui était… Qui était-elle ? Il n'en savait rien.

Il n'aurait pas dû venir. Quel idiot ! Il avait passé la moitié de son existence à rêver à une personne qui n'existait pas et à la désirer.

Mais il la trouvait si douce sous ses caresses. Son parfum était le même que dans son souvenir. De ses lèvres, il effleura ses cheveux en inspirant profondément. Même si ce n'était qu'une illusion, la tenir dans ses bras lui rendait sa jeunesse et lui laissait croire de nouveau que tout était possible.

En outre, elle semblait avoir besoin de lui. Il était prêt à lui donner tout ce qu'il pouvait, quoi qu'elle puisse désirer.

— Il me manque, reconnut-elle en le regardant.

Son visage était marbré de rouge et elle avait les yeux gonflés. Elle renifla à plusieurs reprises.

Il lui tendit son mouchoir. Elle s'essuya les yeux et se moucha puis considéra le morceau de tissu chiffonné qu'elle tenait dans son poing.

— Je demanderai à Marie de le nettoyer et…, commença-t-elle en rougissant.

— Gardez-le, j'en ai d'autres.

Il fallait qu'il trouve un moyen pour partir. Elle avait cessé de pleurer et voulait sans doute qu'on la laisse seule avec ses souvenirs.

Elle se plongea de nouveau dans la contemplation de sa chemise et posa une main sur son torse.

— Je suis désolée de m'être ainsi transformée en fontaine. Je suis certaine que ce n'est pas ce que vous espériez.

— Pas vraiment, en effet.

Bon sang, il pouvait sentir chacun de ses doigts à travers le tissu. Ils le brûlaient comme s'ils le marquaient au fer rouge…

Il fallait qu'il parte.

— Kate. Je pense…

Voilà qu'elle laissait descendre sa main. Elle passa sur son ventre et continua jusqu'à… Il retint son souffle.

Elle s'arrêta à sa taille mais y posa son autre main après avoir laissé le mouchoir tomber au sol. Elle les fit remonter lentement le long de son corps en suivant ses muscles du bout des doigts.

Il crut que son corps allait prendre feu, à commencer par l'organe qui manifestait son intérêt de la manière la plus flagrante. Il recula légèrement afin de lui épargner cette évidence.

— Kate, murmura-t-il d'une voix qui lui sembla rauque et grave. (Il posa les mains sur les siennes, stoppant ainsi ses explorations.) Kate, je ne sais pas si…

— Moi, je sais, déclara-t-elle en le regardant, les yeux encore gonflés par les larmes. Je veux vous séduire.

— Vous vous sentez seule, voilà tout.

Lady Kate eut une hésitation, comme si elle s'apprêtait à dire quelque chose puis changeait d'avis. Elle esquissa un sourire.

— J'ai donc besoin de compagnie. Voudriez-vous me tenir compagnie ? lui demanda-t-elle en se penchant en avant pour poser un baiser sur sa chemise juste au-dessus de son cœur. S'il vous plaît ?

Il frisait l'explosion. Il ne devait pas céder. Il fallait qu'il repasse par la fenêtre, qu'il refasse le chemin à l'envers, redescende l'arbre. Toutefois, il doutait sincèrement en avoir les capacités physiques à cet instant précis.

— Euh…, balbutia-t-il.

Elle leva de nouveau les yeux. Les sourcils légèrement froncés, le regard sérieux.

— Je vais être honnête, Alex. Je connais bien peu de choses aux frivolités. Oxbury était… Eh bien… (Elle dodelina de la tête puis esquissa un demi-sourire.) Mais je ne demande qu'à apprendre, ajouta-t-elle, se serrant contre lui. Avec vous.

Il fit de son mieux pour réfléchir mais tout son sang avait été transféré de son cerveau à un organe qui le suppliait de le laisser penser pour lui, l'incitant avec enthousiasme à se mettre à l'ouvrage et à entraîner cette femme jusqu'au lit.

— Kate…

— Je vous en supplie, insista-t-elle.

Sa petite main venait de trouver le centre de son enthousiasme et, avec douceur, voire hésitation, l'effleura.

— Je ne suis pas…, bredouilla-t-il, le souffle coupé. Je ne suis pas vraiment, euh…

Elle s'était mise à en suivre le contour qui s'élargissait à chacune de ses caresses.

— Si vous cherchez un expert…

Dieu du ciel ! Ses doigts… S'ils recommençaient… *Oui… Avec un peu plus de force… Un peu plus… Non.* Qu'essayait-il de dire ? Oui. Non. Il essayait de dire « non ». Ou alors « peut-être » ou « attendez » ou… *Et puis mince !*

— Si vous cherchez un expert, je ne le suis pas, parvint-il à déclarer.

Par bonheur, elle le lâcha. Il put donc se remettre à penser. Ou peut-être pas. À présent, elle sortait sa chemise de son pantalon et glissait les mains en dessous, à même sa peau.

— Je ne veux pas d'un expert, rétorqua-t-elle. Je vous veux, vous.

Chapitre 8

Son courage vacilla. S'était-elle montrée trop audacieuse ? Manifestement, Alex n'avait pas l'air très enthousiaste.

Pourtant, une certaine partie de sa personne paraissait inspirée, voire exaltée. Elle fit mine d'ôter les mains de sa peau si douce et si chaude. Elle avait atteint les limites de ses talents de séductrice.

Alex fit glisser ses paumes jusqu'à ses fesses.

— Vous en êtes sûre, Kate ? Vous me désirez vraiment ?

Dans sa voix, elle avait perçu de l'espoir, du désir et un soupçon de tourment qui l'interpellait. Et s'il était aussi seul qu'elle ? Peut-être pourrait-elle lui offrir quelque chose qui dépasserait le plaisir physique ?

— Oui, Alex. Je n'ai jamais désiré quelque chose ou quelqu'un plus ardemment.

Elle souleva sa chemise et déposa un baiser sur son torse puissant et presque glabre, puis posa la joue contre lui en le serrant dans ses bras. Elle allait coucher avec Alex. Elle pourrait enfin le toucher et l'embrasser et… faire d'autres choses avec lui.

Elle se passerait bien de toutes ces autres choses mais Oxbury y était toujours resté très attaché, même quand il était devenu clair qu'elle ne pourrait jamais lui donner d'enfants. Logiquement, Alex aussi y porterait de l'intérêt. C'était une affaire d'hommes en rapport avec leurs attributs de mâles. Elle avait passé de nombreuses années, surtout au début de son mariage, allongée en silence, à dresser dans sa tête une liste des corvées domestiques dont il fallait qu'elle s'occupe tandis qu'Oxbury s'activait sur elle, en grognant et en suant.

Ce n'était pas grave car, le plus souvent, cela se terminait assez rapidement. Et ce n'était là qu'un faible prix à payer pour avoir la chance de toucher Alex et de bénéficier de son affection.

Alex commença à remonter sa chemise de nuit. *Oh non !* Elle ne savait que trop où cela allait les mener. Dans quelques minutes, elle se retrouverait allongée sur le dos. Il n'en était pas question. Pas tout de suite, plus tard. Elle devait d'abord faire ses propres découvertes.

— Non, déclara-t-elle en le repoussant.

— Non ? demanda-t-il, interloqué.

— Pas encore. Je veux m'amuser d'abord.

— Vous… vous amuser ?

Il semblait totalement désarçonné, ce qui était un peu normal. Elle non plus ne savait pas vraiment ce qu'elle avait voulu dire. Toutefois, c'était elle qui l'avait invité et ils étaient dans sa chambre. Elle allait donc prendre les choses en main.

— J'ai envie de… faire des expériences.

— Ah oui ? s'enquit-il, le regard très méfiant. Mais qu'entendez-vous par… « faire des expériences » ?

Elle éclata de rire. À quoi s'attendait-il donc ? Elle n'avait qu'une imagination très limitée. L'excitation la submergeait, elle se découvrait une étrange témérité. Malgré ses quarante ans, elle ne s'était jamais sentie si jeune.

— Je l'ignore. J'aviserai au fur et à mesure, expliqua-t-elle en posant les doigts sur son torse. Vous pourrez m'offrir vos suggestions, à condition d'accepter que je n'en tienne pas compte. (Elle posa un baiser sur l'un de ses tétons et le sentit tressaillir.) C'est moi qui aurai le dernier mot.

— Ce n'est pas vraiment dans mes habitudes, vous savez.

Était-ce de l'essoufflement qu'elle percevait dans sa voix ?

— J'en suis bien certaine mais je crains devoir insister. (Elle laissa son doigt glisser de son torse à sa ceinture et sentit son ventre se tendre.) Toutefois, je manque de pratique dans l'art de la séduction, et j'aurais besoin de conseils.

— Euh… Je vois, balbutia-t-il. (Oui, il était bien pantelant et nerveux). Eh bien, je vous en prie… euh… continuez.

Kate humecta ses lèvres soudain très sèches. Il lui restait un détail à mentionner. Elle observa l'un de ses doigts qui lissait ses poils souples, créant un petit motif sur le ventre d'Alex. Elle déglutit. C'était dur à avouer car très gênant. Il n'y avait pourtant pas de quoi. Il serait sans doute heureux de l'entendre.

— Avant que nous… commencions… euh…, hésita-t-elle. Il faut que vous sachiez… Enfin, je pense que vous aurez le plaisir d'apprendre que… Disons que vous serez sans doute soulagé de ne pas avoir à vous inquiéter… Ce que je veux dire, c'est que…

Elle aurait tout donné pour ne pas avoir à prononcer ces paroles. Il pourrait deviner, bien entendu, eu égard à son âge, mais l'âge n'avait rien à voir là-dedans. Le problème… Le souci était…

D'un autre côté, si elle n'avait pas été ainsi, elle ne l'aurait jamais invité dans sa chambre. Elle n'aurait pas été prête à prendre tous les risques.

— Kate ? chuchota-t-il en lui relevant la tête.

Elle croisa son regard un instant puis détourna les yeux. Kate ne pouvait se permettre d'être distraite par son contact. Elle laissa tomber ses mains et recula. Elle prit une profonde inspiration et regarda sa chemise, qui recouvrait de nouveau son corps.

— Vous n'avez pas à craindre qu'un événement indésirable survienne dans neuf mois, précisa-t-elle. (Elle se racla la gorge. *Autant être franche.*) Je suis stérile.

— Mon Dieu, Kate.

Était-ce de la pitié dans sa voix ? Elle n'avait que faire qu'on s'apitoie sur elle, surtout pas en cet instant. Pour une fois, elle était heureuse d'être infertile. De plus, elle était bien trop âgée pour enfanter.

Elle voulait se faire séductrice et jouer. Il n'était pas question de penser à des enfants, à un fils ou une fille ayant les yeux d'Alex.

Non, il ne fallait surtout pas y penser.

— J'ai eu des années pour me faire à cette idée. Et c'est plutôt pratique dans le cas présent, ne trouvez-vous pas ? demanda-t-elle en essayant d'en rire. À mon âge, il doit être impossible d'avoir des enfants, même si j'étais fertile.

Bon sang! Sa voix se brisa.

— Kate…

S'ils se mettaient à discuter ce sujet, jamais ils ne se retrouveraient dans son lit. Elle posa ses doigts sur la bouche d'Alex. Elle ne voulait plus penser à la maternité ni à Oxbury. Elle ne voulait plus penser du tout.

— Commençons, voulez-vous ?

S'il te plaît, ne pose pas de questions, Alex. Contente-toi de jouer le jeu.

Le regard d'Alex s'assombrit. Elle craignit qu'il proteste et gâche tout mais il n'en fit rien. Elle sentit ses lèvres pointer un baiser contre ses doigts en même temps qu'il hochait la tête. Elle lui sourit et recula.

— Bien. Maintenant, enlevez votre chemise, je vous prie, lui ordonna-t-elle.

Alex resta immobile, à la regarder.

Allait-il insister pour qu'ils parlent d'enfants ? Elle se mordilla la lèvre. S'il le faisait, elle allait se mettre à pleurer et cette soirée serait une catastrophe. Il faudrait qu'elle dorme seule, comme avant, et elle ne connaîtrait jamais les plaisirs… d'une nuit avec Alex. Elle ne retrouverait jamais plus le courage de lui faire cette proposition. Elle…

Dieu merci, il s'empara du bas de sa chemise à deux mains, la fit passer en un clin d'œil par-dessus sa tête et la laissa tomber au sol, à ses pieds.

Mazette!

— Que vous êtes beau! s'exclama-t-elle en reprenant son souffle.

— Je ne suis pas beau. (Il rit, le rouge aux joues.)

— Oh, si.

Kate avait déjà constaté par le toucher que son ventre était plat et ferme. Elle avait également deviné que ses épaules étaient larges mais elles le paressaient davantage une fois dénudées. Des muscles modelaient ses bras ainsi que son buste. Il avait tout de la statue d'un dieu grec mais, au lieu d'être fait de marbre blanc et froid, sa chair était chaude. Elle s'approcha et posa de nouveau les mains sur lui.

Oui, très chaude…

Alex l'enlaça. Kate se raidit. Non, pas encore. Elle voulait prendre son temps et savourer chaque instant. Elle n'aurait pas d'autre occasion de satisfaire sa curiosité. C'était ce soir ou jamais. Demain, elle redeviendrait la très guindée lady Oxbury.

— Non, Alex. Vous devez vous contenter de proposer, lui rappela-t-elle.

— Comment ça?

— Vous pouvez proposer de me prendre dans vos bras et c'est moi qui déciderai de vous laisser faire.

Il lui lança un regard désapprobateur.

— Toutefois, j'ai décidé, pour le moment, que c'est une bonne suggestion. Vous pouvez laisser vos bras là où ils se trouvent.

— Je vous en remercie, lâcha Alex dans un demi-sourire.

— Il n'y a pas de quoi.

Kate lui caressa la poitrine. Sa bouche et sa langue parcoururent le même chemin que ses doigts.

Elle discerna un gémissement qui la remplit d'aise. Alex posa les mains sur ses hanches et commença à remonter vers ses seins.

— Pas encore, monsieur, le gronda-t-elle, pourtant heureuse de constater combien elle appréciait les caresses de cet homme.

Venait-elle de l'entendre grogner ? Elle éclata de rire et le repoussa pour se libérer.

— Maintenant, vous pouvez enlever vos hauts-de-chausses, Mr Wilton.

Il resta sans bouger. Était-il agacé ? Ou alors gêné ? Après tout, ce n'était peut-être pas un jeu aussi amusant que ça.

Mais il fallait qu'elle fasse quelque chose. Elle n'allait pas se contenter de se mettre au lit, de s'allonger et de rester là, passive, pendant qu'il la chevaucherait comme jadis Oxbury. Elle ne voulait plus vivre ça. Il y avait sans aucun doute une autre façon de procéder.

— Et votre chemise de nuit, Kate ? Je vous suggère de l'enlever.

— Entendu… mais plus tard.

Que ferait-elle s'il refusait de la suivre dans son jeu ? Devait-elle d'ores et déjà abandonner ? Apparemment, les hommes étaient tous les mêmes. Si elle était une demi-mondaine bénéficiant d'une véritable expérience, elle pourrait peut-être séduire Alex, le rendre fou de désir au point qu'il lui obéisse au doigt et à l'œil. Elle n'avait pas l'intention de le commander mais…

Il commença à déboutonner son pantalon. Il acceptait de jouer.

Kate eut la certitude que son corps tout entier s'était enflammé. Une vague de chaleur envahit son visage, ses seins et son ventre, sans oublier cet endroit entre ses cuisses qui, le plus souvent, semblait se contracter quand elle pensait à l'acte. Elle déglutit. La simple idée de voir Alex entièrement nu la faisait saliver. Se rendait-il compte qu'elle se consumait de désir ?

Elle scruta son visage. Son regard était intense, torride. Il gardait les yeux mi-clos et un léger sourire était dessiné sur ses lèvres.

Oui, il le savait.

— J'ai quelques soucis avec ces boutons, Kate, déclara-t-il d'une voix grave et profonde, plus rauque que la normale.

Bonté divine ! Voilà qu'elle en avait des palpitations.

— Oh, murmura-t-elle dans un souffle.

— Oui. Pourriez-vous m'aider ?

— Vous aider ?

— S'il vous plaît, insista-t-il tout en avançant légèrement ses hanches vers elle.

Il était impossible de ne pas constater que la situation le mettait dans tous ses états.

Elle n'avait jamais pensé à cela mais, en l'occurrence tout du moins, la carrure de l'homme était en relation directe avec la taille de son…

— Pensez-vous pouvoir défaire ces boutons pour moi ? Je suis certain que vos petits doigts sont plus agiles que les miens. De plus, ajouta-t-il avec un rien d'humour dans la voix, je ne suis pas en mesure de le faire, comme vous pouvez le constater.

— Je m'en rends bien compte.

C'était Kate qui avait lancé ce jeu. Elle ne pouvait pas lui reprocher d'y apporter ses propres suggestions alors qu'elle lui en avait donné le droit. Et l'idée de le déshabiller – ce dont elle n'aurait pas pris elle-même l'initiative – lui paraissait très séduisante.

— Entendu, déclara-t-elle. Je vais vous aider.

Quand Kate s'approcha, Alex inhala son parfum et le trouva délicieux. Les senteurs de lavande dominaient, comme toujours, mais il percevait également des notes de passion et de désir. Il mourait d'envie de la toucher, de l'embrasser, de lui enlever ses vêtements et de poursuivre cet effluve de musc et de femme jusqu'à sa source.

Les doigts de Kate se débattaient avec l'un des boutons, effleurant sans arrêt son sexe dur.

— Ah, lâcha-t-il en fermant un instant les yeux.

C'était le paradis… ou tout du moins il commençait à l'entrevoir. La vraie félicité était pour bientôt, dans ce lit auquel il tournait le dos.

— Vous aurais-je fait mal ? demanda-t-elle en levant les yeux.

— Non, balbutia-t-il.

Il pouvait à peine parler. Il pouvait à peine penser. Il posa les mains sur les épaules de Kate. Il fallait qu'il se raccroche à quelque chose pour ne pas s'effondrer. Fort heureusement, Kate était trop concentrée sur ses doigts, ses doigts exquis et taquins, pour émettre la moindre objection. Elle parvint enfin à libérer le dernier bouton.

Alex se retrouva entre ses mains délicates, douces et chaudes. Il n'avait jamais rien éprouvé d'aussi agréable…

… jusqu'à ce qu'elle commence à le caresser par petites touches légères.

Il haletait comme s'il venait de courir.

— Vous allez bien, Alex ? s'inquiéta-t-elle.

— Non, répondit-il d'une voix rauque. Si !

— Vous ferais-je du mal ?

— Oh non. Mon Dieu, non.

— Voulez-vous que je vous retire votre pantalon ? proposa-t-elle.

— Oui, dit-il, à deux doigts de la supplier de le faire ou de l'arracher lui-même. Je vous en prie.

Kate fit glisser ses mains jusqu'aux hanches d'Alex et tira le vêtement le long de ses jambes. Son visage et sa bouche se trouvaient en face de… Enfin… Elle esquiva…

— Puis-je faire une suggestion ? demanda-t-il.

Il avait l'impression de coasser comme un crapaud… un gros crapaud en rut.

— Que proposez-vous ? s'enquit-elle après avoir marqué une pause.

— Il me serait vraiment très agréable que vous… m'embrassiez, euh… juste là.

Kate recula et posa ses fesses sur ses talons.

— Vous embrasser ? s'étonna-t-elle.

Il se sentait rougir, sans comprendre comment la gêne avait pu prendre part à ses émotions alors qu'il se croyait tout entier consumé par la luxure. Son corps avait-il rougi dans son intégralité ? Il n'était pas question qu'il regarde.

— M'embrasser, me toucher avec vos lèvres. Là. (Il n'y avait que peu de doute quant à l'endroit dont il s'agissait.) Avec vos lèvres et, peut-être, votre langue.

— Quelle drôle d'idée, commenta-t-elle en contemplant son pénis.

Il aurait été prêt à jurer qu'il venait encore de s'allonger de quelques centimètres ce qui, pourtant, était tout bonnement impossible.

— Et cela vous plairait ? se renseigna-t-elle.

— Oui, beaucoup.

— Heu… Très bien. (Elle se pencha en avant et l'effleura du bout des lèvres.) Comme ça ?

— Oui.

Il n'avait jamais rien ressenti d'aussi fabuleux… jusqu'à ce qu'elle passe sa langue sur son gland quelques secondes plus tard, juste avant d'y porter les lèvres. Elle apprenait vite.

Il allait s'évanouir. Tout du moins, il allait tomber s'il ne s'asseyait pas – ou mieux, s'il ne s'allongeait pas – immédiatement. Il tira avec douceur sur les cheveux de Kate.

Elle ne réagit pas. Cette femme pouvait se montrer très têtue. Il tira un peu plus fort.

— Kate, ma chérie, amour..., murmura-t-il en laissant un soupçon de tourment s'insinuer dans sa voix.

Car, oui, il était au supplice.

Elle s'arrêta enfin et leva la tête pour le regarder.

— Qu'y a-t-il ? demanda-t-elle en souriant, la petite polissonne. Je passe un excellent moment. Je ne crois pas avoir envie qu'on m'interrompe.

— Je suis bien désolé d'avoir à le faire, mon amour. Mais, voyez-vous, j'ai mes propres limites physiques.

— Ah bon ? murmura-t-elle avant de l'embrasser de nouveau. (Il eut l'impression que les limites de cet organe en particulier venaient d'être repoussées un peu plus loin.) Où sont-elles ?

— Kate, vous allez me mettre à genoux... littéralement, annonça-t-il en réprimant un rire presque hystérique. Je suis un homme de quarante-cinq ans et, même si j'en avais vingt-deux, je ne pense pas que je pourrais supporter cette torture bien longtemps. Je vous suggère avec insistance que nous continuions cela dans le joli lit que vous voyez là.

Il avait l'air vraiment désespéré et Kate se rendit compte qu'elle était prête à passer à l'étape suivante. Elle se releva alors en faisant remonter ses mains le long du corps d'Alex puis elle l'enlaça au niveau des hanches, le serrant fort contre elle. Sa peau était aussi douce que son corps était ferme.

— Je pense que c'est une idée splendide, lui confia-t-elle.

— Je suis très heureux que vous approuviez. (Il posa ses mains sur son dos.) Et j'en ai une autre, murmura-t-il dans son oreille.

— Vraiment ?

Elle se pressa contre lui et sourit en l'entendant prendre une brusque inspiration. Toutefois, il continuait à bien se tenir… sans doute un peu trop bien, d'ailleurs. Elle aurait aimé qu'il déplace ses mains, plus particulièrement qu'il les descende au-delà de sa taille.

— Quelle est votre idée ? lui demanda-t-elle.

— Je pense que vous seriez plus à l'aise sans cette horripilante chemise de nuit. Elle est bien trop élimée pour vous tenir chaud. (De ses lèvres, il effleura le lobe de son oreille.) Il me semble que vous générez bien assez de chaleur comme cela. Cela dit, si jamais vous trouviez que vous avez froid, je me porte volontaire pour vous servir de couverture.

— Euh… Vous avez sans doute raison. (Elle rejeta la tête en arrière et le regarda.) Voulez-vous me l'enlever ?

— Ma chérie, j'ai bien cru que vous ne me le demanderiez jamais.

Alex lui donna un baiser, rapide et ferme, puis la laissa s'écarter. Elle se sentit un peu perdue, tout en sachant que ce ne serait que momentané. Elle le regarda se débarrasser de ses chaussures, de son pantalon et de ses bas, après quoi il s'agenouilla et posa les mains sur ses chevilles. Elle attendit mais rien ne se passa.

— Je croyais que vous alliez m'enlever ma chemise de nuit.

— C'est le cas. (En prenant son temps, il remonta les mains, des chevilles de la jeune femme à ses mollets.) Mais lentement.

— Oh.

Cette lenteur était un supplice, une divine torture. Elle s'agrippa à ses épaules et sentit ses muscles se tendre sous ses doigts. Il posa les mains sur ses genoux.

— Vous devriez peut-être vous déplacer plus vite, lui suggéra-t-elle.

— Je ne pense pas, non. Après tout, je ne fais que vous imiter et vous ne vous êtes pas pressée au moment de me retirer mon pantalon.

— Je me suis sans doute méprise ! s'exclama-t-elle.

Alex venait de remonter de ses cuisses à ses hanches et sa langue – *Ah !* – sa langue était… *Oh mon Dieu.* Elle se rattrapa au sommet de sa tête.

— Mais que faites-vous ? s'écria-t-elle.

— À votre avis ? Essayez donc de le décrire, lui proposa-t-il avant de passer la langue sur un endroit très précis où…

Elle se cramponna à ses cheveux. Soudain, elle comprenait parfaitement son besoin de se retrouver en position couchée.

— Le lit ! lança-t-elle. Vous vouliez aller au lit.

— Oui, dans un instant.

— Tout de suite !

— Non. (Il se redressa et la regarda en souriant.) Je vous suggère fortement de me laisser prendre les rênes quelques instants. Je suis certain que vous ne le regretterez pas.

Elle en était convaincue, elle aussi, mais il n'était pas question qu'elle le reconnaisse de vive voix.

— Qu'est-ce qui vous prend, tout à coup, de jouer les fiers-à-bras ?

— Vous avez raison, concéda-t-il en riant. Mais sachez que, grâce à vos soins attentionnés, il n'y a pas que mes bras qui soient fiers.

— Je ne vois pas du tout à quoi vous faites allusion, rétorqua-t-elle tout en sentant son visage rougir.

— Vraiment ? Alors je serai ravi de vous l'expliquer en détail dans un instant.

Il remonta sa chemise de nuit encore plus haut, dépassant son ventre puis ses seins. Elle leva les bras afin qu'il puisse l'enlever complètement mais il s'arrêta, l'obligeant à rester dans cette position, le vêtement cachant son visage.

— Allez ! Mais, qu'êtes-vous… Ah !

Il déposa de légers baisers sur ses seins, puis passa la langue sur ses tétons avant de les sucer, l'un après l'autre.

Ses genoux se dérobèrent sous elle. S'il ne l'avait pas tenue, elle se serait effondrée.

Il finit de lui ôter cette satanée chemise de nuit et souleva Kate dans ses bras.

— J'ai cru comprendre que vous souhaitiez vous retirer dans votre lit, milady.

— En effet, espèce d'idiot. (Elle avait le corps en feu, particulièrement entre les jambes. Elle n'avait jamais ressenti cela auparavant.) Vite ! Immédiatement ! Je vous veux.

— Vraiment ? Une honorable dame telle que vous ?

— Oui ! s'écria-t-elle en considérant qu'il ne se déplaçait pas assez vite à son goût.

— Figurez-vous que l'honorable gentleman ici présent est de tout cœur avec vous, dit-il en riant.

Il avait enfin atteint le lit et la déposa bien au centre. Elle ne voulait pas être séparée de lui, ne serait-ce qu'un instant. Elle tendit les bras et il se coucha sur elle, la plaquant contre le matelas. Elle trouvait cette pression très agréable. Il n'était plus question de jouer. Il n'y avait plus de temps à perdre. Elle était folle de désir pour lui, ressentait le besoin délicieux d'être comblée. Elle ouvrit les jambes et, d'un mouvement fluide, il se glissa en elle. Elle commença à perdre pied immédiatement. Elle attrapa ses hanches, gémissant, se tordant et se collant à lui. Il donna un coup de reins et elle crut voler en éclats.

Au beau milieu de la tempête qui l'emportait, elle le sentit s'abandonner, chaud et puissant.

Durant quelques instants, elle ne ressentit que son essoufflement et une très grande lassitude. Kate était tout bonnement incapable de relever la tête.

Chaque parcelle de son corps était satisfaite et le sommeil la guettait. C'est à cet instant qu'Alex se mit à rire à en perdre haleine.

— Ah, Kate ! dit-il.

Elle esquissa un sourire las et ouvrit un œil. Il posa un baiser sur le bout de son nez.

— Je suis trop lourd pour vous, fit-il remarquer.

C'était vrai, mais elle n'allait pas s'en plaindre car elle adorait la sensation de son corps allongé sur elle. De plus, elle trouvait la notion de respiration très surfaite, au fond. N'inspirant pas suffisamment d'air pour pouvoir parler, elle émit un son grave, presque un ronronnement. Il rit une nouvelle fois et se souleva pour s'allonger à côté d'elle.

— J'ai froid, déclara-t-elle en fronçant les sourcils.

Et pour cause. Sans la chaleur du corps d'Alex, elle frissonnait.

— Je vais arranger cela, dit-il en ramenant la couverture sur eux et en la prenant dans ses bras. Vous vous sentez mieux ?

— Hum. Beaucoup mieux, répondit-elle en fermant de nouveau les yeux.

— Vous n'êtes guère prolixe, dites-moi.

Que pouvait-elle dire de plus ? Elle se retrouvait exactement là où elle avait rêvé d'être : nue dans un lit, la tête posée sur l'épaule d'Alex qui l'enlaçait et lui caressait le dos. Pour elle, c'était le paradis. Elle ferma les yeux et tourna la tête pour lui embrasser le torse.

— Il faudrait que nous parlions, Kate.

Sa voix avait un ton sérieux qu'elle trouva tout de suite désagréable.

Elle n'avait pas envie de parler car cela signifiait penser au passé ou à l'avenir, et elle ne voulait pas y penser. Elle voulait tout ignorer sauf le présent, ce moment parfait. Elle se pelotonna contre sa chaleur.

— Dormez, murmura-t-elle.

— Je ne vais pas pouvoir dormir, Kate. Que se passera-t-il si je ne me réveille pas avant demain matin et que votre femme de chambre ou votre nièce me découvre dans votre lit ? Ou si l'un de vos domestiques retrouve mon veston et mon gilet au pied de l'arbre ? Je dois m'en aller, ma chérie.

— Non. Restez, l'implora-t-elle.

— Je ne peux pas. Nous devons rester discrets, Kate. À moins que…

Elle fronça les sourcils puis ouvrit les yeux. Le conte de fées prenait fin.

— À moins que quoi ? demanda-t-elle.

— À moins que vous m'épousiez.

Bien plus lourds que le corps d'Alex, le passé et l'avenir écrasèrent Kate de tout leur poids. Elle s'assit en ramenant l'un des coins du drap pour se couvrir. Il fallait qu'elle remette sa chemise de nuit afin que Marie ne soit pas scandalisée le lendemain matin.

— Vous savez bien que je ne peux pas vous épouser, lui rappela-t-elle.

Ce fut au tour d'Alex de s'asseoir mais il ne chercha pas à se couvrir. Ses épaules, ses bras ainsi que son beau torse et son ventre étaient complètement nus.

Elle tendit la main pour le toucher mais il l'intercepta de manière assez brutale.

Alex affichait une expression clairement obstinée : yeux mi-clos, lèvres serrées et mâchoires crispées. Qu'avait-il donc ? Les hommes n'étaient-ils pas censés se réjouir de pouvoir se retrouver dans la chambre d'une veuve et d'être libres de batifoler sans arrière-pensée ni complication ? Pourtant, Alex était... Il avait l'air vraiment en colère.

Elle aussi était de mauvaise humeur. Elle ne lui avait jamais fait de promesses et n'avait jamais exigé qu'il lui en fasse. Pour elle, il n'avait été question que de l'affaire d'une nuit, d'un secret, voire d'un rien de magie dérobé au réel, aux événements quotidiens incontournables qui jalonnaient leurs existences.

— Je ne sais rien de tel, déclara-t-il en grognant presque. Vous êtes émancipée et, qui plus est, veuve. Je ne suis pas marié. Qu'est-ce qui nous empêche de nous marier ?

Ne voyait-il pas l'évidence ?

— Alex, c'est la première Saison de Grace et très certainement sa dernière. Mon frère va lui faire épouser l'un de ses voisins dont la propriété est mitoyenne avec Standen et qui déteste Londres. Quand elle l'épousera, si cela se produit, elle restera bloquée en province jusqu'à la fin de ses jours. (Elle se pencha en avant. Il n'avait toujours pas lâché sa main.) Ne comprenez-vous pas ? Je veux lui offrir la chance que je n'ai pas eue. Je voudrais qu'elle rencontre d'autres hommes...

— Vous avez rencontré d'autres hommes, Kate. Moi, par exemple.

— Oui, je sais, mais…

C'était trop compliqué à expliquer. À moins que ce ne fût trop simple. Kate espérait peut-être que, si l'occasion se présentait, Grace ferait preuve d'un courage qu'elle-même n'avait pas su trouver. Après tout, sa nièce avait déjà vingt-cinq ans alors qu'elle-même n'en avait que dix-sept à l'époque. Grace suivrait peut-être ce que lui dictait son cœur plutôt que la volonté de son père.

— Voilà qui est parfait, railla Alex en resserrant sa prise sur les doigts de Kate jusqu'à lui faire mal. Ainsi, lady Grace va permettre à un pauvre imbécile comme mon neveu de tomber amoureux d'elle pour lui briser le cœur quand elle en épousera un autre, exactement comme vous l'avez fait.

— C'est faux !

Elle avait l'impression qu'il venait de la gifler. Pire, qu'il venait de lui écraser le cœur comme il le faisait de ses doigts.

— Je n'ai rien fait de semblable, ajouta-t-elle en tentant de reprendre son souffle alors qu'il serrait de plus belle. Aïe ! Alex, vous me faites mal.

Il grogna presque puis relâcha son étreinte et porta la main de Kate à son torse. Elle pouvait sentir son cœur qui battait à tout rompre contre sa paume.

— Vous pensez vraiment que vous ne m'avez pas brisé le cœur ? Bon sang, Kate…

L'atmosphère était devenue bien trop lourde. Elle tenta une plaisanterie :

— Bien sûr que non ! Il bat toujours aussi vigoureusement.

C'était comme si elle n'avait rien dit.

— Vous n'avez pas la moindre idée de ce que j'ai ressenti quand Standen m'a annoncé vos fiançailles. J'avais envie de mourir.

Il détourna le regard. Il fulminait et sa bouche n'était plus qu'un trait pâle.

Elle baissa les yeux vers sa main plaquée contre la poitrine d'Alex. Son cœur battait toujours la chamade.

Celui de Kate martelait également à l'en faire souffrir.

— Pourquoi ne m'avez-vous rien dit, Kate ? Pourquoi m'avoir laissé de faux espoirs, pourquoi m'avoir permis de me ridiculiser devant votre frère ? Il a dû bien rire à mes dépens.

— Je ne vous ai rien laissé croire du tout ! répliqua Kate, qui venait de retrouver sa voix.

— Bon sang, Kate ! s'écria-t-il en la transperçant du regard. Cette satanée annonce de vos fiançailles était publiée dans le journal le matin même. Je l'y ai vue en revenant de mon entretien avec votre frère. Ensuite, vous vous êtes mariés très vite. Tout le monde en a fait les gorges chaudes durant les semaines qui ont suivi en glosant sur le fait que la passion dévorante d'Oxbury l'avait contraint à vous épouser dans la précipitation.

— Non ! On ne racontait quand même pas de telles choses sur notre compte ? dit-elle, à la fois horrifiée et soulagée de n'avoir jamais eu vent de ces ragots.

— Si, je vous assure.

Kate avait l'air si pâle et tellement choquée qu'Alex éprouva pour elle un sursaut de compassion. Mais il fut très fugitif. Elle ne pourrait jamais souffrir autant qu'il avait souffert.

Le jour où il était allé voir son frère, il était rempli d'espoir. Même s'il savait que la partie était loin d'être gagnée – il n'était pas stupide non plus – il pensait sincèrement que l'amour triompherait de toutes les difficultés.

Quelle fadaise !

En plus, idiot qu'il était, il avait refusé de croire Standen quand il lui avait annoncé que Kate était fiancée. Durant tout le chemin qui le ramenait vers Dawson House, il avait échafaudé un plan pour la retrouver et l'enlever afin qu'ils s'enfuient jusqu'à Gretna Green. Il l'aurait épousée devant l'enclume, sous l'autorité du forgeron, comme Luke l'avait fait avec Harriet. Toutefois, il se serait montré plus malin que son frère. Il serait parti avec sa nouvelle épouse sur le continent pour y vivre jusqu'à ce qu'elle lui donne un enfant, voire deux, afin que Standen soit obligé de reconnaître – ou du moins admettre – leur union.

Puis il était tombé sur l'entrefilet dans le *Morning Post*.

Kate tirait sur sa main pour qu'il la libère. Elle laissa tomber le drap, ce qui révéla ses seins magnifiques.

Il ne ressentit pas la moindre once de désir.

— Alex, je n'étais pas fiancée quand j'ai accepté cette promenade avec vous dans le jardin d'Alvord.

Il s'esclaffa. Pensait-elle vraiment lui faire avaler une histoire pareille ? Elle s'était moquée de lui une fois, c'était déjà amplement suffisant.

Ou avait-elle déjà recommencé ?

— Pourquoi êtes-vous venue à Londres cette fois-ci, Kate ? Pour vous trouver un riche époux ou pour jouer les veuves joyeuses ?

— Je suis là pour chaperonner Grace, bien entendu.

Kate hésita. Son visage se figea, comme si elle prenait une décision, puis elle esquissa un sourire. Bon sang, il la trouvait tellement séduisante. Malgré toute la douleur et la colère qu'il ressentait, il était prêt à succomber à son chant de sirène.

— Mais je dois avouer que j'aime bien me comporter en veuve joyeuse, reconnut-elle. (Elle fit descendre sa main le long de son torse.) J'ai vraiment beaucoup apprécié ce que nous venons de faire. Si nous recommencions ?

Il la dévisagea, interdit. Comme pouvait-elle prendre cela avec une telle légèreté ? Ce qui venait de se passer entre eux n'était donc que physique pour elle, rien de plus que deux corps qui s'unissent, le sien étant aussi recevable que celui de n'importe quel autre homme. Oui, il était vraiment un crétin.

Seigneur, cette douleur devenait tout bonnement insupportable, pire encore que celle qu'il avait ressentie en apprenant les fiançailles de Kate. Il n'avait qu'une envie : lui faire du mal à son tour.

— Non, déclara-t-il. Une fois m'a suffi. (Il fut ravi de constater qu'elle avait tressailli.) Si je suis venu, c'était juste en souvenir du bon vieux temps, vous savez. Je voulais en avoir le cœur net et savoir ce que j'avais raté. J'ai satisfait ma curiosité et vous en remercie. Je n'ai nullement besoin de réitérer l'expérience.

Il se força à descendre du lit avec calme alors qu'il aurait voulu se ruer vers la porte et sortir. Il fit mine d'ignorer l'expression sidérée de Kate tandis qu'il se rhabillait. Même s'il pensait qu'elle avait un cœur de pierre, il lui en coûtait de la faire souffrir. Il n'y avait plus de doute possible, il n'était qu'un idiot.

Il repassa par la fenêtre, submergé par le chagrin. Plus jamais il n'adresserait la parole à lady Oxbury, ou ne tenterait de la revoir.

Chapitre 9

— Où est votre oncle ?

Surpris, lord Dawson faillit s'étouffer avec son champagne. Il dissimula sa toux avec son mouchoir tout en jetant un coup d'œil de l'autre côté d'une colonne afin de découvrir d'où provenait cette question acide. Il croisa le regard furieux de lady Grace Belmont.

Bon sang! Il eut l'impression d'avoir reçu un coup de poing dans le ventre. Elle était si belle, si… vivante. Elle fit disparaître de son esprit toutes les autres femmes qu'il avait pu croiser dans la salle de bal d'Easthaven – non pas que ces demoiselles insipides se soient fait une place dans sa mémoire.

Grace était très élégante, ce soir-là, dans sa robe verte au décolleté vertigineux, qui mettait merveilleusement en valeur son impressionnante et splendide…

L'apparition soudaine de son éventail empêcha David de poursuivre sa contemplation. Quel dommage. Non, c'était tout aussi bien. Il ne se sentait guère disposé à l'endroit de la jeune femme en ce moment. Il rappela sans ambages cet état de fait à la partie de son corps la moins encline à suivre la conduite qu'il s'était fixée.

Peut-être ne parviendrait-il jamais à faire la paix avec elle. Il était venu à cette soirée avec la ferme intention de laisser leur histoire derrière lui et de reprendre à zéro sa satanée quête matrimoniale. Désireux de boire un dernier verre de champagne avant de retourner s'aventurer près de la faune des danseurs, il se trouvait dans la salle à manger où était dressé le buffet.

— Je vous souhaite moi aussi le bonsoir, lady Grace.

Le regard de la jeune femme se durcit un peu plus, elle avait perçu la raillerie. Il était vrai que David n'avait pas joué de finesse – même le membre le plus stupide de la bonne société aurait pu saisir son sarcasme. Or, Grace n'était pas stupide.

Il ne fallait surtout pas qu'il se mette à penser au jardin d'Alvord et à la manière dont les traits de la jeune femme s'étaient adoucis quand il avait évoqué sa mère. Elle avait donc un cœur, à l'inverse de son père. Mais la plupart des femmes avaient un cœur, même s'ils n'étaient pas tous entourés d'une enveloppe aussi charmante, aussi splendide.

Voilà. Le désir était bien plus facile à maîtriser que… qu'un autre sentiment.

— Je vous ai posé une question, milord, lui rappela Grace, le menton fièrement levé vers lui.

— Vraiment ? Dans ce cas vous aurez certainement remarqué que je n'y ai pas répondu.

L'espace d'un instant, il craignit qu'elle s'approche de lui pour le frapper. Mais il aurait été indigne d'une dame de gifler son…

Non, pas « son ». Il ne serait jamais « son ». Il ne pouvait pas l'épouser. Il ne pourrait jamais épouser une femme aussi intimement liée à celle qui avait fait souffrir Alex. Bien entendu, il ne connaissait pas les détails car Alex n'en avait soufflé mot. Toutefois, le regard de son oncle au moment de quitter Londres le lendemain du bal chez Alvord en révélait davantage que le plus éloquent des discours. David n'avait pas vu cette expression depuis la mort de ses grands-parents. Quelque chose – ou plutôt quelqu'un – avait très profondément blessé Alex.

Lady Oxbury.

Ce n'était sûrement pas une coïncidence si Alex avait quitté la capitale aussi précipitamment, après avoir passé la nuit… Dieu sait où. David aurait parié son domaine que son oncle avait été en compagnie de la veuve d'Oxbury. Décidément, cette femme était aussi cruelle que son frère, Standen.

Grace l'était-elle tout autant ?

Non, il ne pouvait pas le croire. Grace s'était toujours montrée gentille envers lui…

Voilà qu'il rougissait à présent.

— Ne faites pas l'imbécile, dit Grace en sifflant comme un serpent. Il faut que nous parlions. Votre oncle a offensé ma tante Kate de la plus horrible des manières.

— C'est mon oncle qui aurait injurié votre tante ? s'écria-t-il en manquant de renverser sa coupe de champagne.

Il resserra les lèvres, conscient d'avoir pratiquement hurlé. Deux dames âgées – lady Amanda Wallen-Smith et Mrs Fallwell – marquèrent une pause dans leur conversation pour le regarder. Il se força à leur sourire avec politesse jusqu'à ce qu'elles s'éloignent puis, adoptant le même ton cassant que Grace, lui demanda :

— Seriez-vous folle ?

— Je ne le suis pas, je vous assure. Je…

— Voici votre limonade, lady Grace.

Ils se tournèrent tous deux vers le nouveau venu. Mr Belham n'avait rien d'une vision idyllique car, de son visage, on ne voyait que son nez. Il n'avait pas de menton digne de ce nom et ses yeux, déjà petits à la base, paraissaient minuscules par rapport à son gigantesque museau.

— Merci, monsieur, dit Grace en s'emparant du verre que lui tendait Mr Belham. Maintenant, veuillez m'excuser. Je dois m'entretenir avec lord Dawson de quelque affaire importante.

Le menton insignifiant de Mr Belham parut se décrocher.

— Allez, insista Grace en faisant un geste impatient de la main. Vous nous gênez, là. Retournez donc dans la salle de bal et invitez une pauvre demoiselle à danser avec vous.

— Euh…, lâcha Mr Belham dont les petits yeux semblaient prêts à jaillir de leurs orbites. Euh, oui. Bien sûr. Eh bien, je m'en retourne, alors…

— Parfait. Amusez-vous bien.

Grace se retourna vers le baron Dawson tandis que Mr Belham sortait de la pièce d'un pas hésitant. Elle était ravie de s'être débarrassée de cet agaçant petit bonhomme. Eût-elle eu toute sa tête, elle ne l'aurait jamais laissé la convaincre de l'accompagner. Mais elle cherchait lord Dawson et n'avait pas repéré que Belham s'approchait d'elle.

Elle n'allait pas s'en plaindre non plus car il l'avait aidée à retrouver sa proie, une proie très en colère. D'ailleurs, pour quelle raison le baron se permettait-il un tel emportement ? Après tout, c'était sa tante qui souffrait.

Grace posa les yeux sur lui et sentit son cœur s'emballer. Il était si bien charpenté et si beau, même quand le courroux déformait ses traits…

Quand son père s'énervait de la sorte, elle essayait toujours de l'apaiser, même si la colère lui nouait l'estomac, à elle aussi. Elle se sentait alors comme un petit animal effarouché, se recroquevillant sous l'impact des jurons qu'il lâchait. Elle ne s'était jamais disputée avec lui et ne l'avait jamais défié. La seule fois où elle avait haussé le ton face à lui fut le jour où elle avait décidé de faire ce voyage jusqu'à Londres. Malgré cela, il ne l'avait pas prise au sérieux, jusqu'au moment où elle s'était retrouvée assise dans la voiture, portière fermée et marchepied relevé.

Mais il n'était pas question qu'elle se recroqueville face à lord Dawson. Au contraire, elle le travaillerait au corps. Au lieu de ressentir de la colère ou de la peur, elle éprouvait un émoi étrange, comme un frisson d'excitation. Elle ne craignait pas du tout qu'il lui fasse le moindre mal, physiquement ou verbalement. Et qui sait ? Après une saine dispute, peut-être pourraient-ils…

Mais qu'est-ce qui lui prenait ? Il n'en était pas question. Elle baissa la tête et prit une gorgée de sa boisson.

David esquissa un léger sourire. Après avoir piétiné Belham, sa – non, pas « sa » – cette femme redevenait-elle timide tout à coup ? Il était bien dommage qu'il ne puisse pas lui faire la cour. Elle alliait si joliment la passion et le manque d'assurance.

— De la limonade, Grace ?

— Il semblerait que le champagne ne me réussisse pas, expliqua-t-elle en rougissant.

— Vous êtes tombée malade ? lui demanda-t-il. (*Avait-elle trop bu chez Alvord ?*)

— Vous auriez pu m'empêcher de vider autant de coupes, lui reprocha-t-elle avec un regard accusateur.

— Si vous avez bonne mémoire, j'ai tenté de vous dissuader mais c'est vous qui avez insisté en disant que tout irait bien, que vous aviez déjà bu du champagne.

— C'était vrai. Mais pas une telle quantité, apparemment, précisa-t-elle avec un petit frisson. Cela n'arrivera plus jamais car j'ai renoncé à l'alcool pour le reste de mes jours.

— Inutile d'en venir à une mesure aussi extrême.

— On voit bien que ce n'est pas vous qui avez dû vider… Bon, assez parlé de cela. Comme je vous le disais, lord Dawson, il faut que nous ayons une conversation. C'est très important. (Elle parcourut la salle du regard et marqua une pause en apercevant lady Amanda et Mrs Fallwell.) Nous devrions trouver un endroit plus discret, me semble-t-il.

— Ne craignez-vous pas de vous trouver dans l'intimité avec moi ?

Voilà qu'il se mettait à la taquiner. C'était plus fort que lui. Il tâcherait de se mettre en colère plus tard, quand il n'aurait plus à contempler ce corps séduisant, charmant, généreux et magnifique ni à profiter de sa piquante personnalité. Dans l'immédiat, il ne pouvait pas s'empêcher d'être heureux, pas plus qu'il ne pouvait empêcher l'am... le désir de croître en son... cœur.

Et si Grace avait vraiment quelque chose d'important à dire ? Peut-être qu'il n'aurait plus de raison d'être en colère. Il pourrait être tout simplement... hum. Dans un joli coin bien tranquille.

Grace rougit et parut hésiter un instant puis elle se redressa, releva le menton et lui adressa un regard méprisant en déclarant :

— Ne soyez pas ridicule. Je suis persuadée que votre pauvre esprit de mâle peut se concentrer sur quelque chose d'autre que le batifolage l'espace de quelques minutes.

Il toussota. *Pauvre petite fille naïve.*

— Venez. Trouvons un endroit où nous pourrons discuter sérieusement, lui dit-elle en le tirant par le bras.

— Entendu.

Il salua lady Amanda et Mrs Fallwell quand ils passèrent à côté d'elles. Elles lui rendirent son salut, le regard chargé de suspicion.

Il aurait mieux valu ne pas suivre Grace – il s'exposait aux ragots et mettait en péril ses projets matrimoniaux. Son but n'était-il pas de mettre la main sur une épouse tout ce qu'il y a de plus banal ? En s'isolant à l'abri des regards en compagnie d'une autre femme, il compromettait ses chances d'y parvenir.

Et pourtant... Au diable les commérages ! Il n'avait que faire d'une épouse banale. C'était Grace qu'il voulait. Si elle détenait une explication rationnelle au sujet de ce qui s'était passé entre lady Oxbury et Alex, il tenait à l'entendre.

Elle jeta un coup d'œil dans une petite pièce et hocha la tête.

— Cela devrait faire l'affaire, confirma-t-elle.

Elle le tira à l'intérieur et referma la porte derrière eux.

— Ne vous montrez-vous pas quelque peu imprudente, lady Grace ?

Pour autant, il ne se plaignait pas. Cet endroit était à peine plus vaste qu'un placard. Il ne s'y trouvait qu'une chaise très rudimentaire, une petite table et une étagère sur laquelle des ouvrages aux titres d'un ennui insondable comme *Dissertation sur la rotation des cultures* ou *Quelques réflexions sur la tonte des moutons* prenaient la poussière. Cette pièce était-elle destinée à faire patienter les invités indésirables ?

À cause de son exiguïté, il était forcé de se tenir très près de Grace.

— Et vous, lord Dawson ? Ne vous montrez-vous pas quelque peu idiot ? Comme je vous l'ai dit, il faut que nous discutions de sujets sérieux. Vos instincts animaux sont-ils si puissants que vous ne puissiez les contrôler le temps d'une conversation rationnelle ?

Grace espéra que sa voix n'avait pas flanché. Cette pièce était plus petite qu'elle ne l'avait cru… et lord Dawson était tellement imposant. Il occupait l'espace de façon intimidante.

David se cantonna à un bougonnement évasif. L'air s'emplissait de l'odeur de Grace, un mélange de savon, de citron et de… Grace. Ses instincts bestiaux le poussaient à céder à un comportement vraiment idiot. Ce fut donc la frustration qui durcit excessivement sa voix quand il lui dit :

— Venez-en au fait, lady Grace.

— Très bien. (Grace fit un effort pour ne plus penser aux épaules de lord Dawson et pointa son éventail vers lui.) Quelque chose ne va pas du tout chez ma tante et je suis convaincue que votre oncle en est la cause.

— Pouvez-vous être plus précise ? demanda David en croisant les bras afin de ne pas succomber à la tentation d'enlacer Grace.

— Bien entendu. Je vous accorde que, lors du bal chez le duc d'Alvord, mes dons d'observation n'étaient pas à leur paroxysme, dit-elle en rougissant. Toutefois, je serais prête à vous parier que ma tante et votre oncle s'entendaient à merveille. Vous souvenez-vous de la valse qu'ils ont dansée ensemble ?

Qui aurait pu l'oublier ? Le couple leur avait offert un spectacle des plus déconcertants. Grace et lord Dawson avaient-ils paru aussi provocants quand ils avaient valsé ?

Grace frissonna légèrement en se rappelant qu'elle avait eu ce sentiment. Pourtant, « provocant » n'était peut-être pas le mot approprié. En fait, elle ne s'était pas vraiment préoccupée de l'image qu'ils renvoyaient. Elle avait été bien plus attentive à ses sensations, au fait que lord Dawson la tienne dans ses bras, à son corps si près du sien…

Elle déploya son éventail et l'agita avec vigueur. Il faisait vraiment très chaud dans cette petite pièce.

David acquiesça de la tête. En regardant valser Alex et lady Oxbury, il avait eu lui aussi l'impression que tout se passait bien entre eux, pour ne pas dire « parfaitement bien », à en juger par l'attitude rêveuse de son oncle sur le chemin du retour après le bal. Le problème avait dû survenir plus tard.

— Tante Kate semblait très préoccupée quand nous sommes rentrées, dit lady Grace. Je dirais même « agitée ». Et, le lendemain matin, elle paraissait avoir changé. Elle était toujours nerveuse mais, eh bien…

Grace prit un air songeur et se mit à tapoter sa main libre avec son éventail en réfléchissant. David observa ce mouvement. Elle tenait l'accessoire tout près de sa jolie poit… robe, cette toilette magnifique qui mettait si bien en valeur ses généreux et adorables…

Concentre-toi ! s'ordonna-t-il. Il devait prêter toute son attention au problème qu'on lui soumettait, pas aux jolis… appâts qu'il aimerait tant tenir au creux de ses mains. Si lady Grace et lui parvenaient à régler le désaccord entre sa tante et son oncle – en imaginant qu'il ne s'agisse que d'un stupide malentendu –, il pourrait de nouveau poursuivre la jeune femme de ses assiduités en toute bonne conscience, et cela le rendrait très heureux.

— Restez attentif, lord Dawson.

En disant cela, Grace l'estoqua avec son éventail. Il se força à regarder ses yeux et pas sa… Voilà, pas sa… hum… Elle avait d'ailleurs de fort jolis yeux verts parsemés d'éclats mordorés.

— J'ai l'impression par moments que tante Kate est dans un état second. Quand je lui parle, je vois bien que ses pensées ne sont pas avec moi. Elle se contente de regarder dans le vide, avec sur le visage un étrange petit sourire rêveur. Si je la quitte et la retrouve plus tard, je me rends compte qu'elle a pleuré. Lorsque nous sortons en société, elle n'arrête pas de regarder autour d'elle, comme si elle cherchait quelqu'un. Quand elle a vu que vous étiez seul ce soir, elle est devenue aussi blanche qu'un linge.

David faillit demander à Grace si elle l'avait cherché, elle aussi, mais il se retint à temps.

— Je crois que votre oncle est venu à Oxbury House après le bal, lui confia-t-elle en fronçant les sourcils. Quelqu'un s'est mis à lancer des graviers contre la fenêtre de ma tante, même si j'ignore comment Mr Wilton aurait pu savoir laquelle viser. (En haussant ses charmantes épaules, Grace imprima un mouvement séduisant à d'autres parties de son corps.) Mais de qui d'autre pourrait-il s'agir ? Ensuite, ils ont dû discuter, vous ne pensez pas ?

Il se contenta de grommeler, doutant fortement qu'ils n'aient fait que parler. Une simple conversation n'aurait pas éprouvé Alex au point de lui faire quitter Londres.

— Allez, milord. Dites-moi donc où se trouve votre fichu oncle, exigea-t-elle en le pointant de nouveau de son éventail.

Il repoussa l'objet et recula aussi loin que la pièce exiguë lui permettait.

— Il est chez lui, à Clifton Hall.

— Comment ? Il n'est plus à Londres ? s'écria Grace, stupéfaite.

— C'est ce que je viens de dire, non ?

— Mais c'est ridicule, s'insurgea-t-elle. Comment a-t-il pu faire une chose pareille ?

Elle brandit son éventail mais il s'en empara et le lui retira, las d'être ainsi menacé.

— Assez simplement, en fait. Il a bouclé un sac puis a sellé son cheval, lui expliqua-t-il. Je lui ai envoyé le reste de ses affaires un peu plus tard.

— Plus tard ? Depuis combien de temps est-il parti ?

Il ne voyait aucun inconvénient à lui répondre.

— Le lendemain du bal chez Alvord, au matin.

— Je le savais ! siffla Grace, le visage crispé. Cet homme n'est qu'un débauché, une fripouille, un… un scélérat.

Comment osait-elle tenir de tels propos au sujet d'Alex ? La passion qu'il éprouvait n'eut soudain plus rien à voir avec le désir.

— Lady Grace… Si vous étiez un homme, j'exigerais que vous me donniez les noms de vos témoins sur-le-champ.

Grace se mordit les lèvres. Lord Dawson était aussi raide que la justice. Elle se rendait bien compte qu'il envisageait de quitter cette petite pièce d'un instant à l'autre, drapé dans son indignation.

Elle aussi était furieuse, mais sa colère ne l'aiderait pas à régler les problèmes de sa tante. Elle avait besoin de se calmer et d'apaiser son interlocuteur qui lui lançait un regard noir.

Elle leva une main puis l'autre alors que lord Dawson s'approchait avec l'intention flagrante d'atteindre la porte. Elle posa les deux mains sur son torse et le repoussa. Pour passer, il faudrait qu'il la jette à terre… ce qui ressemblait de plus en plus à une hypothèse envisageable. Il s'empara des mains de la jeune femme comme il l'aurait fait de deux cafards assez téméraires pour oser souiller sa personne.

— Lord Dawson, vous enfuir ainsi n'arrangera rien, lui dit-elle.

Il ne l'écoutait plus. Il avait déjà écarté ses mains et la contournait. D'un mouvement rapide, elle s'empara du revers de son col.

— Milord, attendez, s'écria-t-elle. Je vous présente mes excuses. Les mots ont dépassé ma pensée. Je tiens à retirer les commentaires que j'ai faits au sujet de votre oncle.

Lord Dawson s'arrêta enfin. Il la regardait toujours comme si elle n'était qu'une vermine de la pire espèce mais, au moins, il la regardait.

Elle relâcha son col et lissa les endroits qu'elle avait froissés tout en prenant soin de rester entre lui et la porte.

— Tâchons de nous montrer rationnels, proposa-t-elle. J'aime ma tante et vous aimez… (Il la fusilla à nouveau du regard. De toute évidence, le mot « aimer » n'était pas assez masculin.)… vous tenez votre oncle en très haute estime. (C'était mieux. Lord Dawson se détendit, tout du moins un petit peu.) Je suis sûre que nous souhaitons tous les deux les voir heureux. (Il acquiesça, ce qui la rassura.) Et quel que soit le problème, il est clair qu'ils ne parviennent pas à l'aborder en restant objectifs.

— Bon Dieu, c'est bien vrai ! lâcha-t-il dans un grognement avant de se reprendre. Veuillez excuser mon langage.

— Je vous en prie, ce n'est pas grave, le rassura-t-elle en faisant un signe désinvolte de la main. (Il lui adressait la parole et, pour l'instant, rien d'autre ne comptait.) D'autre part, il me semble évident que la méthode que votre oncle a choisie pour résoudre le problème… (Lord Dawson se raidit de nouveau et son visage s'assombrit. Elle sentit qu'elle allait le perdre.)… et qui était tout à fait compréhensible… (Il se décontracta légèrement.)… n'y apportera pas une solution satisfaisante.

— En quoi n'est-elle pas satisfaisante ?

Grace se retint à grand-peine de lever les yeux au ciel. Évidemment, il ne voyait pas le problème. Mais quoi de plus normal ? C'était un homme et la plupart des hommes restaient obstinément aveugles aux aspects émotionnels d'un problème. Ils ne voyaient que ce qui se trouvait juste sous leur nez. Son père par exemple… Non, il n'était pas question qu'elle prenne son père en exemple.

— Votre oncle est-il heureux, lord Dawson ?

— Euh… Non, admit-il.

— Et vous a-t-il jamais semblé joyeux ?

— Non.

— Pensez-vous que cet abattement soit lié à ma tante ?

— Bon sang, ça ne fait aucun doute ! s'exclama-t-il.

— Nous sommes bien d'accord. Alors expliquez-moi comment le fait de courir se cacher dans sa propriété pourrait le rendre heureux.

— Il ne se cache pas.

Selon elle, ce dernier point méritait d'être discuté mais elle n'était guère disposée à se chamailler avec le baron. Son regard sévère et sa mâchoire crispée ne laissaient pas entrevoir une humeur ouverte et conciliante.

— Peut-être pas, en effet. Pourtant, reconnaissez que si le fait de quitter Londres lui permet de s'éloigner de ce qui lui… (Lord Dawson poussa un soupir et prit un air de dédain.) D'accord, alors disons de la personne qui lui fait de la peine. S'en éloigner ne le débarrassera pas de son chagrin. Il doit affronter ce qui le tourmente. Il faut donc qu'il revoie ma tante…

— Il a déjà revu votre tante. Je pense même que c'est ce qui l'a poussé à repartir pour Clifton Hall.

— Pardonnez-moi, milord, et sans vouloir vous manquer de respect, c'est ridicule ! s'écria Grace. Comment une conversation, une très brève conversation, tenue entre ma tante à la fenêtre de sa chambre et votre oncle dans le jardin… Allez-vous bien ?

David était devenu tout rouge et semblait s'étouffer.

— Oui, ça va, répondit-il après une petite toux. Il me semble que cette entrevue était un peu plus intense que ce que vous décrivez.

— Y avez-vous assisté ?

— Grands dieux, non !

— Donc, vous n'en savez rien, déclara Grace sans comprendre l'air consterné du baron.

Lord Dawson émit de petits râles tout en évitant soigneusement de croiser son regard. *Très étrange*, se dit-elle.

— Quand bien même ils auraient eu une discussion très prenante, ce que nous ignorons d'ailleurs…, reprit-elle.

Lord Dawson semblait s'étrangler à présent.

— S'enfuir… (Elle s'arrêta quand il lui lança un regard glacial.) Ou plutôt quitter Londres afin qu'ils ne se croisent plus jamais semble indiquer qu'ils n'ont pas résolu leur problème.

— Vous n'en savez rien, déclara-t-il à son tour.

Cette fois-ci, elle ne put s'empêcher de lever les yeux au ciel.

— Je sais que cette fugue… ou ce départ, si vous préférez, montre bien que votre oncle a encore du chagrin. Vous n'allez pas soutenir le contraire.

Il en avait visiblement envie, mais l'honnêteté l'emporta sur la loyauté.

— Non, murmura-t-il.

— Nous sommes donc d'accord et je suis certaine que ma tante ressent du chagrin, elle aussi.

Lord Dawson fit alors un bruit fort inconvenant. Grace fut tentée de l'étrangler pour de bon. Elle prit une grande inspiration et constata que le baron regardait directement vers son décolleté.

Cet homme était vraiment exaspérant. Elle avait bien dit à sa tante qu'il fallait porter un châle avec cette robe mais lady Kate avait refusé d'entendre raison et, vu son état d'abattement, Grace n'avait pas eu le cœur à lui tenir tête. Elle ramassa son éventail que le baron avait posé sur la table et le déploya, ramenant ainsi son attention sur son visage.

— Milord, votre attitude ne nous aide en rien. Il semblerait que vous ayez pris ma tante en grippe.

Il fit un nouveau bruit désobligeant. Grace serra les lèvres et compta jusqu'à dix. Il fallait qu'elle garde son calme. Elle ne pouvait pas laisser son mauvais caractère prendre le dessus.

— C'est votre droit le plus strict, concéda-t-elle. Toutefois, cela n'a rien à voir avec le problème qui nous occupe. Il est impératif que vous mettiez de côté vos griefs personnels. (Nouveau grognement moqueur. Grace se sentit à deux doigts de corriger cet imbécile en lui assenant un coup de pied dans les tibias… ou dans une zone bien plus sensible.) Vous n'en défendrez que mieux les intérêts de votre oncle.

Ayant déjà eu son lot de grossiers borborygmes, elle préféra ne pas préciser que cela serait également profitable à sa tante.

Les paupières plissées, les lèvres pincées, lord Dawson la regardait. Il ne paraissait pas convaincu mais, au moins, il écoutait.

— Je crois vraiment que votre oncle et ma tante devraient trouver un terrain d'entente afin de ne plus être torturés par leur passé.

Elle avança, posa la main sur le torse de lord Dawson et plongea son regard dans le sien en espérant qu'il verrait la sincérité dans ses yeux.

— S'ils ne parviennent pas à s'en rendre compte, c'est à leurs proches de le faire. Vous et moi devrions chercher à les réunir.

Le baron devint tout rouge. *Que lui arrive-t-il encore ?* se demanda Grace.

— En se retrouvant dans la même pièce, poursuivit-elle, ils arriveront peut-être à discuter de manière raisonnable et franche. Ce sont deux adultes intelligents. Ils ne tarderont pas à comprendre qu'il leur serait plus favorable d'évoluer en société sans craindre en permanence de se croiser.

— Vous avez peut-être raison, admit lord Dawson en la regardant, les yeux mi-clos.

Grace était incapable d'interpréter son expression mais elle constata que la colère ne se lisait plus sur son visage. Il paraissait même détendu.

Il posa sa main gantée sur celle que Grace maintenait à plat sur son gilet et se mit à la caresser, apparemment sans même y penser. Malgré la présence du tissu, elle perçut… quelque chose. De l'ardeur. De la chaleur. Un soupçon de possessivité, peut-être ? Elle posa sa deuxième main près de la première. Une onde incandescente la traversa.

Il esquissa un léger sourire.

Non, il n'était pas détendu. Il émanait de lui… ce n'était pas vraiment de la tension. Une énergie. Oui. Comme une attente, un état de vigilance.

Soudain, ni l'un ni l'autre ne ressentaient plus la moindre colère.

Elle s'humecta les lèvres. Il suivit des yeux la pointe de sa langue. Grace sentit sa bouche devenir brûlante et l'entrouvrit en cherchant à reprendre son souffle.

Elle reconnaissait ce regard : celui d'un chat jouant avec une souris. Et cette souris, c'était elle.

Grace ne désirait qu'une chose : qu'il l'attrape…

Il pencha son visage vers celui de la jeune femme. Ses lèvres étaient si proches… Elle releva le menton.

— Grace !

— Ah ! sursauta l'intéressée.

Grace trébucha en se prenant la pointe de sa chaussure dans l'ourlet de sa jupe. Elle aurait sans doute terminé sa course contre la bibliothèque si lord Dawson ne l'avait pas retenue.

— Tante Kate ! Mais que faites-vous ici ?

— Mon travail de chaperonne, déclara lady Oxbury en entrant à la hâte avant de fermer la porte derrière elle.

Désormais occupée par trois personnes, la petite pièce était étouffante, d'autant plus que l'une d'entre elles jetait des regards furieux aux deux autres.

— Comment avez-vous… euh, balbutia Grace avant de toussoter puis de se tourner vers lord Dawson.

Celui-ci se plongea dans l'examen minutieux du plafond.

— Vous voulez savoir comment je vous ai trouvés ? J'ai demandé à Mrs Fallwell et lady Wallen-Smith qui pensaient vous avoir vus vous diriger dans cette direction. Elles ne se sont pas trompées. Au fait, je vous rappelle que Mrs Fallwell est l'une des commères les plus réputées de Londres, précisa lady Oxbury en couvant Grace du regard.

— Oh.

— « Oh », comme vous dites… Fort heureusement, ce soir, elle est très intéressée par le duc d'Alvord et Miss Hamilton. Je pense donc que personne ne remarquera votre… (Elle décocha un regard incendiaire à lord Dawson qui resta de marbre.)… petite imprudence, à condition que nous retournions sans attendre dans la salle de bal.

Cette idée contraria Grace car il fallait encore qu'elle et lord Dawson mettent sur pied un plan afin de raccommoder sa tante et Mr Wilton.

— Partez devant, tante Kate. Je vous rejoins dans un instant.

— Comment ? s'exclama lady Oxbury, stupéfaite.

— Inutile d'avoir l'air choqué, poursuivit Grace. Lord Dawson et moi avons encore quelques petites choses à régler ensemble.

— Je veux bien vous croire. Des choses du genre de celles que vous vous apprêtiez à régler quand je suis entrée dans cette pièce, je parie.

— Euh… Non, c'est que…, bafouilla Grace en sentant le rouge lui monter aux joues. (Elle jeta un coup d'œil vers le baron. Celui-ci inspectait maintenant une gravure dans le bois de la minuscule table.) Je suis sûre que lord Dawson…

— C'est ça ! Moi aussi « Je suis sûre que lord Dawson… », répéta lady Oxbury en regardant le baron qui s'était plongé dans l'examen de ses ongles. Bonsoir, monsieur.

Lord Dawson se contenta d'incliner la tête en avant alors que lady Oxbury poussait Grace hors de la pièce.

Bon sang ! David s'écroula – avec précaution, toutefois – sur l'unique chaise présente dans la pièce. Elle était aussi inconfortable qu'elle en avait l'air mais il n'avait pas l'intention de s'éterniser. Dès qu'il aurait laissé un peu d'avance à Grace, voire l'occasion de se faire inviter à danser, il pourrait quitter cet endroit de malheur.

De plus, il fallait qu'il donne à un certain organe le temps de reprendre des proportions présentables en société.

Nom de Dieu, pourquoi avait-il fallu que lady Oxbury fasse son apparition à cet instant précis ? Une seconde de plus et il aurait tenu Grace dans ses bras, il aurait posé ses lèvres sur les siennes, sa langue…

Quoique, il valait sans doute mieux que la tante de Grace les ait découverts. C'était préférable, certes, mais aussi diablement frustrant.

Il renversa la tête en arrière et lâcha un soupir trop longuement contenu. Il fallait qu'il médite sur les paroles de Grace au lieu de penser à ses… *C'est ça. Réfléchis à ce qu'elle a dit.*

Même s'il détestait devoir l'admettre, Grace avait raison. Alex n'était pas heureux et il ne le serait pas tant qu'il n'aurait pas résolu son désaccord avec lady Oxbury. Mais comment le convaincre ? Quand il était parti pour Clifton Hall, son oncle avait clairement montré son intention de ne jamais revoir la tante de Grace.

David tourna la tête vers la bibliothèque. Une petite araignée noire était suspendue sous l'une des étagères. On aurait pu croire qu'elle flottait dans l'air jusqu'au moment où, en y prêtant attention, on finissait par discerner le fin fil de soie qui la soutenait.

Grace avait raison sur un autre point. La première étape pour amener son oncle et lady Oxbury à résoudre leur problème consistait à les réunir dans un même endroit. Alex ne remettrait pas les pieds dans la capitale. De toute façon, ce n'était pas une bonne option car Londres était trop en proie aux ragots. N'importe quel autre lieu aurait été préférable. Très attaché à son intimité, Alex ne pourrait supporter d'être la cible des commérages.

Comme Alex ne viendrait pas à Londres, ce serait à lady Oxbury de se rendre en province. Toutefois, il n'était pas question qu'elle se rende à Clifton Hall ou même à Riverview, les deux zones de célibat de son oncle. Il valait mieux trouver un terrain neutre. Mais lequel ? Qui, parmi ses connaissances, était susceptible de pouvoir organiser une soirée ? De plus, il fallait choisir quelqu'un dont l'épouse, la mère ou toute autre relation féminine pourrait remplir le rôle d'hôtesse.

Il eut beau se creuser la tête, aucun nom ne lui vint à l'esprit.

L'araignée se laissa glisser en direction de l'étagère suivante avant de se poser sur les livres et les arpenter. Il l'observa alors qu'elle escaladait *Théories diverses au sujet de la tenue d'une maison*.

Il n'avait guère de relations parmi le beau monde. Il n'avait pas fréquenté Eton car ses grands-parents avaient préféré qu'il ait un précepteur. Il avait passé quelques années à Oxford mais tous les autres étudiants qu'il y avait côtoyés lui avaient fait l'effet de gamins, plus occupés à mettre sur pied des canulars ou à courir la gueuse qu'à mener leurs études à bien. Il s'était trouvé très peu de points communs avec eux.

Lady Grace connaissait peut-être l'hôte idéal.

Poursuivant son périple, l'araignée se retrouva sur *Plusieurs toniques et cordiaux très efficaces.*

Ils devaient absolument organiser une fête. Offrant davantage d'intimité et de lieux discrets où se donner rendez-vous, la campagne constituerait le décor idéal pour la réconciliation d'Alex et de lady Oxbury. De plus, si ces deux-là parvenaient à renouer des relations… Il sourit en direction de l'araignée. Dans ce cas-là, rien ne l'empêcherait plus de tisser sa propre toile afin d'y attraper une certaine demoiselle.

À la campagne, les recoins secrets où voler quelques baisers ne manquaient pas : pique-niques au bord d'un lac, flâneries dans un jardin ou promenades en forêt étaient des occasions idéales. Les règles y étaient toujours moins strictes. D'ailleurs, avec un peu de chance, l'envahissante chaperonne de Grace serait trop occupée avec l'oncle de David pour pouvoir les surprendre, que ce soit dans une pièce fermée ou au détour d'un buisson. Cela devrait pousser Grace à dire « oui » à toutes les propositions qu'il lui soumettrait.

Il s'assurerait d'être en possession d'une licence de mariage à titre exceptionnel avant de partir au cas où il parviendrait à la persuader de devenir sa femme.

Il jeta un regard à sa montre gousset. Il avait suffisamment attendu après le départ des deux dames. Il pouvait se rendre dans la salle de bal.

Tout à coup, une idée lui vint. Il n'avait pas pensé au vicomte Motton qu'il avait aperçu parmi les danseurs.

Le vicomte était un homme brillant, du même âge que lui. David avait eu l'occasion de faire affaire avec lui. Encore mieux, sa propriété se situait à une bonne journée à cheval de Clifton Hall, c'est-à-dire assez près pour qu'Alex s'y rende en voisin mais quand même assez loin pour qu'il soit obligé d'y dormir. D'ailleurs, si les souvenirs de David étaient bons, son oncle avait passé une bonne partie du voyage vers Londres à lui expliquer qu'il aimerait reproduire le projet de rotation des cultures que Motton essayait de mettre en place à Lakeland. Il avait même évoqué l'idée de se rendre sur sa propriété. C'était parfait.

Désormais, il n'avait plus qu'à trouver une manière subtile de suggérer à une lointaine connaissance d'organiser pour lui une fête au beau milieu de la Saison.

Rien de plus simple, non ?

Il se leva et tira sur son gilet. Il valait mieux qu'il…

La porte s'ouvrit alors à la volée, laissant déferler dans la pièce un flot de petits rires. Deux personnes très surprises le dévisagèrent. Il s'inclina vers elles.

— Bonsoir, lord Featherstone. Mrs Fallwell.

— Euh…

Ils le regardèrent, bouche bée, et de toute évidence incapables de formuler la moindre phrase intelligible.

— J'allais partir.

— Euh…

Il s'inclina de nouveau puis les contourna avant de se diriger d'un bon pas vers la salle de bal, sans se retourner.

Il ne voulait rien savoir. Il n'avait aucune envie de penser à ces deux débauchés, aux cancans ou à cette pièce minuscule.

Chapitre 10

Hermès aboyait tout près de son visage. Kate entrouvrit les paupières. Le petit chien la regardait de ses grands yeux.

— Retourne te coucher, grommela-t-elle. On est au beau milieu de la nuit.

Mais Hermès avait un avis différent sur la question.

— Aïe ! s'écria-t-elle.

L'animal venait de lui toucher les seins et ceux-ci étaient très sensibles, sans doute parce que ses règles avaient quelques jours de retard.

Cela ne lui était jamais arrivé auparavant.

Elle s'imagina avoir contracté une maladie étrange. Elle se sentait exténuée, congestionnée et perturbée.

Hermès l'observait toujours. Machinalement, elle lui caressa les oreilles.

Il n'était guère surprenant qu'elle se sente aussi fatiguée. Elle restait éveillée jusqu'à des heures indues et, quand elle finissait par rejoindre son lit, son sommeil était agité.

Elle renifla puis essuya une larme en repensant à ce qui la tourmentait tant. *Bon sang!* N'était-ce pas cela, que tous les hommes recherchaient : du batifolage sans conséquence, sans engagement émotionnel ? Alex aurait dû se réjouir qu'elle n'exige rien en retour.

Elle avait passé un moment merveilleux. Fallait-il qu'il gâche tout en lui demandant de l'épouser ? C'était impossible et il ne pouvait pas l'ignorer. Alors pourquoi l'avoir tourmentée ainsi ?

Elle sourit en se remémorant le plaisir incroyable qu'il lui avait procuré. Ses caresses étaient magiques. Sans comparaison avec la manière dont ce pauvre Oxbury lui faisait l'amour. À la seule pensée d'Alex, des frissons parcouraient les endroits les plus intimes de son corps. Elle ne désirait qu'une chose : sentir ses mains sur sa peau.

Jamais plus elle ne connaîtrait cette sensation. Elle ne voulait pas prendre le risque de déclencher un scandale en entretenant une liaison avec lui. De toute façon, il avait déclaré qu'il ne voudrait jamais réitérer cette expérience. Puis il avait quitté Londres, sans se retourner.

Il l'avait blessée mais elle l'avait blessé, elle aussi. Pourquoi avait-il fallu qu'elle joue les veuves joyeuses ? Elle aurait dû lui dire la vérité.

Elle renifla une nouvelle fois. Ces derniers jours, elle pleurait pour un rien. Il fallait qu'elle se repose.

Hermès lui lécha le visage.

— Arrête un peu, stupide cabot, lui ordonna-t-elle avant de soulever les couvertures. Allez viens, tu as droit à un traitement de faveur. Tu peux dormir avec moi. Mais ça n'arrive qu'une fois dans une vie, tu sais, alors ne t'y habitue pas.

La présence d'Hermès la rassurait même si elle avait découvert assez vite qu'elle était prise d'éternuements incontrôlables quand l'animal dormait dans son lit.

Kate ferma les yeux, espérant ainsi lui montrer l'exemple.

Elle sentit immédiatement la langue baveuse du chien sur sa joue.

— Je t'en supplie, retourne te coucher. Il est bien trop tôt pour se lever.

— Bien au contraire, milady, dit Marie en ouvrant les dais du lit.

— Que..., balbutia lady Oxbury en se demandant ce que faisait sa domestique dans sa chambre et pourquoi la lumière du jour baignait la pièce qui était orientée plein ouest. Quelle heure est-il ?

— Presque 2 heures, répondit Marie.

— De l'après-midi ? s'étonna Kate.

Elle n'avait jamais dormi aussi tard et se targuait même d'être une lève-tôt. Le doute n'était plus permis : elle était tombée malade.

— En effet, lança Marie. Jem a sorti Hermès ce matin mais je me suis dit que vous voudriez peut-être vous en occuper cette fois-ci.

Il était 14 heures ! Comment était-ce possible ? La veille au soir, épuisée au point de ne plus pouvoir tenir debout, elle avait dû insister pour que Grace consente à quitter le bal des Wainwright et accepte de rentrer.

— Je vous ai apporté du chocolat, milady.

— Parfait.

Une bonne tasse de chocolat la calmerait. Elle s'assit avec peine et inhala l'odeur lourde et douceâtre. Prise d'un haut-le-cœur soudain, elle porta la main à sa bouche.

— Je ne veux pas de chocolat ce matin... ou plutôt cet après-midi, précisa-t-elle. Veuillez le remporter, s'il vous plaît.

Pourquoi Marie la regardait-elle ainsi ? Surtout, pourquoi observait-elle sa poitrine de cette manière ? Lady Oxbury baissa les yeux vers sa chemise de nuit élimée. Au fil des dernières semaines, elle s'était attachée à cette vieillerie depuis que... Elle rougit et constata que ses seins s'empourpraient eux aussi.

Ce vêtement était vraiment trop transparent.

Ses seins menus avaient-ils pris du volume ? En tout cas, ils lui paraissaient différents.

C'était ridicule. Elle les recouvrit en croisant les bras et grimaça. Ils étaient très sensibles.

— Vos règles ont du retard, n'est-ce pas, milady ? demanda Marie.

La femme de chambre devait déjà connaître la réponse, puisqu'elle se chargeait de laver le linge.

— Un petit peu, oui, admit lady Oxbury.

— Combien de temps ? insista Marie.

Pour qui se prenait-elle ? L'Inquisition ?

— Je ne sais pas. Quelques jours... Peut-être une semaine, répondit Kate.

Elle se sentait nauséeuse. Y avait-il une bassine à proximité ? Elle pourrait en avoir besoin.

— Si je ne vous connaissais pas aussi bien, je dirais que vous avez pris du ventre, déclara Marie en la regardant d'un air perplexe.

— Quoi ? s'exclama Kate.

— Du ventre, voyez ? répéta Marie. Que vous êtes enceinte. Que vous attendez un enfant.

Lady Kate lâcha alors un son inintelligible puis se précipita vers le cabinet de toilette dont elle tira brusquement la planchette dissimulée sous la table. *Dieu merci !* Elle s'empara des bords de la bassine et vomit. Elle s'essuya ensuite la bouche d'un revers de la main.

Marie la regarda de nouveau. Kate s'agrippait à cette bassine comme s'il s'agissait de son seul lien avec la réalité.

— Mais comment ? C'est impossible..., murmura-t-elle.

— Ça, je sais bien.

— J'ai quarante ans.

— C'est pas pour ça que c'est impossible, lui rappela Marie. On voit bon nombre de femmes qui ont plus de quarante ans et qui accouchent. Tant que vous avez vos règles, ça peut arriver.

— Oh, lâcha Kate.

Elle savait tout cela, bien entendu, mais n'y avait jamais pensé. Ses cycles avaient toujours été très réguliers. Oxbury avait exercé ses droits conjugaux plusieurs fois par mois et même de manière presque quotidienne au début de leur mariage. Pourtant, elle n'était jamais tombée enceinte.

— Mais je suis stérile, rappela-t-elle.

— C'était peut-être la faute de votre époux, suggéra Marie en haussant les épaules. J'ai déjà vu plein de femmes soi-disant stériles enterrer leur premier mari puis avoir une tripotée de gamins avec le second. Mais voilà ce qui rend ça impossible chez vous : vous n'avez pas de mari. (Son regard se fit alors soupçonneux.) Vous n'en avez pas, hein ?

— Bien sûr que non ! s'insurgea lady Oxbury. Vous savez bien que je ne suis pas mariée. Ne soyez pas ridicule.

— Pas besoin d'être passée devant l'autel pour avoir un enfant, poursuivit Marie. Tout ce qu'il faut, c'est se retrouver au lit avec un homme assez vigoureux et assez fertile pour planter sa graine.

Kate savait qu'elle était rouge comme une pivoine. Elle avait du mal à retrouver son souffle. Se pouvait-il que… Elle et Alex avaient-ils… Pourtant, ils ne l'avaient fait qu'une seule fois.

— Ça peut même se passer ailleurs que dans un lit, vous savez ? reprit Marie, désormais intarissable sur le sujet. Un petit tour vite fait dans le jardin et l'affaire est entendue.

— Mais…, balbutia Kate.

— Vous pouvez tout aussi bien me le dire, ajouta Marie en croisant les bras. Ce n'est pas la peine de me mentir. Si vous n'avez pas vos règles et si votre ventre continue de grossir, je le saurai bien assez tôt.

— Euh… Euh… Oh ! s'exclama lady Kate juste avant de vomir de nouveau puis de fondre en larmes.

Avec calme, Marie lui retira la bassine, s'assit sur le lit à côté d'elle puis la prit dans ses bras. Kate la serra contre elle en sanglotant sur son épaule.

— Vous savez quoi, milady ? murmura Marie. Vous devriez envoyer un mot à Mr Wilton.

Elle était enceinte.

Au nom du ciel, qu'allait-elle pouvoir faire ?

Hermès tira sur sa laisse, entraînant Kate vers le vestibule. Le petit chien connaissait le chemin menant jusqu'au parc, ce qui était une bonne chose car elle-même était désorientée au point de ne plus trouver la porte de sa chambre. Elle était prisonnière d'un mauvais rêve.

Se pouvait-il qu'elle soit vraiment enceinte, après toutes ces années passées avec Oxbury, après avoir revécu la même déception chaque mois ?

Marie devait se tromper.

Pourtant, ses règles avaient une semaine de retard, ce qui n'était jamais arrivé. De plus, elle ne s'était jamais sentie dans cet état, si fatiguée, si... bizarre.

C'était peut-être dû à ce séjour à Londres, ou au fait d'avoir revu Alex.

Alex. Elle avait fait bien davantage que le revoir. Elle l'avait caressé, goûté, l'avait laissé venir en elle.

C'était certain, elle devait être enceinte.

Juste avant de descendre l'escalier, elle posa la main sur la rampe. Si jamais elle tombait, le bébé pourrait être blessé.

Le bébé... *Seigneur!*

— Tout va bien, tante Kate ?

— Que…, balbutia lady Oxbury en se tournant vers Grace qui venait de surgir près d'elle. Oui. Non. Euh…

Grace et Hermès ne la quittaient pas des yeux.

— Couveriez-vous quelque chose ? demanda Grace en posant la main sur le bras de sa tante. Je m'inquiétais de vous savoir encore au lit à une heure aussi avancée. Toutefois, vous avez peut-être besoin de retourner vous coucher. Je pourrais sortir Hermès à votre place si vous le désirez.

Retourner dans son lit, ramener les couvertures au-dessus de sa tête et se cacher de… Non, cela ne servirait à rien. Même si elle se cloîtrait dans sa chambre pendant neuf mois, elle finirait par avoir un bébé…

Grands dieux, un bébé ! Comment allait-elle annoncer cela à Alex ? Marie avait raison : il fallait qu'il le sache. À quarante-cinq ans, il ne souhaitait peut-être pas devenir père. D'ailleurs, elle l'avait assuré de sa stérilité avant qu'il se retrouve dans son lit. L'accuserait-il de lui avoir menti intentionnellement ? Comme, pensait-il, elle lui aurait menti au sujet de ses fiançailles avec Oxbury ?

Ce n'était pas le genre de nouvelle qu'on évoquait dans une lettre. Il fallait qu'elle lui annonce en personne. Hélas, il avait quitté Londres.

De plus, si Marie savait qu'Alex était le père, se pouvait-il que toute la haute société soit au courant ?

— Non, non. Ça me fera du bien de sortir un peu, dit-elle finalement à sa nièce.

— Il vaudrait peut-être mieux que je vous accompagne, suggéra Grace sans la quitter des yeux. Vous êtes très pâle.

— Très bien, oui. Ce serait parfait.

— Accordez-moi juste le temps d'aller chercher mon bonnet. Je vous retrouve dans l'entrée. D'accord ?

Kate hocha la tête. Grace lui adressa un nouveau regard inquiet avant de repartir vers sa chambre d'un pas vif. Cahin-caha, Kate descendit l'escalier.

— Bonjour, milady, lui lança Sykes qui se trouvait dans l'entrée.

Lady Oxbury resserra sa prise sur la laisse d'Hermès. L'air sérieux qu'arborait Mr Sykes lui déplaisait. Serait-il déjà au courant ?

— Auriez-vous quelque chose à me dire ? demanda-t-elle.

— Hélas oui, reconnut Sykes dans un soupir désolé. Le nouveau lord Oxbury nous a fait savoir qu'il venait à Londres. Il devrait arriver très bientôt. Je suis certain que vous comprendrez que le personnel va devoir vous déplacer ainsi que lady Grace dans la mesure où lord Oxbury… (Sykes déglutit comme s'il venait d'avaler un remède au goût épouvantable.)… voudra s'installer dans les appartements du maître de maison.

— Bien entendu, Mr Sykes. Je comprends tout à fait.

Diable! La situation allait de mal en pis. Pourquoi faillait-il que la Fouine décide de venir à Londres ? Il ne manquerait pas de remarquer que ses hanches s'étaient arrondies de quelques centimètres, même si ce n'était pas ses affaires. Oxbury étant mort depuis plus d'un an, personne n'allait pouvoir croire que le bébé avait été conçu de manière légitime.

Elle se laissa choir mollement dans un fauteuil.

Si elle ne se mariait pas, son enfant serait un bâtard.

— Quelque chose ne va pas, milady ?

Lady Kate évita le regard de Sykes, se contentant de hocher la tête et de faire un petit geste de la main dans sa direction. Hermès s'approcha d'elle puis posa ses pattes avant sur ses genoux tout en aboyant et en remuant la queue avec entrain.

Ce n'était qu'un chien, il ne pouvait pas comprendre le désarroi de sa maîtresse.

Que ferait la Fouine en découvrant qu'elle était enceinte ? Allait-il la jeter à la rue ?

Bien sûr, à quarante ans, il se pouvait également qu'elle fasse une fausse couche. Elle posa une main protectrice sur son ventre. Non, elle ne laisserait aucun mal arriver à son bébé… son bébé qui était aussi celui d'Alex.

Elle renifla et chercha son mouchoir. Elle entendit Sykes dire :

— Lady Grace, je vous en prie, venez voir lady Oxbury. Je crains qu'elle n'aille pas très bien.

— Tante Kate ? demanda Grace. (Elle posa une main sur son épaule et se pencha pour chercher son regard. Kate gardait les yeux rivés sur Hermès.) Êtes-vous sûre que ça va ? (Elle baissa la voix.) Votre cycle vous perturbe, j'imagine.

Kate releva brusquement la tête. *Mon cycle ?* se dit-elle en riant de manière un peu trop hystérique à son goût.

— Non ! s'exclama-t-elle. Ce n'est pas cela. Vous n'y êtes pas du tout.

Grace recula, visiblement blessée. Sans doute convaincu qu'il s'agissait là d'un malaise purement féminin, Sykes avait eu la bonne idée de sortir.

— Il m'arrive à moi aussi d'avoir la larme facile durant cette période, admit Grace.

Kate se mit debout. Il fallait qu'elle sorte de cette maison pour aller prendre l'air dans le parc mais aussi qu'elle reprenne le contrôle de ses émotions.

— Oui, sans doute, dit-elle. Je vous remercie pour votre sollicitude, c'est juste que… (Elle prit le temps d'un long soupir. Qu'allait-elle pouvoir dire ?) Mr Sykes vient de m'annoncer que la Fouine vient à Londres.

— Oh, lâcha Grace en faisant la grimace. Je comprends pourquoi vous pleurez.

— Oui, bon… Ça va mieux maintenant et Hermès s'est montré très patient. Nous y allons ?

— Avez-vous vu Miss Hamilton danser avec Mr Dunlap au bal d'hier soir ? Ou, pour être plus claire, avez-vous vu comment le duc d'Alvord observait Miss Hamilton quand elle dansait ?

Grace tentait désespérément, et pour la cinquième fois, d'entamer une conversation avec sa tante. Si elle échouait à nouveau, la jeune femme se contenterait de rester sagement assise sur ce banc près de Kate, à regarder Hermès faire la chasse aux écureuils.

— Hum ? murmura lady Oxbury tout en jouant avec la laisse d'Hermès, le regard dans le vide.

— Alvord n'avait vraiment pas l'air ravi, poursuivit Grace. Il serait difficile de le lui reprocher, d'ailleurs. J'ai moi-même pu danser avec Mr Dunlap. Il a un physique avantageux, je vous l'accorde. Toutefois… Je lui trouve quelque chose de perturbant. Il me fait penser à une pomme pourrie : belle et rouge à l'extérieur mais gâtée et dégoûtante à l'intérieur.

— Si les pommes sont pourries, demandez à la cuisinière de les jeter, murmura lady Kate.

Grace leva les yeux au ciel. C'était sans espoir.

Hermès se précipita aux trousses d'un écureuil en aboyant comme un fou. Le rongeur détala en direction d'Oxbury House puis plongea dans un buisson touffu, immédiatement suivi par le chien.

Grace remua son pied tandis que sa tante contemplait la laisse avec tristesse.

L'aboiement semblait s'éloigner.

— Je ferais mieux d'aller voir ce que devient Hermès, dit Grace.

Lady Kate ne répondit pas, elle n'avait probablement rien entendu. Elle renifla de nouveau et se tamponna les yeux avec son mouchoir.

Quelque chose n'allait pas du tout.

— Je reviens dans un instant, annonça Grace en haussant un peu le ton.

Kate hocha la tête puis se moucha.

Grace traversa la pelouse. Quel problème tourmentait donc sa tante ? La veille au soir, tout semblait aller pour le mieux. Certes, elle arborait cet air mélancolique qui était le sien depuis que Mr Wilton avait quitté Londres et Grace l'avait aussi trouvée fatiguée. Toutefois, elle n'avait pas passé son temps à sangloter comme elle le faisait cet après-midi.

La jeune femme atteignit le buisson.

— Hermès ? appela-t-elle, peu désireuse d'explorer la futaie.

Aucune réponse. *Où donc est passé ce maudit chien ?* Elle l'aurait pourtant cru assez malin pour faire demi-tour dès que l'écureuil serait monté dans un arbre. Grace commença à faire le tour du buisson.

Soudain, elle reçut un coup dans le ventre. Elle venait de percuter une épaule masculine et en eut le souffle coupé. Une main jaillit pour la rattraper par la hanche.

Le cœur au bord des lèvres, la jeune femme ouvrit la bouche pour hurler… avant de reconnaître l'homme qui était accroupi devant elle.

Lord Dawson.

Son cœur parut marquer une pause pour prendre la mesure de la situation puis passa de la cavalcade paniquée à un rythme posé traduisant un sentiment tout à fait différent. Il sembla à la jeune femme qu'il quittait sa gorge pour redescendre à sa place d'origine, voire plus bas. Elle en rougit…

La dernière fois qu'elle avait vu lord Dawson, ils se tenaient à quelques centimètres l'un de l'autre dans cette minuscule pièce, chez lord Easthaven. Il s'en était fallu de peu pour qu'il l'embrasse. Si seulement sa tante n'était pas arrivée à ce moment précis…

Non, c'était une très bonne chose que sa tante les ait interrompus. Si cela n'avait pas été le cas, Dieu seul savait ce qui se serait passé.

Un petit frisson parcourut l'échine de Grace. Elle savait bien ce qui se serait passé : exactement la même chose que dans ce jardin, chez le duc d'Alvord.

Elle ne devait en aucun cas espérer qu'une telle situation se renouvelle. Pourtant, une partie d'elle-même (ce côté étrange et audacieux qui l'avait poussée à tenir tête à son père pour venir à Londres et qui lui soufflait désormais de profiter de son séjour pour vivre quelques aventures) ne pouvait pas s'en empêcher. Quant à la fille obéissante et à la jeune femme bien née qui cohabitaient avec la frondeuse, elles étaient aussi choquées par son comportement que l'exigeait la bienséance.

Elle bannit Grace-la-prude au fin fond de sa conscience.

Lord Dawson la regardait. Enfin… Ce n'était pas vraiment elle qu'il regardait car sa tête était au même niveau que son…

Elle rougit de plus belle et tenta de reculer mais il ne la lâcha pas.

— Que faites-vous ? s'insurgea-t-elle.

Il sourit un instant vers la zone du corps de la jeune femme qui se trouvait sous ses yeux puis releva enfin le menton pour croiser son regard.

— Je fais connaissance avec ce sympathique toutou, lança-t-il.

Elle jeta un coup d'œil par-dessus l'épaule de lord Dawson. Hermès était allongé sur le dos et arborait une expression d'extase canine tandis que le baron lui caressait le ventre.

— Hermès ! le gronda-t-elle.

Elle aurait juré que l'animal lui souriait.

— Ah, c'est aussi un de vos amis ? demanda lord Dawson.

Il se redressa sans reculer pour autant et en empêchant Grace de prendre ses distances. Il posa la main qui caressait Hermès un instant plus tôt sur son autre hanche.

Grace-la-prude protesta du fond de sa conscience. Ce fut vain.

— C'est le chien de ma tante, dit-elle en tentant de retrouver son souffle. Elle doit se demander où il est passé.

Elle posa de nouveau les yeux sur Hermès. Celui-ci bâilla puis se mit à mâchonner un bout de bois.

— Alors autant ne pas perdre de temps, murmura lord Dawson en faisant glisser ses mains le long de son corps.

Grace le regarda d'un air courroucé sans être vraiment convaincue d'y mettre toute la sévérité requise. Sa respiration saccadée l'empêchait de ressentir la moindre indignation ; de plus, Grace-la-frondeuse l'exhortait à s'emparer du visage de lord Dawson pour l'embrasser.

Les yeux bleus du baron furent traversés par une étincelle de… Grace ne put dire de quoi il s'agissait précisément mais elle savait que c'était incandescent. Alors qu'elle le regardait, cette flamme s'intensifia. Sentant une vague de chaleur la submerger, elle se dit que cet incendie avait dû la gagner.

— J'ai de bonnes nouvelles, dit-il.

Grace vit ses lèvres bouger et se souvint avec clarté de la sensation qu'elles lui avaient procurée dans le jardin d'Alvord. Elle rêvait de la vivre encore une fois… Elle s'humecta les lèvres et surprit son regard qui suivait le mouvement de sa langue.

— Quoi ? demanda-t-elle.

Je ne vaux guère mieux que tante Kate, se dit-elle. Elle ne parvenait pas à se concentrer sur ce que le baron avait à lui dire. *Si seulement il approchait un peu plus…*

Il le fit, pour poser quelques baisers légers sur le front et les joues de la jeune femme.

Elle releva le menton et lui offrit sa bouche en fermant les yeux.

Grace-la-prude protestait de toutes ses forces mais la jeune femme ne pouvait – ni ne voulait – l'entendre car son cœur battait la chamade.

Lord Dawson effleura les lèvres de Grace avec une délicatesse infinie. Elle tressaillit. Il fit glisser ses mains vers ses seins puis revint sur ses hanches avant de les déplacer le long de sa jupe et de plaquer la jeune femme contre son corps musclé.

Grace avait du mal à retrouver son souffle. Même si elle espérait de tout cœur que cela restait discret, elle haletait. Elle n'avait qu'un désir : rester contre lui.

Grace-la-frondeuse fit glisser ses mains autour de la taille du baron et resserra son étreinte. Il sentait si bon.

Il avait de nouveau posé sa bouche sur la sienne. Elle le sentit esquisser un sourire avant de lui accorder quelques petits baisers. Elle les trouva trop légers et lâcha un petit gémissement.

Il rit doucement. L'espace d'un court instant, elle fut saisie par le doute et la gêne mais elle oublia tout cela en sentant sa langue s'immiscer entre ses lèvres.

Dire qu'elle fut surprise serait un euphémisme.

Il lui pétrissait le derrière tout en faisant passer sa langue sur son palais, sa propre langue, ses dents. Elle se sentait comblée. Un frisson lui parcourut le ventre. Non, pas le ventre, un peu plus bas, entre ses jambes. Elle désirait... quelque chose.

Mais, bonté divine, qu'est-ce qui lui prenait ?

Grace repoussa le baron, qui fut bien obligé de la relâcher.

— Lord Dawson..., commença-t-elle.

— David.

— Quoi ?

La voix du baron était encore plus grave et chaude qu'à l'habitude et ses yeux semblaient brûler de désir.

— Je me prénomme David, précisa-t-il en se penchant en avant pour embrasser sa lèvre inférieure. Vous n'allez pas continuer à me servir du « lord Dawson » maintenant que nous sommes intimes.

— Je vous appellerai « lord Dawson » si cela me chante, répliqua-t-elle, sentant son visage s'enflammer littéralement.

— Comme vous voudrez, concéda-t-il avec un sourire salace. Cela pourrait même s'avérer amusant. Vous pourrez m'appeler « milord » au moment où je me glisserai entre vos blanches cuisses durant notre nuit de noces.

Grace en demeura bouche bée. Elle savait que ses joues étaient désormais écarlates. Que pouvait-on répondre à un commentaire aussi obscène ?

C'était simple : rien du tout. On mettait sagement de côté ses tendances frondeuses et on laissait Grace-la-prude revenir d'exil.

— Ne m'avez-vous pas dit être porteur de bonnes nouvelles, lord Dawson ? demanda Grace en insistant bien sur les deux derniers mots.

— Effectivement, lady Grace, répondit le baron sur le même ton en s'adossant contre un tronc d'arbre. J'ai fait en sorte que nous soyons invités à la fête organisée chez le vicomte Motton. (Il souriait bêtement.) J'ai réussi à le convaincre de manière très subtile, si j'ose dire.

— Mais osez donc, répliqua Grace. Car personne d'autre ne le fera. À mes yeux, vous n'êtes pas la subtilité incarnée.

— Vous vous méprenez, lady Grace. Je peux me montrer extrêmement subtil… (Il marqua une pause pour planter son regard dans les yeux de la jeune femme.) Quel que soit le but à atteindre.

Grace croisa les bras en s'esclaffant. Elle se sentait désormais parfaitement maîtresse d'elle-même. Lord Dawson la toisa avec provocation mais il était hors de question qu'elle relève les défis qu'il lui lançait, sans doute par crainte de perdre.

— J'ai réussi à persuader Motton d'organiser cette fête, poursuivit le baron dans un haussement d'épaules. Il n'y aurait jamais pensé sans moi.

Grace lui jeta un regard morne. Lord Dawson semblait attendre des félicitations. *Quel prétentieux!* Il était déjà assez imbu de lui-même comme ça, elle n'allait pas en plus lui passer la main dans le dos…

Elle rougit. Lui passer la main dans le dos verbalement, bien entendu. Il n'était pas question qu'elle chante ses louanges.

— En quoi est-ce une bonne nouvelle ? demanda-t-elle.

— La propriété de Motton n'est pas très éloignée de celle de mon oncle, expliqua le baron. De plus, ce dernier s'intéresse beaucoup aux méthodes du vicomte en matière d'agriculture. Je pense donc qu'on peut le convaincre de se rendre à cette fête. Si de votre côté vous parvenez à décider votre tante d'y assister, ils auront de nombreuses opportunités de se croiser et de résoudre le différend qui les oppose dans une certaine intimité.

Grace acquiesça même si elle pensait surtout à toutes les opportunités qu'elle-même aurait de croiser lord Dawson. Il n'y avait plus de doute possible, elle était bonne à enfermer.

— Je vois où vous voulez en venir et je pense que je peux convaincre ma tante de s'y rendre. Nous venons tout juste d'apprendre que le nouveau lord Oxbury arriverait bientôt à Londres et je suis certaine que tante Kate préférera se trouver loin d'ici à ce moment-là.

C'était peut-être là le problème. Peut-être que sa tante se comportait de manière aussi bizarre tout simplement parce que Londres la fatiguait, elle qui avait passé toute sa vie à la campagne. De plus, ce n'était plus une jeune femme. S'éloigner de l'agitation de la capitale lui ferait du bien.

— Allons lui en parler, conclut Grace.

— Mes salutations, lady Oxbury, lança David en exécutant une petite révérence.

En voyant l'air défait de Kate, son nez rougi et ses yeux gonflés, il ressentit immédiatement un élan de compassion. Cette femme avait pleuré.

Elle n'était peut-être pas la mégère qu'il avait imaginée.

— Bonjour, lord Dawson.

Elle avait tenté de se montrer froide mais sa voix s'était brisée au moment de prononcer son nom.

— Tante Kate ! Mais qu'est-ce qui ne va pas ? demanda Grace en s'asseyant à côté d'elle et en la prenant dans ses bras.

— Rien. Je vais parfaitement bien, mentit lady Oxbury en froissant son mouchoir dans une main et en relevant le menton.

— Non, vous n'allez pas parfaitement bien, rétorqua Grace. Vous avez pleuré.

La jeune femme faisait preuve d'autant de délicatesse avec sa tante qu'Hermès dans sa chasse aux écureuils.

— Je n'ai pas pleuré, insista lady Oxbury en considérant Grace avec colère.

— Bien sûr que si, protesta sa nièce. Il suffit de voir votre visage.

— J'avais une poussière dans l'œil, rétorqua lady Oxbury d'un ton cassant et en fusillant Grace du regard. Mais elle est partie, je vais bien.

— Mais…

C'était le moment ou jamais pour interrompre Grace, avant que sa tante ne l'étrangle avec la laisse du chien.

— Lady Oxbury, il s'avère que je vous cherchais, annonça le baron. Je suis passé à Oxbury House et votre majordome m'a indiqué que vous seriez ici.

— Ah ? répondit simplement lady Kate. (Elle jeta un dernier regard fâché vers Grace puis reporta son attention sur lord Dawson.) De quoi souhaitiez-vous me parler, milord ?

— Il veut nous inviter à la campagne, tante Kate.

Quand ils seraient mariés, le baron devrait veiller à museler Grace pour empêcher ces continuelles bévues de s'échapper de sa bouche. On aurait dit un éléphant dans un magasin de porcelaine. Il esquissa un sourire calme tandis que lady Oxbury incendiait la jeune femme du regard.

— Cessez d'interrompre lord Dawson, ordonna-t-elle.

Contrariée, Grace ouvrit la bouche pour protester mais se trouva à court d'arguments. Elle avait effectivement interrompu le baron. Elle finit par l'admettre car, l'air plus irrité que jamais, elle préféra garder le silence.

— Votre nièce dit vrai, lady Oxbury, poursuivit lord Dawson en souriant. (Grace se taisait enfin.) Le vicomte Motton organise une fête. J'ai reçu mon invitation et vous devriez bientôt avoir la vôtre... (À son tour, son interlocutrice se rembrunit et s'apprêta à prendre la parole.)... tout comme mon oncle devrait avoir la sienne.

Lady Oxbury resta bouche bée un court instant avant de se reprendre pour demander :

— Mr Wilton sera présent ?

— Peut-être. Il est invité mais, comme vous le savez, il est retourné chez lui. Je ne peux donc pas affirmer qu'il viendra.

David avait pris un risque en évoquant son oncle. Si lady Oxbury était vraiment en colère contre lui, savoir qu'il ferait partie des invités allait peut-être la dissuader de quitter Londres. D'un autre côté, si elle ne lui en voulait pas vraiment, voire si elle désirait lui parler…

Il se fiait à son instinct, qui lui avait toujours été de bon conseil pour ses placements financiers et, en l'occurrence, celui-ci lui disait que lady Oxbury mourait d'envie de revoir Alex.

— Pourquoi le vicomte Motton organise-t-il une fête à cette période de l'année ? demanda lady Kate.

Parce qu'il y a été habilement poussé par votre serviteur, répondit silencieusement lord Dawson. Non, il n'allait pas répondre cela, surtout que… Le vicomte était si rusé que David en était venu à se demander si ce n'était pas lui qui avait été manipulé.

— Motton m'a dit qu'il souhaitait s'éloigner du bruit et de la poussière de Londres durant quelque temps, confia le baron.

— Excellente idée, intervint Grace en le regardant avant de tourner la tête vers sa tante. Je dois avouer que je suis bien tentée de suivre son exemple. Et vous, ma tante ?

— Eh bien…

Cette hésitation était pour les deux jeunes gens synonyme de victoire. David se détendit un peu.

— Vous n'auriez pas envie de retourner à la campagne pour une semaine ou deux, tante Kate ? De respirer le grand air et de faire de longues promenades en profitant du paysage ?

David profitait justement du paysage que lui offrait Grace alors qu'elle tentait de convaincre sa tante. Elle avait la plus jolie poitrine qu'il lui ait été donné de voir, même s'il aurait aimé pouvoir l'examiner plus à loisir. Il ne pouvait qu'imaginer à quoi elle ressemblerait une fois libérée de sa robe et de son corset.

Et Dieu savait combien il l'avait imaginée. La nuit précédente, il avait passé des heures à évoquer en pensée les seins de Grace, à se les représenter tandis qu'elle se tiendrait nue dans leur chambre à coucher ou allongée sur leur lit. Il avait rêvé à leur douceur sous ses doigts, au goût de ses tétons…

Il avait passé la nuit à se retourner fébrilement dans son lit, impatient de confronter ses fantasmes à la réalité.

Il s'était réjoui que Grace le bouscule quelques instants auparavant. Il avait vraiment eu beaucoup de chance de croiser Hermès dans cet endroit plutôt isolé où la verdure constituait un rempart idéal. Même si le feuillage n'était pas assez dense pour les cacher bien longtemps, il s'était avéré suffisant pour leur agréable petit intermède.

En revanche, une fois à la campagne… Il ne s'était jamais rendu sur la propriété de Motton mais il se figurait de vastes terrains recouverts de verdure. Les fêtes offraient d'innombrables opportunités de se livrer à des ébats amoureux. Il avait hâte de découvrir plus avant le corps superbe de lady Grace Belmont. Cela dépasserait l'enchantement.

— N'êtes-vous pas d'accord ? demanda-t-on.

— Si, tout à fait. Sans le moindre doute. Je n'ai jamais… Euh, quoi ? balbutia-t-il en regardant lady Oxbury. (Il y avait peu de risque qu'elle lui ait demandé s'il apprécierait de conter fleurette à sa nièce, voire davantage.) Je vous présente mes excuses. Je crains de ne pas avoir prêté attention à ce que vous disiez.

Il se retint de baisser les yeux vers ses hauts-de-chausses, curieux de déterminer si un fin observateur aurait pu comprendre à quoi il prêtait attention.

— Ne pensez-vous pas qu'il serait préférable pour Grace qu'elle ne manque aucun événement de la Saison ?

— Bien au contraire. Quand vous avez assisté à un bal, un petit déjeuner vénitien ou une réception, vous les avez tous vus. On y croise inlassablement les mêmes personnes, renchérit le baron.

Il parlait d'expérience car, durant la période où il s'était résigné à ne pas épouser Grace, il avait été déçu de constater qu'au fil des soirées, il rencontrait toujours les mêmes filles à marier.

— Vous avez bien raison, confirma lady Oxbury en soupirant.

— Tout à fait, ajouta Grace. Et puis, ce n'est pas comme si j'étais à la recherche d'un mari, n'est-ce pas, tante Kate ?

— Comme je vous l'ai déjà dit, j'espérais que vous profiteriez de ce voyage pour garder les yeux ouverts afin de découvrir de nouvelles possibilités, Grace.

— C'est ce que j'ai fait, ma tante. (Grace venait-elle de rougir en lançant au baron un regard à la dérobée ?)

Je pourrais d'ailleurs en découvrir d'autres à l'occasion de cette fête.

Ma chérie, comptez sur moi pour tout faire afin que vous n'ayez d'yeux que pour moi.

— De plus, vous n'avez certainement aucune envie de partager Oxbury House avec la Fouine, n'est-ce pas ? poursuivit Grace.

— En aucun cas, confirma lady Oxbury avant de se tourner vers le baron. Lord Motton a-t-il désigné une hôtesse compétente ?

— Il m'a dit que sa tante Winifred remplirait cette fonction, répondit le baron.

En fait, ce que Motton avait dit était : « Cette vieille folle de Winifred acceptera de venir si je la laisse amener toute sa satanée ménagerie. » David regarda Hermès qui, sans doute fatigué d'avoir couru après tant d'écureuils, se reposait sur la pelouse.

— Je suis certain qu'Hermès pourra venir avec vous, ajouta-t-il.

Le chien, entendant David prononcer son nom, roula sur le dos et lui présenta son ventre, espérant de nouvelles caresses.

— C'est entendu alors, conclut lady Oxbury en soupirant. Nous nous rendrons à cette fête.

Chapitre 11

— Lady Grace, ceci est arrivé pour vous par le courrier du matin.

— Merci, Mr Sykes, dit la jeune femme en prenant la lettre pour l'examiner.

— De qui est-ce ? demanda lady Oxbury en dénouant son bonnet avant de libérer Hermès de sa laisse.

— Papa.

— Vraiment ? Je suis étonnée que votre père se soit donné la peine de trouver du papier et de l'encre. Il n'a pas la plume facile. Merci, Mr Sykes, dit lady Kate en prenant le reste du courrier des mains du domestique. Je ne pense pas qu'il m'ait envoyé la moindre lettre durant toutes mes années de mariage.

— Sans doute, lâcha Grace. (Soudain saisie d'une pointe d'appréhension au sujet de cette lettre, elle la mit dans sa poche.) Papa déteste perdre du temps et de l'argent sur des questions qui lui semblent futiles.

Alors pourquoi lui avait-il écrit ?

— Vous êtes sa fille alors que je ne suis que sa sœur, déclara lady Oxbury. Je suis sûre qu'il veut juste savoir si vous profitez de votre Saison. Lui aviez-vous écrit ?

— Non, répondit Grace.

L'idée ne lui était même pas venue à l'esprit. Normalement, tout le courrier destiné à Standen était traité par son régisseur, Mr Boothe, qui détestait Londres presque autant que le père de Grace. Il n'aurait rien eu à faire des anecdotes londoniennes qu'elle aurait pu lui raconter.

— Je vois mal papa s'intéresser aux bals et aux fêtes ou même aux endroits que nous aurions visités, dit Grace. Il veut peut-être savoir où se trouve tel ou tel objet dans la maison. (*Dans ce cas, pourquoi ne demande-t-il pas plutôt à Mrs Drexel, la gouvernante,* pensa Grace en sentant son estomac se nouer.) À moins qu'il veuille que je rentre. Mais dans ce cas, j'aurais imaginé qu'il vous écrirait. Avez-vous reçu une lettre de sa part ?

— Non, déclara tante Kate en passant en revue sa pile de courrier. Toutefois, il y a quelque chose envoyé par le vicomte Motton.

— Il s'agit sûrement de l'invitation à sa fête.

— Oui, en effet. (Lady Oxbury parcourut du regard la feuille de papier puis releva la tête, perplexe.) Ce n'est que dans deux jours. Pensez-vous vraiment que nous devrions nous y rendre ?

— Oui, absolument.

Si lord Dawson et elle réussissaient à réunir sa tante et Mr Wilton et leur donnaient l'occasion de discuter en privé, ces deux-là parviendraient à résoudre leur différend. Grace en aurait mis sa main au feu.

— Le souci, c'est que j'ai déjà accepté l'invitation chez les Palmerson pour la semaine prochaine, rappela lady Kate.

— Alors envoyez-leur un billet pour nous excuser. Je doute que lady Palmerson soit dévastée par notre absence.

— Non, bien sûr que non, poursuivit lady Oxbury. Toutefois, il s'agit d'un des plus grands événements de la Saison. Vous pourriez y croiser bon nombre de candidats sérieux au mariage.

— Ils seront encore là quand nous reviendrons, tante Kate. Nous ne serons pas parties très longtemps.

— Mais cette escapade va vous amener à beaucoup fréquenter lord Dawson, argumenta lady Oxbury en se mordant les lèvres. Je ne peux pas dire que cela me plaise.

Grace en frissonna d'avance. Ses rencontres avec lord Dawson ne pouvaient déboucher sur rien, elle le savait bien. Pourtant, elle en voulait encore. Ce n'était qu'une aventure de plus, un petit intermède de liberté et d'excitation avant de retrouver le cours normal de sa vie.

— Il ne faut pas vous inquiéter, ma tante. J'ai déjà expliqué la situation au baron. De plus, il ne sera sûrement pas le seul homme présent à cette fête. Le vicomte va inviter une bonne douzaine d'autres personnes, ne pensez-vous pas ?

— Sans doute, mais…, commença lady Kate.

— Il serait donc mal venu de décliner l'aimable invitation de lord Motton, l'interrompit Grace.

Pour être sincère, j'aimerais vraiment m'y rendre. La campagne me manque et je n'ai encore jamais pris part à une fête qui dure plusieurs jours. Cela doit être fort distrayant.

— Eh bien…

— Pour être franche, tante Kate, vous me semblez un peu abattue. Quelques jours à la campagne vous feront le plus grand bien.

— Je ne suis pas…

Hermès, considérant sans doute qu'on le délaissait, se dressa sur ses pattes arrière et se mit à parader.

— Qu'en penses-tu, Hermès ? demanda Grace. Devons-nous nous rendre chez lord Motton ? (Le petit chien aboya joyeusement.) Vous voyez, ma tante ? Il est d'accord.

— Bon très bien, déclara lady Kate en riant. J'imagine que cela ne peut pas nous faire de mal. Et vous avez raison : il vaudrait mieux que je quitte la capitale quelques jours.

— Exactement, dit Grace.

Ainsi, vous pourrez croiser de nouveau Mr Wilton.

Parmi les raisons pour ne pas se rendre à cette fête, sa tante ne l'avait pas cité. Pourtant, si elle avait été vraiment déterminée à ne jamais le revoir, elle n'aurait pas manqué de le faire.

— Vous devriez confirmer notre venue tout de suite, suggéra la jeune femme, considérant qu'il était inutile de perdre du temps et surtout d'offrir à lady Oxbury l'occasion de trouver de nouveaux arguments allant à l'encontre de cette idée.

— Oui. Je vais écrire un billet en ce sens et je demanderai à Mr Sykes de dépêcher un valet pour le porter. Ensuite, j'écrirai un mot pour présenter nos excuses à lady Palmerson. Enfin, j'irai faire une petite sieste. (Elle rougit.) Je, euh… Je me sens particulièrement fatiguée en ce moment, à cause de, euh… Je ne sais pas.

Pourquoi le simple fait d'être épuisée gênait-il autant tante Kate ?

— Il vous faut juste retrouver la campagne, dit Grace. Londres est trop bruyante. Vous avez sans doute du mal à dormir.

— Oui, concéda lady Kate, plus rouge que jamais. (Elle toussota.) Je, euh… Vous avez sans doute raison. Si vous voulez bien m'excuser, je vais monter dans ma chambre pour écrire ces lettres et m'allonger quelques instants. Viens, Hermès.

Grace observa Kate et le petit chien qui montaient l'escalier. Pourquoi avait-elle l'impression que sa tante la fuyait ? Peu lui importait, au fond. Elle l'avait convaincue d'accepter cette invitation, et cela seul comptait. Avec un peu de chance, lord Dawson parviendrait au même résultat auprès de son oncle.

Comment allait-il convaincre Mr Wilton dans la mesure où celui-ci avait quitté Londres ? Grace ne pensait pas qu'une simple lettre allait suffire. *Réfléchissons.* Il vaudrait mieux qu'elle en discute avec lord Dawson le soir même. Il ne manquerait pas d'assister à la soirée chez lord Fonsby. Ils pourraient sortir dans le jardin, trouver un petit endroit à l'écart, puis…

Parler, rien d'autre. Désormais, Grace et lord Dawson ne feraient que parler.

Elle eut soudain très chaud et considéra que, justement, une petite promenade s'imposait. Il lui fallait un peu d'air frais.

Aucun jardinier n'en ayant pris soin depuis longtemps, tout ce qui se trouvait dans le parc d'Oxbury House avait poussé en dépit du bon sens. Lady Kate n'avait jamais séjourné dans cette maison du vivant de son époux et elle avait confié à sa nièce que lord Oxbury n'y habitait que lorsqu'il assistait aux sessions du Parlement. Durant les dernières années de sa vie, quand sa santé déclinante ne lui permettait plus de voyager, il avait même cessé de venir. Grace remarqua que l'arbre jouxtant la chambre de sa tante avait besoin d'être élagué. Ses branches touchaient presque la fenêtre.

Grace s'assit sur un banc près d'un buisson recouvert de petites fleurs blanches. Elle aurait dû savoir de quoi il s'agissait. John l'aurait su, lui. Chaque fois qu'elle avait commis l'erreur d'observer une plante au Prieuré, la propriété de John, celui-ci s'était lancé dans un interminable et assommant exposé sur son histoire et les différentes espèces connues à ce jour. Elle avait rapidement appris à ne pas marquer le moindre intérêt pour tout ce qui était végétal. Mais ce spécimen-ci aurait tout aussi bien pu être l'une des situations choquantes qui mettaient son corps en émoi. Si seulement lord Dawson avait été là…

Surtout pas ! La présence de lord Dawson aurait forcément conduit à une catastrophe. C'était lui la seule cause de son tourment.

Elle se pencha pour ramasser la lettre qu'elle avait jetée.

Au moins, le baron ne s'intéressait pas uniquement à sa poitrine, loin de là. Il lui semblait qu'elle sentait encore la vigueur avec laquelle il s'était emparé de ses fesses, la chaleur de sa bouche sur ses lèvres, la douceur de sa langue…

Malheur, voilà qu'elle haletait à nouveau ! Elle devait reprendre le contrôle de ses pensées, faire taire la dévergondée qui s'était éveillée en elle pour redevenir une jeune femme convenable et prude.

Elle lissa la lettre puis relut la partie ajoutée par John. Aucun des mots qu'il avait employés ne lui procurait la moindre sensation, mis à part un début de migraine.

Lord Dawson, lui, avait évoqué le mariage, et plus d'une fois. Partager un lit conjugal avec lui serait sans doute plus exaltant que de se retrouver allongée à côté de John…

Pourquoi se torturer avec ces idées alors qu'elle ne pourrait jamais épouser lord Dawson ? John ferait un mari irréprochable. Il était juste plus effacé et la pudeur était une très bonne chose car c'était bien plus reposant. Toutes ces émotions et ces frissons, à la longue, ce devait être épuisant.

nombreuses herbes folles qui envahissait ce lopin de terre laissé à l'abandon.

Grace le trouvait plutôt joli, d'ailleurs, même s'il semblait la faire éternuer. Elle plongea la main dans sa poche pour en tirer son mouchoir et découvrit la lettre de son père qu'elle y avait oubliée. Elle en brisa le sceau.

« Tu seras ravie d'apprendre – *inutile de s'embarrasser d'un « Chère Grace » quand on s'adresse à sa fille…* – que Parker-Roth et moi-même sommes tombés d'accord. – *Un accord ?* Son cœur marqua un temps d'arrêt. – Le mariage est prévu pour le mois prochain. Tu peux en informer ta tante. Tâche de rentrer dans les plus brefs délais afin de préparer la cérémonie. » Et c'était signé « Standen ».

Elle en eut le souffle coupé et des taches noires se mirent à danser devant ses yeux. Elle serra le poing, froissant la lettre au passage. Il n'était pas question qu'elle s'évanouisse.

Ainsi, le mariage était prévu pour le mois suivant ?

Elle avait envie de hurler mais l'air lui manquait. Elle se sentait prête à frapper quelque chose, ou quelqu'un.

Son père… John… Comment avaient-ils osé lui faire cela ?

Soit, elle s'attendait bien à épouser John un jour ou l'autre. Mais pas le mois prochain, bon sang ! Qui plus est, son futur époux aurait pu faire l'effort de lui demander sa main.

Elle défroissa la lettre, pensant qu'elle avait peut-être raté quelque chose… Non. Après le texte écrit par son père se trouvaient quelques mots rédigés par John.

« Lady Grace, j'espère que vous vous amusez bien à Londres. Comme vous le savez, cette ville n'a aucun intérêt pour moi, mis à part les réunions régulières de la Société d'Horticulture. Mère et père vous présentent leurs salutations.

Votre serviteur dévoué,

John Parker-Roth. »

Peuh ! Elle chiffonna la feuille de papier une nouvelle fois et la jeta au sol. Quelle passion dévorante ! Si elle avait été une rose exotique ou une… ou un… Bon sang ! Aucun autre nom de plante ne lui venait mais elle savait que si elle avait été une fleur rare, John se serait pâmé devant elle alors que cette bonne vieille lady Grace Belmont, aussi quelconque que familière, n'aurait pu lui procurer le moindre émoi.

Ce n'était pas plus mal d'ailleurs car lui non plus ne pouvait générer le moindre frisson chez la jeune femme, contrairement au baron. Rien qu'en se remémorant leur court instant d'intimité dans le parc, Grace sentit son cœur s'emballer.

Elle posa les mains sur ses joues. Comment avait-elle pu laisser cet homme prendre de telles libertés avec elle ? C'était extrêmement choquant. Pourtant, cela lui avait paru tout à fait normal.

Lord Dawson l'avait-il ensorcelée ? Jamais auparavant elle n'avait ressenti un tel besoin de se retrouver près d'un homme, de le toucher et de le laisser la toucher.

D'ordinaire, elle trouvait la plupart des hommes assez répugnants. Et ce depuis qu'elle avait cessé d'être une petite fille. Dès qu'elle avait commencé à avoir de la poitrine, tous les hommes qu'elle connaissait s'étaient mis à éprouver des difficultés à se concentrer sur son visage. John avait toujours été l'un des moins atteints par cet étrange phénomène. Si elle l'avait parfois surpris alors qu'il contemplait son décolleté en catimini, au moins avait-il la courtoisie de la regarder dans les yeux quand il lui parlait.

Avec lord Dawson, c'était tout à fait différent. Il ne faisait aucun doute qu'il avait remarqué ses seins. Mais, à la grande honte de la jeune femme, ceux-ci semblaient réagir de leur propre chef quand le baron les observait. Alors qu'elle pensait à lui, elle eut l'impression qu'ils devenaient plus sensibles et gonflaient, comme s'ils s'apprêtaient à s'échapper de son corset.

Elle perdait l'esprit. Ou alors, c'était cet homme qui lui avait jeté un sort. Sinon, comment expliquer qu'elle rêvait sans cesse de toucher sa peau nue ? Pourquoi voulait-elle savoir à tout prix quelle sensation lui procurerait sa bouche quand il la poserait sur les pointes de ses seins ?

Grace porta les mains à son corset.

Elle n'aurait pas dû être en mesure d'imaginer de telles activités et, pourtant, elle se retrouvait là, au milieu du jardin d'Oxbury, à évoquer nombre de

Elle remit la lettre dans sa poche. Il était temps de rentrer. Elle allait écrire quelques lignes à John afin de lui parler du bal chez les Wainwright.

Non, cela ne l'intéresserait pas du tout.

Serait-il intrigué par les rumeurs dont Londres se délectait, comme celles selon lesquelles le duc d'Alvord s'apprêterait à épouser la cousine américaine de lord Westbrooke si le cousin du duc, Richard Runyon, ne le tuait pas avant ?

Non plus. John n'avait que faire des ragots et elle trouvait elle-même que toutes ces histoires au sujet du duc étaient tirées par les cheveux, comme les rebondissements d'un mauvais roman gothique. Après tout, on était quand même à Londres et au dix-neuvième siècle, de surcroît.

Elle pouvait lui écrire pour évoquer leurs projets d'assister à la fête chez le vicomte Motton. John avait peut-être entendu parler de cet homme puisque, selon lord Dawson, il utilisait des méthodes agricoles innovantes. C'était là le genre de choses qui pouvait susciter l'intérêt de John. Il déciderait peut-être de se rendre sur place…

Grace n'avait pas la moindre envie de voir John lors de ce raout. Une fois qu'elle l'aurait épousé, en revanche, elle serait obligée… Non, disons plutôt « ravie » de devoir passer le reste de ses jours avec lui. Toutefois, elle n'était pas encore prête à le faire, surtout depuis qu'elle avait appris que le mariage était si proche. Elle avait un besoin vital des quelques semaines de liberté qui lui restaient.

Le visage de lord Dawson ainsi que sa silhouette lui vinrent à l'esprit. *Bonté divine!* Ce n'était vraiment pas le moment de penser au baron.

Pourtant, c'était tout ce qu'elle désirait. Elle voulait d'ailleurs faire bien davantage que d'y penser.

Peut-être pourrait-elle conclure un pacte avec elle-même ? Elle montrerait un peu d'audace durant cette fête car c'était sa dernière occasion de s'amuser avant de devenir Mrs Parker-Roth, mais tout en restant dans les limites du raisonnable. Il ne s'agirait que de voler quelques baisers afin d'assouvir sa curiosité.

Les hommes ne se faisaient jamais prier pour conter fleurette. Eh bien, c'était décidé, elle allait elle aussi effeuiller la marguerite.

John aurait été fier de la voir utiliser toutes ces métaphores florales.

Elle quitta le jardin et se rendit dans la bibliothèque.

— Fait-il chaud dehors, lady Grace ?

— Ah ! s'écria-t-elle en appuyant une main sur son cœur. Il ne faut pas se faufiler ainsi derrière les gens, Mr Sykes.

— Je vous présente mes excuses, milady, dit Sykes d'un air formel. À l'avenir, je veillerai à faire tomber un objet dès que vous pénétrerez dans une pièce où je me trouve. Toutefois, je pense que c'est une bonne chose que je ne l'aie pas fait cette fois-ci.

— Comment ça ? demanda Grace avant de se rendre compte que Sykes tenait une bouteille de cognac. Avez-vous bu ?

— Si j'ai bu, milady ? Grands dieux, non. Je m'assurais juste que lord Oxbury disposerait d'une quantité suffisante de spiritueux s'il comptait se rafraîchir une fois arrivé.

— Oh. Bien entendu, dit la jeune femme.

Lord Oxbury n'allait plus tarder. Ce fait justifiait à lui seul le départ de Grace et de sa tante.

— Or donc... Fait-il chaud dehors, lady Grace ? répéta le majordome. Vous me semblez un peu rouge.

— Chaud ? Pas du tout, répondit Grace. Il fait même plutôt frais.

Tout du moins tant que je ne pense pas à un certain baron.

Elle allait bientôt passer plusieurs jours avec cet homme, des jours faits de longues heures de temps libre, dans un endroit regorgeant de cachettes.

Elle frissonna.

— Je vois, dit Sykes. Vous n'êtes pas malade, j'espère ?

— Bien sûr que non, Mr Sykes. Je me porte comme un charme. Tout va pour le mieux.

Elle imaginait toutes les activités intéressantes auxquelles elle pourrait s'adonner en compagnie de lord Dawson dans les recoins discrets de la propriété du vicomte.

Grace se sentit rougir de plus belle. Il ne fallait pas qu'elle réfléchisse à cela. Dès qu'elle en aurait l'occasion – et elle se doutait bien que le baron lui en offrirait plusieurs – elle pourrait faire bien mieux que d'y penser.

— Êtes-vous sûre de ne pas faire une petite poussée de fièvre, lady Grace ? demanda Sykes en l'observant.

— Je vous assure que je suis en parfaite santé, répondit Grace. (Sykes n'avait pas l'air convaincu. Elle ressentit soudain le besoin de se retrouver seule.) Toutefois, je devrais sans doute aller m'allonger par prudence. Veuillez m'excuser.

Elle tourna les talons et sortit de la pièce avant qu'il puisse faire la moindre remarque.

C'était avant tout pour le bien-être de lady Oxbury que Grace et sa tante se rendaient chez le vicomte Motton. Mais cela ne signifiait pas que la jeune femme ne pourrait pas profiter de ce séjour pour découvrir certains… plaisirs. Elle entra dans sa chambre et jeta un regard vers le bureau. Il fallait qu'elle réponde à la lettre de son père. Il fallait qu'elle envoie aussi un mot à John.

Il fallait… Il fallait… Il fallait… Elle en avait plus qu'assez des phrases qui débutaient par ces deux mots.

Une fois sur la propriété de lord Motton, elle s'intéresserait de près à ce qu'il ne fallait pas faire…

Kate était allongée sur son lit dont les tentures étaient fermées, le regard perdu dans le tissu du baldaquin. Que devait-elle faire ?

Ses pensées s'affolaient comme des papillons pris dans un filet depuis qu'elle avait compris.

Mon Dieu, mon Dieu, mon Dieu…

Elle pouvait prendre certaines herbes ou décider de faire certaines choses… Comme elle n'en était qu'aux premiers jours, personne n'en saurait jamais rien.

Si. Elle, elle le saurait.

Mais elle était veuve. Si elle ne faisait rien, si elle laissait son ventre s'arrondir, les bruits commenceraient à courir. Plus que des bruits : des commérages, des railleries, des moqueries. On la rejetterait, son frère la renierait et la Fouine la traiterait de catin avant de la jeter à la rue…

Standen lui offrirait-il refuge ? Son frère accepterait-il qu'elle vive chez lui et qu'elle accouche de son bâtard sous son toit ?

Non, jamais de la vie. Il l'accuserait plutôt d'avoir déshonoré son nom et il aurait raison. Et ensuite ? Finirait-elle dans une maison de correction pour mères célibataires ?

Elle roula sur le côté. Qu'allait-elle faire ?

Bon sang, tout cela était si inattendu ! Elle était trop vieille pour se retrouver enceinte. Comment aurait-elle pu le prévoir ? Quand elle était mariée, elle avait accompli son devoir conjugal avec régularité sans jamais concevoir. Elle en avait logiquement conclu qu'elle était stérile.

Elle n'était qu'une idiote. Les veuves, ces femmes expérimentées ayant de nombreux amants, étaient censées penser à ce genre de choses et prendre les précautions qui s'imposaient. De telles erreurs ne leur arrivaient jamais.

Grands dieux ! Elle était enfin enceinte et voilà qu'elle considérait cela comme une erreur…

Lady Kate couvrit son visage de ses mains pour étouffer ses sanglots. De toute façon, Marie n'aurait pas pu l'entendre car aucun son ne sortit de sa bouche.

La réception de lord Motton aurait lieu le surlendemain. Alex pourrait s'y rendre, lui aussi. Il y avait donc des chances qu'elle le croise.

Fallait-il qu'elle lui dise ? Peut-être pourrait-elle se dérober en prétextant devoir se rendre chez un ami dans le Yorkshire ? Elle partirait avant que son état ne soit visible, elle resterait là-bas neuf mois, le temps d'avoir son bébé, puis elle le ferait adopter…

Faire adopter son enfant ? Comment pourrait-elle s'y résoudre ?

Mais quelle autre solution s'offrait à elle ? Elle ne pouvait pas l'élever toute seule, dans la pauvreté et l'opprobre.

Elle s'essuya le visage avec son drap et se remit sur le dos. Marie avait raison. Alex avait le droit de savoir. Elle devait le lui dire. Mais l'écouterait-il ? Par maladresse, elle l'avait tellement blessé qu'il avait quitté sa chambre puis s'était enfui de Londres.

En premier lieu, il faudrait qu'elle lui présente ses excuses. Qu'elle rampe devant lui et implore son pardon… avant de lui avouer qu'elle lui avait menti.

Elle ferma les yeux. Comment pourrait-il croire à ses remords et admettre qu'elle n'avait pas voulu se jouer de lui ?

Si on disait quelque chose qu'on croyait sincèrement mais qui se révélait faux, fallait-il considérer qu'on avait menti ?

Elle recommença à contempler le ciel de lit. Il valait mieux qu'elle ne cherche pas à se trouver d'excuses. Tout ce qu'Alex avait besoin de savoir, c'était qu'elle était désolée et qu'elle attendait son enfant.

Elle entrelaça ses doigts sur son ventre, comme pour le protéger. Ce n'était pas tout à fait exact. Elle n'était pas désolée. Soit, elle regrettait cet épouvantable imbroglio mais si Alex l'avait vraiment aimée, s'il avait souhaité qu'elle tombe enceinte au moment où il s'était introduit en elle...

Si... Si... Si... Il vaudrait mieux qu'elle affronte la vérité et qu'elle oublie ses rêves et ses souhaits.

— Milady ? s'enquit Marie en écartant le dais du lit.

Lady Kate se retourna si vite que sa femme de chambre ne put voir que son dos et pas ses larmes au moment où la lumière inonda son refuge.

— Il est temps que vous vous prépariez pour la soirée.

— Psst !

— Dawson... Vous devriez peut-être chercher à savoir pourquoi cet arbre en pot tente d'attirer votre attention, dit lord Westbrooke d'un air faussement interloqué.

David contint un soupir de dépit. Décidément, lady Grace ne serait jamais une espionne digne de ce nom. Il espérait en tout cas qu'il s'agissait bien de lady Grace. C'était sans doute le cas. Les jumelles Addison se souciaient peu d'être discrètes.

D'ailleurs, où étaient donc passées les jumelles Addison ? Il ne les avait pas vues au bal des Wainwright ni à aucun événement récent. Pourtant, il était sur le qui-vive. Seraient-elles, par bonheur, enfin reparties dans leur campagne ?

— Auriez-vous l'obligeance de m'excuser, Westbrooke ? (Il chercha un instant comment formuler la suite de manière diplomatique.) Bien entendu, je n'ai nul besoin de vous demander de garder le silence au sujet de ce, euh… de cet arbuste parlant.

— Je serai aussi muet qu'une carpe, le rassura Westbrooke dans un sourire. Toutefois, vous devriez préciser à lady Grace que, lorsqu'on veut se dissimuler parmi la verdure, il vaut mieux éviter de porter du bleu. Cette toilette est jolie mais on la remarque, ne trouvez-vous pas ?

— En effet. Je lui en toucherai un mot.

David inclina la tête et fit demi-tour pour passer devant l'arbre en pot. Il comptait sur Grace pour avoir l'intelligence de sortir de sa cachette d'elle-même. Il préférait de ne pas attirer l'attention des commères en la tirant par le bras.

— Pourquoi n'êtes-vous pas venu me voir dès votre arrivée ? demanda Grace, visiblement mécontente.

Elle avait une feuille dans les cheveux. Mieux valait l'emmener dans un endroit discret pour la lui enlever. Il lui prit la main pour la poser sur son bras.

— Je vous souhaite moi aussi le bonsoir, mon amour, lui lança-t-il.

— Chut ! ordonna-t-elle. Tenez-vous à ce que tout le monde parle de nous ?

— Pas du tout. C'est d'ailleurs pourquoi je me suis retenu de me précipiter vers vous dès que j'ai passé le seuil de cette maison.

— Oh, se reprit-elle. Je vois.

Et lui voyait à quel point elle était adorable quand elle se sentait confuse. Elle rougit jusqu'à sa… Oh… Ses seins étaient exposés dans toute leur splendeur.

Soit, une bonne partie de ladite splendeur restait encore à découvrir. Sa robe était complétée par un corset, au décolleté profond, révélant de sa beauté tout ce que les règles de la bienséance lui permettaient.

Le baron la dirigea vers une porte dont il savait déjà qu'elle donnait sur une zone moins fréquentée de la maison.

Il lui vint à l'esprit de demander à Grace de reprendre son fichu. Il se rendit compte qu'il n'avait pas envie que d'autres hommes puissent profiter dc ses charmes.

— Je voulais vous dire que tante Kate est d'accord pour se rendre à la fête chez lord Motton, déclara la jeune femme. Elle a envoyé la lettre annonçant notre venue cet après-midi.

— Parfait. (*Cette petite pièce mène à une zone ombragée de la terrasse*, pensa-t-il.) Ne trouvez-vous pas qu'il y a beaucoup de monde, ici ?

— Oui, sans doute. Je n'en sais rien, reconnut-elle. Quelle importance ?

— Aucune en vérité. Mais sortons par cette porte et allons profiter de l'air frais du soir.

— Entendu, dit Grace avant de le suivre vers l'obscurité. Alors ? Avez-vous convaincu votre oncle de venir ? C'est très important car tante Kate n'est toujours pas dans son état normal.

Cela, il s'en était rendu compte. Il avait aperçu lady Oxbury de l'autre côté de la pièce, au milieu d'un groupe de chaperonnes, parmi lesquelles Mrs Fallwell, lady Amanda Wallen-Smyth et lady Gladys, la tante du duc d'Alvord. Alors que les autres femmes discutaient entre elles, lady Kate restait immobile, le regard dans le vide. Elle n'avait accordé qu'une attention superficielle à Grace et aux hommes peu recommandables qui cherchaient à soustraire sa nièce à sa surveillance.

C'était sans importance car le baron n'avait pas quitté la jeune femme des yeux. Il comptait bien être le seul homme mal intentionné qui pousserait lady Grace à se dévergonder. Il la dirigea vers la balustrade et se plaça lui-même dos à la porte, de façon à la maintenir à l'abri des regards, si jamais un importun venait à s'aventurer dans cette partie de la terrasse.

— Alors ? Qu'a dit votre oncle ?

Grace ne sembla pas remarquer son subterfuge. Avait-elle seulement compris ses intentions ?

Il esquissa un sourire. Elle était très séduisante, ce soir-là. Sa peau magnifique révélait un envoûtant jeu de lumières, entre zones crème et ombres engageantes.

— Lord Dawson, insista Grace, qu'a dit Mr Wilton ? Viendra-t-il ?

— Hum ?

Il ne pouvait plus résister. Il se débarrassa de ses gants qu'il fourra dans une poche puis posa ses mains sur le haut de ses bras et caressa sa peau du bout des doigts. Il la sentit tressaillir.

— Il n'a rien dit, avoua-t-il platement. Je ne lui ai pas encore demandé.

À l'instant où il l'avait touchée, elle lui avait semblé un peu apeurée et dans l'expectative. Ces expressions disparurent dans la seconde et elle lui lança un regard furieux.

Allait-elle le gifler s'il tentait de l'embrasser ?

— Et pourquoi ne lui avez-vous pas demandé ?

— Outre le fait qu'il ne réside pas à Londres à l'heure actuelle…, commença-t-il.

— Je sais cela ! s'écria t-elle.

— J'ai pensé qu'il serait risqué de l'attaquer de but en blanc. Il pourrait sentir le piège et refuser catégoriquement d'aller chez Motton.

— Oh, je vois, dit Grace d'un ton sincère en posant les mains sur le gilet du baron. Ce serait une catastrophe. Je reste convaincue qu'il est la cause du tourment de ma tante. Il faut qu'il vienne.

Ne voyait-elle pas qu'elle le rendait fou ?

— Je pense qu'il viendra, la rassura-t-il en posant ses mains sur celles de la jeune femme. Si ce n'est pas le cas, sa propriété n'est pas très éloignée de celle du vicomte. Je trouverai un moyen pour que lui et votre tante se retrouvent ensemble.

— Vous me le promettez ?

Bon sang ! Voilà qu'elle le regardait comme s'il pouvait accomplir des miracles. Il n'était qu'un homme, il ne pouvait pas décider de l'avenir ou façonner le destin d'une autre personne.

Pourtant, il aurait voulu détenir ce pouvoir. Pour elle.

Il allait trouver un moyen. Il ne pouvait pas lui promettre qu'Alex et sa tante finiraient par trouver l'accord qu'elle espérait avec tant de ferveur mais il savait qu'il arriverait à les réunir. Il y parviendrait, quand bien même lui faudrait-il assommer Alex et le porter au point de rendez-vous.

Il pencha la tête vers Grace, qui le regarda avec méfiance et tenta de reculer. Il fit glisser ses mains jusqu'à ses épaules magnifiques.

— Je vous le promets, susurra-t-il en s'approchant.

Elle était pétrifiée, comme un lapin apeuré, figé mais prêt à bondir. Il n'allait pas la laisser s'enfuir. Elle était sa proie et il allait s'en repaître.

— Je vous le promets, murmura-t-il de nouveau, cette fois-ci contre sa bouche.

De la pointe de la langue, il traça le contour de ses lèvres. Elle vacilla et il l'embrassa.

Elle était à lui. Elle colla son corps splendide, doux et tout en courbes contre le sien, puis posa les mains autour de son cou alors qu'il s'emparait de ses hanches pour les amener contre les siennes afin qu'elle sente son désir. Son baiser se fit plus profond…

Elle le repoussa de toutes ses forces. Se débattait-elle depuis longtemps ? Certainement pas. Malgré son emportement, il s'en serait rendu compte. Il releva la tête.

— Lord Dawson…, commença Grace.

Elle chercha à reprendre son souffle. Ses jolis seins se soulevaient sous l'effort mais elle le tenait toujours par le cou. Il n'avait pas encore senti la brûlure d'une gifle sur sa joue.

— Vous allez trop loin, lâcha-t-elle dans un murmure essoufflé.

Il lui sourit et déposa un petit baiser sur le bout de son nez.

— Croyez-moi, ma chérie. J'ai bien l'intention d'aller encore plus loin.

Elle prit une profonde inspiration mais ne fit pas le moindre mouvement pour le frapper. Jusqu'où pourrait-il aller ? La terrasse de lord Fonsby n'était pas l'endroit idéal pour chercher à le savoir.

— Mais ce ne sera pas pour ce soir, admit-il.

Était-ce de la déception qu'il lut dans le regard de la jeune femme ? Formidable. Il lui prit la main et la posa sur son bras. Ils rentrèrent. Il avait hâte de disposer d'assez de temps et d'intimité pour voir jusqu'où lady Grace le laisserait s'aventurer.

Chapitre 12

Alex contemplait la pluie qui créait des flaques sur la terrasse et coulait comme des larmes le long de la statue d'Hermès en pierre de Coade qu'il avait achetée sur un coup de tête.

Tiens. Le chien de Kate s'appelle Hermès, lui aussi.

Soudain énervé, il s'écarta de la fenêtre. Il fallait qu'il allume quelques bougies car il faisait trop sombre dans la bibliothèque pour pouvoir y lire.

Il n'avait aucune envie de lire.

Il alla s'asseoir à son bureau. Windom, son régisseur, insistait pour qu'il mette ses comptes à jour. Il lui avait parlé d'un problème de drainage dans les champs au sud ainsi que d'une nouvelle variété de graines…

Au diable tout cela ! Il quitta son bureau pour retourner à la fenêtre. Il avait essayé de travailler sur ses maudits comptes chaque jour depuis qu'il s'était enfui de Londres. Windom s'impatientait et Alex ne pouvait pas lui en vouloir. Lui-même se trouvait indolent. Il était incapable de se concentrer et plus rien ne l'intéressait.

Qu'allait-il pouvoir faire ? Il avait fait une croix sur Kate. Il n'allait quand même pas passer le reste de ses jours à errer de pièce en pièce ou à regarder à travers les fenêtres.

Depuis son retour à Clifton Hall, cela n'avait été que pluie et brouillard. Tout sentait l'humidité. Lui-même avait l'impression d'être trempé jusqu'aux os.

Le temps ne se prêtait guère aux travaux des champs ou à une longue cavalcade avec Lear. De toute façon, il avait le sentiment qu'aucune de ces activités ne parviendrait plus à lui faire oublier son désarroi.

Il n'aurait jamais dû quitter Londres, ni même – *Oh Seigneur!* – la chambre de Kate, mais sa désinvolture lui avait transpercé le cœur aussi sûrement qu'une flèche.

S'il était resté pour profiter en toute simplicité de ce qu'elle lui offrait, peut-être aurait-il réussi à se débarrasser de cette toquade. Kate et lui auraient sans doute pu entretenir une agréable liaison, le temps d'une Saison. Peut-être aurait-il fini par se lasser d'elle... ou elle de lui, bien entendu. Quoi qu'il en soit, son désir ne le tourmenterait plus.

Il posa son front contre la fenêtre. Parviendrait-il jamais à combler ce vide qu'elle avait creusé dans son cœur ? La perte de Kate avait fait partie de sa vie pendant de nombreuses années, mais toujours avec l'espoir de la retrouver un jour. Désormais, toute aspiration s'était envolée. À la place, il ne lui restait que cet ennui insondable. Il se sentait comme un mort qui aurait retardé le moment de rejoindre son cercueil.

Il ferma les yeux puis les rouvrit et se redressa. Non, il n'était pas l'un de ces faibles d'esprit que les échecs amoureux mettaient plus bas que terre. Cette simple pensée lui soulevait le cœur. Il se comportait comme un dandy, un de ces bellâtres qui miaulaient des poésies. C'était répugnant.

Et si David épousait lady Grace pour de bon ? Soit, il leur faudrait passer sur le cadavre de Standen pour y parvenir mais on avait déjà vu choses plus étranges. Dans ce cas-là, à moins d'être prêt à couper tous les ponts avec son neveu, Alex devrait se résoudre à côtoyer lady Oxbury en société, ne serait-ce qu'au mariage de David ou lors du baptême de son premier enfant, et trouver la conduite adéquate.

Il ferma de nouveau les yeux. Cette pensée était une véritable torture mais il devait surmonter cette douleur, pour le bonheur de David.

Il allait quitter sur-le-champ cet état de morosité. Lady Oxbury n'était qu'une femme et le monde fourmillait de femmes qui seraient prêtes à passer du temps avec lui, des femmes plus jeunes et plus belles, qui plus est.

Non, il n'était pas question qu'il se lance dans des comparaisons. Il ne voulait pas penser à Ka… à lady Oxbury. Il ne voulait plus penser du tout, d'ailleurs. Désormais, il se contenterait d'agir. Il allait commencer doucement. Faire le premier pas pour sortir de cette dépression était déjà…

—Monsieur…

Son majordome se tenait sur le pas de la porte. Perdu dans ses pensées, Alex ne l'avait pas entendu approcher. *Eh bien, cela allait changer.*

— Oui, Grant. Qu'y a-t-il ?

— Un message de la part du vicomte Motton, annonça Grant en lui tendant un bout de papier. Son valet attend votre réponse.

— Je vois, dit Alex en sortant ses lunettes d'une de ses poches avant de parcourir le texte.

Ainsi, Motton organisait une fête à Lakeland. Magnifique ! C'était là l'occasion idéale pour commencer à sortir de son abattement. Certes, le vicomte se laissait parfois emporter par son étrange sens de l'humour. Lors d'une de ses fêtes, n'avait-il pas organisé un concours pour découvrir lequel de ses hôtes chantait le plus mal ? Mais si subir quelques fausses notes était le prix à payer pour s'évader du donjon qu'était devenu Clifton Hall, soit !

Si les réjouissances prévues s'avéraient par trop ennuyeuses, Alex pourrait toujours s'entretenir avec le vicomte de ses nouveaux projets agricoles et visiter ses champs. Et si tout cela ne parvenait pas à le distraire, il n'aurait aucune peine à rentrer puisque Lakeland ne se trouvait qu'à une journée de cheval.

— Grant, dites au valet de lord Motton que j'accepte son invitation avec plaisir.

— Lord Dawson est arrivé, milady.

— Oh, dit Grace, dont le cœur venait de faire un bond.

Elle arrêta de préparer ses bagages et posa une main sur sa poitrine. La simple évocation du nom de cet homme suffisait à lui donner des palpitations.

— Je ne suis pas encore tout à fait prête. Ma tante a-t-elle terminé, Marie ?

— Non, répondit la femme de chambre. Vous prenez toutes les deux un temps fou. Vous ne partez que pour quelques jours, vous savez, pas des semaines.

— Oui je sais. C'est juste que, eh bien… Je ne sais pas vraiment à quoi m'attendre, reconnut Grace.

Elle parcourut sa chambre du regard. Emporter toute sa garde-robe réglerait peut-être le problème une bonne fois pour toutes.

— Je vais l'installer dans le salon bleu et lui servir un verre, déclara Marie.

— Oui, c'est une bonne idée. Je ne serai plus très longue.

— Milady, les hommes trouvent toujours le temps trop long quand on les fait attendre, rappela la domestique en riant.

Quand Marie referma la porte derrière elle, Grace poussa un long soupir. Comment allait-elle s'y prendre pour survivre à cette fête ? Elle était sur le point de passer plusieurs jours à proximité de lord Dawson et disposerait de beaucoup de temps libre pour découvrir la propriété dans une intimité qui restait encore à définir. Cela représentait de nombreuses occasions pour le baron de reprendre ce qu'il avait entrepris lors de la soirée chez lord Fonsby, voire d'aller plus loin.

Elle sentit soudain ses jambes se dérober. Il fallait qu'elle s'assoie au plus vite. Par chance, son lit était là pour la recevoir. Elle sentait de nouveau son cœur s'emballer.

Certes, elle avait décidé de s'autoriser quelques libertés. Mais cela n'irait pas plus loin. Elle était censée épouser John Parker-Roth dans quelques semaines. D'ailleurs, à l'issue de cette fête, elle repartirait dans le Devon pour veiller aux préparations de ses noces. Elle n'avait ni le cœur ni la latitude pour se montrer trop frondeuse.

Où donc se trouvait Grace-la-prude, la jeune femme qui suivait bien les convenances, quand elle avait besoin d'elle ? Elle n'était plus qu'un lointain souvenir relégué au plus profond de son esprit.

Il fallait qu'elle se montre davantage maîtresse d'elle-même. Une fois qu'elle aurait épousé John, il ne serait plus question de désirer d'autres hommes.

Pourtant, c'était exactement ce qu'elle faisait en ce moment. Elle enfouit son visage dans ses mains. Dieu, combien elle le désirait ! Comment pourrait-elle s'en empêcher ?

Elle aurait dû gifler le baron Dawson sur la terrasse, chez lord Fonsby. Elle avait bien vu qu'il s'y attendait. Il l'avait embrassée avec fougue en passant ses mains sur tout son corps et en la tenant tout contre lui… Oh…

À aucun moment elle n'avait ressenti l'envie de le gifler. Elle lui aurait plutôt demandé de recommencer. Et quand il lui avait déclaré son intention d'aller encore plus loin, il s'en était fallu de peu qu'elle le supplie de le faire sur-le-champ, là, sur cette terrasse. Quand il avait préféré la ramener à l'intérieur, elle avait failli pleurer.

Devenait-elle folle ?

Oui, c'était indéniable. Elle se trouvait même dans un très mauvais pas.

C'était très bien d'avoir quelques aventures mais John s'attendait à la trouver vierge lors de leur nuit de noces. Elle ne connaissait pas tous les détails puisque en général la discussion portant sur les devoirs conjugaux d'une femme ne se tenait que la veille du soir où elle était censée les remplir. Toutefois, elle aurait été prête à parier que les sensations étranges qu'elle ressentait dès qu'elle se trouvait à proximité de lord Dawson étaient étroitement liées à l'acte conjugal. Cela ne faisait aucun doute : elle ne les avait jamais ressenties auparavant.

Elle se frotta le front. Peut-être devrait-elle aborder le sujet avec sa tante puisqu'elle avait été mariée. Comme elle était restée fidèle à Oxbury, elle savait sans doute comment dominer ce genre de pulsions.

Grace jeta ses derniers effets dans une malle puis se rendit jusqu'à la chambre de sa tante. Hermès vint l'accueillir à la porte en aboyant et en dansant sur ses pattes arrière.

— Désolée, Hermès, mais je n'ai pas de friandises à t'offrir.

Le petit chien s'arrêta, la regarda un long moment, puis s'ébroua avant de repartir vers la cheminée pour se coucher.

— Êtes-vous prête à partir, Grace ? demanda lady Kate, debout à côté de son lit et entourée de malles. Dès que Marie aura installé lord Dawson, elle reviendra pour m'aider à terminer.

— J'ai l'impression que vous emportez autant de vêtements que moi.

— Oui, dit lady Oxbury en écartant une mèche de cheveux de son visage. C'est sans doute ridicule dans la mesure où nous ne serons parties que très peu de temps, n'est-ce pas ? Je suis sûre que j'emmène bien trop de choses.

Qu'avait-elle ? D'habitude, elle n'était pas aussi indécise.

Elle se sentait très nerveuse, voilà tout. Elle espérait qu'Alex viendrait à cette fête.

Non. En fait, elle redoutait qu'il le fasse.

Mais ce qu'elle ressentait n'avait pas la moindre importance. S'il était là, il faudrait qu'elle lui parle de son enfant.

Grands dieux ! Elle se jeta dans un fauteuil. *Un enfant. Celui d'Alex, qui plus est…*

— Tante Kate, j'ai quelque chose à vous demander.

Grace, les yeux baissés, tordait le tissu de sa jupe. Il était évident qu'elle était préoccupée.

— Oui, Grace. Qu'y a-t-il ?

— Je suis un peu embarrassée… Je devrais certainement vous en parler. Voilà… Comme vous le savez, lord Dawson viendra à cette fête.

— Bien sûr que je le sais puisqu'il nous attend en bas. Il a été bien aimable de nous offrir sa protection le temps du voyage, alors tâchons de ne pas le faire attendre.

— Oui, vous avez raison. Cela dit…, commença Grace en trouvant enfin le courage de regarder sa tante dans les yeux. Je vais peut-être avoir besoin qu'on me protège de lui.

— Quoi ? s'exclama lady Kate. (Elle n'aurait jamais dû accepter cette invitation !) Je vais aller lui parler tout de suite. S'il pense…

— Ou alors… C'est peut-être lui qui a besoin qu'on le protège de moi, ajouta Grace en rougissant.

Kate la regarda, stupéfaite.

— Je ne suis pas certaine de comprendre, finit-elle par dire.

— Je pensais que vous pourriez me donner des conseils, expliqua Grace. Comme vous avez été mariée, vous devez tout savoir des désirs qu'on peut éprouver.

Des désirs ? Grace ne venait pas de dire « désirs », si ?

— Euh…, balbutia lady Kate. (Que pouvait-on répondre à cela ? Quelques jours auparavant, elle n'avait pas la moindre idée de ce qu'était le désir. Désormais, elle ne le savait que trop et, hélas, elle ignorait comment le contrôler.) Vous devriez…

— Me revoilà ! annonça Marie en entrant dans la chambre.

Lady Kate aurait pu lui sauter au cou et l'embrasser, ce qui, elle le savait bien, n'était pas très courageux de sa part. Grace venait de lui demander un conseil mais elle n'en avait pas à lui offrir. Elle posa la main sur son ventre. Voilà où ses désirs l'avaient menée.

— Les valets ne vont pas tarder à venir chercher vos affaires, poursuivit Marie en s'emparant de la dernière robe pour la ranger. Et si vous descendiez pour attendre la voiture ? (Elle leur sourit.) Vous pourriez tenir compagnie à lord Dawson. Il va nous trouer le tapis à force de tourner en rond.

— C'est une bonne idée, Marie, dit lady Kate en mettant sa laisse à Hermès. Êtes-vous prête, Grace ?

Elle n'attendit pas que sa nièce lui réponde pour sortir de la pièce.

Une fois arrivée devant l'escalier, Kate marqua une pause. Elle ne s'était pas bien comportée avec Grace. La jeune femme méritait une réponse. C'était même indispensable si elle voulait lui éviter de se retrouver dans le même état qu'elle à l'issue de cette fête : enceinte mais pas mariée, ce qui aurait été épouvantable.

Si elle espérait que Grace saurait montrer plus de pondération qu'elle-même, il lui fallait bien admettre que les Wilton étaient d'irrésistibles séducteurs. En tant que chaperonne, c'était à elle de s'assurer que sa nièce ne quitterait pas le droit chemin.

— Veuillez m'excuser, dit lady Kate à Grace qui venait de la rejoindre. Je n'aurais pas dû m'enfuir ainsi.

— Ce n'est pas grave, la rassura Grace dans un sourire. Je pensais que tout le monde ressentait ce genre de sentiments mais j'ai dû…

— Tout le monde les ressent, Grace, confirma lady Oxbury.

Elle n'en était pas tout à fait certaine mais le supposait. Le désarroi qu'elle percevait dans la voix de Grace la bouleversait. Elle posa sa main sur son bras.

— Voilà pourquoi on conseille aux jeunes femmes d'éviter de se retrouver seule avec un homme, poursuivit-elle, et aussi pourquoi les chaperonnes doivent veiller à ce qu'elles suivent cette règle. Je me suis montrée négligente ces derniers temps mais je vous promets que, chez le vicomte, je vais vous suivre comme votre ombre.

— Oh non, dit Grace, consternée. Ne faites pas ça, je vous en prie.

— Mais, Grace…

— Grr…

Kate baissa les yeux. Hermès montrait les crocs, l'air furieux.

— Mais enfin, Hermès, qu'est-ce qui te prend ?

L'animal aboyait avec force et voulut se précipiter en avant, tirant brutalement sur la laisse que tenait Kate. Celle-ci agrippa la rampe *in extremis* pour éviter de tomber la tête la première dans l'escalier.

— Hermès ! Veux-tu… Oh !

Elle vit alors ce qui mettait son chien dans cet état : la Fouine se tenait près de la porte d'entrée et tendait son chapeau à Sykes. Il tourna la tête vers cette agitation. Lady Kate tressaillit : l'homme dirigeait son regard vers son ventre. Elle prit Hermès dans ses bras et le garda devant elle.

— Chère cousine, lança-t-il de sa voix nasillarde. Quel… plaisir de vous revoir.

Un plaisir ? Oui, il devait sans doute considérer que c'était un plaisir de la retrouver tout comme c'était un plaisir de repérer un cafard sur le sol juste avant de l'écraser sous son talon.

Hermès grogna une nouvelle fois. Lady Kate lui posa un baiser sur la truffe et s'efforça de prendre un ton aimable.

— Avez-vous fait bon voyage, Horace ? demanda-t-elle.

La Fouine haussa ses épaules osseuses, déformant son manteau bon marché. Il n'avait pas encore dépensé l'argent d'Oxbury pour renouveler sa garde-robe.

Cet homme était terriblement disgracieux. Il avait hérité des traits les moins plaisants des Oxbury et y avait ajouté sa propre laideur. Sa ressemblance avec une fouine était frappante : il était maigre, avait le visage étroit, un long nez pointu et de petits yeux ronds.

Le lord Oxbury qu'elle avait épousé n'était certes pas un apollon, mais lui au moins n'était ni pédant, ni odieux.

Lady Kate descendit l'escalier en maintenant Hermès contre son ventre, comme un bouclier. Arrivée à cinq pas de la Fouine, elle s'arrêta. Si elle s'était approchée davantage, le chien aurait recommencé à aboyer. À cette distance, il se contentait de grogner.

— Avez-vous fait la connaissance de ma nièce, Horace ?

— Je ne pense pas avoir eu ce plaisir, répondit l'homme de son habituel ton mielleux.

Grace inclina la tête en serrant les dents. Il fallait en passer par là.

— Lady Grace, lord Oxbury. Milord, vous savez sans doute que lady Grace est la fille du comte de Standen.

— Enchanté, lady Grace, lança Oxbury en s'inclinant légèrement.

— Lord Oxbury, dit Grace en exécutant la révérence d'usage.

Elle nuança cette marque de politesse en gardant le menton levé tout en baissant les yeux vers lui, ce qui lui fut aisé puisqu'elle le dépassait d'une tête.

— Je vais m'occuper de la voiture, glissa ce poltron de Sykes en confiant le chapeau de lord Oxbury à un valet – l'un des nombreux extras engagés quelques jours auparavant afin de combler la suffisance d'Horace – avant de disparaître.

Horace renifla.

— Vous partez ? demanda-t-il en regardant Kate.

— En effet, répondit-elle.

Hermès se débattit, exigeant qu'on le repose. Kate le serra contre elle et lui caressa les oreilles. Elle ne voulait pas risquer d'exposer son ventre au regard inquisiteur d'Horace.

— Nous avons été invitées à une fête à Lakeland, la propriété du vicomte Motton. Nous sommes sur le départ.

— Je vois. Dites-moi…, commença la Fouine avant d'ouvrir de grands yeux en direction du salon bleu. Mais qui est ce monsieur ?

Le ton d'Horace aurait pu laisser entendre que l'homme en question était un souteneur ou un pervers. Lady Kate se retourna pour voir quel coupe-jarret avait su tromper la vigilance de Mr Sykes.

— Je suis le baron Dawson, lança l'intéressé qui, depuis l'encadrement de la porte, regardait Horace avec irritation. Et vous, qui êtes-vous ?

Horace parut faire le gros dos, comme un chat en colère. Hermès, qui sans doute avait eu le même sentiment, recommença à grogner et à se débattre dans les bras de Kate.

— Chut, Hermès, lui glissa cette dernière.

— Je suis le comte Oxbury, qui d'autre ? Le propriétaire de cette somptueuse demeure, répondit la Fouine, gonflé d'autosuffisance au point de friser l'explosion.

Kate jeta un regard sévère et inquiet à lord Dawson, espérant qu'il retienne la réplique cinglante qui, vraisemblablement, lui brûlait les lèvres. Même si son cousin méritait le mépris, il était inutile de se quereller puisqu'ils allaient partir d'un instant à l'autre.

— Nous sommes redevables à lord Dawson, expliqua-t-elle avant que celui-ci ne puisse cracher son venin. Il a été assez aimable pour proposer de nous escorter, lady Grace et moi-même, chez le vicomte Motton.

Lord Dawson fit quelques pas pour se retrouver à côté de Grace. Sans doute à cause de son obsession pour son oncle, lady Kate n'avait pas remarqué plus tôt à quel point le baron était imposant. Il semblait capable de soulever Horace d'une main et de le casser en deux.

Apparemment, ce dernier venait lui aussi d'en prendre conscience.

— Ah, je comprends, dit-il d'un ton soudain très poli. C'est très prévenant de votre part, Dawson.

— Tout le plaisir est pour moi, Oxbury.

Lord Dawson regardait toujours Horace d'un air furieux. *Espérons qu'il pourra se retenir de le frapper encore quelques minutes*, se dit lady Kate. *Mais où donc est cette satanée voiture ?*

— Votre attelage vous attend, annonça enfin Mr Sykes en apparaissant à la porte.

Alléluia !

— Nous devons y aller. Il ne faudrait pas que les chevaux s'impatientent. Je suis très heureuse d'avoir pu vous voir un petit moment avant de partir, Horace, déclara lady Kate. (Que Dieu lui pardonne ce mensonge !) Je suis persuadée que vous apprécierez votre séjour ici. Mr Sykes s'est montré très efficace. (Elle souriait bêtement en avançant vers la porte.) Voilà justement nos bagages. (Une procession de domestiques conduite par Marie descendait l'escalier.) Profitez bien de Londres. (Elle s'effaça pour laisser un valet passer devant elle.) D'ailleurs, aviez-vous une raison particulière pour venir à la capitale durant cette période de l'année, Horace ?

Elle ne s'était pas attendue à une vraie réponse, tout au plus une platitude polie, en tout cas aussi polie que pouvait l'être Horace. Ce n'est qu'à mi-chemin de la porte qu'elle l'entendit dire :

— En fait, oui. Je suis venu pour me trouver une épouse.

Grace et lord Dawson eurent soudain l'air stupéfait et lady Kate en resta bouche bée elle aussi. Même Hermès parut abasourdi par cette annonce et cessa de grogner. La Fouine, qui approchait de la soixantaine et dont lady Kate s'était toujours imaginé qu'il resterait à jamais célibataire... Cet homme malingre, aux manières huileuses, ennuyeux et pompeux, allait donc se chercher une femme ?

— Eh bien, je vous souhaite bonne chance, déclara-t-elle.

— Je doute d'avoir à compter sur la chance, répliqua Horace en ricanant et en ramenant en arrière quelques-uns de ses cheveux filasse et gris.

— Oui, bien sûr, dit lady Kate, ne sachant pas vraiment si elle allait éclater de rire ou rendre son dernier repas. C'est évident. Exactement. Vous avez raison. Eh bien, au revoir.

— Au revoir, lança Horace en souriant. (À moins que ce retroussement des lèvres grimaçant ne soit dû à une indigestion, se dit Kate.) Ne vous pressez pas pour revenir.

Pauvre lady Oxbury, se dit David qui chevauchait en queue de convoi alors qu'ils s'éloignaient d'Oxbury House. Il était bien content de ne pas avoir à supporter lord M'as-tu-vu un instant de plus. Le peu de temps qu'il avait dû passer en sa présence lui avait déjà semblé bien long. *Quel insupportable prétentieux !*

Zeus s'affola à l'approche d'une carriole chargée de légumes et faillit s'emballer. Le baron le maîtrisa et dut ensuite éviter un phaéton conduit par un imbécile qui abordait trop vite son virage. Par chance, les voitures de lady Oxbury étaient loin devant et n'avaient pas risqué l'accident. David ravala ses jurons et fit accélérer Zeus. Il se réjouissait à l'idée de quitter la saleté de Londres pour quelque temps.

Dès qu'ils furent sortis de la capitale, il dépassa la voiture transportant les bagages pour se placer à côté de celle dans laquelle Grace et sa tante avaient pris place. Il balança sa tête d'un côté puis de l'autre pour apaiser les crampes qui raidissaient son cou et se détendit dans un long soupir.

À présent loin de Londres et de son tumulte permanent, il redécouvrait le silence. Même la nuit, le bruit de la ville perdurait : frottement des roues sur les pavés, claquement des sabots des chevaux, beuglements des ivrognes… Il s'était tellement habitué à ce vacarme qu'il n'en avait plus conscience, jusqu'à ce qu'il le quitte.

Il entendait enfin le chant des oiseaux et le bruissement des feuilles agitées par la brise. Et cet air ! Il pouvait respirer à fond sans risquer d'être pris d'une quinte de toux.

David avait hâte de se retrouver à cette fête, de pouvoir faire galoper Zeus sans craindre de s'accrocher avec une voiture ou un autre cavalier, de se promener paisiblement dans des allées ombragées – avec Grace à son bras, bien entendu – et de découvrir de petits endroits discrets où voler quelques baisers… voire davantage.

Il avait pris l'initiative de se faire délivrer une licence exceptionnelle qui lui permettrait de se marier n'importe où sans devoir se préoccuper du consentement de qui que ce soit… mis à part de son épouse potentielle, bien sûr. Cette simple feuille de papier semblait peser des kilos dans sa poche. Dès que Grace aurait consenti à le prendre pour époux, il n'aurait plus qu'à trouver un pasteur, deux témoins puis, après l'échange de leurs vœux, un bon lit.

Il changea de position sur sa selle. S'il persévérait dans cette voie, son trajet risquait de devenir très inconfortable. Il valait mieux qu'il se concentre sur une question moins grisante… comme lady Oxbury et Alex.

Il jeta un coup d'œil vers la voiture. Qu'avait-il bien pu se passer entre eux deux ?

Zeus secoua la tête et fit tinter son mors. David se pencha en avant pour lui tapoter l'encolure.

Quelque chose de grave, certainement. Le matin qui avait suivi le bal chez Alvord, Alex avait l'air d'un fantôme. David soupira. Zeus réagit en dressant les oreilles. Non, c'était pire que cela. Alex avait l'air mort. Il ne l'avait vu aussi hagard qu'une seule fois : quand la voiture des grands-parents de David était allée se fracasser contre ce grand chêne.

David soupira de nouveau en secouant la tête. Il s'était attendu à ce que son oncle se vante de ses prouesses amoureuses durant tout le petit déjeuner, s'il avait daigné descendre. Comme il ne l'avait entendu rentrer qu'à l'aube, David s'était dit qu'Alex avait batifolé toute la nuit avec lady Oxbury.

Alors que s'était-il vraiment passé ? Lady Oxbury s'était-elle refusée à lui ? Mais si c'était le cas, où donc Alex avait-il passé la nuit ? N'avait-il fait que déambuler dans les rues de Londres ?

Son oncle méritait bien sa part de bonheur. Même s'il n'avait jamais l'air malheureux, car il restait discret sur ses sentiments, il dégageait toujours une certaine mélancolie. On aurait dit que les couleurs du monde lui parvenaient atténuées, comme vues à travers un voile gris.

En constatant l'état d'Alex ce matin-là, David s'était dit que lady Oxbury devait être une roulure sans cœur. Mais, maintenant qu'il avait compris à quel point elle souffrait, il ne savait plus quoi penser.

— Lord Dawson !

Il sortit de sa rêverie et reporta son attention sur la voiture. Grace avait baissé la fenêtre pour sortir la tête.

— Qu'y a-t-il, lady Grace ?

— Ma tante ne se sent vraiment pas bien. Pourriez-vous demander au cocher de s'arrêter, s'il vous plaît ?

— Bien sûr.

Il n'eut pas à le faire car le conducteur avait entendu la jeune femme et tirait déjà sur les rênes.

— Venez m'aider à la faire descendre, je vous prie, ajouta Grace (Elle jeta un nouveau coup d'œil vers sa tante avant de se tourner vers lui.) Il semblerait que ce soit assez urgent.

— J'arrive ! lança-t-il.

D'un bond, il descendit de son cheval et ouvrit la portière en grand. Grace n'avait pas exagéré, le visage de lady Oxbury était blanc comme un linge… en tout cas, sur les zones qui n'avaient pas encore viré au vert.

— Voulez-vous descendre de voiture, lady Oxbury ? demanda le baron.

Celle-ci hocha la tête avec frénésie, une main fermement pressée contre la bouche.

Il la fit sortir en la portant à moitié. Elle s'appuya contre le véhicule puis se pencha en avant tandis qu'il aidait Grace et Marie à mettre pied à terre. Ensuite, il attrapa Hermès pendant que les dames s'éloignaient de la route. Lady Oxbury fit à peine quelques pas dans l'herbe puis se plia de nouveau en deux.

— Vous vous sentez mieux, maintenant ? demanda Grace, qui la soutenait.

— Oh, murmura lady Oxbury en secouant la tête. Je sens que… je vais…

Grace prit sa tante par la taille et elles partirent ensemble vers un gros arbre. Les trois femmes disparurent derrière le tronc.

David entendit alors le son d'un haut-le-cœur.

Le cocher repoussa son chapeau avec le manche de son fouet.

— Vous pensez qu'on va rester ici longtemps, milord ? demanda-t-il en se frottant le front.

— Je pense que ce serait mieux, en effet, répondit David.

Il aurait volontiers aidé les trois femmes mais il ne voulait pas violer l'intimité de lady Oxbury. Il avança dans l'herbe en prenant soin de contourner un endroit bien spécifique et toussota.

— Lady Grace ? appela-t-il.

— Vous pouvez aller chercher le panier d'osier dans la voiture, milord ? demanda Marie en surgissant de derrière l'arbre. J'ai apporté quelques petites choses qui pourraient aider, mais une femme dans la condition de madame… Disons qu'il faudra compter avec d'autres arrêts comme ça avant d'arriver.

— Je vois, lâcha David. (Son espoir d'arriver rapidement à destination s'envolait. Mais au moins, Lakeland n'était pas loin. Ils devraient y être un peu après la tombée de la nuit, même en marquant plusieurs étapes.) Je vais vous chercher cela tout de suite.

Il tendit Hermès au cocher. Par chance, le panier en question était bien en vue. Il l'apporta à Marie et la regarda repartir en courant derrière l'arbre. Un instant plus tard, ce fut au tour de lady Grace de faire son apparition.

— Comment va votre tante ? s'enquit-il.

— Mieux, me semble-t-il, répondit Grace, pourtant préoccupée. J'aimerais vraiment savoir ce qui lui arrive.

— Marie a évoqué sa condition…

— Sa condition ? répéta Grace, très intriguée. Tante Kate n'a pas le mal des transports si c'est ce dont vous parlez.

— Sans doute mais sa femme de chambre disait que…, commença-t-il avant de rester bouche bée.

Mon Dieu… Alex… Lady Oxbury…

Était-ce possible ? La seule nuit qu'Alex avait passée avec lady Oxbury pouvait-elle aboutir à un résultat aussi… concret ? Et à présent, était-ce pour lui annoncer qu'il allait devenir père que cette femme tenait autant à voir son oncle ?

David pouffa de rire.

— Qu'y a-t-il de si drôle ? demanda Grace d'un ton mécontent.

— Oh, rien, répondit-il. (Il pinça ses lèvres mais ne parvint pas pour autant à retenir son sourire.) Rien du tout.

— Vous ne devriez pas rire. Tante Kate ne va pas bien du tout.

— Je ne ris pas, balbutia-t-il en opinant du chef.

Grace le regarda avec colère puis repartit pour aider lady Oxbury. *Dieu merci*, se dit David.

Il contourna la voiture à pas mesurés puis s'abattit contre elle et se mit à rire aux éclats – aussi discrètement qu'il le put, en tout cas – jusqu'à ce que des larmes lui coulent sur les joues.

Il avait vraiment hâte de retrouver Alex.

Chapitre 13

À l'approche de Lakeland, le manoir de Motton, Alex laissa Lear choisir son chemin.

Il était fatigué mais satisfait. Il avait bien fait de quitter son logis avant l'aube. Ainsi, il avait déjà eu le temps de jeter un coup d'œil aux techniques agricoles du vicomte et de discuter avec Watkins, son régisseur. Cet homme était un génie. Alex avait commencé à examiner les nombreuses innovations que celui-ci avait mises en place, et projetait de s'en inspirer pour Clifton Hall. Il aurait tout le loisir d'aborder le sujet avec Motton au cours de cet événement.

Les oreilles de Lear pivotèrent. Alex avait lui aussi entendu des cliquetis d'attelages derrière eux. Il tira sur les rênes, se retourna et scruta l'allée. L'homme qui chevauchait à côté des voitures lui semblait familier mais il se trouvait encore trop loin pour qu'il puisse l'identifier.

Alex posa son regard sur sa monture. *Bon sang!* Il aurait reconnu cet étalon entre mille. Qu'est-ce que David faisait là ? Et surtout, qui escortait-il ?

Une seule réponse lui vint à l'esprit. Alex eut un geste brusque, ce qui força Lear à secouer la tête pour protester.

— Désolé, dit Alex en passant la main sur l'encolure de son cheval.

À cet instant, David dut l'apercevoir car Zeus passa au petit galop et couvrit la distance qui les séparait en quelques minutes.

— Alex ! Quel bon vent vous amène ?

— Un bon vent, vraiment ?

Il souhaitait de tout son cœur se tromper, mais la ou les personnes assises dans la première voiture devaient forcément être des femmes, et les seules femmes qu'Alex pouvait imaginer en compagnie de David étaient Ka… lady Oxbury et lady Grace.

Lady Oxbury était peut-être restée à Londres. Lakeland n'était pas très éloigné de la capitale. Quant à lady Grace, une simple femme de chambre aurait suffi pour l'accompagner dans un voyage aussi court. Il se pouvait également que la jeune femme ait rendez-vous sur place avec une nouvelle chaperonne.

C'est ça… Et d'un moment à l'autre, il va me pousser des ailes et je vais pouvoir m'envoler.

L'idée de pouvoir s'envoler le séduisait au plus haut point. S'il y avait peu de chance qu'il s'élève dans l'air, il pouvait toujours pousser Lear à filer comme le vent pour rentrer à Clifton Hall et disparaître derrière une porte verrouillée.

Il relâcha son souffle, pas vraiment conscient de l'avoir retenu. Il se comportait de manière stupide. Il n'était plus un petit garçon impressionnable et lady Oxbury n'était pas le croque-mitaine. Tous les deux étaient des adultes, ils pouvaient donc se comporter comme tel et se côtoyer durant cette satanée fête en toute politesse.

De plus, rien ne l'empêchait de trouver une excuse pour repartir – s'enfuir ? – dès le lendemain matin.

— Qui se trouve dans cette voiture ? demanda-t-il, prêt à entendre la réponse.

Le véhicule avançait avec lenteur, comme s'il transportait des objets d'une fragilité exceptionnelle.

— Lady Grace…, répondit David. (Il marqua une pause et lança à son oncle un regard étrange.)… ainsi que lady Oxbury.

David avait-il un message à lui passer en le regardant ainsi ? Ce n'était pas un secret : cette femme l'avait ridiculisé.

— Je vois, dit-il en voulant se donner un air nonchalant.

Il était surpris que Motton connaisse Ka… lady Oxbury.

Comment se pouvait-il qu'elle fasse partie de ses relations ? Elle qui était longtemps restée à l'écart de toute vie sociale… De plus, Motton avait le même âge que David…

— Dites-moi, David… Vous n'auriez rien à voir avec ces invitations, par hasard ? demanda-t-il.

— Peut-être bien que si, répondit le baron avec un sourire espiègle.

— Bon sang ! Pourtant, vous savez bien que lady Oxbury et moi ne sommes pas en bons termes.

— Pourtant, la dernière fois que je vous ai vu avec cette dame, au bal d'Alvord, vous sembliez en excellents termes tous les deux. Je n'ai jamais vraiment compris pourquoi vous avez quitté Londres si précipitamment.

Les voitures s'approchaient. Pourquoi avançaient-elles aussi lentement ? Pour prolonger son supplice ?

— Vous n'êtes pas un imbécile, David. Vous auriez pu tirer les conclusions qui s'imposaient.

— En effet, reconnut le baron. (Nouveau regard étrange.) D'ailleurs, vous allez peut-être devoir faire de même très bientôt.

Alex cessa de contempler les attelages dont il redoutait tant l'arrivée pour scruter son neveu.

— Mais de quoi diable parlez-vous donc ? demanda-t-il.

— Vous n'avez plus parlé avec lady Oxbury depuis le matin qui a suivi le bal chez Alvord ?

— Bien sûr que non.

— Alors il serait peut-être utile que vous discutiez avec elle dans les jours qui viennent, suggéra David.

— Pourquoi donc ?

— Lady Oxbury est vraiment indisposée, expliqua David. Nous avons dû nous arrêter en chemin à de nombreuses reprises.

— Je suis désolé d'apprendre qu'elle est malade mais quel est le rapport avec moi ? demanda Alex.

— C'est là toute la question, n'est-ce pas ?

— Suggérez-vous que je puisse être responsable de cette indisposition ? dit Alex, perplexe. (Où donc David voulait-il en venir ?)

— Je ne crois pas que lady Oxbury soit malade au sens propre du terme, glissa le baron en s'étranglant presque de rire.

Tout le monde est-il en train de devenir fou ? se demanda Alex en tournant la tête vers les attelages. Bientôt, il serait lui-même bon à enfermer.

— J'ai une santé de fer, déclara-t-il. De plus, je n'ai pas mis les pieds à Londres depuis des semaines.

— Lady Oxbury a eu l'estomac retourné durant tout le trajet, poursuivit David. Fort heureusement, sa chambrière avait prévu de quoi la soigner. Les nausées sont fréquentes chez les femmes dans sa condition.

— La condition de lady Oxbury ? (Les voitures n'étaient plus qu'à une vingtaine de mètres.) Mais quelle condition ? Pourquoi vous obstinez-vous à jouer aux devinettes, bon sang ?

Oh mon Dieu ! Alex regarda David, bouche bée.

— Comme je vous l'ai dit, vous devriez avoir une conversation sérieuse avec lady Oxbury, suggéra David en souriant d'un air entendu. En fait, je vous le recommande avec vigueur. Cette discussion pourrait changer votre vie.

Sur ces mots, il fit demi-tour et repartit vers les voitures.

Alex ne bougea pas d'un pouce. *Malaises, nausées, mais pas malade…*

Elle lui avait pourtant dit qu'elle était stérile. En vingt-trois ans de mariage avec Oxbury, elle n'avait pas eu d'enfant. De plus, c'était une femme de quarante ans, elle ne pouvait pas…

Lui ne pouvait pas…

Alors que la voiture passait devant lui avec lenteur, il regarda d'un œil torve les traits pâles de Kate qu'il pouvait apercevoir à travers la fenêtre.

Comment était-il possible qu'elle porte son enfant ?

À cette pensée, il éprouva un soudain sentiment de possessivité. Il en eut le souffle coupé. Lear s'agita sous lui, inquiet de ne plus le sentir bouger.

Il avait rêvé d'avoir un enfant avec Kate, de devenir père…

Et si elle préférait poursuivre cette satanée existence de veuve joyeuse et enchaîner les aventures ?

Lear fit un bond car, sous le coup de la colère, Alex avait trop resserré ses jambes. Il fit un effort pour détendre son corps mais sa décision était prise et il n'en changerait pas. Si Kate ne voulait pas de lui, ainsi soit-il. Toutefois, rien ne pourrait l'empêcher d'être le père de cet enfant.

Il respira profondément. En admettant bien entendu que Kate soit bien enceinte. David pouvait – devait – se tromper.

Quoi qu'il en soit, il devrait participer à cette satanée fête jusqu'à la fin.

Il lança Lear au galop vers la maison avec l'intention de rattraper le convoi. S'il devait s'entretenir avec lady Kate, autant ne pas perdre de temps.

Il les rejoignit à l'instant où le valet dépliait le marchepied. David aida lady Grace ainsi qu'une petite femme – la chambrière, à en juger par sa tenue – à sortir de la voiture.

— Mr Wilton, dit lady Grace en le regardant approcher. (Un petit cri d'effroi jaillit de l'intérieur de la voiture par la portière ouverte.) Quel plaisir de vous voir.

La femme de chambre lui lança un regard noir, lui signifiant qu'il s'exposcrait à de terribles conséquences – pendaison, voire écartèlement – s'il osait faire du mal à sa maîtresse. Il resta sur le qui-vive quand ils se croisèrent alors qu'elle se dirigeait vers la maison, accompagnée de lady Grace et David, le laissant ainsi seul avec lady Kate.

Il passa la tête par la portière de la voiture et sentit son cœur faire un bond.

Kate était si belle, assise dans l'ombre à regarder ses genoux. Elle paraissait si pâle, si délicate, si innocente... même si elle ne s'était guère montrée innocente dans sa chambre à coucher, cette fameuse nuit.

Une vague de désir le submergea. Il la voulait. Peu lui importait cc qu'elle lui avait dit ou ce qu'elle pensait de lui, il la voulait. Mais il désirait aussi son amour et si elle était vraiment enceinte...

— Kate, dit-il en lui tendant la main.

Elle pinça les lèvres en considérant ses doigts gantés, puis lâcha un petit soupir et déposa sa main dans la sienne.

— Mr Wilton, souffla-t-elle en gardant les yeux baissés.

Il l'aida à descendre. Quand ses pieds eurent touché le sol, il la regarda avec attention. Son teint passait du blanc au rouge pour redevenir blanc. Allait-elle défaillir ? Il la soutint en lui tenant le coude.

— Kate, allez-vous bien ? demanda-t-il à voix basse afin qu'aucun domestique présent ne puisse l'entendre.

— Oui, répondit-elle après s'être humecté les lèvres. Je vais… Je vais bien. (Elle le regarda.) Alex… Mr Wilton… Je… (Elle s'arrêta et esquissa un sourire.) Je ferais bien d'aller m'allonger. Je supporte mal les voyages ces jours-ci.

Quelle lâche elle faisait. Elle devait lui parler sur-le-champ, lui demander de lui accorder un moment en privé dès qu'il serait disponible. Ne pas remettre cela à plus tard.

Mais oui, elle était lâche, et épuisée de surcroît. Voyager s'était révélé plus exténuant qu'elle ne l'avait pensé. Et si embarrassant ! Combien de haltes avaient-ils dû faire par sa faute ? Après les premiers arrêts, elle n'avait pourtant plus rien à rendre.

Un grognement leur parvint de l'intérieur de la voiture.

— Oh, ce pauvre Hermès, dit lady Kate en se retournant.

Le chien la regardait, dressé sur la banquette. Il attendait qu'on le porte et n'avait aucune envie d'emprunter le marchepied raide.

— Permettez-moi de m'en occuper, proposa Alex en tendant ses grandes mains vers l'animal.

(Hermès jappa une fois, renifla les gants d'Alex puis consentit à ce qu'il le soulève.) A-t-il une laisse ?

— Oh, oui. Je..., répondit lady Kate en regardant à l'intérieur de la voiture. (*Où donc ai-je mis cette maudite laisse ?* Elle était entrée et sortie de cette calèche si souvent durant cet horrible voyage.) Je... J'ignore où elle se trouve.

Alex lui sourit ; elle eut soudain envie de se liquéfier à ses pieds ou de se précipiter dans ses bras. Heureusement, il portait déjà Hermès. Elle croisa les doigts avec force, comme pour éviter à ses mains de faire des bêtises.

— Ne vous inquiétez pas, dit Alex. Je peux le porter si vous n'avez pas envie qu'il se promène sans surveillance.

— Oui, je préférerais, si cela ne vous dérange pas, dans la mesure où il ne connaît pas cet endroit. D'habitude, je n'emmène pas Hermès avec moi. Mais je ne pouvais pas le laisser seul dans notre maison avec la Fouine.

— La Fouine ? répéta Alex, interloqué, alors qu'il plaçait Hermès au creux de son bras.

— L'actuel lord Oxbury, expliqua-t-elle en rougissant. (Elle se sentait fébrile mais n'avait plus l'impression d'être malade.) Je sais bien que je devrais éviter de parler ainsi de lui... en tout cas en public. Cela m'a échappé.

— Vous maltraiterait-il ? demanda Alex en fronçant les sourcils. J'ai entendu quelques rumeurs mais j'avais espéré qu'elles n'étaient pas fondées.

L'espace d'un instant, elle craignit de fondre en larmes. *Dieu du ciel!* En temps normal, elle n'était pas aussi sensible. Sa fragilité émotionnelle devait être liée à son état.

Seigneur, mon état! se dit-elle. Il lui fallait aborder le sujet avec Alex. Mais comment s'y prendre? Elle ne pouvait pas le lui annoncer de but en blanc, dans cette cour. De surprise – ou de colère – il pourrait faire tomber Hermès.

Fallait-il attendre de se retrouver parmi d'autres personnes qui pourraient la défendre si les choses tournaient mal?

Non, c'était ridicule. Jamais Alex ne porterait la main sur elle.

— Lady Oxbury, vous sentez-vous bien? insista Alex, le regard inquiet. Vous savez, vous pouvez compter sur moi si cette canaille vous manque de respect.

— Oh, si, je vais bien. Enfin, pas tout à fait, mais... (Elle s'interrompit et le regarda en souriant.) Veuillez m'excuser si ce que je dis ne rime à rien. Je suis très fatiguée.

— Et moi qui suis là à vous obliger à rester debout à discuter alors que tout ce que vous voudriez, c'est retrouver votre lit... (Alex venait-il de rougir en disant ces derniers mots? Si ce fut le cas, il se reprit immédiatement.)... et vous reposer. Prenez mon bras. (Il sourit.) Celui qui ne porte pas de chien, bien entendu.

Elle l'aimait. Dieu, ce qu'elle l'aimait!

Son cas était vraiment désespéré. Elle accepta son bras en réprimant son envie d'éclater d'un rire hystérique. Ses sentiments pour Alex n'étaient que le cadet de ses soucis. Elle était célibataire et enceinte de l'enfant d'un homme que son frère haïssait et qu'elle avait berné en lui racontant qu'elle était stérile.

Elle leva les yeux et vit Alex lui adresser un sourire rassurant.

Soit, il ne la détestait pas encore. Mais les choses pourraient changer dès qu'elle lui aurait dévoilé son secret.

Elle se mordit la lèvre et ravala de nouveau ses larmes. Il fallait absolument qu'elle parvienne à mieux maîtriser ses émotions.

Lord Dawson et Grace les avaient attendus. Dès qu'ils s'approchèrent, le valet frappa à la porte d'entrée. À sa deuxième tentative, elle s'ouvrit brusquement et le domestique, le poing toujours levé, faillit assener un coup à un gros perroquet gris.

— Hé matelot ! Fais donc gaffe à ce que tu fais, grinça le volatile.

Le pauvre domestique sursauta et trébucha. Hermès, qui prit tout de suite l'oiseau en grippe, se débattit en aboyant avec véhémence pour qu'Alex le relâche.

Le perroquet se pencha en avant et aboya à son tour.

Hermès lâcha un petit jappement plaintif et se tourna vers Alex qui haussa les épaules.

— Theo, surveille tes manières ! s'écria la femme aux cheveux gris qui portait le perroquet sur son épaule en le regardant avec sévérité. Excuse-toi immédiatement !

— Oh, Theo, désolé. Theo, désolé, scanda alors l'oiseau en balançant la tête.

— Je vous présente mes excuses, moi aussi, ajouta la femme. Theo a été élevé sur un navire. Sa conduite n'est pas toujours à la hauteur de nos attentes. (Elle sourit aux nouveaux venus et recula.) D'ailleurs, je manque moi-même à tous mes devoirs. Veuillez entrer. Je me présente : Miss Winifred Smyth, la tante d'Edmund, je veux dire… du vicomte Motton. Comme vous l'aurez sans doute compris, voici Theo. J'en ai hérité quand mon oncle Theo, Dieu ait son âme, nous a quittés.

— Votre oncle a donné son propre prénom à son perroquet ? demanda Grace alors qu'ils pénétraient dans le grand vestibule en marbre.

— Pas du tout, rectifia Miss Smyth en riant. C'est moi qui l'ai fait car son nom d'origine était bien trop inconvenant.

— Eh eh, croassa Theo, nom était…

— Theo ! l'interrompit Miss Smyth.

— Oh, Theo, désolé. Theo, désolé.

— Et vous êtes sans doute…, s'enquit leur hôtesse.

— Le baron Dawson, annonça David. Je vous présente lady Oxbury, lady Grace ainsi que mon oncle, Mr Alex Wilton.

— Je suis ravie que vous ayez pu venir. Edmund vous aurait bien accueilli en personne mais, hélas, il lui faut régler un… problème dans le salon rose.

Un fracas retentissant leur parvint du fond du couloir, suivi d'un cri masculin :

— Tu vas voir, sac à puces !

— Le voyage vous aura sans doute épuisés, dit Miss Smyth. Vous devez avoir envie de vous reposer. Voulez-vous me suivre ?

Alors qu'elle les précédait dans l'escalier, un nouveau tumulte suivi d'autres insultes se fit entendre.

— Je suis heureux de vous voir, Dawson, dit le vicomte. Je suis désolé pour toute cette agitation à votre arrivée.

David lui sourit. Motton semblait très calme, ce qui n'était pas vraiment le cas un peu plus tôt.

— Un sherry ? lui proposa son hôte.

— Volontiers, répondit David en prenant le verre que lui tendait le vicomte. Que diable faisiez-vous quand nous sommes arrivés ?

— J'essayais d'attraper le maudit singe de tante Winifred, expliqua Motton en grimaçant. Ce n'est pas l'animal le plus obéissant de la Création.

— Le perroquet de Miss Smyth semble avoir quelques soucis avec l'étiquette, lui aussi, s'esclaffa David.

— Il me semble vous avoir prévenu, non ? rétorqua Motton en levant les yeux au ciel. Tante Winifred possède une véritable ménagerie.

— En effet, vous me l'aviez dit, concéda David avant de prendre une gorgée de sherry. (En parcourant la pièce du regard, il constata qu'il était le seul invité présent à l'apéritif ouvrant les festivités.) Où sont donc tous les autres ?

— En fait, je souhaitais pouvoir vous parler seul à seul, glissa Motton.

— Ah bon ? lâcha David en reportant son attention sur le vicomte.

— Oui, confirma Motton en regardant son verre. Voyez-vous, Dawson, j'ai délégué une grande partie, pour ne pas dire la totalité, de l'organisation de cette fête à ma tante, y compris la liste des invités.

— Et alors ? demanda David, qui ne voyait rien d'extraordinaire là-dedans mais s'étonnait de l'attitude embarrassée de Motton. Y a-t-il un souci ?

— Eh bien…, hésita Motton. (Il toussota puis prit une gorgée de sherry.) Vous admettrez, je pense, que tante Winifred peut passer pour une charmante dame d'âge mûr… si on oublie le perroquet et le singe, bien entendu.

— Tout à fait… à condition d'oublier le perroquet et le singe, répéta David.

— Hélas, les apparences peuvent parfois être trompeuses, poursuivit le vicomte. Même si elle ne se rend presque jamais à Londres et n'assiste pas aux soirées huppées de la capitale, tante Winifred se tient au courant des on-dit et sait comment, euh… en tirer parti.

— En tirer parti ? reprit David. (Où donc Motton voulait-il en venir ?)

— Oui. Disons qu'elle a un sens de l'humour très personnel. Elle adore semer la pagaille ou faire entrer le loup dans la bergerie, si vous préférez. Ne vous méprenez pas, elle fait cela sans la moindre intention de nuire.

— J'ai peur de ne pas vous suivre, avoua David.

— Vous n'aurez pas manqué de remarquer la présence en ces murs de lady Oxbury et de votre oncle, dit Motton, en contemplant son verre.

— En effet. D'ailleurs, c'est moi qui vous avais suggéré de les réunir, rappela David.

— Ce n'était pas vraiment la peine, répliqua Motton en secouant la tête. Dès que j'ai parlé de lady Oxbury, tante Winifred a tout de suite ajouté le nom de Mr Wilton à la liste des invités.

— Alors tout est parfait.

— Il se pourrait que vous changiez d'avis sous peu, glissa le vicomte, un sourire penaud aux lèvres. Lady Oxbury et Mr Wilton ne sont pas les seules personnes que tante Winifred a invitées avec une idée derrière la tête.

David entendit alors s'approcher des voix de femmes. Grace faisait-elle partie du nombre ? Oui, elle était là. Mais derrière elle se trouvaient les jumelles Addison. Il se retourna pour fusiller Motton du regard.

— Et vous n'êtes pas encore au bout de vos surprises, annonça le vicomte d'un air entendu.

Qu'est-ce qui pourrait être pire que cela ? Les jumelles faillirent renverser Grace en se précipitant vers lui. David décida que Motton allait devoir assumer cette désagréable surprise. Il salua les demoiselles de la tête puis, en passant derrière le vicomte, les esquiva et se dirigea vers Grace, laissant son hôte aux prises avec les deux tigresses.

— Comment va votre tante ? demanda-t-il à Grace.

Comme toujours, il trouvait la jeune femme splendide dans sa robe bleu ciel dont le décolleté révélait une part généreuse de ses épaules et de sa poitrine.

— Elle se repose. J'imagine qu'elle va bientôt descendre, répondit Grace en regardant autour d'elle. Je ne vois pas votre oncle.

— Je pense qu'il ne devrait plus tarder, lui non plus.

Il saisit au vol le coup d'œil que venait de lui lancer l'une des jumelles Addison. Il prit Grace par le coude et l'entraîna vers les fenêtres. Il n'allait pas perdre de temps en tergiversations.

— M'accorderiez-vous une grande faveur ? lui lança-t-il.

— Oui. Enfin… Sans doute, répondit Grace, étonnée. De quoi s'agit-il ?

— Voyez-vous ces deux jeunes femmes qui s'entretiennent avec lord Motton ? Les jumelles…

— Oui, bien entendu. Miss Amanda et Miss Abigail. Je viens de faire leur connaissance dans le couloir.

— Pourriez-vous veiller à ce que je ne me retrouve jamais seul avec aucune d'entre elles ?

— Pourquoi donc ?

—Elles font tout ce qu'elles peuvent pour que je leur passe la bague au doigt et je m'y oppose formellement. (Il lui adressa un sourire.) En ce qui les concerne, du moins.

Elle ouvrit son éventail et l'agita devant son visage. Elle venait encore de rougir. Sa peau magnifique traduisait la moindre émotion.

Il ressentit l'envie irrépressible de voir comment elle réagirait aux plaisirs intenses qu'on peut connaître dans une chambre à coucher. Le salon du vicomte Motton n'était sans doute pas le lieu idéal pour penser à cela.

—Allez-vous m'aider et me protéger, Grace ? Je vous en supplie.

Grace accéléra le mouvement de son éventail et jeta un coup d'œil en direction des sœurs Addison.

—Vous êtes ridicule, lâcha-t-elle.

—Je suis très sérieux, je vous le jure.

—Vous êtes impossible, mais d'accord, déclara-t-elle dans un sourire. Je ferai de mon mieux pour qu'aucune des sœurs Addison ne fasse de vous un honnête homme.

—Merci. Je…

—Je suis sûre qu'il est là, Cordelia, lança Miss Smyth en entrant, accompagnée d'une femme plus âgée aux cheveux blancs s'appuyant sur une canne. C'est un grand gaillard.

Miss Smyth parcourut l'assistance du regard et le repéra bien vite car il dépassait en taille tous les autres invités. Elle prit le bras de la dame à côté d'elle et commença à avancer dans sa direction.

Il y avait quelque chose de familier dans les traits de cette dame âgée… Était-ce une autre des surprises auxquelles il devait s'attendre ?

Miss Smyth arriva à ses côtés et lui sourit.

Dieu du ciel ! Ce n'est pas…

— Veuillez m'excuser de vous interrompre, lady Grace. J'ai ici quelqu'un qui souhaite particulièrement rencontrer lord Dawson.

L'anxiété tenaillait David. Il regarda la dame aux cheveux blancs. Avait-elle les larmes aux yeux ?

Dieu tout puissant, ce n'est quand même pas…

— Lord Dawson, je souhaiterais vous présenter lady Wordham, poursuivit Miss Smyth en souriant de plus belle. C'est votre grand-mère.

Kate soupira. Elle ne pouvait plus reculer. Une fois habillée, elle avait donné congé à Marie.

Elle aurait dû descendre avec Grace quand celle-ci était passée la voir un peu plus tôt mais elle avait manqué de courage, envisageant même de prétexter une grande fatigue pour se cloîtrer dans sa chambre. Mais il était impensable qu'elle reste cachée pour la durée des festivités. Il faudrait bien qu'elle affronte les autres convives, et surtout Alex.

Elle contempla son reflet dans le miroir en pied, tournant sur elle-même pour bien examiner sa silhouette et remercia Dieu pour la mode des robes à taille haute. Son ventre avait commencé à grossir…

à moins que ce ne fût un effet de son imagination. Marie avait pris soin de ne pas trop serrer son corset, plus par précaution que par nécessité.

Cependant, ses seins représentaient un tout autre problème. Il n'y avait plus à en douter : ils avaient pris du volume et son corset peinait désormais à les contenir. Marie avait déjà suggéré de faire quelques retouches.

Elle était persuadée qu'Alex ne remarquerait rien. Sa poitrine était sans doute plus imposante que d'habitude mais, justement, elle n'avait jamais eu de gros seins. Leur taille actuelle ne trahissait pas sa condition.

Elle allait tout simplement se couvrir les épaules, ne serait-ce que pour se protéger d'éventuels courants d'air. Où Marie avait-elle rangé son châle de Norwich ? Elle ouvrit sa penderie et fouilla quelques tiroirs. *Ah, le voilà.* Elle le posa sur ses épaules et reconnut enfin qu'elle était à court d'arguments pour repousser l'inévitable. Elle prit une profonde inspiration et quitta la sécurité de sa chambre.

Il lui suffisait de suivre le bruit des conversations pour trouver la pièce où tout le monde s'était réuni avant le dîner. D'après le volume sonore, beaucoup d'autres invités étaient arrivés.

Elle s'arrêta au seuil du salon. *Alex sera-t-il là ?* Cela ne faisait aucun doute. Elle-même avait déjà beaucoup de retard.

Elle poussa de nouveau un long soupir et vérifia que son étole était bien en place, puis fit un signe de tête au valet qui attendait pour ouvrir la porte. *Je trouverai peut-être un joli petit coin où me cacher…*

Comment pouvait-elle penser une chose pareille ? Elle devait veiller sur Grace car lord Dawson était présent.

Elle entra et scruta la salle. Son regard, comme aimanté, se posa sur Alex dans la seconde. Dos à la porte, il discutait avec l'une des jumelles Addison – ou plutôt, il ne faisait que l'écouter. Lady Kate traversa la pièce. Certes, il fallait qu'elle s'entretienne avec lui au sujet de la… situation, mais elle n'allait pas le faire parmi tous ces gens. Cependant, comment pourrait-elle parler d'autre chose avec lui ?

Elle n'aperçut pas tout de suite lord Dawson. Pourtant, comme il était plus grand que les autres invités, mis à part Alex, il ne pouvait pas se cacher dans la foule. L'autre sœur Addison avait-elle réussi à l'accaparer ? Non, puisqu'elle conversait avec un homme très jeune près de là.

Mais où donc est Grace ?

— Vous cherchez votre nièce, lady Oxbury ?

Lady Kate sursauta. Elle n'avait pas vu venir Miss Smyth. Par chance, celle-ci n'était pas flanquée de Theo.

— En effet, dit-elle. Savez-vous où elle se trouve ?

— Lord Dawson l'a entraînée vers le jardin il y a à peine cinq minutes.

— Comment ? s'exclama Kate.

Le silence se fit autour d'elle, les têtes se tournèrent. Elle arbora un sourire de façade tandis que son cœur s'emballait. Il cognait si fort dans sa poitrine que lady Kate craignit qu'il fasse jaillir ses seins hors de son corset.

Miss Smyth lui prit le bras et l'accompagna auprès d'une dame âgée assise sur un canapé.

— Allons… N'ayez aucune crainte, lady Oxbury. Je suis persuadée que lady Grace ne risque absolument rien dans le jardin avec lord Dawson. Il était bouleversé, ce qui est tout à fait compréhensible. Je crains que ce soit ma faute.

— Bouleversé ? Votre faute ? balbutia lady Kate qui ne comprenait rien à ce que cette femme disait.

— Oui, confirma Miss Smyth en hochant la tête. Je suis très amie avec… (Elle s'arrêta soudain et considéra le châle de lady Kate d'un air étonné.) N'avez-vous pas trop chaud, lady Oxbury ?

L'air circulait mal dans ce salon et, effectivement, Kate avait trop chaud. En fait, elle avait chaud en permanence à présent qu'elle était…

— Non, pas du tout s'exclama lady Kate en replaçant son châle. Je vais très bien. Il me semble sentir un petit courant d'air.

— Comme vous voudrez, lui accorda Miss Smyth. Comme je vous le disais, je suis très amie avec lady Wordham, la grand-mère maternelle de lord Dawson.

— Oh, lâcha simplement lady Oxbury.

La grand-mère maternelle du baron : soit la mère de la femme dont Standen était tombé amoureux, celle qu'il n'avait jamais pu oublier.

Kate glissa la main sous son châle et la posa sur son ventre. Alex ne lui avait jamais parlé de la mort de son frère. Considérait-il que Standen en était responsable ? Si lord Wordham n'avait pas promis sa fille à Standen, si le jeune couple n'avait pas dû s'enfuir…

Elle avait à peine neuf ans à l'époque, alors que Standen en avait vingt-cinq, l'âge de Grace. Il était revenu de cette Saison changé. Mais qu'avait ressenti lady Wordham ? Standen avait perdu la femme dont il pensait être amoureux même si, de toute évidence, elle ne partageait pas ses sentiments. Lady Wordham, quant à elle, avait perdu une fille.

— Lord Wordham est décédé l'an dernier, à peu près au même moment que votre époux, dit Miss Smyth. (Elle marqua une pause et prit la main de Kate avant de la tapoter avec douceur.) Je vous présente mes sincères condoléances, lady Oxbury.

— Hein, euh… Merci, Miss Smyth.

— Vous êtes bien plus jeune que Cordelia. Vous pouvez encore vous remarier. (Était-ce une lueur de connivence que Kate venait de percevoir dans le regard de Miss Smyth ? Non, c'était impossible.) Cela dit, Cordelia a une santé fragile, je le crains. Je lui raconte qu'elle va encore vivre dix ou vingt ans mais je ne pense pas qu'elle me croie. Je veux dire… Regardez-moi. J'ai bientôt soixante-dix ans et je me porte comme un charme. J'ai l'impression que je vais vivre éternellement. Enfin… Quand mes rhumatismes se font oublier. (Kate ne savait pas quoi répondre mais cela n'avait aucune importance car

Miss Smyth n'avait pas besoin qu'on l'encourage pour poursuivre.) Cordelia souhaiterait arranger les choses avant de partir, régler les affaires laissées en suspens. Quand elle m'a confié qu'elle regrettait de n'avoir jamais rencontré le fils d'Harriet, j'ai compris que je devais faire quelque chose. J'adore réunir les gens.

Miss Smyth venait-elle de lui adresser un clin d'œil ? Et quand allait-elle relâcher sa main ? Il aurait certainement été fort impoli de la retirer.

Une agitation soudaine à la porte du salon attira leur attention. Un homme grand aux épaules larges et très en colère venait d'entrer, accompagné d'une femme élancée et elle aussi visiblement irritée.

— Oh mon Dieu ! s'exclama Miss Smyth. Ce sont lord et lady Kilgorn. Des Écossais, vous voyez ? Ils ont le sang chaud. Je ferais mieux d'aller aider Edmund à s'en occuper. (Elle sourit et tapota de nouveau la main de Kate.) Auriez-vous l'obligeance d'aller vous asseoir auprès de Cordelia, ma chère ? Regardez, voici Mr Wilton. Il vous tiendra compagnie à toutes les deux.

Alex ! Non, elle n'était pas prête. Elle avait chaud, puis froid, puis chaud de nouveau… Elle étouffait et espérait qu'elle n'allait pas défaillir.

— Ma chère lady Oxbury, vous semblez si pâle, reprit l'hôtesse. Mr Wilton, il me semble qu'elle devrait s'asseoir, ne pensez-vous pas ? Accompagnez-la jusqu'au canapé, là-bas, voulez-vous ?

— Avec plaisir, madame.

Chapitre 14

— Que vais-je faire ? Il m'est impossible de retourner à l'intérieur, déclara David en se passant la main dans les cheveux.

— Pourquoi pas ? demanda Grace, essoufflée d'avoir presque couru pour suivre le baron qui avait quitté la réception en trombe. Quel est le problème ?

De toute évidence, le problème était lié à lady Wordham. Miss Smyth avait à peine eu le temps de prononcer son nom que David s'était emparé de la main de Grace et l'avait entraînée dans le jardin. Cette fois-ci, ce n'était pas pour tenter de la séduire. D'ailleurs, David ne la touchait plus. Il avait les poings fermés et posés sur les hanches.

— N'avez-vous pas entendu ? Cette femme est ma grand-mère, dit-il, le regard dans le vide et la mâchoire serrée.

Grace voulait le prendre dans ses bras, le tenir et le réconforter, sans vraiment savoir ce qui le tourmentait. Lady Wordham paraissait tout à fait inoffensive avec son regard chargé de regrets et de larmes.

Quelque chose lui échappait, elle devait donc procéder avec prudence.

— C'est votre grand-mère maternelle ? avança-t-elle.

— Oui, répondit lord Dawson, regardant toujours ailleurs.

Un muscle de sa joue tressaillit. Il avait l'air aussi tendu que la corde d'un arc.

— L'avez-vous déjà rencontrée ?

— Non ! Pourquoi l'aurais-je fait ? (Les yeux de David lançaient des éclairs, mais Grace avait l'impression qu'il ne la voyait pas.) Ni elle ni son époux ne nous ont jamais rendu visite. Ils ne m'ont même jamais envoyé de lettre pour mon anniversaire. En trente et un ans, c'est la première fois qu'un membre de cette famille reconnaît mon existence.

Grace posa une main sur son bras. L'espace d'un instant, elle craignit qu'il la repousse, mais, au lieu de cela, il posa les yeux sur la jeune femme.

— On peut supposer que lady Wordham avait envie de vous voir, mais que son mari s'y opposait. Elle n'est veuve que depuis peu de temps. C'est peut-être la première fois qu'elle est libre de faire ce qui lui tient à cœur depuis toutes ces années.

David soupira avec mépris et détourna de nouveau le regard. Toutefois, il ne bougea pas. Grace posa donc son autre main sur son bras.

— Ou alors, poursuivit-elle, il n'est pas impossible qu'elle ait été aussi malfaisante que son époux, mais qu'elle comprenne désormais que toute cette méchanceté et cette mesquinerie étaient infondées.

Elle regrette peut-être ses actions… ou, justement, son inaction, et elle cherche à faire amende honorable.

— Pourquoi devrais-je croire cela ? lança-t-il en la regardant.

— Mais pourquoi pas ? répliqua-t-elle. Lady Wordham a fait beaucoup de chemin pour venir jusqu'ici. De plus, elle semblait très impatiente et ravie de vous rencontrer. (Il soupira de nouveau. Elle lui secoua le bras avec douceur.) Qu'avez-vous à perdre, David ? Si c'est la harpie sans cœur que vous imaginez, vous en aurez la confirmation. Vous pourrez alors l'éviter ou l'ignorer pour la durée de cette fête. Mais si elle a changé de comportement ou si elle a toujours eu un cœur d'or, vous aurez retrouvé une grand-mère en vous débarrassant au passage de cette colère et de cette douleur qui vous ont habité toute votre vie. Ces sentiments doivent être lourds à porter.

Il se contenta de la regarder, sans aucune expression sur le visage. Allait-il se complaire dans sa hargne et lui demander de le laisser tout seul ?

C'était sans doute la meilleure chose à faire, car elle allait épouser John. Elle n'avait rien à faire dans ce jardin en sa compagnie. Elle aurait dû refuser de le suivre.

D'un autre côté, elle ne pouvait pas supporter de le voir en colère plus longtemps. Il fallait qu'il évacue son ressentiment en parlant à sa grand-mère. Mais il fallait que ce soit son choix, elle ne pouvait pas le faire à sa place.

Il posa ses mains sur les siennes et elle constata qu'il se détendait.

— Viendrez-vous avec moi ? demanda-t-il. Serez-vous à mes côtés quand j'irai parler à lady Wordham ?

La seule réponse convenable était le refus.

— Oui, si vous le désirez, s'entendit-elle dire.

— J'y tiens, déclara-t-il en la prenant dans ses bras. D'où vous vient donc cette sagesse ?

— C'est toujours plus facile d'être bien avisé quand on donne son avis sur les problèmes des autres, plaisanta-t-elle.

— Alors j'espère que je pourrai vous rendre la pareille le jour où vous aurez un problème, glissa-t-il en lui posant un baiser sur le nez.

Elle baissa la tête afin qu'il ne puisse pas surprendre la tristesse et le désir mêlés dans son regard. Elle aurait adoré qu'il puisse l'aider à résoudre ses problèmes, mais c'était à John qu'il appartenait de le faire. Il posa la main de la jeune femme sur son avant-bras.

— Rentrons, que je puisse présenter mes excuses à Miss Smyth et lady Wordham pour ma sortie précipitée.

— J'ose espérer que je ne vous dois pas d'excuses, si ?

— Pardon ? s'exclama Alex en reposant brusquement sa tasse de thé dans sa soucoupe.

Il se retourna vers son hôte. Motton s'était-il rendu compte qu'Alex observait Kate alors qu'elle conversait avec lady Wordham et lady Kilgorn ?

Lorsque les hommes étaient revenus dans le salon après avoir pris un digestif, il avait fait attention à se placer le plus loin d'elle dans la pièce. Sans qu'il sache pourquoi, elle s'était montrée nerveuse quand il s'était assis à côté d'elle, plus tôt dans la soirée. Elle avait semblé se réfugier derrière lady Wordham comme s'il s'était agi d'un bouclier.

Que craignait-elle ? Qu'il lui saute dessus ? Il fallait vraiment qu'ils aient une conversation franche, mais le salon de Motton n'était pas l'endroit idéal pour cela.

— J'ai l'impression de présenter mes excuses à tout le monde, ce soir, poursuivit le vicomte en haussant les épaules. J'espère que vous ne me tenez pas rigueur de la présence de lady Oxbury ce soir.

— Bien sûr que non. Pourquoi cela me dérangerait-il ?

Non seulement Kate était présente, mais leurs deux chambres se jouxtaient et possédaient une porte de communication. Quelqu'un – Miss Smyth peut-être ? – avait un sens de l'humour très particulier. Il lui serait impossible de fermer l'œil de la nuit.

— En effet, pourquoi ? glissa le vicomte dans un sourire narquois. (Il prit une gorgée de thé et regarda en direction de Kate.) Si j'en crois tante Winifred, lady Oxbury et vous-même vous connaissiez avant son mariage.

Alex se contracta.

— À peine, précisa-t-il. Il me semble que nous nous sommes croisés une ou deux fois quand elle se trouvait à Londres. Elle est partie pour épouser

Oxbury avant la fin de la Saison, donc elle n'est pas restée très longtemps dans la capitale.

— Hum…, murmura Motton (*Pourquoi cet air dubitatif*, se demanda Alex.) Oxbury était bien plus âgé qu'elle, n'est-ce pas ?

— En effet. (*Ce paltoquet sous-entendait-il que Kate s'était montrée infidèle ?*) Cela étant, elle lui était totalement dévouée.

— Je n'en doute pas une seconde. Lady Oxbury est au-dessus de tout soupçon, dit le vicomte avec ce petit sourire qui exaspérait Alex. C'est un vrai… plaisir de la voir de retour à Londres maintenant que sa période de deuil est achevée. Pensez-vous qu'elle se remariera un jour ?

— Je n'en serais pas surpris, répondit Alex en se demandant où Motton voulait en venir.

— Ensuite, je suppose qu'elle aura un ou deux enfants, ajouta le vicomte.

Alex reposa bruyamment sa tasse dans sa soucoupe. Lord Motton haussa les sourcils.

— Oh, veuillez me pardonner, dit-il. Vous voyez ? Me voilà encore à m'excuser. Ai-je dit quelque chose qui vous aura offensé, Wilton ?

— Non, absolument pas. Je suis juste très maladroit. Ce serait plutôt à moi de vous présenter des excuses. Je dois être encore fatigué du voyage. C'est que je me suis levé très tôt ce matin, voyez-vous ? (Il était temps de changer de sujet.) J'ai vraiment apprécié de pouvoir discuter avec votre régisseur, Watkins. Un véritable expert en son domaine.

— Vous avez tout à fait raison. Je… Oh, bon sang !

Miss Smyth venait de faire son apparition dans le salon. Elle portait Theo sur une épaule et, sur l'autre, un petit singe vêtu de la livrée noir et argent des Motton.

— Je vais la tuer. Je vous jure que je vais la tuer, déclara Motton dans un sourire forcé. Veuillez m'excuser, Wilton.

Le vicomte tourna les talons et se dirigea vers sa tante.

— Ramenez la voile ! Danger à bâbord ! éructa Theo en battant des ailes, ce qui décoiffa Miss Smyth et énerva le primate.

Le singe brailla.

Les jumelles Addison hurlèrent à leur tour.

— Tante Winifred, il me semble que nous avons parlé de votre zoo cet après-midi.

— La barbe, Edmund ! Theo est tout à fait bien élevé. Quant à cette petite bête baptisée en votre honneur, je lui ai mis une laisse, annonça Miss Smyth en brandissant la sangle de cuir rouge attachée à l'une des pattes du singe.

Alex entendit alors un rire étouffé derrière lui et se retourna. Il eut l'impression très étrange que son cœur venait de faire un bond dans sa cage thoracique. Kate se tenait là, arborant un large sourire.

Son cœur n'était pas le seul de ses organes à avoir fait un bond.

— Elle a donné à son singe le prénom de lord Motton, dit lady Oxbury. C'est tout bonnement incroyable.

— En effet, reconnut-il en lui rendant son sourire.

La dernière fois qu'il l'avait vue de si bonne humeur, elle avait dix-sept ans. Si seulement elle n'avait pas épousé Ox…

Mais elle l'avait fait.

Peu importait. Tout cela appartenait au passé. Elle était devant lui à présent, célibataire et… enceinte ? Vraiment ?

Lui dirait-elle ? Devait-il lui demander ?

Comment s'y prenait-on pour poser une telle question ?

Il toussota puis avala le reste de son thé. Cette fois-ci, il parvint à reposer sa tasse sans la faire tinter… ou si peu. Kate le regardait, l'air perplexe. À quoi pensait-elle ?

— Voulez-vous une autre tasse de thé, Mr Wilton ? proposa-t-elle.

Il n'en voulait pas, mais s'il disait « Oui », elle prendrait sa tasse puis s'éloignerait, ce qui lui laisserait le temps de reprendre le contrôle de son cœur… et du reste.

— Merci, lady Oxbury. Ce serait très aimable de votre part.

Lady Kate rapporta sa tasse jusqu'au plateau à thé. Il fallait qu'elle retrouve son calme. Le temps de verser le liquide avec précaution, elle respira à fond. Sa main tremblait à peine.

Il fallait qu'elle lui parle de l'enfant.

La tasse cliqueta dans sa soucoupe. Elle la posa d'un geste rapide et regarda autour d'elle. Personne ne lui portait la moindre attention, tous les regards étaient concentrés sur Miss Smyth, lord Motton et le singe. Sans oublier le perroquet, bien entendu.

Elle inspira une nouvelle fois et, en esquissant un léger sourire, reprit la tasse puis fit demi-tour pour retraverser la salle jusqu'à Alex. Quelle difficulté pouvait-il y avoir à tout lui expliquer ? Il suffisait de le regarder avec calme et de lui dire : « Mr Wilton, vous souvenez-vous de cette soirée que vous avez passée dans mon lit ? Eh bien je dois vous informer qu'il y a eu… Que vous allez être… Que dans moins de neuf mois… »

Elle fut prise de tremblements si violents qu'il lui fallut tenir la tasse à deux mains.

C'était au-dessus de ses forces. Elle ne parviendrait pas à lui dire.

Pourtant, il le fallait. Alex avait le droit de savoir qu'il allait devenir pè… Elle déglutit. Qu'elle allait mettre au monde son en…

Non, elle en était incapable. Elle ne pourrait jamais prononcer ces paroles.

— Vous sentez-vous bien, lady Oxbury ?

— Que… Oh ! Oui, répondit-elle, surprise. (Elle avait parcouru toute la salle sans même s'en rendre compte.) Oui, je vous remercie, Mr Wilton.

Elle lui tendit sa tasse.

Il but une petite gorgée et ils se regardèrent. Elle humecta ses lèvres.

— Mr Wil…

— Lady Ox…

Ils échangèrent un sourire.

— Je vous en p…

— Vous d'ab…

Kate se mit à rire ; cette situation était si cocasse. Elle entendit le rire grave d'Alex faire écho au sien puis sentit sa main qui se posait sur son bras.

— Je vous en prie, lady Oxbury, parlez la première, lui dit-il en souriant. J'insiste.

— Euh…, lâcha-t-elle, le souffle court.

— Tante Winifred ! hurla une voix.

Kate se tourna vers lord Motton. Edmund, le singe, venait de sauter sur le linteau décoratif surplombant la porte et poussait des cris stridents en direction d'Edmund, le vicomte.

— Attrapez cette satanée bestiole !

— Theo ! Surveille ton langage ! s'exclama Miss Smyth à l'attention de son perroquet.

— C'est bien la première fois que Theo et moi sommes d'accord ! lança le vicomte. Récupérez donc cet animal !

— Entendu. Viens, Edmund, dit Miss Smyth en tirant sur la laisse qui lui glissa des doigts.

Edmund-le-singe poussa un nouveau cri et bondit en direction des rideaux. Pour sa part, Edmund-le-vicomte paraissait prêt à hurler lui aussi, ou tout du moins à lancer une copieuse bordée d'injures.

— Qui a envie d'aller faire une petite promenade impromptue sur la terrasse ? demanda Miss Smyth en adressant son plus beau sourire à l'assemblée.

— Lady Oxbury ? glissa Alex en lui offrant son bras.

Elle l'accepta et se laissa guider vers le jardin et son obscurité propice où elle pourrait lui dire…

Non, elle n'était pas prête.

Lady Kilgorn se tenait près de la porte, à regarder lord Motton et son époux qui tentaient d'attraper le singe. *Pauvre femme*, se dit Kate. Elle vivait séparée de lord Kilgorn depuis des années et voilà qu'elle était obligée de partager sa chambre à coucher avec lui pendant la durée de la fête. La situation devait être invivable. À en croire Marie, aucune autre disposition n'avait été prise. Sortir prendre l'air sur la terrasse lui ferait sans doute le plus grand bien.

— Voulez-vous nous accompagner, lady Kilgorn ? demanda lady Oxbury.

Elle éclata de rire. Kate ne lui donnait pas trente ans. Elle avait une belle peau laiteuse, des cheveux d'un noir de jais, des yeux bleus saisissants et, quand elle n'incendiait personne du regard, un sourire engageant.

— J'aimerais bien rester pour regarder Ian galoper après ce petit singe, mais je doute qu'il apprécie. C'est tellement drôle que je risque de rire trop fort. (Son regard passa de lady Oxbury à Alex.) Je serais ravie de me joindre à vous… si je ne suis pas de trop, bien entendu.

— Mais pas du tout ! Nous allions inviter lady Wordham à venir aussi, n'est-ce pas Mr Wilton ?

— Tout à fait, lady Oxbury, répondit Alex, une expression indéchiffrable sur le visage.

Kate n'aurait su dire s'il était contrarié ou soulagé mais cela avait peu d'importance. Avec lady Kilgorn à un bras et lady Wordham de l'autre, elle était en sécurité et pourrait repousser encore un peu l'inévitable.

— Lord Dawson, auriez-vous l'obligeance de venir vous promener sur la terrasse en ma compagnie ?

— Oh, lord Dawson, je vous en prie. N'est-ce pas plutôt avec moi que vous souhaiteriez y aller ?

David contempla les jumelles Addison en espérant que sa stupeur n'était pas trop flagrante. Ne voyaient-elles pas que lady Grace se trouvait déjà à son bras ? Il lui semblait pourtant sentir sa main sur sa manche.

Il jeta un coup d'œil discret. Oui, elle était bien là, à se mordre les lèvres pour ne pas éclater de rire.

Il ramena son bras contre son corps, maintenant ainsi la main de la jeune femme avec davantage de fermeté. Il n'était pas question de la laisser s'éloigner de lui, même d'un centimètre, tant que ces mangeuses d'hommes se trouveraient à proximité.

— Je suis désolé, mais comme vous le voyez…, énonça-t-il en tâchant de ne pas trop insister sur ce dernier mot, je suis déjà accompagné de lady Grace.

— Elle ne verra sûrement aucun inconvénient à laisser sa place, dit Abigail… à moins que ce ne fût Amanda.

— Oh, oui ! surenchérit l'autre jumelle. Voulez-vous bien me laisser votre place ?

— Non, à moi ! s'écria Abigail en regardant Amanda avec colère… et vice versa.

David se cramponna de plus belle à Grace et se tourna vers elle, les yeux remplis d'effroi. Elle ne pouvait pas l'abandonner maintenant, c'eût été trop cruel.

— Je suis désolée, mais lord Dawson et moi-même devons discuter, déclara Grace en souriant. Je crains de ne pouvoir céder ma place à aucune d'entre vous.

Merci, Seigneur ! se dit David, bien décidé à se montrer le plus charmant du monde.

— Et comme il ne saurait être question que je choisisse entre vous deux (*Dieu m'en garde !*), je ne peux hélas vous proposer mon autre bras, dit-il. De plus, comme vous l'a expliqué lady Grace, nous devons nous entretenir de sujets qui ne pourraient que vous ennuyer. (*Dans la mesure où ils ne se rapportent pas à vos petites personnes.*) Donc, si vous voulez bien nous excuser… (Il s'éclipsa par la porte du jardin, laissant là les jumelles bredouillantes.) Je tiens à vous remercier, lady Grace, du fond du cœur, d'être restée près de moi dans ce moment difficile.

— Elles sont pour le moins audacieuses, lança Grace en riant.

— Oui, pour le moins, confirma David. Je les évite depuis leur premier bal. Elles habitent non loin de chez moi. J'avais cru leur échapper en venant à Londres et si j'ai eu la mauvaise surprise de les croiser là-bas, j'ai été encore plus atterré de les retrouver à cette fête.

Ils déambulèrent sur la terrasse. Par chance, la température était très douce pour la saison et les dames semblaient tout à fait à l'aise même sans châle, à l'exception de lady Oxbury, qui se cramponnait au sien depuis son entrée dans le salon.

— Votre tante se sent-elle bien ? murmura David.

Était-ce là un autre signe de la grossesse de lady Oxbury ? D'ailleurs, était-elle vraiment enceinte ? Lorsqu'il avait partagé ses soupçons avec Alex, celui-ci avait insinué que c'était loin d'être impossible.

— Je l'ignore, lâcha Grace, contrariée. Je dois reconnaître que je me fais du souci pour elle. Elle s'est comportée de manière bien étrange.

— Étrange ? Comment cela ?

Il n'était certes pas un spécialiste des signes indiquant une grossesse. Sa compétence portait davantage sur l'acte précédant cette condition, acte qu'il souhaitait de tout cœur pratiquer avec Grace. Que ferait-il si leur union conduisait la jeune femme à s'arrondir, à porter son enfant ?

À cette pensée, une certaine partie de son anatomie commença à prendre du volume. Il constata avec surprise que jamais auparavant il ne s'était imaginé avoir un enfant, ou deux, ou plus.

Il avait tout à fait conscience qu'il lui fallait un héritier, mais pour lui, cela n'avait été qu'un mot. Il n'y avait jamais pensé comme à un bébé qui aurait son sang dans les veines, un être né d'un acte des plus intimes avec…

Bon sang, cette perspective était d'une telle intensité qu'il en ressentit une douleur presque physique.

— Vous avez bien vu à quel point elle était éplorée à Londres, rappela Grace dans un soupir. Je ne l'ai jamais vue se comporter ainsi. De plus, elle est toujours exténuée bien qu'elle dorme davantage qu'à son habitude.

La jeune femme paraissait désemparée, sincèrement bouleversée. En tant que femme, ne décelait-elle pas les signes d'une grossesse ? Peut-être se trompait-il ? Mais, dans ce cas, pourquoi la femme de chambre de lady Oxbury avait-elle mentionné sa « condition » ?

Quelle que puisse être la situation, il était évident que Grace n'en savait rien. Il n'allait donc pas lui faire part de ses soupçons. Alex était là désormais et c'était un adulte, un adulte de quarante-cinq ans… D'ailleurs, lady Oxbury en avait quarante. David aurait pensé qu'elle était trop âgée pour…

Aucune importance. Alex était là et c'était lui que cela concernait. Si lady Oxbury attendait son enfant, l'oncle de David n'aurait de cesse de donner à cette affaire l'issue qui lui semblerait la meilleure.

Mais lady Oxbury en serait-elle heureuse ? Ils étaient deux dans cette histoire et, à sa grande satisfaction, David ne faisait pas partie du nombre. Il devait déjà composer avec une demoiselle au caractère bien trempé.

— Au moins, Mr Wilton est venu, dit Grace. J'en suis très heureuse. Merci de l'avoir persuadé.

Fallait-il qu'il mente ? Non, il n'en était pas capable, même pas par omission.

— Je dois vous avouer que je n'ai pas discuté avec mon oncle. Je pense qu'il est venu se renseigner sur les techniques agricoles de Motton. Il a été assez surpris (*choqué aurait été plus juste*) quand nous nous sommes rencontrés dans l'allée et qu'il s'est rendu compte que vous et lady Oxbury faisiez partie des invités.

— Ah ? lâcha Grace. (Elle parut fâchée quelques instants puis se détendit.) Cela n'a aucune importance, au fond. Il est là et c'est tout ce qui compte. Tante Kate et lui vont pouvoir s'entretenir et tenter de résoudre leur différend.

Plus facile à dire qu'à faire, si le problème en question était celui auquel David pensait. Une seule solution s'offrirait à eux : obtenir une licence spéciale et échanger leurs vœux le plus vite possible. Et si certains esprits chagrins s'amusaient à compter sur leurs doigts les mois séparant le mariage et la naissance, eh bien tant pis. Il valait toujours mieux pour lady Oxbury qu'elle passe devant l'autel dans son état actuel que quelques mois plus tard, quand sa grossesse serait flagrante.

Et bien entendu, il était hors de question qu'ils ne se marient pas. Alex ne pouvait pas être le père d'un bâtard.

— Vous pouvez tous rentrer, annonça gaiement Miss Smyth en passant la tête par la porte donnant sur la terrasse, son perroquet toujours accroché à son épaule. Lord Kilgorn a attrapé Edmund. Je parle de mon singe, vous l'aurez compris.

— On l'a pris ! On lui a mis les fers !

— Ça suffit, Theo. Ils ont à peine resserré la laisse afin qu'il ne puisse plus nous jouer de tours, lui expliqua l'hôtesse avant de se retourner vers ses invités. Entrez donc, tout danger est passé. Mais vous ne risquiez rien, je vous assure. Edmund est turbulent mais il ne ferait pas de mal à une mouche. (Elle s'écarta pour laisser entrer lady Kilgorn et lady Oxbury.) Je parle encore du singe même si je suis bien certaine que mon neveu est tout aussi inoffensif. Toutefois, avec les hommes, on n'est jamais sûr. N'est-ce pas Mr Wilton ? Permettez-moi de vous aider, Cordelia. Oui, merci de prendre le bras de Cordelia, Mr Wilton. Par ici, s'il vous plaît.

Tout le monde commença à avancer vers la porte. Grace suivit le mouvement mais David l'arrêta.

— Pas encore, murmura-t-il.

Par un heureux hasard, ils se trouvaient dans un coin sombre de la terrasse, dans l'ombre d'un arbre. S'ils ne faisaient pas de bruit, les autres convives rentreraient sans remarquer leur absence. David pourrait profiter de quelques instants d'intimité en compagnie de lady Grace.

Il se rendit compte qu'il était très nerveux à l'idée de rester seul avec la jeune femme. Toutes ces considérations sur la paternité lui avaient échauffé le sang. Il avait besoin d'un peu de temps pour se calmer – et détendre un organe en particulier – avant de retrouver le salon, sa lumière, sa chaleur et les regards indiscrets des autres invités.

— C'est une magnifique soirée, ne trouvez-vous pas, lady Grace ?

— Euh, oui. Oui, splendide.

Grace se réjouissait tout autant de ne pas rejoindre le salon tout de suite. L'air y était irrespirable et il y avait trop de monde. De plus, elle ne supportait pas les sœurs Addison. *Une belle paire de petites dévergondées, ces deux-là !*

Elle respira à pleins poumons l'air frais de la nuit. Une brise légère faisait bruisser les feuilles et, au loin, une chouette ulula.

Il faisait vraiment sombre dans ce coin de la terrasse et lord Dawson se tenait tout près d'elle. Elle s'écarta de quelques pas puis posa les mains sur la balustrade. Allait-il l'embrasser ?

Elle aurait dû insister pour rentrer sans perdre un instant.

Il ne l'avait pas suivie et se tenait toujours là où elle l'avait laissé. Peut-être voulait-il juste profiter de l'air nocturne et éviter la foule de la réception… en particulier les sœurs Addison.

Cette idée la soulagea. Elle était mariée à John… ou c'était tout comme. Il lui était désormais impossible de désirer les baisers d'un autre homme.

Sauf qu'elle n'était pas dûment mariée. Pas encore.

— Allez-vous discuter avec votre grand-mère demain ?

— Oui, après le déjeuner, précisa-t-il dans un gémissement qui n'était ni un rire ni un soupir. Je dois reconnaître que cette perspective me rend très nerveux. Nous aurions peut-être mieux fait de sortir du salon pour discuter dès ce soir mais je pense qu'aucun de nous deux ne voulait attirer l'attention.

— Vous avez bien fait. Il y a tant de gens qui se mêlent des affaires des autres, approuva Grace, qui ne comprenait pas cette soif de ragots.

— Je ne sais pas ce que nous aurons à nous dire, poursuivit-il en se redressant un peu. Toutefois, je pense que vous aviez raison : même si ensuite je choisis ne pas m'impliquer dans cette situation, lady Wordham…

— Votre grand-mère, l'interrompit-elle en regardant par-dessus son épaule.

— Ma… ma grand-mère semble décidée à résoudre ce problème.

— Elle vieillit et sort à peine du deuil de son époux. Elle considère peut-être que le temps qui lui reste est limité, donc précieux.

— C'est bien possible.

Grace le sentit bouger et se retourna pour voir ce qu'il faisait. Elle se retrouva immédiatement coincée entre son corps musclé et la balustrade. Ils étaient seuls, dans l'obscurité. Elle aurait dû craindre le pire.

Mais, si ses sens étaient exacerbés, ce n'était pas par la peur.

— Merci, Grace.

— Pour quoi ? Je n'ai rien fait.

— Vous m'avez écouté, murmura-t-il en ébauchant un sourire. Vous avez su poser les bonnes questions. (La lune éclairait la terrasse et ils se tenaient assez proches l'un de l'autre pour qu'elle puisse voir la douceur de ses yeux.) Vous m'avez donné du courage alors que j'en avais besoin.

— Non, je…

Il la fit taire en posant ses doigts sur sa bouche. Habile, il avait enlevé ses gants. Alors qu'il caressait ses lèvres, elle sentit la chaleur de sa peau un peu rêche.

Que lui faisait-il ? Pourquoi Grace avait-elle l'impression que ses lèvres se gonflaient à son contact ? Elle les entrouvrit légèrement.

— Si, rectifia-t-il en continuant à caresser sa bouche avec le pouce. Vous m'avez donné du courage.

De sa bouche, il parcourut celle de la jeune femme avec la même délicatesse qu'il l'avait fait avec ses doigts : un effleurement aérien, puis un autre.

Elle inspira, s'enivra des parfums mêlés qui émanaient du jeune homme : savon, lin, et son odeur à lui.

Il la prit dans ses bras et la rapprocha de lui. Elle en fut ravie car ses genoux venaient de se liquéfier.

Il continuait à faire jouer ses lèvres sur sa bouche, la titillant par de petits contacts fugitifs. Elle gémit.

Ce fut sans doute le signe qu'il attendait. Il plaqua enfin sa bouche contre celle de Grace et caressa ses lèvres de la pointe de sa langue. Un nouveau gémissement lui échappa et elle s'offrit à son baiser profond.

Ciel! Sa caresse était pénétrante et fluide. Il était partout, sur sa langue, son palais… Il la comblait.

Et révélait en même temps un autre manque, un vide lancinant, une brûlure, une folie.

Il déposa un baiser sur sa joue et tout ce qu'elle put faire fut de se cramponner à lui, à bout de souffle, incapable de penser.

— J'ai besoin de vous, Grace.

Oui, le besoin. C'était exactement cela. Il avait besoin d'elle. Elle avait besoin de lui.

Non…

— J'ai besoin de vous, répéta-t-il. Pour cela… (Il revint sur sa bouche puis, avec calme et minutie, s'immisça en elle.)… mais aussi pour votre sagesse… (Ses lèvres effleurèrent son front.)… et votre force. (Il recula et prit son visage entre ses mains.) S'il vous plaît, Grace… Épousez-moi.

Voilà qu'il lui demandait encore sa main. Lord Dawson – David – voulait qu'elle devienne sa femme, qu'elle vive dans sa maison, qu'elle dorme dans son lit, qu'elle lui donne des enfants.

Elle pouvait dire « Oui ». Il aurait alors le droit de poser sa bouche merveilleuse partout sur sa peau et de lui faire des choses qu'elle osait à peine imaginer.

Elle ne pouvait pas dire « Oui ». Il y avait John, son père et l'histoire entre leurs deux familles.

Pourquoi aucun de ces arguments ne lui semblait solide en cet instant ?

— Grace, voulez-vous m'épouser ? répéta-t-il. Serez-vous ma femme ?

— Je… (Pouvait-elle accepter ?) Je…

— Ah vous voilà, petits polissons !

Surprise, Grace tenta de se dégager et heurta la balustrade. Miss Smyth et Theo étaient ressortis sur la terrasse et avançaient vers eux.

Pétrifiée de honte, Grace se félicita que sa tenue vestimentaire soit irréprochable.

Il ne manquerait plus que ça ! Comment pouvait-elle envisager le contraire ?

— Polissons, polissons, polissons !

— Chut, Theo.

— Miss Smyth, je…, commença David après s'être raclé la gorge.

— Pas un mot, lord Dawson. C'est une fête, les règles de la bienséance sont moins strictes. Il est bien normal que deux jeunes gens tels que vous veuillent s'amuser.

— S'amuser ! On va s'amuser ! S'amuser ! Petits…

— Theo ! Tiens-toi bien, ordonna Miss Smyth avant de se tourner vers le couple pour leur sourire. Dois-je vous dire la même chose ?

— Je…, bredouilla Grace, la bouche si sèche qu'aucun mot ne put en sortir.

— Miss Smyth…, commença David, d'un calme olympien.

— Ne dites plus rien, poursuivit Miss Smyth en riant. Vous ne seriez pas un homme jeune et plein de vie si vous n'essayiez pas de voler un baiser au clair de lune ! Allez, venez rejoindre les autres. Nous allons commencer une partie de cartes et, sans vous, nous n'aurons pas le bon nombre de joueurs.

Chapitre 15

La morosité régnait à la table du petit déjeuner. Alex se servit une part de rognons sur toast et s'assit à côté de David.

Son neveu le regarda, marmonna quelque chose qui pouvait ressembler à un « Bonjour » et reporta son attention sur son assiette. Kilgorn ne leva même pas les yeux de sa tasse.

À quoi avait pensé cette satanée Miss Smyth en lui donnant la chambre jouxtant celle de Kate, surtout que ces deux pièces avaient une porte commune, porte qui n'était pas verrouillée ? Oui, il avait vérifié…

Cherchait-elle à le torturer ?

Il avait à peine dormi, trop occupé à penser à cette fichue porte qu'il aurait été si facile d'ouvrir. Il lui aurait suffi d'attendre que les domestiques aient pris congé et personne n'aurait su qu'il était allé voir Kate dans sa chambre.

Il avait une excellente raison de chercher sa compagnie : il avait besoin de lui parler, pour savoir si les soupçons de David étaient fondés, si elle portait son enfant…

Il fit glisser son couteau sur son assiette dans un grincement abominable. Les hommes présents le fusillèrent du regard puis replongèrent dans leur propre abattement.

Parler avec Kate n'était pas la seule chose qu'il attendait d'elle. Le désir qu'il ressentait devenait presque insupportable. Il avait passé des années à éviter de l'imaginer dans un lit, surtout en compagnie d'Oxbury. Et maintenant… Il planta son couteau dans un morceau de rognon. Maintenant, il savait qu'elle se trouvait seule dans un lit, à quelques mètres de lui.

Bon sang!

Au fil des années, il s'était guéri de cette femme. S'il était venu à Londres en compagnie de David, c'était pour s'en libérer une bonne fois pour toutes. Mais le hasard avait fait en sorte que leurs chemins se croisent, d'abord chez Alvord puis à Oxbury House.

Là, leur relation avait pris une autre dimension. Il l'avait caressée de ses mains et de sa bouche pour connaître la jouissance la plus parfaite de sa vie.

Désormais, dès qu'il l'imaginait alanguie dans un lit, il revivait le souvenir de la douceur soyeuse de ses seins, du goût pénétrant de ses tétons, de l'odeur musquée de son…

Voilà qu'il se retrouvait raide comme la justice dans la salle à manger de Motton avec deux autres hommes pour seule compagnie. Heureusement, la table dissimulait son émoi.

Il craignait de devenir fou. Même la douleur qu'il avait éprouvée quand elle l'avait éconduit n'était plus qu'un vague souvenir, supplanté par son désir dévorant. Avait-elle la moindre idée des souffrances qu'il traversait ? Partageait-elle ses sentiments ?

Sûrement pas. Elle paraissait trop sûre d'elle pour cela.

La meilleure chose à faire était de quitter Lakeland pour retourner à Clifton Hall.

Mais il ne pouvait pas partir. Il fallait qu'il sache si Kate était vraiment enceinte.

La peste soit de cette histoire ! Il changea de position et tenta de réfléchir aux techniques agricoles de Motton.

L'agriculture... Planter une graine dans un sol fertile...

Motton avait un lac, il l'avait vu en se levant. Avec un peu de chance, son eau était glacée. Il irait le découvrir après le petit déjeuner. Un plongeon dans l'eau froide parviendrait peut-être à calmer ses ardeurs.

— Bien le bonjour, messieurs !

Il grommela, et entendit David et Kilgorn en faire de même. Les trois hommes se levèrent de leurs chaises avec peine.

— Bonjour, Miss Smyth, répondit David qui avait retrouvé sa voix.

Alex se contenta de hocher la tête, tout comme Kilgorn. Par chance, aucun animal n'accompagnait la tante excentrique de Motton.

— Puis-je me joindre à vous, même si je suis bien certaine que ce n'est pas ma compagnie que vous auriez préférée ? demanda Miss Smyth dans une sorte de gloussement.

Alex serra les dents pour ne pas lui dire tout haut à quel point elle avait raison, David fut pris d'une soudaine quinte de toux et Kilgorn se contenta de la regarder avec colère.

— Comptez sur moi pour faire la leçon à ces dames qui ont osé vous abandonner, ajouta-t-elle. (Cette fois-ci, les trois hommes toussèrent de concert.) Eh bien, messieurs ! Il faudra que je pense à demander à Edmund s'il a un remède contre les maux de gorge. Au fait, où est mon neveu ?

— Il était là plus tôt, répondit Kilgorn. Il est parti pour s'occuper de ses affaires. Si j'étais vous, j'irais voir dans son bureau.

Kilgorn semblait nourrir le même espoir qu'Alex. Celui-ci jeta un coup d'œil à l'assiette que tenait Miss Smyth. Elle était chargée d'œufs, de toasts, de saucisses, de rognons et de jambon. Il était clair qu'elle n'allait pas lever le camp de sitôt.

— Je vous remercie, milord, dit-elle. J'aurais dû m'en douter. Edmund est quelqu'un de très consciencieux. Il ne laisserait jamais quelques jours d'insouciance et de fête le détourner de son devoir.

— En parlant d'amusement, où se trouve votre petit singe ? se moqua Kilgorn.

— Cet Edmund-là dort toujours, dit-elle dans un petit rire. Edmund-le-singe n'est pas aussi travailleur que son homonyme. Mais ne vous inquiétez pas, je le ferai descendre plus tard. Il sait animer les fêtes, n'est-ce pas ?

— C'est le moins que l'on puisse dire, répondit Kilgorn en déposant avec soin son couteau et sa fourchette dans son assiette. Avez-vous pu vous occuper de me trouver de meilleurs appartements, Miss Smyth ?

— Oh, mon Dieu ! Je suis désolée mais je ne l'ai pas fait. Dans une maison de cette taille, on pourrait croire qu'il y a de nombreuses chambres libres alors qu'en fait... (Elle soupira.) Et j'aurais dû me souvenir que vous et votre charmante épouse vivez selon des règles bien précises, mais bon... Je ne peux que vous présenter mes excuses.

Alex, de l'autre bout de la table, crut entendre Kilgorn grincer des dents. À en juger par ses yeux cernés, celui-ci avait peu dormi, et son manque de sommeil n'était pas dû à des activités réjouissantes. Miss Smyth l'avait installé dans la même petite chambre que son épouse et cette pièce ne comprenait qu'un seul lit.

Il était difficile de croire à la sincérité de leur hôtesse dans cette situation. Alex lui-même, sans avoir mis les pieds à Londres en vingt-trois ans, savait que le comte vivait séparé de son épouse depuis une décennie. C'était la première fois qu'il rencontrait Kilgorn, qui avait le même âge que David. Il avait dû se marier très jeune.

— J'ai voulu louer une chambre à l'auberge, Miss Smyth, poursuivit Kilgorn, mais on m'a dit qu'elle était complète.

— Oui, je suis au courant. Cet établissement n'est pas très grand et il me semble qu'il y a… je ne sais trop quel événement qui se déroule en ce moment. Ils n'ont donc plus de place.

— Je pourrais dormir dans l'étable, proposa le comte.

— Oh, ne dites pas de bêtise, milord. Les garçons de ferme font un tapage de tous les diables. Non, non. Veuillez patienter encore un jour ou deux. Mrs Gilbert, la gouvernante, s'occupe de ce problème. Je suis certaine qu'elle vous proposera une solution aussi vite que possible.

— C'est que la situation n'est pas très… confortable pour lady Kilgorn, comprenez-vous ? expliqua le comte en se dandinant sur sa chaise.

— Je comprends tout à fait. Je lui ai déjà présenté mes excuses les plus sincères. Comme je vous l'ai dit, Mrs Gilbert va trouver une solution, conclut Miss Smyth en souriant avant d'avaler une bouchée d'œufs.

Lord Kilgorn hocha la tête, visiblement à bout d'arguments et en même temps convaincu qu'il était tout à fait inutile de poursuivre cette conversation.

— Je sors me promener, annonça-t-il. Veuillez m'excuser.

— Avez-vous vu le temps qu'il fait dehors, lord Kilgorn ? Ce crachin et cette humidité sont redoutables.

— Absolument, reconnut Kilgorn en souriant. Cela me rappelle l'Écosse.

— Parfait. Alors amusez-vous bien, lança Miss Smyth. (Elle attendit que le comte soit sorti et haussa les épaules.) Ces Écossais sont vraiment étranges, non ?

Alex trouva que Kilgorn avait été bien courtois envers Miss Smyth. Devoir partager sa chambre avec l'épouse dont on est séparé devait être une situation intenable. Il mâcha un morceau de rognon avec calme.

Il aurait donné n'importe quoi pour devoir partager sa chambre avec Kate et se retrouver au lit avec elle, durant toute la nuit, chaque nuit, de…

— Alors, Mr Wilton, qu'est-ce qui vous fait sourire de la sorte ?

David eut l'obligeance de le taper dans le dos alors qu'il s'étranglait avec sa nourriture. Au moins, s'il rougissait, Miss Smyth mettrait cela sur le compte de l'étouffement.

— À… À rien, balbutia-t-il en tentant de retrouver son souffle.

— Miss Smyth, l'interrompit David pour venir à sa rescousse, j'ai rendez-vous ce matin pour m'entretenir avec lady Wordham. Savez-vous par hasard si elle est déjà descendue ?

— Oh, j'ai la mémoire qui flanche, répondit Miss Smyth en posant ses mains sur ses joues. Oui, lord Dawson. Elle est descendue avec moi et elle m'a bien spécifié de vous dire qu'elle vous attendrait dans le salon jaune. Je suis tellement désolée.

Ayez l'obligeance de lui présenter mes excuses et dites-lui bien que c'est ma faute si vous ne l'avez pas rejointe plus tôt.

— Je suis certain qu'elle comprendra, dit David en se levant. J'ai peur de devoir vous laisser, tous les deux.

Plutôt mourir ! pensa Alex en bondissant sur ses pieds.

— Hélas, je dois partir, moi aussi, annonça-t-il.

— Ah ? Et où allez-vous ?

On pouvait toujours compter sur Miss Smyth pour poser les questions qui dérangeaient. Alex jeta un coup d'œil par la fenêtre et vit un chien courir sous la pluie. Chien. Pluie.

— Je pensais aider lady Oxbury. Je vais promener son chien pour elle. Ainsi, elle n'aura pas à sortir par ce temps.

— Que c'est chevaleresque de votre part, lança Miss Smyth en lui souriant. Voilà une excellente idée. Laissez-moi et filez.

Assise sur le canapé, lady Wordham regardait la pluie à travers la fenêtre.

David entra dans le salon jaune mais elle ne se retourna pas. Savait-elle seulement qu'il était là ? Peut-être était-elle dure d'oreille comme sa grand-mère paternelle ? Si elles ne se ressemblaient pas du tout, les deux femmes avaient à peu près le même âge.

Sa grand-mère défunte. *Nom de Dieu !* Il lui suffisait d'y penser pour ressentir comme un gigantesque vide dans la poitrine. *C'est ridicule !* Il était un homme et elle était morte depuis un an. Il n'y avait aucune raison qu'il éprouve un tel sentiment de… perte.

Elle était vieille et les gens de cet âge mouraient.

Mais pas de façon aussi brutale. Penser qu'on puisse être là un jour, en pleine forme, à rire, à plaisanter et à discuter, et disparaître le lendemain dans la carcasse informe d'une voiture accidentée lui était insupportable. Durant les semaines, voire les mois, qui avaient suivi, il s'était attendu à voir ses grands-parents au détour de tous les couloirs de Riverview, mais aussi chaque fois qu'il entrait dans la bibliothèque, qu'il descendait prendre son petit déjeuner ou qu'il passait devant leur banc favori dans le jardin.

Il renifla et sortit son mouchoir. Il devait avoir une poussière dans l'œil.

— Lord Dawson, l'interpella lady Wordham, qui venait de l'entendre.

— Je vous présente mes excuses, dit David en rangeant son mouchoir. Une escarbille, sans doute… (Il se racla la gorge.) Il fait sombre ici, non ? Je vais allumer quelques bougies.

Elle le regardait comme s'il était une sorte de miracle.

Malgré cela, il ne pouvait pas oublier qu'elle avait renié sa fille et, par voie de conséquence, qu'elle l'avait renié, lui, son petit-fils.

Tout cela n'était peut-être pas sa faute mais elle s'était conformée aux décisions de son époux. Elle n'avait jamais écrit à David, pas même pour ses anniversaires, pas plus qu'elle n'avait reconnu son existence.

— Je vous remercie d'avoir consenti à me rencontrer, lord Dawson.

— Tout le, euh… plaisir est pour moi, madame, déclara David.

Il aurait tellement aimé que Grace soit à ses côtés. C'était un peu à cause d'elle qu'il avait accepté cette embarrassante conversation.

Lady Wordham esquissa un sourire. Soudain, il lui sembla la reconnaître. Elle ressemblait…

Elle ressemblait à la personne qui le regardait dans le miroir tous les matins.

Non, il ne peut pas y avoir d'air de famille. On lui avait toujours dit qu'il était le portrait craché de son père et du frère cadet de son grand-père paternel, celui qui était mort de la variole.

— Je doute que ce soit un plaisir, dit lady Wordham. Néanmoins, je vous suis reconnaissante d'avoir accepté. Me retrouver dans ces conditions a dû vous faire un choc. J'avais bien dit à Winifred que cela n'allait pas vous plaire mais je tenais vraiment à vous voir et j'étais persuadée que vous n'accepteriez pas de me rendre visite si je vous invitais. Pour preuve, vous n'avez pas cherché à me voir quand vous vous trouviez à Londres.

David toussota de nouveau. Décidément, cette discussion débutait très mal. Il aurait voulu céder à une colère justifiée mais le grand âge et la tristesse flagrante de lady Wordham l'en empêchaient.

— Inutile de tourner autour du pot, reprit lady Wordham. Je comprends. Quoi de plus normal ? Je ne suis qu'une étrangère pour vous…

— Pas n'importe quelle étrangère…, lâcha-t-il avant de se mordre les lèvres en espérant ne pas s'être montré trop cassant.

— Auriez-vous l'obligeance de vous asseoir, milord ? demanda la vieille dame en soupirant. Je vous promets d'être brève. Si vous ne voulez plus entendre parler de moi après…

Sa voix se brisa et elle sortit à son tour son mouchoir. David trouvait la situation très gênante.

— Lady Wordham, ce n'est pas nécessaire…

— Si. Il le faut, déclara-t-elle d'un ton étonnamment ferme. J'ai soixante-quinze ans, milord, et mon époux est décédé il y a peu. Cela m'a fait prendre conscience que je ne vivrai pas éternellement. Il est largement temps pour moi de faire amende honorable tant que je le peux encore. Je vous en prie, asseyez-vous.

Il s'exécuta. De toute manière, cette entrevue devrait bien prendre fin, à un moment ou à un autre. Ensuite, il pourrait passer le reste de la fête à éviter lady Wordham. Et si cette conversation s'avérait aussi déplaisante qu'il le craignait, il se pourrait fort qu'elle le fuie, elle aussi.

Il tiendrait bon. Elle ne ressemblait vraiment pas à sa grand-mère paternelle. À la fois ronde et douce, cette dernière souriait tout le temps. Lady Wordham, pour sa part, était presque décharnée, et sérieuse, mais surtout, triste.

Pour quelle raison serait-elle triste ?

Il mit cette question de côté. Les états d'âme de cette femme ne le concernaient pas.

— C'est plus difficile que je l'imaginais, déclara lady Wordham dans un soupir.

— Ne vous sentez pas…

Elle leva une main pour l'interrompre.

— C'est dur mais c'est nécessaire, lord Dawson, peut-être pas pour vous mais en tout cas pour moi. S'il vous plaît, ayez la bonté d'accorder cette faveur à une vieille femme.

— Bien sûr.

— Je vous remercie, dit-elle en lui souriant (Elle ferma les yeux un instant puis pencha la tête pour regarder ses mains.) Votre mère Harriet était la plus jeune de nos enfants et je crains que nous l'ayons trop gâtée. Elle ressemblait beaucoup à son père : têtue et sans doute un peu sauvage.

David se surprit à opiner du chef et arrêta tout de suite. Même si ce que disait lady Wordham lui semblait vrai, il ne voulait pas lui donner l'impression d'acquiescer à toutes ses paroles.

— J'ai réfléchi à maintes reprises aux raisons qui avaient poussé Harold, mon époux, à enjoindre Harriet d'épouser lord Standen. N'importe qui doté de la moindre once d'intelligence aurait pu se rendre compte qu'ils n'étaient pas faits l'un pour l'autre. (Elle releva la tête.) Je l'avais constaté et j'avais tenté de raisonner Harold mais il était impossible de le faire changer d'avis. Je vous ai dit qu'il était têtu, n'est-ce pas ?

— En effet, vous l'avez mentionné, confirma David, un petit sourire aux lèvres.

— D'après moi, Harold considérait que Standen parviendrait à calmer Harriet. Mon époux venait de fêter son cinquantième anniversaire cette Saison-là et, son père étant décédé à cinquante et un ans, il a soudain pris conscience de sa propre mortalité. Il était prêt à tout pour que sa fille chérie, son bébé, n'ait jamais de souci dans la vie.

— Fille chérie ? s'esclaffa David avant de se reprendre, bien décidé à garder son calme. C'est pour cela qu'il a renié sa fille chérie avant de l'abandonner dans la cour d'une auberge avec son mari mourant ?

— Quoi ? s'exclama lady Wordham, stupéfaite. Que voulez-vous dire ?

Comment ça, ce que je veux dire ? Et vous ? Que voulez-vous dire ? pensa-t-il, dégoûté par l'attitude qu'elle adoptait.

— Vous savez sans doute que lord Wordham a poursuivi mes parents jusqu'à une auberge, expliqua-t-il.

— Oui, bien sûr.

— Mais aussi qu'il emmenait ma mère de force au moment où mon père est rentré du village.

— Je doute qu'il ait pu traîner Harriet de force...

— Quand mon père a voulu défendre ma mère, il a glissé et s'est brisé le crâne sur un rocher. Il est mort peu après le départ de votre époux.

— Qui vous a raconté cela ? s'écria lady Wordham avec colère. Ne me dites pas que ce sont vos grands-parents paternels !

— Si, confirma David.

Mais était-ce le cas ? Avait-il entendu cette histoire de la bouche de ses grands-parents ? Il la connaissait d'aussi loin qu'il s'en souvienne mais c'était peut-être Alex ou un villageois qui la lui avait racontée. En y réfléchissant, il se rendit compte qu'aucun de ses grands-parents ne lui avait jamais vraiment parlé de la mort de son père. Sa grand-mère lui avait raconté de bien belles histoires sur la beauté et l'entrain de sa mère ou sur l'intelligence de son père mais lui avait-elle expliqué ce qui s'était passé à l'auberge et ce que lord Wordham avait fait ou n'avait pas fait ?

— Non, je n'en suis pas sûr…, avoua-t-il. Je ne sais plus où j'ai entendu ce récit. Mais s'il est inexact, comment se fait-il que ma mère ait préféré se réfugier auprès de ses beaux-parents au lieu de rentrer chez vous ?

Bon sang ! Il se cala au fond de son fauteuil et reprit son souffle. Il se laissait emporter par l'émotion.

— Je vous ai dit qu'Harriet était aussi têtue que son père, rappela lady Wordham en secouant la tête. Je ne connais pas tous les détails. Toutefois, je sais que quand Harold est revenu, c'était un homme brisé. Il m'a dit qu'Harriet l'avait renié… non… qu'elle nous avait reniés tous les deux, qu'elle ne voulait plus jamais avoir affaire à nous et qu'elle nous tenait pour responsables de la mort de votre père. C'était inutile car mon époux s'en sentait déjà responsable. Même s'il n'avait pas levé la main sur Luke, il considérait que ce pauvre garçon ne serait pas mort s'il n'avait pas cherché à les retrouver.

Pendant longtemps, David avait eu exactement cette vision des choses, mais il trouvait cela un peu injuste désormais. S'il devait avoir une fille un jour – avec Grace, bien entendu – et si elle venait à s'enfuir avec un homme, lui aussi se lancerait à sa poursuite.

— Harold n'est pas rentré pendant toute une semaine, poursuivit-elle. Il s'est installé non loin de l'auberge où séjournait Harriet, qui refusait catégoriquement sa présence à ses côtés. Il y est resté jusqu'à ce que vos grands-parents viennent pour l'emmener ainsi que le corps de votre père.

— D'accord, ce que vous me dites là me semble plausible. Mais ce ne sont que des on-dit.

— Comme la version dans laquelle Harold abandonne Harriet, rétorqua lady Wordham.

— C'est vrai, reconnut David.

Le chapitre est clos, pensa-t-il. Sa blessure était quasiment guérie. Il pouvait quitter lady Wordham en bons termes. Mais si Grace avait été là, elle ne l'aurait pas laissé faire, il le savait. Elle aurait insisté – avec raison – pour qu'il se délivre totalement. Il croisa les doigts avant de poursuivre :

— Pourquoi n'avez-vous pas assisté à l'enterrement de ma mère ? Pourquoi n'êtes-vous jamais venue me voir ?

— Dieu sait combien je le voulais, déclara lady Wordham. (Elle tendit la main vers lui mais interrompit son geste et la reposa sur son genou.) À l'époque, la douleur était trop vive, Dav… lord Dawson. Je pense que vos grands-parents reprochaient la mort de leur fils à Harold et, comme je vous l'ai dit, nous comprenions leur point de vue. De plus, Harold et moi… Disons que si votre père ne s'était pas enfui avec elle, rien de tout cela ne serait arrivé et elle ne serait pas morte non plus.

David en resta bouche bée. Comment osait-elle rejeter ainsi la faute sur son père ? Lady Wordham devança ses pensées :

— Même si nous savions qu'Harriet était tout aussi fautive. Jamais nous n'avons pensé que votre père l'avait enlevée contre son gré. Mais nous avions perdu toute lucidité. (Elle baissa de nouveau la tête.) Comprenez-vous, lord Dawson ? Pouvez-vous imaginer ce que c'est d'avoir une fille ? De la voir s'enfuir ? De la voir…

Lady Wordham se cacha derrière son mouchoir. Oui, malheureusement, il pouvait l'imaginer désormais, puisqu'il avait rencontré Grace. Il en avait même une idée assez précise.

— Quant à savoir pourquoi nous ne sommes jamais venus vous voir, nous craignions trop d'être rejetés, ce que nous aurions compris. Votre grand-père avait perdu son fils. Vous étiez devenu son héritier. Il fallait que vous restiez à Riverview pour apprendre à gérer le domaine. Vous étiez heureux, nous nous en sommes assurés. (Elle marqua une pause et soupira, lui jeta un coup d'œil puis posa le regard sur ses genoux, là où ses mains froissaient sa jupe. Elles étaient si frêles, si fragiles.) Maintenant qu'Harold est parti... Il fallait que je vous rencontre pour vous demander de me pardonner, voir si nous pouvions... Nous avons tous les deux perdu des êtres qui nous étaient chers...

Quoi de plus vrai ? Pour elle, il s'agissait de sa fille et de son époux, pour lui, de ses parents et de ses grands-parents. À quoi bon le nier ?

Il lui restait encore l'un de ses grands-parents.

David eut l'impression qu'on le délestait d'un poids considérable.

— Dites-moi, grand-mère..., commença-t-il. Puis-je vous appeler grand-mère ? J'en avais une mais...

— Je vous en prie, faites. Cela me conviendra si vous...

Sa grand-mère fondit alors en larmes. Il hésita un instant puis s'approcha d'elle pour la prendre dans ses bras.

Grace était assise près de la fenêtre de sa chambre et regardait la pelouse trempée. Elle aperçut soudain une longue silhouette masculine accompagnée d'un petit chien et sourit. S'agissait-il de Mr Wilton et d'Hermès ? Ils formaient un drôle de duo.

Hermès s'élança à travers l'herbe aux trousses d'un écureuil. Il le poursuivit jusqu'à un arbre en aboyant avec frénésie durant quelques instants puis revint vers Mr Wilton en trottinant.

Grace s'étonna que sa tante ne les accompagne pas. Son absence était-elle due à une nouvelle indisposition ?

Que diable lui arrivait-il ? Au début de leur séjour à Londres, elle était toujours debout aux aurores. Désormais, elle ne se levait plus qu'aux alentours de midi et, le plus souvent, elle débutait sa journée l'estomac retourné et la tête dans une bassine.

Elle est malade, c'est évident. Quand Grace lui avait conseillé de consulter un docteur, elle était devenue très pâle et avait refusé en prétextant que ce n'était pas utile.

Que pouvait faire Grace ? Elle avait été persuadée que cette situation était liée à Mr Wilton. Elle s'était donc dit qu'en les réunissant, le problème trouverait sa solution mais, jusqu'à présent, son plan n'avait pas fonctionné et sa tante ne se rétablissait pas. Finalement, Mr Wilton ne devait pas être en cause.

D'un autre côté, ils n'étaient pas arrivés depuis très longtemps. Peut-être se montrait-elle trop impatiente. Il fallait laisser aux choses le temps de se faire… mais pas trop longtemps non plus. Si sa tante ne se sentait toujours pas mieux après ces festivités,

Grace insisterait pour faire venir un médecin, quitte à aller le chercher elle-même.

Mr Wilton et Hermès n'étaient plus en vue. Descendre lui sembla une bonne idée. Elle avait envie de sortir pour se promener mais le temps était trop humide. Elle n'était pas aussi courageuse que l'oncle de lord Dawson. De plus, la pluie s'intensifiait.

Elle sortirait plus tard, quand le ciel se serait dégagé. Elle envisagea d'aller trouver lady Kilgorn. Être séparée de son mari depuis tant d'années, quelle tristesse ! Ils s'étaient mariés si jeunes… S'agissait-il d'un mariage d'amour ou d'une union arrangée ?

À propos de séparation… Lord Dawson avait-il déjà discuté avec lady Wordham ? Grace l'espérait. Entretenir une telle animosité durant tant d'années était absurde. La faute était peut-être grave mais elle avait été commise plus de trente ans auparavant. Et lady Wordham était âgée et faible. Elle n'avait plus beaucoup d'années devant elle. Il était temps de pardonner.

C'était tout aussi vrai pour son père.

Mr Wilton et Hermès réapparurent, courant à travers le jardin. Grace sourit. *Il n'est peut-être pas aussi courageux que cela, après tout.*

Il fallait qu'elle descende et elle allait le faire dans une minute.

Son père parviendrait-il à pardonner aux Wilton ? L'indulgence n'était pas sa qualité première mais peut-être se découvrirait-il assez de miséricorde pour autoriser lady Oxbury à épouser Mr Wilton.

Si celui-ci pouvait apporter du bonheur à sa sœur pour les années à venir, il n'allait quand même pas l'en priver, sachant par ailleurs que la Fouine ne s'occuperait pas d'elle.

Et si papa ne s'oppose pas à ce que tante Kate épouse un Wilton, quelle serait sa réaction si…

Non, ce n'était pas envisageable. Sa situation n'avait rien à voir avec celle de sa tante. Lady Oxbury était la sœur de son père, veuve de surcroît, tandis qu'elle était sa fille unique. Pendant très longtemps – aussi loin qu'il lui en souvienne en fait – il n'y avait eu que son père et elle.

Il avait beau se montrer odieux, la rendre chèvre ou la mettre en colère, elle l'aimait. Elle ne pouvait se résoudre à épouser son ennemi et à le laisser seul au monde.

John Parker-Roth ferait un mari parfait et elle l'aimait bien. Il était intelligent, voire intéressant pour qui se passionnait pour les plantes. Sa famille était très sympathique même si les tableaux que peignait sa mère étaient quelque peu… D'un autre côté, ce n'était pas comme si Mrs Parker-Roth accrochait ses œuvres sur tous les murs de sa maison. En se tenant éloignée de son atelier, Grace éviterait l'embarras.

Et une fois qu'ils seraient mariés…

La réserve de John n'était peut-être que de la timidité. Une fois qu'ils seraient mariés, il oserait sans doute… Après tout, c'était un homme. De plus, il avait une maîtresse. Il devait donc savoir comment se menait la vie conjugale. Le moment venu, il serait capable de tenir son rôle. D'ailleurs, il était peut-être plus doué que David pour les choses de l'amour.

Elle ferma les yeux et posa sa tête contre la vitre glacée.

Non! À l'époque où elle n'avait pas encore connu la passion, elle aurait pu envisager d'épouser un homme sans en être amoureuse. Mais désormais...

La veille, sur la terrasse, elle avait vécu un instant sublime : les bras forts de David autour d'elle, la force rassurante de son corps, la douceur de ses lèvres, la caresse de sa langue... Grâce à lui, elle avait découvert des sensations qui lui étaient encore inconnues... et qui n'étaient pas que physiques.

Les hommes considéraient peut-être les femmes comme interchangeables mais qu'en savait-elle ? Elle n'était pas un homme. De plus, David ne lui avait pas donné le sentiment de n'être qu'une femme parmi tant d'autres. Dans ses bras, elle s'était sentie aimée. Pas seulement désirée ou convoitée, aimée. Jamais auparavant elle ne s'était sentie aussi adorée, estimée et chérie.

Des larmes commencèrent à couler le long de ses joues, tandis que la pluie battait contre le carreau.

Seigneur, qu'allait-elle devenir ?

Chapitre 16

Kate regarda par la fenêtre de sa chambre et vit Alex traverser la pelouse, accompagné d'Hermès. L'homme était grand et se tenait droit. Il arpentait l'herbe humide de ses longues jambes tandis que le chien faisait de son mieux pour le suivre.

Elle baissa la tête. Elle adorait regarder Alex. C'était sans doute stupide à admettre mais son cœur s'emballait dès qu'elle le voyait. Elle ressentit un frisson de plaisir et de bonheur… puis elle se souvint qu'elle avait quelque chose à lui dire.

Elle ferma les yeux un instant. Comment allait-elle pouvoir lui expliquer ?

Le front appuyé contre la vitre froide, elle vit un écureuil détaler juste sous la truffe d'Hermès. Soudain devenu fou, le chien se lança à sa poursuite en aboyant furieusement. Le rongeur escalada avec agilité le tronc d'un chêne et disparut dans les branches alors qu'Hermès continuait de japper au pied de l'arbre. Kate sourit. *Qu'est-ce qui peut bien se passer dans la tête de ce petit chien ?*

Son regard revint sur Alex qui observait Hermès. Il avait des épaules si larges et un si petit d…

Elle posa les mains sur ses joues en feu. Pourquoi diable pensait-elle à cela ?

Pourtant c'était vrai. Malgré ses quarante-cinq ans, Alex arborait la vigueur d'un homme deux fois plus jeune.

Il faisait d'ailleurs certaines choses avec une ardeur rafraîchissante.

Son visage s'enflamma de nouveau. Elle tourna le dos à la fenêtre.

C'était très gentil de la part d'Alex d'avoir proposé de sortir Hermès. Elle regrettait d'être de nouveau indisposée, sinon elle aurait affronté le mauvais temps pour l'accompagner.

Enfin… Peut-être.

Si elle était sortie avec lui, elle se serait sentie obligée de lui dire…

Elle posa une main sur sa bouche. Cette simple pensée lui donnait un haut-le-cœur.

Ces nausées prendraient-elles fin un jour ? Elle n'allait quand même pas passer les neuf prochains mois à débuter chaque journée accroupie devant une bassine, si ? Les autres femmes se sentaient-elles mieux au bout de quelques semaines ?

Pour la énième fois, elle se posta de profil devant le miroir et passa les mains sur son ventre. Était-ce un léger renflement qu'elle apercevait, là ?

Non, ce n'était que son imagination. Son ventre était toujours aussi plat… pour l'instant, tout du moins. Toutefois, un jour ou l'autre et peut-être très bientôt…

Il fallait qu'elle en parle à Alex. Le secret ne pourrait pas être gardé très longtemps.

Alex se mettrait-il en colère en l'apprenant ? Standen, lui, en serait certainement furieux, et il faudrait qu'elle l'en informe, lui aussi. Elle ne se réjouissait pas à la perspective de son frère lui criant dessus mais cela lui retournait moins le cœur que d'imaginer Alex fâché.

Elle se laissa tomber sur la banquette près de la fenêtre. Alex aurait de bonnes raisons d'être en colère car, sans le vouloir, elle lui avait joué un mauvais tour. De surcroît, il avait déjà mis en doute son honnêteté. Non, c'était pire que ça. Il était convaincu qu'elle lui avait menti. Il avait passé toutes ces années à se persuader qu'elle était déjà fiancée à Oxbury au moment où ils s'étaient retrouvés tous les deux dans le jardin d'Alvord. Bien entendu, ce n'était pas le cas. Standen avait conclu cet accord sans lui en parler. Elle n'avait pas vu le faire-part dans le *Morning Post* car son frère l'avait embarquée dans une voiture pour rentrer chez eux bien avant que le journal ne paraisse. Elle n'avait appris ses propres fiançailles que le dimanche suivant, à l'église, quand le révérend Posten avait lu les bans. Pour un peu, elle en serait tombée de son prie-Dieu.

Désormais, Alex était convaincu de sa perfidie et elle allait devoir lui avouer qu'elle avait récidivé, qu'il allait devenir père alors qu'elle s'était prétendue stérile.

Elle lissa sa jupe. Qu'allait-il faire une fois qu'elle lui aurait tout avoué ? Déciderait-il de couper les ponts pour toujours ou lui proposerait-il de l'épouser ?

L'homme honorable et chevaleresque qu'il était pourrait lui demander sa main. N'avait-il pas évoqué le mariage, durant leur nuit à Oxbury House ?

Que répondrait-elle dans ce cas ?

Elle n'en savait rien. Depuis qu'elle avait compris qu'elle attendait un enfant, elle avait imaginé cet instant un nombre incalculable de fois. Parfois, elle se montrait courageuse et rejetait son offre. D'autres fois, elle prenait peur et disait « Oui » car l'idée d'être enceinte sans être mariée la terrifiait. Elle serait mise au ban de la société et son enfant ne serait qu'un bâtard condamné à errer toute sa vie en marge du beau monde.

Elle avait les mains moites et le souffle court…

Il ne fallait pas qu'elle panique. Elle se força à respirer avec calme et régularité. Elle allait très bientôt parler à Alex. Elle ne pouvait plus repousser cette échéance.

Un endroit discret s'imposait car, une fois qu'elle aurait trouvé le courage de se lancer, toute interruption lui serait insupportable. Un lieu isolé sur la propriété de lord Motton ferait tout à fait l'affaire mais il faudrait d'abord qu'elle persuade Alex de l'accompagner. Et autant attendre qu'il fasse beau car, aujourd'hui, il pleuvait trop…

Voilà qu'elle tergiversait à nouveau. Si jamais il devait pleuvoir toute la semaine, que ferait-elle ? Elle serait alors rentrée à Londres sans avoir parlé à Alex.

Il y avait sans doute dans cette grande maison un endroit où Alex et elle pourraient s'isoler sans craindre d'être dérangés.

Son regard se posa sur la porte jouxtant son secrétaire, celle qui communiquait avec la chambre d'Alex. Kate avait supposé qu'elle était verrouillée mais l'était-elle vraiment ?

Alex étant toujours dehors avec Hermès, c'était le moment idéal pour vérifier.

Elle posa la main sur la poignée, la fit pivoter puis poussa doucement. La porte s'ouvrit sans heurt sur ses gonds bien huilés. En retenant son souffle, Kate osa jeter un coup d'œil dans la pièce.

— Tante Kate… (En sursautant, Kate se frappa la tête contre le montant de la porte.) Oh mon Dieu ! Vous allez bien ?

Grace se précipitait vers elle tandis que Kate refermait la porte et s'en éloignait. Elle voulait éviter à tout prix que sa nièce ne se pose des questions au sujet de cette autre chambre… ou, plus précisément, au sujet de son occupant.

— Oui, tout va bien. Vous m'avez juste surprise, répondit Kate en se forçant à garder son calme. Que vouliez-vous ?

Grace fronça les sourcils en regardant la porte de communication, une étrange expression dans le regard, puis haussa les épaules et se tourna vers sa tante.

— Je venais voir si vous désiriez descendre, dit-elle en se forçant à sourire. Je commençais à me lasser de ma propre compagnie.

— Quelle coïncidence, déclara lady Oxbury, avec le même sourire crispé. Je m'ennuyais toute seule, moi aussi. Si nous descendions pour voir quel coup pendable le singe de Miss Smyth a encore commis ?

— Ou quelles horreurs ce perroquet a encore proférées, rétorqua Grace en riant.

— C'est cela, lança lady Kate en prenant le bras de sa nièce. Les animaux de Miss Smyth savent mettre de l'animation, n'est-ce pas ?

Pour l'instant, elle allait se joindre aux autres, mais ce soir… Ce soir, elle ouvrirait cette porte de communication pour de bon.

— Alors, Hermès ? Que devrais-je faire, d'après toi ? (Le petit chien pencha la tête comme s'il réfléchissait avec soin à tous les aspects de la question puis se mit à aboyer avec enthousiasme.) Oui, tu as raison. Il faut que je règle ce problème avec Kate dès aujourd'hui, ce soir au plus tard.

Hermès secoua la queue puis s'élança aux trousses d'un écureuil.

Si seulement ma vie était aussi simple, se dit Alex. Il ne souhaitait pas devenir un chien – en tout cas pas un petit roquet comme Hermès – mais il aurait aimé que les choses soient moins compliquées.

Il regrettait d'avoir accepté de coucher avec Kate. Sur le moment, il avait déjà compris que c'était une erreur. Il aurait mieux fait de rester à la maison en compagnie de David et de siroter un verre de cognac avant d'aller se coucher tôt… dans son propre lit.

Mais bon sang, quelle nuit magnifique! Même là, debout dans le crachin au beau milieu de la pelouse chez lord Motton, il aurait pu passer des heures à se remémorer ces instants.

Il ferma les yeux et la revit, comme il l'avait fait chaque nuit depuis qu'il s'était précipité par cette maudite fenêtre à Oxbury House. Le fait qu'il ait réussi à trouver parfois le sommeil tenait du miracle. Il en avait été réduit à soulager sa… tension comme il le faisait quand il était petit garçon : avec sa main. S'il s'en abstenait, il passait une nuit blanche.

Il sentait d'ailleurs qu'il se tendait de désir. Comment aurait-il pu en être autrement ? Dans son souvenir, elle était si belle avec ses cheveux tombant sur ses épaules nues, ses seins menus mis en valeur par la lumière des bougies, ses petits tétons qui le rendaient fou, sa taille gracieuse, son ventre plat et ce nombril délicat, les boucles légères entre ses cuisses blanches…

Il se rappelait aussi le contact de son… de sa peau aussi douce que des pétales de rose, des pointes de ses seins si réactives quand il les avait effleurées du bout des doigts, puis des lèvres.

Elle avait tressailli sous ses caresses. Il s'était baigné dans son parfum. De sa bouche, elle lui avait fait entrevoir le paradis et quand il l'avait pénétrée…

Il avait rêvé d'elle, d'être avec elle – et en elle – durant vingt-trois ans. Même quand il faisait des efforts pour ne pas y penser, quand il se disait qu'elle était mariée à Oxbury et qu'elle ne serait jamais sienne, il s'imaginait dans son lit.

Comment pourrait-il regretter d'avoir réussi à y entrer ?

Diable ! Si quelqu'un venait à passer, il ne manquerait pas de remarquer qu'une bosse gênante déformait son pantalon. Il se félicita de n'avoir qu'Hermès pour seule compagnie.

Ce chien pensait-il vraiment impressionner un écureuil en restant au pied d'un arbre, à aboyer… si tant est qu'on puisse qualifier d'aboiement le bruit qu'il faisait ? Hermès n'avait rien de menaçant, et cet écureuil était presque aussi gros que lui.

Le chien jappa une dernière fois puis revint vers lui. Alex releva son col pour se protéger de la bruine et ils reprirent leur promenade.

Dans quelques mois, le ventre de Kate serait-il toujours aussi plat ou se serait-il arrondi pour faire de la place à leur enfant ?

Au lieu de paniquer à cette idée, il ressentit de l'impatience et de la fierté, mais aussi une sensation nouvelle pour lui, comme une douce chaleur.

Il voulait protéger Kate des qu'en-dira-t-on et la mettre en sécurité… ainsi que dans son lit.

Il fallait qu'il lui parle dès aujourd'hui, mais où pourrait-il le faire ? Étant donné la condition – présumée – de Kate, il n'était pas question de lui proposer une promenade. De toute façon, il faisait trop humide. Il se remettait même à pleuvoir.

—Allez Hermès, on rentre ! déclara-t-il.

Trouverait-il un coin calme dans cette maison où s'isoler avec Kate et discuter sans risquer d'être interrompu ou même entendu, ne serait-ce que par les domestiques ? Si la grossesse de Kate venait à se savoir…

Une conversation aussi délicate ne pouvait se tenir que dans un seul endroit, le lieu où le problème était né : la chambre de Kate.

Ce soir même, il ouvrirait cette porte de communication. Et si avec un peu de chance cet échange se poursuivait dans le lit de la belle… Eh bien, il ne s'en plaindrait pas.

David balaya le salon bleu d'un regard inquiet. Pouvait-il s'y installer pour lire en toute tranquillité ? La bibliothèque possédait trop de recoins sombres et pas assez d'issues de secours.

Il pouvait toujours se cacher dans sa chambre.

Non, les sœurs Addison seraient capables d'aller le débusquer jusque-là.

Il choisit un fauteuil face à la porte afin que personne, et surtout pas une jeune fille célibataire ou l'une des jumelles chasseuses de maris, ne puisse se glisser derrière lui et le surprendre. Dès qu'il verrait une chaussure de femme ou entendrait une voix féminine, il décamperait. Il pouvait filer par l'autre porte donnant sur le couloir ou rejoindre la terrasse en passant par la fenêtre.

Il se trouvait dans une situation très incertaine. Le majordome de Motton l'avait informé que la plupart des hommes étaient sortis faire du cheval. Il y serait allé lui aussi s'il n'avait pas fallu qu'il s'entretienne avec lady Wordham… avec sa grand-mère.

Il sourit en pensant qu'il était l'obligé de lady Grace. Elle avait eu tout à fait raison : entretenir sa rancœur ne rimait à rien. Désormais délesté de ce fardeau, il se rendait compte du poids qu'il avait représenté. Sa vie entière avait été obscurcie par un sentiment de colère et d'abandon ainsi que par un malaise permanent. Un nuage noir avait occulté la moitié de son héritage familial.

Grace avait réussi à dissiper toute cette mélancolie. Il avait appris des choses sur la famille de sa mère et s'était trouvé une nouvelle grand-mère. Bien entendu, lady Wordham ne pourrait jamais remplacer grand-maman. Celle-ci l'avait élevé, avec l'aide de grand-papa, et David l'avait aimée comme une mère. Elle lui manquerait toujours.

Mais lady Wordham lui était aussi liée par le sang et il était heureux de découvrir cette partie de sa famille. Il avait un oncle, deux tantes et quelques cousins qu'il n'avait jamais rencontrés. Bien entendu, il avait toujours été conscient de leur existence – il ne pouvait pas ignorer, par exemple, que son oncle, qui vivait en Angleterre, était désormais marquis – mais c'était différent. Une fois de retour à Londres, il pourrait rendre visite à certains d'entre eux.

Mais avant, il devait s'assurer de quitter cette fête en homme libre ou, mieux, fiancé à lady Grace plutôt qu'à l'une de ces jumelles sournoises.

Il ouvrit son livre tout en surveillant la porte du coin de l'œil. Il se tiendrait sur ses gardes car il était seul et sans défense. Sa grand-mère était montée se reposer et Grace ne se trouvait pas dans les parages. Où était-elle d'ailleurs ? Ne comprenait-elle pas que son absence le mettait en grand danger ?

Si elle était là… Ah, il aurait grand plaisir à être surpris dans une situation compromettante avec lady Grace. Il se sentait même tout à fait disposé à en provoquer une, quelque chose d'assez scandaleux, impliquant de la nudité…

— Lord Dawson !

Il bondit sur ses pieds. *Bon sang !* L'une des sœurs Addison venait de faire son apparition sur le seuil. Avait-elle enlevé ses chaussures avant de s'approcher sur la pointe des pieds pour ne faire aucun bruit ?

Il regrettait de s'être ainsi laissé distraire en pensant à Grace.

— Euh… Miss… euh… Addison, bafouilla-t-il, sans savoir de laquelle des deux chipies il s'agissait, Abigail ou Amanda.

— Quelle bonne surprise de vous trouver ici. Je pensais que vous étiez parti faire du cheval avec les autres hommes. Êtes-vous resté dans l'espoir de vous retrouver seul avec moi ?

— Non ! s'écria David.

Il s'était peut-être montré un peu brutal dans sa réponse car Miss « Devinez-laquelle-je-suis » Addison cligna des yeux d'étonnement. Mais elle se reprit tout de suite.

— Oh, lord Dawson, que vous êtes drôle !

Il se tenait prêt à se volatiliser si elle faisait le moindre pas vers lui. Il se moquait d'avoir à expliquer un départ aussi précipité. Si nécessaire, il prétexterait une envie pressante.

À moins qu'elle ne soit capable de le suivre jusque dans les lieux d'aisance. Cette demoiselle n'avait aucune pudeur.

— Je suis désolé de devoir vous quitter si vite, Miss, euh… Addison, mais je dois aller…

— Oh non, vous n'irez nulle part, petit fripon.

Ce fut au tour de David de cligner des yeux. Avait-il bien entendu ? Ces mots étaient-ils sortis de la bouche de Miss Abigail ou Amanda Addison ? D'effrontée, elle était désormais… Aucun qualificatif ne lui sembla assez fort pour décrire ses sentiments.

— Au voleur !

La partie de son cerveau qui n'était pas tétanisée par la panique reconnut tout de suite la voix de l'intervenant : c'était le perroquet de Miss Smyth.

Miss « Addison-ici-présente » poussa un cri d'effroi et releva sa jupe, révélant ainsi une partie non négligeable de ses chevilles, au cas où quelqu'un serait tenté de les admirer. Le singe surgit alors entre ses jambes.

— Edmund, sale bête ! Viens ici ! s'écria Miss Smyth lancée à sa poursuite, son perroquet sur l'épaule.

— Sale bête ! Au voleur !

— Theo, chut ! ordonna Miss Smyth. (Elle sourit à David puis se tourna vers Miss Addison qui continuait de hurler.) Je vous en prie, Miss, euh… Laquelle êtes-vous donc ?

— Abigail.

— L'aînée ?

— Oui, de cinq minutes.

— Tant mieux pour vous. Ainsi vous jouez des coudes pour passer devant votre sœur depuis votre naissance, c'est ça ?

— Oui, euh… Non, balbutia la jeune femme.

David réprima un éclat de rire et se dit qu'il pourrait finir par beaucoup apprécier Miss Smyth.

À cet instant, Miss Amanda Addison fit son apparition en pointant un doigt accusateur vers le singe.

— Cette créature m'a volé une plume, déclara-t-elle.

L'animal, vêtu d'une tunique rouge vif et d'un chapeau coordonné, tenait avec fermeté une plume rose. Il hurla à l'intention de Miss Amanda, grimpa aux rideaux et bondit sur le manteau de la cheminée. Une bergère en porcelaine flanquée de deux moutons tomba devant l'âtre, se brisant en mille morceaux.

— Mon Dieu, lança Miss Smyth. J'espère qu'Edmund ne tenait pas à cette babiole.

— Tu vas avoir des ennuis, matelot.

Est-il possible qu'un perroquet puisse jubiler ? se demanda David en réprimant un sourire. En effet, Theo semblait se réjouir de la mauvaise conduite d'Edmund.

— Lord Dawson, je vous en prie… Pourriez-vous reprendre ma plume à cette, cette… créature ? demanda Miss Amanda en le suppliant du regard, ce qui le laissa de marbre.

— Je pense que Miss Smyth aurait plus de facilité à le faire que moi, répondit David en souriant. Je tiens à mes doigts et cet animal a l'air prêt à mordre.

À cette réponse si peu galante, la jeune femme sembla se pétrifier un instant, permettant ainsi à sa sœur de reprendre la main.

— Vous avez bien raison, milord. On n'est jamais assez prudent. Qui sait quelles maladies cette bête peut avoir ? déclara-t-elle en battant des cils à son attention.

Selon les critères de Miss Abigail Addison, le titre de noblesse de David semblait l'emporter sur son manque de courage.

Sidérée, Miss Smyth ouvrait et fermait la bouche, incapable d'émettre le moindre son. Elle posa une main sur sa poitrine pour reprendre sa respiration.

— Des maladies ? Des maladies ! s'écria-t-elle enfin.

— Chien galeux !

— C'est bien vrai, Theo. Mais cela ne s'adresse pas à Edmund, précisa Miss Smyth. (Elle s'approcha de

Miss Abigail et se mit à agiter un doigt sous le nez de la jeune femme.) Sachez mademoiselle qu'Edmund ne couve aucune maladie. Comment pouvez-vous penser cela ? Quelle idée ! Il n'a jamais été souffrant de sa vie et je ne pense pas qu'il apprécie d'être insulté.

— Allons, Miss Smyth, ce n'est qu'un singe, se moqua Miss Amanda qui venait d'avoir l'idée saugrenue de se jeter dans la mêlée.

— Je sais bien que c'est un singe, lança la tante de Motton à son nouvel adversaire. Mais c'est un singe très intelligent, en tout cas bien davantage que deux demoiselles dont je préfère taire le nom.

Dans une chorégraphie parfaitement symétrique, les jumelles Addison ouvrirent la bouche en grand et fusillèrent leur hôtesse du regard.

David fit un pas en avant, inquiet qu'elles ne décident de lever la main sur Miss Smyth.

Elles n'en eurent pas l'occasion car, par bonheur, lady Kilgorn, lady Oxbury et lady Grace entrèrent dans la pièce.

— Où votre petit singe a-t-il trouvé cette plume, Miss Smyth ? demanda lady Kilgorn, hilare.

— Il me l'a prise, lady Kilgorn, lança Miss Amanda sur un ton de petite fille gâtée. Je veux qu'il me la rende.

— C'est bien normal, dit lady Kilgorn. (Elle s'approcha d'Edmund et tendit la main vers lui.) Allons, monsieur, donnez-moi cette plume. (Le singe hurla, visiblement peu enclin à obtempérer.) Oh, vous êtes dur en affaires, dites-moi. (Lady Kilgorn jeta un coup d'œil dans la pièce et repéra une tabatière en argent qu'elle ramassa.) Que diriez-vous d'un échange, monsieur ?

Pendant quelques secondes, Edmund considéra l'objet brillant puis lâcha la plume pour s'emparer de la boîte. Lady Kilgorn n'eut plus qu'à ramasser l'objet appartenant à lady Amanda pour le lui rendre tandis que Miss Smyth applaudissait.

— Bien joué, déclara-t-elle, ravie. Vous savez vous y prendre avec les animaux. Je me félicite de vous avoir mis sur ma liste d'invités. (Son regard se posa alors sur les jumelles.) En revanche, il y a certains noms que j'aurais mieux fait d'oublier.

Stupéfaites, les sœurs Addison s'immobilisèrent à l'unisson.

Grace avait pris ses distances avec cette agitation et s'était approchée de David.

— Accepteriez-vous de m'accompagner dans le jardin ? demanda le baron. (Elle parut hésiter.) J'aimerais vous parler de mon entrevue avec ma grand-mère.

— Avec joie, dit-elle, soulagée.

Ils sortirent par la porte-fenêtre. Les autres femmes, tout à leur conversation enflammée au sujet des animaux domestiques, ne parurent pas remarquer leur départ.

L'air était humide et un peu froid mais revigorant. Grace laissa lord Dawson lui prendre la main et la poser sur son avant-bras. Ils traversèrent la terrasse, descendirent l'escalier et empruntèrent un sentier.

— Comment s'est déroulée votre conversation, milord ? demanda Grace.

Elle était ravie qu'il ait parlé avec lady Wordham. Elle avait tout de suite compris que cette femme voulait faire la paix avec son passé, mais les hommes sont parfois si têtus. Le meilleur exemple en était son père. Une fois qu'il avait une idée dans la tête, il était impossible de l'en faire changer.

— Cela s'est très bien passé, répondit David en souriant. (Elle le trouvait apaisé et... rajeuni.) Merci de m'avoir poussé à lui parler. Je pense que cela nous a été très bénéfique.

— J'espère bien, dit-elle en resserrant son étreinte autour de son bras. Et cela a été fort aimable de votre part d'accepter de la rencontrer.

— Je ne sais pas... Je n'étais pas très enthousiaste au début et, au bout du compte, cela s'est avéré fructueux. J'ai appris certaines choses sur ma mère et sa famille... ma famille.

— Oui, bien entendu. Toutefois, vous auriez pu mener votre vie sans jamais savoir tout cela. Certes, il vous aurait manqué quelque chose mais cela ne vous aurait pas empêché de connaître le bonheur. Lady Wordham, en revanche... Je pense qu'elle ressentait le besoin d'être pardonnée. Qu'elle soit vraiment fautive ou pas, son passé la hantait.

David hocha la tête et ils marchèrent en silence quelques instants. Grace faisait de son mieux pour graver dans son souvenir le moindre détail de cette scène : le contact de son bras sous sa main, sa haute stature musclée, la manière dont le soleil se reflétait dans ses cheveux… Très bientôt, il lui faudrait retourner à Standen puis marcher vers l'autel pour épouser John Parker-Roth.

Parviendrait-elle à garder ces impressions intactes au fond de son cœur ? Pourrait-elle les convoquer dans les années à venir ? Sûrement pas. Ses souvenirs passeraient avec le temps comme la peinture d'un tableau exposé au soleil ou se couvriraient peu à peu de poussière.

C'était tout aussi bien. Une fois qu'elle aurait épousé John, son cœur ne pourrait plus appartenir à aucun autre homme.

Ils étaient arrivés dans une partie assez sauvage du parc. L'air était chargé de senteurs de terre mouillée et de feuilles.

— Grace.

— Oui ? murmura-t-elle.

Cet endroit était si calme, si reculé. C'était comme si elle et David se trouvaient dans un autre monde, un monde libéré de toute règle et de toute contrainte.

David s'arrêta et la prit par les épaules. Son regard ne laissait aucun doute sur ses intentions : il allait l'embrasser. *Parfait.* Elle pencha un peu la tête en arrière et entrouvrit les lèvres. Elle voulait que cela arrive. Elle gagnerait un souvenir de plus, une sensation de plus à chérir au plus profond d'elle-même, aussi longtemps qu'elle en serait capable.

David posa ses lèvres sur celles de Grace, d'abord avec douceur, demandant sans exiger, donnant sans prendre. Puis il glissa des baisers sur ses paupières et ses joues, autant de petits contacts qui enflammèrent son cœur et la firent fondre de désir.

Elle gémit doucement. Il revint alors sur ses lèvres mais, cette fois-ci, son baiser fut fougueux, dévorant. Elle eut l'impression de se livrer corps et âme à la caresse de sa langue.

Elle posa les mains autour de son cou et se pressa contre lui, souple contre son corps si puissant. Une fièvre la consumait : le désir.

— Grace ?

— Hum ?

Elle cligna des yeux en le regardant. Elle ne voulait pas parler. Parler signifiait penser. Elle ne voulait que ressentir.

Elle prit son visage entre ses mains et posa un baiser sur sa joue, l'invitant à revenir vers elle.

Il s'exécuta et mit ses mains sur ses hanches. Elle voulait les sentir sur ses seins...

Il releva la tête en riant, cherchant à reprendre son souffle.

— Grace, arrêtez, supplia-t-il.

Elle n'en avait aucune intention, jamais. Elle voulut le reprendre dans ses bras mais il l'attrapa par les épaules et la repoussa avec autant de délicatesse que de fermeté. Il lui sourit.

— Grace... Tout cela est charmant et j'adorerais pouvoir poursuivre ces activités le plus tôt possible mais, avant, j'ai une question importante à vous poser.

Oh non ! Il fallait qu'elle s'en aille, qu'elle trouve une excuse quelconque pour repartir vers la maison.

Mais fuir ne servirait à rien. Elle l'avait poussé à discuter avec sa grand-mère et, maintenant, elle devait lui parler.

La gorge serrée par les sanglots, elle était incapable de prononcer la moindre parole.

Comment pouvait-elle expliquer sa loyauté envers son père, son obligation de faire passer les besoins de ce dernier avant ses propres désirs – des désirs charnels, et donc fugaces. En regardant les yeux de David, elle savait qu'il ne pourrait pas comprendre et elle ne voulait pas voir la joie s'effacer de son visage.

Il était encore jeune et tous deux ne se connaissaient que depuis peu de temps. Il trouverait une autre femme à aimer alors que son père ne pouvait compter que sur elle.

— Grace, acceptez-vous de m'épouser ?

Elle n'avait pas besoin de voir son visage. De toute façon, ses yeux étaient inondés de larmes.

— Non, David. Je suis navrée mais c'est impossible.

Chapitre 17

— Vous vous couchez bien tôt, ce soir, monsieur, observa Roberts en rangeant le veston d'Alex dans la penderie.

Celui-ci ravala un soupir. Parfois, son valet pouvait se montrer exaspérant.

— Il n'est pas si tôt que ça, lâcha-t-il.

Devant l'air soupçonneux de Roberts, Alex réprima l'envie de lui assener un coup de poing dans la figure.

Son valet était un homme doué d'un minimum de perspicacité. Surpris, il fit une rapide révérence.

— Ce sera tout pour ce soir, j'imagine ? demanda-t-il.

Venait-il de lancer un regard vers la porte de communication ? Alex fit de son mieux pour conserver son flegme. Roberts savait sans doute tout de ses projets – les domestiques n'ignoraient jamais rien des détails de la vie de leurs maîtres – mais il n'était pas nécessaire de le reconnaître à voix haute.

— Oui, merci. Ce sera tout, confirma Alex.

Alors que Roberts se dirigeait vers la porte, Alex ne put retenir ses paroles. Elles fusèrent avant qu'il puisse comprendre qu'il les prononçait.

— Euh, une dernière chose…

— Oui ? s'enquit Roberts en se figeant, une main sur la poignée.

Le cerveau d'Alex reprit alors les commandes. Était-il complètement idiot ? Il n'était pas question qu'il demande cela.

— Non, rien, décida-t-il.

— J'ai remarqué que lady Oxbury a rejoint sa chambre tôt, elle aussi, confia Roberts, un petit sourire aux lèvres. Cette fête doit être très fatigante.

Alex envisagea un instant de lancer une chaussure au visage de son valet.

— Épuisante, surenchérit-il. D'ailleurs, j'ai l'intention de faire la grasse matinée, demain. Ne venez pas tant que je ne vous aurai pas sonné.

Ah ! Alors ? Qu'est-ce que tu penses de ça ?

Le valet, saisissant la balle au bond, le gratifia d'un large sourire et lui dit :

— Très bien, monsieur. Puis-je me permettre de vous souhaiter bonne chance, monsieur ?

Nom de Dieu ! Sentant une vague de chaleur inonder son cou et son visage, Alex sut qu'il était rouge comme une pivoine.

— Et pourquoi donc aurais-je besoin de chance ? demanda-t-il.

— Je n'en ai pas la moindre idée, monsieur, déclara Roberts en sortant avant de refermer la porte derrière lui.

Quel fieffé menteur! Les sous-entendus de Roberts étaient clairs comme de l'eau de roche, mais il se trompait.

En partie, tout du moins, pensa Alex. Certes, il rêvait de faire l'amour à Kate, de la coucher dans un lit et de lui refaire ce qu'il lui avait fait à Londres.

Mais c'était précisément là que le bât blessait : que lui avait-il fait à Londres ?

Il attrapa la carafe de cognac et s'en servit un grand verre. Allait-il devenir père et avoir un enfant ? Un fils ou, pourquoi pas, une fille ? Un bébé, en tout cas.

Pendant un an ou deux après le mariage de Kate avec Oxbury, l'idée qu'elle puisse attendre un enfant de cet homme lui était devenue insupportable. Ce n'était pas très élégant de sa part, il le savait déjà à l'époque, mais il ne pouvait s'empêcher d'avoir de telles pensées. Dans son esprit, le fait qu'elle donne un héritier à Oxbury aurait rendu le mariage de Kate irréfutable. Mais les années passant, elle restait toujours aussi mince et sans enfant ; alors il pouvait entretenir l'illusion qu'elle ne partageait pas la couche d'Oxbury, qu'elle n'était pas vraiment liée à cet homme.

Peut-être y avait-il une part de vérité là-dedans ? Soit, pas en ce qui concernait la virginité de Kate, comme il avait pu s'en rendre compte à Londres. Mais son attachement à Oxbury... pour le meilleur ou pour le pire, ne tenait plus que par un fil ou, plus précisément, par le bon vouloir de la Fouine.

Si elle avait eu un garçon, ce dernier aurait hérité du titre d'Oxbury, et la situation aurait été différente. Et même s'il s'était agi d'une fille, Kate n'aurait pu oublier son défunt mari car ils auraient créé une vie ensemble.

Il se laissa tomber dans le fauteuil de cuir marron qui faisait face à la cheminée et berça lentement son verre de cognac au creux de sa main. Durant l'année qui venait de s'écouler, depuis la mort de son père et de sa mère, il avait beaucoup réfléchi aux enfants et à la descendance.

Quand il serait mort, il ne se trouverait personne pour porter le deuil. Bien entendu, David serait triste et peut-être que ses enfants pleureraient le décès de leur oncle Alex, mais il ne s'agissait pas de cela. Il n'aurait pas de descendant direct, pas de fils pour porter son nom ni de fille ayant son sang dans les veines. Cela signifiait aussi que personne n'hériterait de Clifton Hall. Il poussa un long soupir en pensant qu'il laisserait peut-être sa propriété au deuxième fils de David.

À condition que David ait un deuxième fils.

C'était absurde. David devait se marier et avoir des enfants afin que son titre perdure. Toutefois, il semblait peu probable qu'il épouse lady Grace. Il avait dû se passer quelque chose cet après-midi-là car les deux étaient en froid. Durant tout le dîner, ils avaient évité de se regarder et, quand par hasard cela arrivait, ils se dépêchaient de détourner les yeux. Lorsque David était entré dans le salon après le repas, il avait tout d'abord vérifié où se trouvait Grace puis s'était placé à l'autre bout de la pièce. La jeune femme avait quitté la réception peu de temps après.

C'était bien dommage. Toutefois, David n'avait que trente et un ans, il était encore relativement jeune pour envisager le mariage. De plus, étant donné l'aversion de Standen envers les Wilton, David aurait plus de chance d'entretenir une vie de couple harmonieuse en choisissant une autre épouse.

Lui, pour sa part, n'était plus très jeune.

Il fit tourner l'alcool dans son verre. Il avait sérieusement envisagé de se ranger quelques années après le mariage de Kate. Il voulait fonder une famille et avait rencontré une femme charmante mais ses hésitations l'avaient poussée à en épouser un autre.

C'était là l'histoire de sa vie : incapable de prendre une décision, il voyait la récompense lui passer sous le nez. Si seulement il avait fui jusqu'à Gretna Green avec Kate vingt-trois ans plus tôt, comme Luke l'avait fait avec lady Harriet…

Il prit une gorgée de cognac. Tout cela était désormais de l'histoire ancienne. La décision qu'il avait à prendre concernait le présent.

Si Kate était vraiment enceinte de lui, la question était entendue car il ne laisserait pas cet enfant mener l'existence d'un bâtard.

Il reposa son verre, se leva, puis se dirigea vers la porte. Il était temps de mettre un terme à toutes ces incertitudes.

— Ce sera tout pour ce soir, Marie. Je vous remercie.

En prononçant ces paroles, Kate se massa les tempes. Elle sentait venir une violente migraine.

— Voulez-vous un peu de thé, milady ?

À cette seule pensée, lady Oxbury sentit son estomac se soulever. Du thé n'allait pas arranger son état.

— Non, je vous remercie.

Marie lâcha un petit soupir exaspéré en s'attardant près de la porte. Visiblement, la femme de chambre allait exploser si elle ne disait pas ce qu'elle avait sur le cœur. Hélas, Kate en avait une idée très précise... et n'avait aucune envie de l'entendre.

Elle pouvait l'ignorer. C'était même la meilleure chose à faire.

Qui espérait-elle duper ? Cette tactique n'avait jamais fonctionné auparavant, pourquoi serait-ce le cas aujourd'hui ? Marie était capable de passer la nuit debout devant cette porte.

— Vouliez-vous ajouter quelque chose, Marie ? demanda lady Oxbury, résignée.

— En fait, oui, répondit la domestique en relevant le menton d'un air déterminé.

Kate hocha la tête. Marie la regardait froidement.

Bon sang ! Si elle avait des récriminations à formuler, autant qu'elle s'en débarrasse tout de suite. De toute façon, quoi qu'elle puisse dire, Kate y avait déjà pensé.

Lady Oxbury baissa les yeux et se passa les doigts sur le front. Cela ne servit à rien.

— Donc ? commença-t-elle. De quoi vouliez-vous parler ?

— Vous savez que vous allez bientôt devoir lui dire, n'est-ce pas ?

Lady Kate jugea inutile de jouer l'incompréhension. Il n'y avait qu'un seul individu auquel elle avait des révélations à faire. Elle avait décidé que ce serait pour ce soir mais maintenant que l'heure avait sonné… Elle jeta un coup d'œil vers la porte de communication. Peut-être demain…

Lady Oxbury porta alors son regard sur Marie. Celle-ci semblait compatir. *Diable !* Des larmes lui piquèrent les yeux.

Non, il n'était pas question qu'elle pleure.

— Je vais m'en occuper, Marie.

— Mais quand, milady ? demanda d'un ton exaspéré la domestique dont le visage ne reflétait plus la moindre compassion. Vous avez dit la même chose hier soir.

— C'est vrai, reconnut lady Oxbury. Mais cette fête ne fait que commencer.

— Et elle s'achèvera très bientôt sans que ce pauvre Mr Wilton n'ait découvert le pot aux roses, je le crains, rétorqua Marie.

Comment ça, ce pauvre Mr Wilton ? Ce n'était pas lui, l'infortuné qui rendait son petit déjeuner tous les matins. Ce n'était pas lui, qui avait à s'inquiéter dès que quelqu'un regardait son ventre, ou qui se demandait sans cesse s'il avait commencé à enfler, si les autres pouvaient deviner… la vérité. De plus, d'ici quelques mois, voire quelques semaines, ce ne serait plus un mystère pour personne. Tout être humain doué de vision pourrait constater qu'un heureux événement se prépare.

Elle pressa la paume de ses mains contre son front. Et si Alex lui riait au nez ? S'il s'en lavait les mains en disant que c'était elle qui l'avait séduit et qu'elle n'avait qu'à en assumer les conséquences ?

Non, il ne ferait jamais cela. Cependant, il aurait raison d'être en colère. Lui qui avait passé tant d'années libre comme l'air, il allait falloir qu'elle lui dise que…

Elle n'y arriverait jamais.

Il le fallait.

— Je n'ai pas réussi à trouver le temps…, prétexta-t-elle.

— Vous avez eu tout le temps nécessaire, répliqua Marie en faisant claquer sa langue. Je vois à quel point cela vous contrarie. Vous ne mangez plus et vous dormez à peine. Tout ça, c'est mauvais pour le bébé.

— Eh bien…, commença lady Oxbury, convaincue que son anxiété contribuait à ce maudit mal de tête.

— La situation ne va pas s'arranger, milady. Imaginez que vous attendiez jusqu'au moment où ça va se voir. Là, ce sera vraiment gênant. Je ne pense pas que Mr Wilton voudrait découvrir à ce moment-là qu'il est le papa.

— Non…, gémit lady Oxbury, le cœur au bord des lèvres, se demandant où était passée cette satanée bassine.

— Soit vous lui dites ce soir, soit c'est moi qui lui en parle demain matin, décréta Marie en croisant les bras.

— Vous n'oseriez pas ! s'écria lady Kate en relevant la tête.

— Oh que si ! assura la femme de chambre, intraitable.

— Mais il faudrait que j'aille voir Grace, plaida sa maîtresse. Elle semblait bouleversée dans le salon ce soir. (Marie se contenta de la regarder fixement.) De plus, je ne suis même pas habillée. Je ne vais pas y aller en chemise de nuit.

— Il vous a déjà vue dans cette tenue, milady, ironisa Marie, et même sans. Je ne crois pas qu'il va se plaindre si vous entrez comme ça dans sa chambre.

Bonté divine ! Entrer dans la chambre d'Alex ? Elle ne le pourrait jamais, voilà tout.

— Je lui parlerai demain, je vous le promets.

Elle envisageait de le faire dans le jardin. L'endroit serait assez intime pour cela.

— Vous lui parlerez ce soir, milady, ou c'est moi qui lui parlerai demain matin, conclut Marie en claquant la porte derrière elle pour montrer sa détermination.

— Oh…, murmura lady Kate en enfouissant son visage entre ses mains.

Qu'allait-elle faire ?

Elle allait tout dire à Alex… d'une manière ou d'une autre. Il le fallait, avant que Marie ne s'en charge. Marie était une femme de parole. Ses menaces ne devaient pas être prises à la légère.

À quel moment Kate avait-elle offensé les dieux pour être punie de la sorte ? Elle avait mené une existence exemplaire. Elle s'était pliée à la décision de son frère en épousant Oxbury et avait été fidèle à son époux. Elle aidait les indigents, visitait les malades et disait ses prières tous les soirs. Enfin… presque tous les soirs.

D'autres veuves avant elle avaient couché avec des hommes sans tomber enceinte alors qu'elle ne l'avait fait qu'une seule fois. C'était vraiment trop injuste.

— Qu'en penses-tu, Hermès ? Que devrais-je faire ?

Le petit chien se contenta de bâiller puis posa sa tête sur ses pattes. Les tourments de sa maîtresse semblaient le laisser de glace.

Elle poussa un long soupir et regarda la porte entre les deux chambres. Qu'y avait-il de si difficile dans tout cela ? Alex et elle étaient tous deux des adultes qui pouvaient discuter de manière civilisée.

La panique lui enserra la gorge et, durant quelques instants, elle eut du mal à respirer.

Elle décida de répéter son rôle. Elle se leva donc puis alla se poster devant le miroir.

— Mr Wilton…, commença-t-elle avant de toussoter puis de s'accorder quelques respirations. Mr Wilton, je souhaiterais vous… vous…

Il ne fallait pas qu'elle ait l'air effrayée. Il n'y avait aucune raison d'avoir peur…

Si, il y en avait une et elle la portait en ce moment au plus profond d'elle-même. Elle posa une main tremblante sur son ventre.

Qu'attendait-elle d'Alex ? Une demande en mariage ? Comment pourrait-elle accepter ? Elle aurait l'impression de lui faire payer le prix de son égarement et elle avait trop de moralité pour cela. Il lui ferait peut-être un autre genre de proposition ? Toutefois, les hommes ne s'embarrassaient pas de maîtresses enceintes ou de gamins braillards.

Protégeant son ventre de ses deux mains, elle se dit que son enfant ne serait pas comme cela. Il serait aimé et choyé… si lui et sa mère ne se retrouvaient pas à mourir de faim dans un foyer pour mères célibataires.

Elle se pencha sur la coiffeuse et se concentra sur sa respiration, sans succès.

Le plus important, c'était de dire à Alex qu'elle était… qu'il était… qu'un enfant allait naître. Une fois qu'elle aurait accompli ce premier pas, elle pourrait régler les autres soucis. Avec un peu de chance – élément qui semblait lui faire défaut ces derniers temps – Alex ne la laisserait pas seule au monde. D'ailleurs, peut-être aurait-il quelques idées constructives pour résoudre le problème.

Oui, c'est cela. Deux têtes valent mieux qu'une. Elle toucha son ventre une nouvelle fois. *Non, pas deux mais trois… Mon Dieu…*

Elle redressa les épaules et avança jusqu'à la porte de communication. *Assez.* Il était temps de faire preuve de courage.

Elle posa la main sur le bouton de porte et prit une profonde inspiration. Elle pourrait…

Elle bascula en avant quand la porte s'ouvrit vers l'autre chambre.

— Ah ! s'écria-t-elle. (Elle tendit le bras pour se rattraper à quelque chose et trouva la fermeté d'un torse d'homme.) Oh !

— Kate ! Vous n'avez rien ? demanda Alex en la saisissant par les épaules pour la retenir.

— Hum ?

Il sentait le cognac et le lin et… son parfum bien à lui. Il avait enlevé son veston ainsi que son gilet et sa chemise de coton fin était douce sous les doigts de Kate.

Dans le souvenir très précis qu'elle en avait, sa peau était plus douce encore…

Elle retira sa main comme si elle venait de se brûler.

— Allez-vous bien ? demanda-t-il, l'air inquiet.

— Oui, bien sûr que je vais bien. Pourquoi en serait-il autrement ?

Lady Oxbury se mordit la lèvre. Elle n'avait pas voulu se montrer cassante mais son estomac faisait des bonds comme le singe de Miss Smyth. Elle toussota, la bouche soudain aussi sèche que les sables du Sahara.

— Puis-je entrer ? dit-elle.

— C'est déjà fait, répondit-il avec un demi-sourire.

— Euh, oui… (Elle rougit.) Puis-je m'avancer ?

— Mais bien sûr, déclara Alex en libérant le passage et en souriant de plus belle. Voulez-vous un verre de cognac ?

— Oui, je vous remercie. Ce serait très aimable, dit lady Kate en considérant que, si ce n'était pas sa boisson préférée, un verre parviendrait à la calmer.

Elle passa devant lui et jeta un coup d'œil rapide au lit – déjà très émue, elle n'aurait pu rougir davantage – puis se focalisa sur le fauteuil qui trônait près de la cheminée. Il n'y en avait qu'un.

Elle s'arrêta. Où allait-elle s'asseoir ?

— Quelque chose ne va pas ? demanda Alex tout en lui servant son cognac.

— Je, euh… Rien, lâcha-t-elle, bien décidée à rester debout.

— Vous ne me semblez pas à votre aise, insista-t-il.

C'était vrai. Elle se sentait même très mal à l'aise. Sa nervosité n'arrangeait pas les choses. Un homme n'avait pas le droit d'être aussi beau. Comme Alex avait enlevé sa cravate, l'encolure de sa chemise était ouverte, dévoilant l'imposante colonne de sa gorge. Elle se souvint en détail à quoi il ressemblait sans chemise, se souvint de la largeur de ses épaules, de la douceur de la toison qui lui barrait le torse et descendait vers… Elle se retourna brusquement pour regarder le feu. Elle avait vraiment chaud et se sentait comme fiévreuse.

— Je vous en prie, prenez place dans ce fauteuil, Kate.

Elle croisa les doigts avec fermeté. Elle aimait beaucoup quand il l'appelait Kate au lieu de « lady Oxbury ». Elle ne voulait être que Kate et l'entendre prononcer son nom, c'était si intime. Rien qu'eux deux, Alex et Kate, plus de frère autoritaire ou de cousin odieux, plus de ragots colportés par la haute société… Eux deux et personne d'autre.

Enfin… Presque. Lady Kate posa une main sur son ventre. Il fallait qu'elle lui dise.

— Où donc allez-vous vous asseoir ? s'inquiéta-t-elle en le regardant.

— Je trouverai bien, assura-t-il avec un geste de la main.

Oh, ses mains… Il ne portait pas de gants. Elle pouvait donc admirer à loisir ses doigts longs et forts.

Elle se souvenait bien de la caresse de ses mains sur sa peau : un peu rudes, fortes et douces à la fois, déterminées et aventureuses, malicieuses, aguicheuses…

Elle sentit ses genoux faiblir. Il fallait qu'elle s'assoie. Elle se posa dans le fauteuil… et se releva aussitôt. La place était encore tiède d'avoir accueilli le corps d'Alex.

— Que se passe-t-il ? lança Alex d'une voix inquiète. Vous êtes-vous assise sur une épingle ?

— Non, murmura lady Kate.

Il s'approcha et lui confia les verres de cognac avant de se pencher en avant pour passer la main sur l'assise du fauteuil. Elle eut une vue imprenable sur son pantalon tendu à craquer sur ses fesses musclées.

Elle passa la pointe de sa langue sur ses lèvres au souvenir de ses fesses nues qu'elle tenait alors qu'il ensemençait son... Cette graine avait pris racine et son fruit était la raison de sa visite.

Elle devait lui dire qu'elle était enceinte.

Elle avala une gorgée de cognac.

— Je ne sens rien de pointu, déclara-t-il en se relevant. (Il était bien plus grand qu'elle. Et si fort !) Je pense que vous pouvez vous asseoir sans danger.

— Je... Je préférerais m'installer sur l'ottomane si cela ne vous dérange pas, dit-elle en joignant le geste à la parole.

Cela ne s'avéra pas une bonne idée : son regard se retrouva au même niveau que l'entrejambe d'Alex. Si elle tendait la main, elle pourrait le toucher à cet endroit et en se penchant en avant, elle pourrait poser un baiser sur...

Elle eut l'impression que le renflement était plus prononcé.

Alex s'assit à côté d'elle et lui reprit son verre.

— Avez-vous une raison particulière pour..., commença-t-il avant de se racler la gorge. Enfin... Pourquoi êtes-vous venue ? (Il secoua la tête.) Aucune importance. (Il esquissa un sourire.) Je suis ravi de vous voir, Kate. (Il se pencha vers elle et lui passa sa main restée libre dans les cheveux.) Vous m'avez manqué. (Son pouce caressait sa joue.)

Elle tressaillit. À cause de son état, elle avait vraiment la larme facile.

— Euh…, bredouilla-t-elle. (Ils venaient de se voir au dîner mais elle savait bien que ce n'était pas ce qu'il voulait dire.) Vous m'avez manqué, vous aussi.

La dernière fois qu'ils s'étaient retrouvés ensemble dans une chambre à coucher, il avait fini par fuir, d'abord son lit puis Londres. Par sa faute à elle. Elle se devait de lui présenter des excuses.

— Je suis désolée pour ce que je vous ai dit. Je n'ai jamais voulu vous blesser.

Il ne fit même pas semblant de ne pas comprendre.

— Alors que vouliez-vous dire, Kate ? demanda-t-il.

— J'ai passé des années à songer à vous, Alex, expliqua-t-elle en contemplant son verre. Pendant toute la durée de mon mariage. Alors, quand je vous ai vu dans la salle de bal chez le duc d'Alvord…

Elle marqua une pause. Elle envisageait de dire quelque chose qui s'approcherait de la vérité sans l'être vraiment mais n'en fut pas capable. Alex méritait d'entendre tous les détails, quels qu'ils soient. Elle essaya de nouveau :

— Je vous désirais, Alex. Je vous ai désiré durant toutes ces années. Je voulais voir si… si faire l'amour avec vous serait aussi merveilleux que dans mes rêves. Mais je ne voulais pas que vous vous sentiez obligé de m'offrir davantage qu'un agréable moment. (Elle esquissa un léger sourire.) Je pensais qu'une seule fois parviendrait à satisfaire ma curiosité. L'acte en lui-même… Je veux dire avec Oxbury… Disons que j'aurais pu vivre sans. Mais avec vous…

— Ce n'était pas qu'un agréable moment pour moi, Kate, dit Alex en relevant le visage de lady Oxbury afin qu'elle le regarde dans les yeux. Ce n'était que cela pour vous ?

Dis la vérité. À cette pensée, elle se mordit la lèvre.

— Non, murmura-t-elle. Non, ce n'était pas que cela.

— Alors de quoi s'agissait-il ? demanda Alex en lui prenant le verre de cognac.

Il fit glisser ses mains sur ses épaules puis sur le haut de ses bras, la rapprochant de lui. Elle fit mine de se lever et il la ramena vers lui pour l'installer sur ses genoux.

— Ce n'était pas que physique, Kate ?

— Euh…

Espérait-il vraiment qu'elle puisse réfléchir, assise sur ses genoux en chemise de nuit, sans la protection d'un corset ou d'une combinaison ?

De toute façon, elle n'avait pas besoin de réfléchir. Elle savait que c'était de l'amour, de son côté à elle du moins, mais n'avait pas le courage de l'avouer.

— Un seul fauteuil est bien suffisant, vous ne trouvez pas ? lança-t-il.

— Euh…

En effet, un autre fauteuil aurait été superflu. Elle était submergée par les sensations : le contact des cuisses d'Alex contre ses fesses, ses bras musclés autour d'elle, son torse qui la berçait, ses doigts qui caressaient sa joue. Elle releva la tête pour la poser sur son épaule.

C'était maintenant ou jamais.

— Alex.

— Oui ? dit-il avec dans les yeux une détermination à toute épreuve.

Il approchait sa bouche de celle de Kate. Elle ferma les yeux quand leurs lèvres se touchèrent.

Elle lui dirait plus tard.

Il cessa de caresser sa joue pour poser ses doigts sur ses seins.

— Ah ! cria-t-elle, persuadée d'avoir senti une décharge d'énergie jaillir de ses doigts pour se nicher entre ses jambes.

— Je préférerais vous faire gémir plutôt que crier, mon amour, plaisanta Alex. Laissez-moi essayer encore une fois.

Il glissa sa langue entre les lèvres de Kate et prit possession de sa bouche. Du pouce, il caressait l'un de ses tétons. Par chance, ses seins n'étaient plus douloureux.

Il fallait qu'elle lui dise.

Elle lui en parlerait plus tard, dès qu'elle ne serait plus distraite par d'autres sensations telles que le contact de sa langue glissant sur la sienne. Il défit un à un les petits boutons de sa chemise de nuit. Ses grands doigts d'hommes mettaient beaucoup trop de temps pour s'acquitter de cette tâche à son goût. Elle aurait préféré qu'il écarte les pans du vêtement d'un coup sec.

Il venait de l'appeler « mon amour » mais le pensait-il vraiment ou n'était-ce qu'une formule banale qu'il servait à toutes les femmes qui se retrouvaient haletantes sous ses caresses ?

Elle avait le souffle court, ça c'était sûr. *Ah !* Il avait enfin réussi à ouvrir sa chemise de nuit. Il touchait son corps et faisait glisser ses doigts sur sa peau de manière très agréable et… *Oh !* Il avait quitté sa bouche pour embrasser sa joue puis déposer un baiser juste sous son oreille…

Il se dirigeait dans la bonne direction. Pour l'encourager, elle se cambra un petit peu.

— Impatiente, Kate ?

Sans cette petite hésitation dans sa voix, ce léger essoufflement, elle aurait pu le trouver odieux, prétentieux.

Elle changea de position, toujours sur ses genoux. *Juste ciel !* Il avait bien de quoi se montrer prétentieux, si l'on considérait ce qui poussait sous son…

— Oh ! lâcha-t-elle en se pâmant alors qu'il posait sa bouche sur son téton pour le titiller.

Alex sourit, fier d'avoir fait gémir Kate. Lui aussi voulait connaître ce plaisir. Son… désir ne cessait de croître, devenant très sensible.

Il passa une nouvelle fois sa langue sur son téton et la fit gémir.

Qu'était vraiment venu faire Kate dans cette pièce ? Suivait-elle la même idée que lui à l'instant où il avait ouvert la porte ?

Il le découvrirait en temps et en heure. Ils avaient toute la nuit devant eux. Cette pensée le remplit d'aise. Il songeait déjà à tout ce qu'il allait pouvoir faire pour occuper ces heures.

Il se concentra sur son autre sein. Il fallait qu'il lui enlève cette chemise de nuit. Il voulait la revoir dans toute sa splendeur, comme à Oxbury House. Il avait si souvent rêvé de cette nuit-là.

Il posa de nouveau ses lèvres sur la bouche de Kate et effleura sa hanche de sa main en descendant le long de sa jambe, jusqu'à l'ourlet de sa chemise de nuit. Ce fauteuil était parfait mais il aurait préféré poursuivre tout cela dans son lit. Il voulait l'allonger nue sur les draps et disposer de ses deux mains pour explorer son corps avec minutie.

Il fit remonter sa main le long de la jambe de lady Kate, lui enlevant sa chemise de nuit.

À un moment ou à un autre, il faudrait qu'elle lui donne la raison de sa visite. Si elle ne le faisait pas, ce serait à lui de lancer la conversation. Quoi qu'il arrive, elle ne repartirait pas de cette pièce sans lui avoir dit si oui ou non il allait devenir père.

Mon Dieu ! L'idée que son enfant puisse se développer à l'intérieur du corps de Kate était à la fois terrifiante et délicieuse. L'imaginer donnant le sein à son enfant, un fils ou une fille dont le sang serait à la fois celui de Kate et le sien. Il n'avait plus osé y rêver depuis des années.

Il l'embrassa un long moment, avec passion, s'imaginant que c'était vrai, priant pour que cela le soit.

Si elle ne lui disait pas, il lui demanderait. Mais il aurait préféré qu'elle prenne l'initiative. Elle trouverait peut-être plus simple de parler dans son lit, nue.

Il avait relevé le bas de la chemise de nuit jusqu'à ses genoux. Pour aller plus loin, quelques contorsions allaient s'avérer nécessaires. Il était temps de poursuivre ces activités dans un lieu plus adapté.

Il glissa un bras sous les genoux de Kate et l'autre dans le bas de son dos puis se leva.

— Ah ! s'écria-t-elle en s'agrippant à son cou. Mais que faites-vous ?

— Je vous emmène jusqu'au lit. Vous êtes d'accord ?

— Oui, répondit-elle spontanément avant de faire la moue. Non !

— Non ? Je vous assure, mon lit sera bien plus confortable que ce fauteuil même si j'y ai pris beaucoup de plaisir. Je suis prêt à vous y emmener si vous insistez.

Il se pencha pour l'embrasser de nouveau mais elle posa ses doigts sur ses lèvres avant qu'il puisse atteindre sa bouche.

— Non, Alex. Reposez-moi.

Elle détestait devoir prononcer ces paroles mais il le fallait. Si elle acceptait d'aller au lit avec lui maintenant, elle n'aurait plus la présence d'esprit de lui avouer l'objet de sa visite. Elle en resterait probablement incapable bien après s'être adonnée à ce dont elle rêvait. Peut-être même se persuaderait-elle de ne pas lui révéler son secret jusqu'à la fin de leur séjour.

Il relâcha son étreinte et la laissa glisser le long de son corps. Elle sentit au passage la puissance de son érection. Il était aussi impatient qu'elle de se retrouver au lit.

Serait-ce vraiment si grave de céder à cette tentation ? Le mal était déjà fait… Il ne risquait pas de la mettre enceinte une seconde fois. Tous deux apprécieraient ces quelques instants de bonheur. Ils pourraient passer toutes les autres nuits, jusqu'à la fin de la fête, à s'aimer. Ce serait merveilleux.

Non, ce serait mal. En gardant le secret sur son enfant – leur enfant – elle ne ferait que lui mentir. Or, dorénavant, elle souhaitait qu'ils soient totalement honnêtes l'un envers l'autre. En lui offrant son corps, elle voulait désormais pouvoir lui offrir aussi son esprit et son cœur. S'il ne voulait rien de tout cela une fois qu'il aurait appris la vérité, ainsi soit-il.

Elle prit une profonde inspiration, rassembla tout son courage et regarda Alex dans les yeux.

Chapitre 18

— J'ai quelque chose à vous dire.

Kate le dévisageait d'un air grave : les yeux grands ouverts, le visage impassible, sans le plus léger sourire. Il la tenait encore dans ses bras mais elle s'était écartée de lui.

— De quoi s'agit-il, Kate ? demanda-t-il en résistant à son envie de la ramener contre lui.

— Je… je…, balbutia-t-elle.

Il y avait désormais de la panique dans son regard. Devait-il l'aider et lui avouer qu'il savait déjà tout ?

Mais que savait-il au juste ? Il s'agissait peut-être d'autre chose.

— Dites-le comme cela vous vient, Kate, l'encouragea-t-il. Cela ne peut pas être si terrible.

— Oh si ! rétorqua-t-elle en hurlant presque.

Elle dut s'en rendre compte car elle pinça les lèvres et ferma les yeux. Était-ce une larme qui coulait sur sa pommette ? Il l'essuya avec son pouce puis glissa ses deux mains dans ses cheveux. Il déposa un baiser doux et fugitif sur sa bouche.

— Expliquez-moi, ma chérie, murmura-t-il. Je vous en prie, faites-moi confiance.

— C'est vous qui ne devriez pas me faire confiance ! répliqua-t-elle en le regardant.

Ne pas lui faire confiance ? Il eut l'impression qu'il venait de recevoir une gifle. Avait-elle couché avec d'autres hommes ? Était-ce donc cela dont il s'agissait ? Mais pourquoi ressentirait-elle le besoin de lui en parler ?

Cette fois-ci, il n'avait pas l'intention de tirer de conclusions trop hâtives.

— Kate, vous m'inquiétez. Dites ce que vous avez sur le cœur, ensuite nous aviserons. D'accord ?

— Très bien, décida-t-elle. (Elle fit mine de reculer et il la lâcha. Elle croisa les doigts devant elle en gardant le regard rivé sur son torse.) Vous souvenez-vous de ce que je vous ai dit quand vous… (Elle toussota.)… m'avez rendu visite à Oxbury House ? Le soir où nous… (Elle fit un geste vers le lit puis regarda Alex.)

— Vous m'avez dit beaucoup de choses ce soir-là, rappela-t-il d'un ton posé. À quoi faites-vous allusion ?

— Je…

Quelle sotte. Elle n'avait pas l'habitude de tourner ainsi autour du pot. Elle choisit de suivre son conseil et se lança :

— Quand vous êtes venu à Oxbury House, je vous ai dit que j'étais stérile.

— Oui, je crois m'en souvenir.

— Et c'est d'ailleurs pour cela que vous avez accepté de… (Elle s'interrompit et refit son geste vers le lit.) Vous voyez…

— Oui, je vois mais vous vous trompez, déclara-t-il en fronçant les sourcils. Je n'ai pas couché avec vous parce que vous m'avez dit que vous étiez stérile. Je l'ai fait parce que j'en avais un besoin vital, comme de boire ou de respirer.

— Oh.

Il la regardait avec franchise et détermination… mais elle ne lui avait pas encore parlé du bébé. Tant qu'elle ne lui aurait rien dit à ce sujet, elle ne pourrait pas envisager la suite. Elle ramena ses yeux sur son torse et se força à poursuivre.

— J'ai menti, avoua-t-elle enfin, je ne suis pas stérile. Je le croyais car, pendant toutes ces années de mariage, je ne suis jamais tombée enceinte. Certes, Oxbury n'essayait pas souvent, voire pas du tout sur la fin. Toutefois, au début de notre mariage, il s'est montré assidu dans ses efforts pour obtenir un héritier.

Elle regarda de nouveau son visage ; il lui sembla qu'il avait pâli. Elle observa un petit battement au niveau de sa tempe. *Il doit me détester*, se dit-elle.

— Pourquoi me racontez-vous cela, Kate ? Comment savez-vous que vous n'êtes pas stérile ?

— Parce que… (Elle recommença à regarder son torse. Non, il fallait qu'elle lui dise les yeux dans les yeux. Elle se concentra sur son visage.) Parce que… j'attends un enfant. Votre enfant.

Pendant quelques secondes, il parut surpris puis son visage s'illumina. Il sourit en la prenant par les épaules.

— Vraiment ? Vous êtes sûre ?

— Oui, je le pense. Marie en est certaine et il y a quelques signes qui le confirment.

— C'était la nouvelle que j'attendais, déclara-t-il en l'enlaçant. David me l'avait laissé entendre mais que connaît-il à ce genre de choses ? (Elle passa ses bras autour de sa taille. Cette réaction la déroutait.) Je vais obtenir une licence de mariage à titre exceptionnel et nous pourrons nous marier le plus tôt possible. Devrais-je partir demain ou vaut-il mieux attendre la fin de cette fête ?

Elle avait l'impression d'être emportée dans un courant et de ne trouver aucune branche à laquelle s'accrocher. Toutefois, il fallait qu'elle réagisse.

— Rien ne vous oblige à m'épouser, Alex.

— Ne soyez pas ridicule, répliqua-t-il en s'écartant un peu d'elle pour lui lancer un regard fâché. Il faut que je vous épouse. Mon fils ou ma fille ne sera pas un bâtard.

— Mais…

— Non, ordonna-t-il en posant un doigt sur ses lèvres. Si vous ne teniez pas à moi, il ne fallait pas me laisser entrer dans votre lit pour vous faire l'amour.

— C'est que… J'ai l'impression de vous avoir piégé, insista-t-elle.

— Kate… Jamais de ma vie je n'ai autant désiré être piégé. J'ai rêvé de vous épouser pendant vingt-trois ans et, maintenant que vous portez mon enfant, rien ne pourra m'en empêcher. (Son regard se fit soudain circonspect.) Ne serait-ce pas plutôt vous qui vous sentez piégée ?

— C'était le cas au début, je le reconnais, car je craignais de me retrouver seule avec cet enfant, de devoir supporter le mépris et l'indignation d'autrui. J'imaginais déjà les remontrances de mon frère et de la Fouine.

Alex l'attira à lui et elle posa sa tête sur son torse. Quel soulagement !

— Ils n'auront d'autre choix que de vous féliciter et de vous souhaiter tous leurs vœux de bonheur, lui glissa-t-il à l'oreille. Et s'ils sont assez stupides pour s'amuser à compter les mois, nous les ignorerons.

— Hum, murmura-t-elle en frottant sa joue contre sa peau. Je vous aime Alex. J'ai fait de mon mieux afin d'être une bonne épouse pour Oxbury mais je vous ai toujours aimé.

— Je vous aime moi aussi, Kate, murmura-t-il en lui caressant les cheveux. Cela fait vingt-trois ans que je vous attends, vous savez ? (Il eut un petit rire.) Et ces dernières semaines ont été les plus difficiles, car je savais désormais exactement ce que j'avais manqué.

Elle se sentait en sûreté : elle n'était plus seule. C'était un sentiment formidable. Autre chose l'aurait été encore davantage…

— Si nous nous mettions au lit ? proposa-t-elle.

— Pour dormir ? plaisanta-t-il.

— À un moment ou à un autre, répondit-elle en sortant la chemise d'Alex de son pantalon.

Elle caressa son ventre, ravie de constater que sa peur et son inquiétude avaient laissé la place à un désir dévorant. Il y avait aussi de l'amour, bien entendu. Mais, pour l'instant, elle voulait le sentir en elle le plus vite possible. Elle commença à déboutonner son pantalon.

— Vous semblez bien pressée, observa-t-il.

— Oui, très. (Elle libéra le dernier bouton et faillit sursauter de bonheur : il ne portait pas de dessous. Elle s'empara de sa verge, dure et chaude.) Enlevez votre chemise.

— Exigeante, avec ça. C'est votre maternité qui vous met dans cet état ? ajouta Alex d'une voix un peu essoufflée. Doucement, Kate, ou vous allez finir par m'émasculer.

— Je ne veux plus attendre, Alex.

— Voilà un sentiment tout à fait compréhensible.

— J'ai attendu bien trop longtemps.

— Encore une fois, je comprends. Cela dit, vous allez devoir patienter encore quelques minutes ou je vais jouir dans votre main.

— Oh, s'excusa lady Kate. (Elle soupira et, à regret, lâcha sa proie avant de reculer.) Entendu.

Alex ne perdit pas une seconde. Il s'empara du bas de sa chemise et la fit passer avec agilité par-dessus sa tête. Ensuite, il laissa son pantalon glisser jusqu'à ses chevilles et le dégagea d'un coup de pied.

Elle soupira de satisfaction. Elle avait cru se souvenir du corps d'Alex en détail mais elle s'était trompée. Ou alors, sa mémoire était incapable de lui rendre justice. À présent qu'ils n'étaient plus enfermés dans un veston, ses épaules et son torse semblaient d'une largeur incroyable. Des muscles et des tendons sculptaient ses bras. Des poils noirs recouvraient son buste et traçaient une ligne descendant vers son… Hum.

Elle tendit les mains vers lui mais il les attrapa au vol.

— Pas question. Vous ne me toucherez pas tant que vous aurez sur le dos cette encombrante chemise de nuit.

— J'aurais aimé porter quelque chose de plus séduisant mais je n'avais rien d'autre, expliqua-t-elle en rougissant.

— Ce vêtement est très bien. Son seul défaut, c'est qu'il recouvre encore votre corps alors qu'il serait très joli, roulé en boule sur le sol, je vous assure. (Il s'empara du bas de la chemise de nuit.) Levez les bras.

Elle s'exécuta et il lui ôta le vêtement d'un geste vif. N'importe quel autre soir, il aurait pris son temps, l'aurait séduite pas à pas. Mais cette nuit-là, il se faisait l'effet d'un homme affamé qui se retrouve invité à un banquet. Sa voracité lui interdisait de savourer le festin.

Bonté divine, elle était si belle. Ses petits seins charmants – plus si petits à présent –, ses hanches arrondies, son ventre à peine rebondi… Il posa la main sur l'endroit où se trouvait son enfant, le sien. Avoir Kate et aussi un enfant… C'était plus de bonheur qu'il n'en pouvait supporter.

Alex sourit de plus belle, heureux de connaître enfin ce genre de problèmes. Il se pencha pour titiller un des tétons de Kate du bout de la langue. Elle lâcha un petit cri et s'agrippa à ses épaules. Tant de bonheur… Il se sentait béni.

Il la souleva pour la déposer sur le lit et la rejoignit. Kate voulut l'attraper mais il l'esquiva.

— Pas si vite, mon amour.

— Si, Alex ! Tout de suite ! répliqua-t-elle, au supplice. J'ai envie de vous.

— Bientôt, je vous le promets, mais pas tout de suite, dit-il en tenant ses mains au-dessus de sa tête.

Il déposa des baisers sur son front, ses joues, la base de son cou… Elle se démena, fit rouler ses hanches, écarta les jambes, se cambra… Les baisers légers d'Alex la rendaient folle.

Il finit par atteindre ses tétons, si tendus et si durs. Il les suça à tour de rôle puis il s'attarda sur l'un des deux.

C'était parfait et magnifique, mais cela ne lui suffisait pas.

— Alex, je vous en prie, lâcha-t-elle, prête à l'implorer, voire à pleurer ou à crier afin de l'entraîner là où elle voulait qu'il aille.

Il lui relâcha les mains pour pouvoir caresser ses seins tout en déposant des baisers de plus en plus bas sur son corps. *Enfin !*

— D'après vous, ce sera un garçon ou une fille ? demanda-t-il alors qu'il venait d'atteindre son ventre.

— Hein ? (Pour la première fois depuis qu'elle avait compris qu'elle était enceinte, elle ne pensait pas au bébé.) Je n'en sais rien. (Elle chercha à se montrer douce et maternelle mais elle ne se sentait que sensuelle et lascive.) Pourrions-nous en parler plus tard ? J'aurais besoin que vous vous occupiez d'autre chose auparavant.

— Cela me semble une bonne idée, répondit Alex en riant. D'ailleurs, je ne suis plus en mesure d'en discuter.

Il lui adressa un sourire carnassier puis se pencha de nouveau. Il avait quitté son ventre pour son…

— Ah ! s'écria-t-elle en se redressant, submergée par une exquise sensation de plaisir.

— Quoi ? Vous aimez ? demanda-t-il avant de passer sa langue sur un endroit très sensible entre ses jambes.

— Oh oui, répondit-elle en se rallongeant et en s'offrant tout entière à cette caresse.

Alex avait glissé ses mains sous ses fesses et les avait légèrement soulevées. La caresse de sa langue se fit plus profonde, plus enivrante. Elle allait exploser. Elle allait mourir. Elle allait…

— Alex ! Oh, s'il vous plaît…

— Oui, maintenant, Kate, dit-il d'une voix ténue.

Il était au moins aussi impatient qu'elle. Il l'allongea et se plaça au-dessus d'elle. Kate sentit son érection frôler la zone où se concentrait tout son désir pour lui. L'émotion était si intense qu'elle en aurait pleuré. Elle le voulait. Elle avait besoin qu'il la prenne aussi sûrement qu'elle avait besoin d'air pour respirer.

Elle releva les hanches et il s'introduisit en elle.

— Ah, gémit-elle. (Elle tressaillit en le sentant… Puis il se mit à bouger.) Alex. Ah. Oh, Alex. Oh.

Kate saisit les hanches de son amant alors que déferlait en elle une puissante vague de jouissance. Un battement de cœur plus tard, il s'immobilisa et elle sentit sa chaleur l'inonder.

Ils restèrent ainsi quelques minutes : lui, pesant sur elle qui l'enlaçait avec force. Une partie du corps d'Alex les réunissait, ainsi que le bonheur de l'acte enfin accompli. Le sentiment de solitude qui avait accompagné Kate durant toutes ses années de mariage et sa période de deuil venait de disparaître.

— Hum, dit-il en roulant sur le côté tout en la gardant dans ses bras, sans se retirer d'elle. C'était si bon.

— C'était bien plus que ça. C'était sublime. Vous avez été merveilleux.

— Pas mal pour un vieillard, hein ? lança-t-il en souriant.

— Vous n'êtes pas si vieux, souffla-t-elle en passant la main sur sa hanche. Et vous serez bientôt père.

— C'est vrai. Un époux et un père.

— Ai-je dit que j'acceptais de vous épouser, monsieur ?

— Je n'affirmerais pas que ces lèvres… (Il les embrassa.) aient dit « oui » mais ceci… (Il donna un petit coup de reins. Il retrouvait déjà sa vigueur.)… a été plus qu'affirmatif. (De la pointe du doigt, il traça un cercle au sommet d'un de ses seins.) Oseriez-vous contester cela, madame ?

— Non…, bredouilla-t-elle en sentant son téton se tendre de nouveau et en regrettant qu'il n'y touche pas.

— À bien y réfléchir, je pense que je vais vous séquestrer dans mon lit jusqu'à ce que vous m'ayez donné votre accord, annonça Alex en laissant glisser sa main jusqu'aux fesses de Kate qu'il commença à caresser. Je pense que mon vieux cerveau pourrait trouver quelques arguments très persuasifs. Qu'en dites-vous ?

— J'en dis que j'ai vraiment hâte d'être persuadée.

Elle déplaça les hanches et eut la joie de voir le regard d'Alex s'intensifier.

— Majordome ! Allez immédiatement chercher lady Grace. Dites-lui que son père l'attend.

Oh non ! Grace se figea dans le couloir, l'estomac noué. *Pas lui !* Que venait-il faire ici ? Il braillait assez fort pour réveiller tous les invités. Elle descendit l'escalier très vite pour intercepter le majordome de lord Motton.

— Ça ira, Mr Wilks. Je me charge de lord Standen.

— Grace ! s'exclama son père. Rassemblez vos affaires. Vous partez.

— Bonjour, papa. Qu'est-ce qui vous amène ?

Comment savait-il qu'elle se trouvait chez lord Motton ? C'était justement pour éviter cela qu'elle ne lui avait pas écrit.

— Je vous ramène à la maison. Allez chercher vos malles.

Grace sentait en elle la colère le disputer à l'embarras. Les autres invités commençaient à se rassembler dans le hall d'entrée.

— Mais, papa… La fête n'est pas encore terminée.

— Elle l'est en ce qui vous concerne, déclara lord Standen en gardant la mâchoire serrée et le regard fixe. Nous partirons dès que vous serez prête. J'espère que vous n'avez pas emporté trop de fanfreluches avec vous.

Tous ces curieux n'avaient-ils donc rien de mieux à faire de leur temps ? Les Addison, la bouche ouverte, ressemblaient à s'y méprendre à un couple de poissons échoués.

— Et tante Kate ? rappela Grace. Je pense qu'elle dort encore.

— Qu'elle dorme. Elle ne vient pas avec nous, assena Standen. Je la dispense de ses devoirs envers vous. Espérons qu'elle n'aura jamais à gagner sa vie de la sorte car elle s'est montrée une bien piètre chaperonne pour sa nièce.

Comment son père osait-il parler de sa tante en termes aussi méprisants ? De toute façon, et même si ses relations avec lord Dawson étaient très tendues, Grace n'envisageait pas de repartir tout de suite. Elle rentrerait à la maison et ferait tout ce que lui dirait son père une fois que cette fête serait achevée, mais pas avant. Elle tenait beaucoup à ses derniers jours de liberté.

Si seulement toutes ces personnes rassemblées autour d'eux retournaient à leur petit déjeuner ou allaient prendre l'air dans le jardin. Elle avait réussi à tenir tête à son père chez eux le jour où elle avait décidé de se rendre à Londres, mais ici…

Peut-être que ce voyage à Londres avait été une mauvaise idée. Son existence était bien plus simple avant qu'elle ne mette les pieds dans la capitale.

— Comment avez-vous appris que nous nous trouvions ici, père ? demanda Grace.

— Oxbury m'a prévenu par lettre, répondit Standen d'un ton hargneux. Cet homme est un âne mais, au moins, lui a eu le bon sens de me prévenir que ma fille partait avec un Wilton. Au contraire de ma fichue sœur.

Il avait prononcé le mot « Wilton » comme il aurait dit « vermine ». Grace sentait la colère monter. Elle avait envie de hurler mais cela n'avait jamais servi à rien face à son père. De plus, cela ne ferait qu'ajouter au spectacle qu'ils offraient déjà. Les jumelles Addison s'échangeaient des messes basses.

Elle parviendrait peut-être à lui faire entendre raison.

— Ne me dites pas que vous leur en voulez encore, papa. Cette affaire avec lady Harriet est arrivée il y a plus de trente ans.

Son père crispa les lèvres avec une force telle que leurs commissures blanchirent.

— Et comment connaissez-vous cette histoire, ma fille ? Je suis bien certain de ne jamais vous l'avoir racontée.

— Je…

— Mais que se passe-t-il ici ? s'écria lord Dawson en écartant les sœurs Addison pour marcher jusqu'à Grace. Cet homme vous importune-t-il ?

Grace ferma les yeux un bref instant. La situation aurait-elle pu empirer davantage ? David semblait prêt à en venir aux mains avec son père et celui-ci paraissait disposé à ne pas se laisser faire. Voir ces deux-là en découdre dans le hall d'entrée de lord Motton, voilà qui constituerait le final parfait de ce drame familial en un acte. Et Grace n'avait aucun doute : c'était son père qui finirait à terre.

Elle lutta pour retrouver son souffle. Elle avait l'impression que les murs se refermaient autour d'elle, elle était piégée et impuissante. Elle n'avait plus ressenti cela depuis le bal chez lord Alvord, depuis sa rencontre avec lord Dawson et la naissance de leur… amitié qui allait très bientôt prendre fin.

— Non. Tout va bien, lord Dawson, dit-elle en soupirant. (*Bien ? Ah ! Quelle plaisanterie !*) Cet homme est mon père. Père, je vous présente lord Dawson.

David écarquilla les yeux puis esquissa un sourire en tendant la main.

— Veuillez accepter mes excuses, Standen. Je me suis mépris.

Le visage de lord Standen se durcit davantage. Il regarda la main de David comme si celui-ci lui tendait un poisson pourri puis s'éloigna en l'ignorant complètement.

— Je vous ai dit de vous préparer, Grace, répéta-t-il.

— Un instant, je vous prie…, commença David.

Grace leva la main pour l'interrompre. Lord Kilgorn, son épouse et lady Wordham s'étaient joints aux spectateurs. Ces horribles sœurs Addison absorbaient chaque syllabe, chaque détail embarrassant de la scène pour mieux les étaler plus tard au grand public.

Grace regrettait de ne pas connaître de formule magique capable de la faire disparaître. Elle aurait mieux fait d'aller chercher ses affaires à l'instant où elle avait vu son père. Ainsi, elle serait déjà dans sa voiture qui l'emmènerait loin d'ici. N'avait-elle pas décidé de rentrer une fois cette fête terminée ? Il n'y avait rien de bien grave à partir un peu plus tôt.

— Tout va bien, répéta-t-elle. (Elle prit une profonde inspiration, exaspérée de se retrouver ainsi à bout de souffle. C'était plus de la honte que de la peur car elle n'aimait pas attirer l'attention sur elle.) Je vais…

— Lord Standen ! s'écria Miss Smyth qui accourait depuis la salle à manger, Theo perché sur son épaule. Comme c'est gentil de votre part d'être passé nous voir. Passez donc au salon rouge que je vous fasse servir du thé. Je suis confuse de ne pas avoir été là pour vous accueillir. (Elle prit soudain un air inquiet.) M'aviez-vous prévenue de votre arrivée ?

— Du thé ? Sers-lui plutôt un remontant, matelot !

Standen jeta à Theo un regard furieux puis revint à Miss Smyth.

— Il ne s'agit pas d'une visite de courtoisie, madame. Merci pour votre aimable invitation mais je ne resterai que le temps pour ma fille de faire ses bagages.

Il tourna alors son regard courroucé vers Grace. Il était évident que sa patience très limitée était presque épuisée.

— Oh, lâcha Miss Smyth en cillant. Hélas, la fête n'est pas encore terminée. (Elle regarda Grace.) Souhaitez-vous vraiment partir maintenant, ma chère ?

— Non. Je veux dire, oui, répondit Grace. Mon père est là. Il est donc plus pratique pour moi de repartir avec lui.

Non ! pensa David qui mourait d'envie de secouer Grace pour la faire revenir à la raison. Que lui arrivait-il ? Où était passée la jeune femme indomptable qui s'était disputée avec lui, celle qui avait insisté pour qu'ils trouvent un moyen de réunir Alex et lady Oxbury ? Qu'était devenue celle qui l'avait poussé à discuter avec sa grand-mère ? Elle avait disparu pour ne laisser derrière elle que cette jolie enveloppe servile qui n'était que l'ombre de Grace.

Bien entendu, c'était la faute de Standen. David avait une furieuse envie d'étrangler ce satané maraud.

— La fête n'est pas finie ! lança Theo en agitant la tête et en observant le comte d'un œil. Rabat-joie !

Le visage de Standen s'empourpra et il serra les poings. Il semblait à deux doigts d'attraper le volatile pour lui tordre le cou.

— Y a-t-il un souci, tante Winifred ? demanda lord Motton en sortant de son bureau et en parcourant du regard ses invités regroupés dans le hall d'entrée. Bonjour, Standen. Vous venez d'arriver ?

— En effet, et je vais repartir dès que ma fille aura rassemblé ses affaires. (Il fulminait quand il posa de nouveau son regard sur Grace.) Les chevaux vont s'impatienter.

— La fête n'est pas finie, rappela Motton en souriant. Pourquoi ne pas vous joindre à nous ? Nous devrions pouvoir vous trouver une chambre.

Gênée, Miss Smyth se racla bruyamment la gorge.

— Ah ? Parce qu'il y a bien des chambres inoccupées ? remarqua lord Kilgorn d'une voix calme dans laquelle pointait une intonation menaçante.

— Auriez-vous l'obligeance de répondre à cette question, tante Winifred ? demanda le vicomte.

— Des chambres inoccupées, milord ? temporisa Miss Smyth, un large sourire aux lèvres.

— Oui.

— Il y en a peut-être une, en effet, reconnut Winifred en lançant un regard fâché à lord Standen. Enfin… Si on peut dire.

— Si on peut dire ? répéta lord Kilgorn, l'air intrigué.

— Oui. Vous savez ce que c'est…

— Non, je ne pense pas le savoir, rétorqua Kilgorn en secouant la tête.

— Euh… Disons que c'est un peu compliqué, tenta d'expliquer Miss Smyth en gardant le sourire. Toute cette organisation… Sans compter les imprévus.

— Ne vous mettez pas martel en tête, madame, énonça lord Standen en détachant chacun de ses mots. Je ne reste pas. (Il reporta son attention sur Grace, hurlant presque.) Allez chercher vos affaires tout de suite.

— Oui, père.

— Mais…, commença David en réprimant la vague de panique qui montait en lui.

Il se refusait à rester passif, à laisser partir Grace sans se battre. Certes, la veille, elle avait refusé qu'il lui fasse la cour. Toutefois, il avait perçu des regrets et du chagrin dans sa réponse. Elle tenait à lui, il en était sûr. Il fallait juste qu'il parvienne à lui faire surmonter ses incertitudes, quelle qu'en soit la cause. Il avait espéré disposer de quelques jours supplémentaires pour y arriver. Il était donc impératif qu'elle reste.

Standen était blanc de colère mais David n'en avait que faire. Le comte ne l'impressionnait pas. Ce fut le regard de Grace, implorant et peiné, qui le pétrifia. Elle voulait qu'il se taise ; alors, à son corps défendant, il garda le silence. La jeune femme lui adressa un sourire fugitif puis se précipita vers l'escalier.

Une fois qu'elle fut partie, les curieux se dispersèrent. David surveilla les sœurs Addison. Elles firent mine de s'approcher de lui mais, à son grand soulagement, elles changèrent d'avis et partirent en direction du salon de musique. Si Grace rentrait chez elle, il allait devoir faire très attention à ces deux-là…

De toute façon, si Grace repartait, il était décidé à ne pas rester non plus. Il retournerait à Londres aussi vite que possible.

— Passez donc dans mon bureau, Standen, proposa lord Motton. Vous y serez plus à l'aise pour attendre.

— Attendre ici me convient tout à fait.

— Sans doute. Toutefois…, insista le vicomte en s'écartant pour laisser entrer Standen.

Celui-ci s'exécuta de mauvaise grâce.

Dès que la porte fut fermée derrière lui, David grimpa l'escalier quatre à quatre, se précipita dans le couloir et frappa à la chambre de Grace. Il se montrait rarement aussi téméraire mais ne disait-on pas que la fin justifie les moyens ? Par chance, les invités qui n'étaient pas déjà descendus dormaient encore. Personne ne pourrait jaser sur leur compte.

— Milord ! Entrez donc et tâchez de faire entendre raison à milady, s'il vous plaît, lui glissa Marie en ouvrant la porte.

— Lord Dawson ! s'écria Grace qui parcourait la chambre en tous sens. Que faites-vous ici ?

David entra et referma la porte. Il n'avait pas envie de tourner autour du pot.

— Grace, ne partez pas.

Elle baissa les yeux pour se concentrer sur la malle dans laquelle elle jeta des vêtements pêle-mêle.

— Je dois m'en aller. Mon père est là.

— Non, rien ne vous y oblige. Vous êtes majeure, votre père n'a plus à exiger que vous lui obéissiez.

— Cela n'a rien à voir avec l'obéissance, rectifia-t-elle en le regardant. J'aime mon père et je n'ai pas l'intention de le blesser.

— Et moi dans tout cela ? demanda David, consterné au point d'en oublier toute fierté. Ça ne vous fait rien de me blesser ?

— Bien sûr que si ! répliqua Grace en se redressant et en ramenant ses cheveux en arrière. Mais vous vous en remettrez.

David reçut ces mots comme un coup de poignard.

— Comment pouvez-vous dire cela ? Comme pouvez-vous balayer d'un revers de main ce que je ressens pour vous ?

— Depuis combien de temps me connaissez-vous, lord Dawson ? demanda-t-elle. Quelques semaines à peine.

— En effet, mais…

— Quelle sorte de sentiments réels peut-on avoir pour quelqu'un en si peu de temps ? De l'attirance ? D'accord. Vous êtes attiré par moi. Si les circonstances étaient différentes, cela suffirait. Mais les circonstances sont ce qu'elles sont. Le passé commun de nos deux familles est trop grave pour que nous puissions l'ignorer. De plus, Mr Parker-Roth doit m'épouser. (Elle referma sa malle.) Vous trouverez une autre femme à laquelle faire la cour qui vous conviendra tout aussi bien, voire davantage que moi, et vous m'oublierez.

— Non.

Il déglutit. Il venait enfin de comprendre ce qu'avait dû ressentir son père face au danger de perdre son amour au bénéfice d'un autre homme. *Au diable la société, au diable la réputation !* David se sentait prêt à enlever Grace et à s'enfuir avec elle à Gretna Green si elle était d'accord.

De toute évidence, ce n'était pas le cas. Elle ne partageait pas ses sentiments.

Il savait donc aussi désormais ce que Standen avait ressenti quand lady Harriet lui avait préféré son père. La douleur ne l'avait jamais quitté et avait marqué l'existence de Grace, année après année depuis l'enfance, jusqu'à aujourd'hui.

— Votre père ne s'est jamais remis d'avoir perdu lady Harriet, rappela-t-il.

Grace s'immobilisa et le regarda, la bouche entrouverte. Elle semblait déstabilisée. Allait-elle changer d'avis ?

Non. Elle secoua la tête, une expression déterminée sur le visage.

— Les deux situations sont différentes, dit-elle. Si quelqu'un partage la position de mon père, c'est John Parker-Roth. Si j'étais assez folle pour m'enfuir avec vous, il se retrouverait seul devant l'autel, abandonné comme l'a été mon père.

David ne parvenait pas à éprouver la moindre compassion pour un homme qui s'était tellement peu passionné pour Grace qu'il ne l'avait jamais embrassée.

— Mais Parker-Roth vous aime-t-il, Grace ? Il vous apprécie peut-être. Il se peut aussi que vous représentiez à ses yeux un projet de mariage confortable et sûr. Mais vous aime-t-il ? Se languit-il de vous ? Rêve-t-il de vous ? Son cœur fait-il un bond dès qu'il vous voit ? Aime-t-il écouter votre voix ? Attend-il vos sourires ?

David se tut et serra les dents. Il se dit qu'il ferait mieux d'arrêter de soliloquer, qu'il ne parvenait qu'à se rendre ridicule. Il ne pouvait pas forcer Grace à l'aimer. L'amour était un cadeau qu'on faisait de son plein gré.

Grace le regarda en se mordillant les lèvres. Il crut percevoir de nouveau de l'incertitude dans ses yeux. Il commença à ouvrir les bras pour qu'elle s'y réfugie mais elle secoua la tête et s'éloigna.

— Mon père m'attend, lord Dawson. Je suis certaine que vous avez compris que ce n'est pas un homme patient. Je dois partir.

— Très bien. (L'atroce douleur d'être rejeté le faisait suffoquer mais David se refusait à montrer son désespoir. Il allait faire face. Il lui tendit la main.) Je vous souhaite beaucoup de bonheur, lady Grace.

— Et je vous en souhaite tout autant, dit-elle en acceptant sa poignée de main.

Avait-il senti ses doigts trembler ? Était-ce une larme au coin de ses yeux ? Avant qu'il ait pu s'en assurer, elle était sortie, refermant doucement la porter derrière elle.

Marie se tenait debout devant lui, les mains sur les hanches, à le regarder de haut en bas. Elle lâcha un grognement puis déclara :

— Bon sang, milord… Et moi qui pensais que vous aviez quelque chose dans la caboche…

Chapitre 19

— Nous tenions à ce que vous soyez le premier à apprendre la bonne nouvelle, David.

Lord Dawson détacha ses yeux du ver de terre desséché qu'il examinait depuis de longues minutes. Le soleil brillait, la nature resplendissait, mais tout ce qui l'intéressait, c'était cette pauvre créature morte qui avait été assez stupide pour s'aventurer hors de la protection que lui prodiguait la terre.

Alex affichait un sourire éclatant. Tout comme lady Oxbury, il semblait irradier de bonheur. David n'avait jamais vu son oncle aussi heureux. S'il avait été capable de ressentir quoi que ce soit, il n'aurait pas manqué d'être ravi pour eux.

— Je constate que vous avez réglé vos différends, dit-il.

— En effet. Il ne me reste plus qu'à obtenir une licence et nous nous marierons le plus vite possible.

— Félicitations, dit David en se forçant à serrer la main d'Alex. (Il regarda la tante de Grace.) Et tous mes vœux de bonheur, lady Oxbury. (Il décida d'opter pour la légèreté.) Ou devrais-je dire « Bonne chance » ? C'est une tâche ardue qui vous attend, madame. Tout le monde pensait que mon oncle finirait célibataire.

— Oh, je ne suis pas inquiète, déclara lady Kate en regardant Alex avec adoration avant de jeter un coup d'œil circulaire dans le jardin. Où est Grace ? Nous pensions qu'elle se trouverait avec vous.

En entendant le nom de Grace, David sentit son estomac se contracter.

— Vous n'êtes pas au courant ? Grace est partie.

— Partie ? répéta lady Oxbury en écarquillant les yeux. Mais quand ? Comment ? Pourquoi ne m'a-t-on rien dit ?

— Lord Standen est passé il y a à peu près une heure, expliqua David en croisant les doigts dans son dos. Il semblerait que le nouveau lord Oxbury l'ait alerté que lady Grace assistait à une fête en compagnie de membres de l'ignoble famille Wilton. (Il voulait donner à ses paroles un ton sarcastique mais ne parvint qu'à y mettre de l'amertume.) J'ai le regret de vous annoncer que le comte n'est pas très content de vous, lady Oxbury. Il semble d'avis que vous auriez dû éviter cette situation.

— Je n'y crois pas, gronda lady Kate en regardant Alex. Se peut-il que mon frère soit aussi stupide ?

— Il semblerait, répondit Alex, les yeux rivés sur David. Et vous l'avez laissée partir ?

— Bien sûr ! Qu'aurais-je pu faire d'autre ? Je n'ai pas la moindre influence sur lady Grace.

— Ah bon ? J'étais pourtant convaincue du contraire, rétorqua lady Kate avec une moue inquiète. Mon frère l'aura sans doute forcée à le suivre.

— Je vous assure que non, lady Oxbury. Votre nièce est partie avec lui de son plein gré.

— C'est ridicule. Grace n'a pas pu retourner chez elle sans protester.

— Pourtant, si, dit David dans un soupir calme, considérant qu'il était inutile d'être cassant avec lady Oxbury. Elle est fiancée à un voisin.

— Mr Parker-Roth. Je savais bien qu'il y avait un accord de ce genre mais je sais aussi qu'elle ne l'aime pas, poursuivit lady Kate en secouant la tête. Elle ne va quand même pas faire la même erreur que moi ?

— On dirait bien, pourtant, dit Alex avant de se tourner vers son neveu. Alors vous, vous ne devez surtout pas faire la même erreur que moi, David.

— Que voulez-vous dire ? demanda le baron qui ne se sentait pas d'humeur à jouer aux devinettes.

— Il y a vingt-trois ans, j'ai fait ce que mon frère m'a demandé, expliqua lady Oxbury. J'ai quitté Londres et j'ai épousé lord Oxbury. J'ai laissé ma loyauté envers ma famille me séparer de votre oncle.

— Et j'aurais dû me lancer à votre poursuite, dit Alex avant de poser un baiser sur les doigts de lady Kate. Ou encore, ce soir-là dans le jardin d'Alvord, j'aurais dû vous persuader de fuir avec moi jusqu'à Gretna Green. La réaction de votre frère était prévisible.

— Sottises. Qui aurait pu prévoir que mon frère me renverrait à la campagne ? De plus, comment imaginer qu'il arrangerait mon mariage aussi vite ? De nos jours, on ne s'attend plus à de tels agissements… et même il y a vingt-trois ans, cela paraissait aberrant. C'est parfaitement barbare.

— C'est précisément le mot qui me vient à l'esprit quand je pense au comportement de votre frère, Kate. Du moins, vis-à-vis de ma famille.

— Je n'y comprends rien. (Lady Kate soupira.) J'ai du mal à croire que son cœur ait vraiment été brisé quand Harriet s'est enfuie avec Luke. Quelques années plus tard, il a épousé Margaret et il m'avait semblé que cette situation les satisfaisait tous les deux.

— Ses motivations n'ont aucune importance, dit Alex. Nous savons qu'il est capable de traîner lady Grace jusqu'à l'autel. Il n'y a pas une minute à perdre, David.

— La bonne nouvelle, c'est que Grace est majeure, ajouta lady Kate. Vous n'avez même pas à vous préoccuper du consentement de son père pour l'épouser.

Le moral au plus bas, David eut pourtant envie de rire.

— Certes, mais il me faudra le consentement de Grace, rappela-t-il. Or, votre nièce n'a que faire de m'épouser, lady Oxbury. L'idée de se marier à son voisin lui convient.

— Je ne le crois pas une seconde et vous ne devriez pas le croire non plus. Grace vous a-t-elle dit qu'elle ne vous aimait pas ?

— Pas en ces termes, non, admit David.

— Alors n'imaginez pas que vous savez ce qu'elle pense, lord Dawson. Étant sa chaperonne, j'ai eu l'occasion de bien l'observer. Je peux vous affirmer qu'elle vous aime de tout son cœur. Cela m'a même fait passer quelques nuits blanches car je savais que mon frère allait détester qu'elle vous fréquente.

— Il faut que vous alliez la chercher, David, dit Alex. Vous ne pouvez pas laisser une petite conversation déterminer ce que sera votre vie. Vous ne serez peut-être pas aussi chanceux que moi. (Il passa un bras autour des épaules de lady Kate.) Vous n'aurez peut-être pas de seconde chance.

— Et une seconde chance n'a rien à voir avec la première, lord Dawson. Il vous faut un héritier. Vous devriez épouser Grace sans attendre, tant qu'elle peut vous donner de nombreux enfants, ajouta lady Kate en rougissant.

— Nous avons d'autres bonnes nouvelles, annonça fièrement Alex. Kate est… Disons que nous attendons un heureux événement d'ici quelques mois.

Ainsi, David ne s'était pas trompé : lady Kate était bien enceinte. Voir deux personnes de cet âge se réjouir autant à l'idée d'attendre un enfant lui paraissait étrange mais leur bonheur sautait aux yeux. Il serra encore une fois la main d'Alex et embrassa lady Oxbury sur la joue.

— Magnifique ! Non seulement je vais avoir une nouvelle tante mais aussi un nouveau cousin.

— David, allez retrouver Grace, l'exhorta Alex en le regardant dans les yeux. Offrez donc à notre fils… ou à notre fille un cousin… ou une cousine de son âge.

Le désir et le regret submergèrent David à cette pensée. Il aurait adoré faire un enfant à Grace mais cela n'arriverait jamais. Alex et lady Oxbury, aveuglés par leur amour, ignoraient de quelle manière Grace l'avait quitté.

Grace était en route pour le Devon où elle se marierait avec son voisin tandis que lui retournerait à Londres dès le lendemain et y reprendrait sa quête d'une épouse.

Bon Dieu, quelle idée déprimante.

Grace regardait défiler les arbres et les champs à travers la vitre de la voiture. Chaque instant qui passait ajoutait à la distance qui la séparait de…

Elle se défendit de penser à lui.

— Je me réjouis qu'Oxbury m'ait écrit pour me signaler que vous étiez partie avec Dawson. Je n'aurais jamais cru me retrouver un jour redevable envers cet imbécile mais c'est comme ça, dit son père en secouant la tête. J'aurais dû vous prévenir de garder vos distances avec les Wilton mais cela ne m'est pas venu à l'esprit car d'ordinaire, ils ne fréquentent pas Londres. Je suis sûr qu'ils n'y étaient pas venus depuis des années.

— Oui, je crois que vous avez raison.

Pourquoi a-t-il fallu qu'ils viennent justement lors de cette Saison ? Si seulement…

Non, elle était heureuse d'avoir rencontré David. Il lui avait fait découvrir tant de sensations nouvelles. Elle se réjouissait aussi que tante Kate ait pu retrouver Mr Wilton. Étaient-ils parvenus à régler leurs différends ? Elle aurait aimé rester pour s'en assurer mais savait que sa tante lui écrirait pour lui raconter. Au pire, elle la verrait à son mariage…

Grace se mordit la lèvre avec force en prenant conscience de ce qui l'attendait : la prochaine fois qu'elle croiserait sa tante, ce serait juste avant d'épouser John à l'église du village.

Elle eut l'impression qu'un nœud coulant venait de se resserrer autour de son cou.

— Même si vous n'étiez pas au courant pour les Wilton, Katherine le savait, poursuivit Standen. Je suis abasourdi qu'elle ne vous ait pas mise en garde. Vous savez… C'est pour la sauver de l'oncle de ce Dawson que j'ai arrangé son mariage avec Oxbury. Cette pauvre femme doit être complètement folle si elle a pu croire une seconde que je tolérerais vous voir fréquenter un membre de cette famille.

— Mais, papa, je ne comprends pas, commença Grace.

Elle s'arrêta pour observer son père. Il lui sembla plus petit que dans son souvenir, plus vieux aussi. Avait-il autant changé durant le court laps de temps où ils avaient été séparés… ou était-ce elle ?

— Pourquoi nourrissez-vous une telle haine envers les Wilton ? Ce n'est quand même pas parce que lady Harriet a préféré le père de lord Dawson à vous, quand même ? C'était il y a si longtemps.

— Je n'ai pas envie d'en parler, décréta-t-il en la regardant avec sévérité. Tout ce que vous avez besoin de savoir, c'est que je les déteste.

— Non, père. Cela ne suffit pas. Votre antipathie envers cette famillc a influencé la vie de tante Kate et, maintenant, elle influence la mienne. J'ai droit à une explication.

Standen fronça les sourcils puis baissa les yeux pour regarder ses mains. Il resta silencieux pendant si longtemps que Grace finit par perdre espoir. Il ne lui répondrait pas. Elle ravala sa contrariété, tourna la tête et se replongea dans la contemplation du paysage.

— J'étais jeune et amoureux, finit-il par dire.

Il avait prononcé ces paroles d'une voix si faible que Grace faillit ne pas les entendre au milieu du bruit que faisait leur attelage.

— Oui, vous étiez jeune… Cela s'est passé il y a trente ans.

— Il y a certaines choses sur lesquelles le temps n'a pas de prise, Grace.

Des choses… comme ses sentiments pour David ? Finiraient-ils par s'effacer avec le temps ? Elle l'espérait car elle ne supporterait pas de passer toute sa vie avec ce nuage noir sur le cœur.

— Je peux comprendre cela, papa. Toutefois, ce n'était qu'un intermède, ou guère plus, n'est-ce pas ?

Vous n'avez connu lady Harriet que le temps d'une Saison, vous n'avez partagé que quelques danses et quelques conversations. En fait, vous ne la connaissiez pas du tout.

À peu près autant qu'elle connaissait David.

Et tante Kate connaissait à peine Mr Wilton. Pourtant, leur amour a perduré.

— Je l'aimais, dit son père d'un air inoffensif.

— Vous étiez épris d'elle. Quel âge aviez-vous ? Vingt-cinq ans ?

— Tout comme vous aujourd'hui.

— Oui. Sauf qu'aujourd'hui, vous en avez cinquante-six.

Rêverait-elle encore de David quand elle aurait atteint cet âge ? Elle maîtrisa à grand-peine la vague de panique qui menaçait de s'emparer d'elle. À la longue, elle oublierait ses sentiments. Elle allait épouser John et avoir des enfants. Elle garderait un souvenir joyeux de David, dénué de rancœur.

— Cela n'a aucune importance, reprit son père. Peu importe mon âge, c'est comme si c'était hier.

Bon sang, pensa Grace en fermant les yeux. *Non.* Elle posa la tête contre le dossier et se tourna afin qu'il ne puisse pas voir ses larmes.

Il ne fallait pas qu'elle pense à David. Elle devait s'en empêcher. Mais les souvenirs de cet homme emplissaient son cœur : ses yeux brillants d'humour, sa voix chaude et suave, la douceur de ses lèvres. Plus que tout cela, elle se souvenait de sa prévenance envers son oncle, du courage dont il avait fait preuve pour mettre de côté la douleur qui l'oppressait afin de faire la paix avec sa grand-mère et de la façon dont il avait gardé le silence quand elle le lui avait demandé dans le hall d'entrée, chez lord Motton.

Il la comprenait comme personne avant lui.

— Lady Harriet était tout ce que je n'étais pas, poursuivit son père d'une voix calme, presque comme s'il ne parlait qu'à lui-même. (Grace se tourna vers lui. Il regardait par la fenêtre, un léger sourire aux lèvres.) Elle était joyeuse et pleine de fantaisie, intelligente, brillante. Tout s'illuminait quand elle apparaissait. Elle était comme une étoile tombée sur terre… et je n'étais qu'un morceau de charbon. (Il soupira en dodelinant de la tête.) Wilton était comme elle. Rien d'étonnant à ce que ces deux-là aient été attirés l'un vers l'autre. Mais, justement, ils se ressemblaient trop. Wordham, le père d'Harriet, voulait que sa fille devienne plus sérieuse et Wilton lui semblait trop désinvolte. C'est pour cela qu'il voulait qu'elle m'épouse. (Son père regarda enfin Grace, les yeux chargés de chagrin.) Mais Harriet ne voulait que Wilton. (Il se pencha en avant et sa voix se fit plus forte.) S'il n'avait pas convaincu Harriet de s'enfuir avec lui, elle m'aurait épousé et elle serait encore en vie aujourd'hui.

— Vous n'en savez rien, père, déclara Grace en adoptant la même position. Lady Harriet est morte en couches. Si vous l'aviez épousée, elle serait peut-être morte en donnant naissance à votre enfant… comme maman.

Lord Standen parut ébranlé, comme si cette idée ne l'avait jamais effleuré.

— Aimiez-vous maman ? demanda Grace, une main posée sur le genou de son père.

Il se racla la gorge et sembla troublé.

— Votre mère fut une épouse très agréable. Nous nous sommes bien entendus.

— Mais vous ne l'aimiez pas, lâcha Grace en se rasseyant au fond de son siège.

— Je tenais beaucoup à elle.

— Mais vous ne l'aimiez pas.

— L'amour ne cause que douleurs et tourments. (Son père haussa les épaules.) L'affection et le respect sont des sentiments plus en adéquation avec le mariage. Une entente comme celle que vous entretenez avec Parker-Roth permettra à votre union de tenir des années.

Jusqu'à ce que la mort les sépare. Ces mots jaillirent dans l'esprit de Grace. Elle les avait toujours trouvés tristes mais, à présent, ils semblaient définir un but. Après des années et des années d'un mariage où la courtoisie le disputerait à l'ennui, elle connaîtrait la délivrance.

— J'aimerais vraiment que vous vous rendiez à Standen, lord Dawson. Allez parler à Grace.

— Cela ne changerait rien, lady Oxbury.

David allait dire au revoir à sa grand-mère quand il avait interrompu Alex et lady Oxbury dans le salon vert. Par chance, ils ne faisaient qu'échanger un baiser et même si celui-ci était passionné, au moins leurs vêtements étaient correctement boutonnés.

— Je n'arrive pas à croire qu'elle consente à épouser ce voisin. Il doit y avoir méprise.

— Croyez-moi, lady Oxbury, c'était tout à fait clair.

De plus, pensait David, Grace avait raison : ils se connaissaient depuis très peu de temps. Le désir les avait emportés. Ce sentiment s'estomperait dans un mois ou deux.

— Pourtant, cela vaudrait la peine d'aller la voir, David, intervint Alex. Elle a peut-être parlé trop vite puis a immédiatement regretté ses paroles.

— Oui, c'est certainement cela, surenchérit lady Kate en souriant à Alex comme s'il venait d'avoir un éclair de génie. Grace est parfois impétueuse. Quand son père l'a surprise en apparaissant sans prévenir chez lord Motton, qui peut savoir ce qui lui est passé par la tête ?

— Vous devriez vraiment y aller, David. Qu'avez-vous à perdre ? Si lady Grace ne change pas d'avis, vous saurez sans l'ombre d'un doute qu'elle ne souhaite pas vous épouser. Mais si vous découvrez qu'elle regrette sa décision ou que vous vous êtes mal compris, vous pourrez gagner des années de bonheur, expliqua Alex en souriant à lady Kate avec passion.

David ferma les yeux pour éviter de les lever au ciel. Pourquoi fallait-il qu'il subisse, spécialement aujourd'hui, ce flot de romantisme sirupeux ? Non pas qu'il ne fût pas heureux pour Alex et lady Oxbury.

Il était même ravi pour eux. Mais tout ce bonheur affiché, ajouté au chagrin qui l'accablait, c'en était trop pour lui.

— Entendu, concéda-t-il. Je vais y réfléchir.

— N'y réfléchissez pas trop longtemps, lord Dawson. Mon frère peut parfois se montrer très déterminé quand il a une idée dans la tête.

— Ce serait affreux d'arriver juste après la cérémonie et de découvrir que lady Grace était amoureuse de vous mais qu'elle a dû épouser ce Roth en désespoir de cause, ajouta Alex.

— Oui, vous avez raison. Je vous promets d'y penser sérieusement. Mais, pour l'heure, je cherche lady Wordham. Je souhaiterais lui dire au revoir, car je pars pour Londres aujourd'hui.

— Londres ? s'offusqua Alex. Vous feriez mieux d'aller dans le Devon.

— Hélas, j'ai des affaires qui ne peuvent pas attendre à la capitale.

— Je pense que vous faites une erreur, David. Toutefois, si vous voulez vraiment y aller, laissez-moi vous accompagner. Je ne vais pas tarder à partir, moi non plus.

En effet, son oncle portait sa tenue de voyage. Mais lord Dawson savait que, s'ils partaient ensemble, Alex n'aurait de cesse de le convaincre de se rendre dans le Devon pour voir lady Grace.

— Allez-y, Alex, je ne voudrais pas vous retarder. J'ignore combien de temps je vais passer avec lady Wordham.

— C'est vraiment formidable que vous vous soyez réconcilié avec votre grand-mère, lord Dawson, le félicita lady Oxbury.

— Comme nous serons très bientôt parents, vous devriez m'appeler David. Et, en effet, c'est formidable. C'est votre nièce que je dois remercier. C'est elle qui m'a poussé à discuter avec lady Wordham.

Malgré la douleur que lui avait causée Grace, il ne parvenait pas à oublier qu'elle l'avait aidé à comprendre à quel point il est futile d'entretenir d'anciennes blessures. Mais quelle attitude adopter face à de nouvelles blessures ? Devait-il mettre de côté son ressentiment et galoper vers le Devon ? Sûrement pas ! Il n'avait pas envie de s'exposer à un nouveau refus. Il n'était pas complètement stupide.

— Vous ne sauriez pas où je pourrais trouver lady Wordham ? demanda-t-il.

Plus vite il aurait parlé à sa grand-mère, plus vite il pourrait quitter cette maudite fête.

— Je pense qu'elle se trouve dans la roseraie, David, répondit lady Oxbury, tout sourires. Et, s'il vous plaît, appelez-moi Kate.

— Et pourquoi pas tante Kate ?

— Je pense que Kate sera bien suffisant, dit-elle en riant.

— Très bien Kate. Je vous remercie. Je vais aller voir dans la roseraie et vous laisser tous les deux reprendre l'activité à laquelle vous vous consacriez avant que j'entre. Toutefois, permettez-moi de vous conseiller de fermer la porte, cette fois-ci.

Lady Oxbury – Kate – rougit et Alex éclata de rire.

— Bonne idée, reconnut-il. Fermez-la en sortant, s'il vous plaît.

David sourit et s'exécuta. Il y avait au moins un Wilton qui avait su tirer bénéfice de cette satanée Saison.

Lady Wordham était assise sur un banc dans la roseraie et exposait son visage à la chaleur du soleil.

— Prenez garde, grand-mère. Vous pourriez y perdre votre joli teint diaphane.

Lady Wordham eut un petit rire et tapota la place inoccupée juste à côté d'elle.

— Venez vous asseoir, David. Je vous promets d'être sage et de sortir mon ombrelle même si la chaleur du soleil m'est très agréable.

— C'est pour cela que vous êtes ici ? (David s'assit et sourit à la vieille dame.) Vous vouliez profiter des rayons du soleil ?

— Oui et aussi pouvoir me retrouver seule afin de réfléchir, lui répondit-elle avant de se pencher vers lui. Faites bien attention aux jumelles Addison. Je crois qu'elles vous poursuivront jusqu'à ce que vous consentiez à en épouser une des deux.

— Je pense que la seule chose qui m'ait sauvé jusqu'ici, c'est qu'elles veulent toutes les deux se marier avec moi, expliqua David en riant. Dès que l'une tente de me séduire, l'autre neutralise ses efforts et vice versa.

— Eh bien permettez-moi de vous dire que je ne les aime ni l'une ni l'autre, lui confia lady Wordham avant de s'intéresser à une rose. Lady Grace, d'un autre côté… Voilà une jeune femme charmante.

David parvint à retenir un soupir. D'abord Alex et Kate puis sa grand-mère… Tous les invités de cette fête – les sœurs Addison mises à part – avaient-ils donc décidé de le pousser dans les bras de Grace ?

— Lady Grace est repartie, grand-mère. On ne vous l'a pas dit ? Son père est venu la chercher pour la ramener à Standen.

— Je le sais, que croyez-vous ? Vous partez quand ?

— Tout de suite. Je prenais juste le temps de vous saluer.

— Alors ne perdez pas un seul instant à discuter avec une vieille dame, mon garçon. Filez ! l'enjoignit-elle en souriant et en lui tapotant la main. Allez rejoindre cette fille. J'aimerais bien avoir des arrière-petits-enfants avant de mourir.

Il toussa, tentant de déloger la gêne qu'il ressentait soudain au niveau de la gorge.

— Je pars pour Londres, grand-mère. Avant de s'en aller, lady Grace m'a bien fait comprendre qu'elle ne souhaitait pas que je lui fasse la cour.

Lady Wordham en resta bouche bée un long moment puis se ressaisit et se redressa.

— Balivernes ! lança-t-elle en regardant David d'un air courroucé. Je n'ai jamais entendu quoi que ce soit d'aussi ridicule de toute ma vie. Il est clair que cette fille vous aime à la folie. (Il haussa les épaules, ne sachant que répondre à cela. Lady Wordham se pencha vers lui et posa la main sur son genou.) Non, vous devez vous tromper. Je vous ai bien observés tous les deux. À mon âge, on sait certaines petites choses et je vous affirme qu'elle ressent quelque chose à votre égard.

— Du mécontentement, sans doute, dit-il en essayant de rire.

— Ne soyez pas stupide. Cette jeune femme vous aime. Allez la retrouver et tâchez de découvrir où se situe le problème. Vous ne pouvez pas laisser votre amour-propre se mettre en travers de votre bonheur.

Il n'allait pas se disputer avec elle, aussi se pencha-t-il pour poser un baiser sur sa joue ridée et déclara :

— Je vous verrai à Londres.

Elle s'empara de sa main et le regarda droit dans les yeux.

— David, je connais la douleur qu'on ressent quand on laisse la fierté nous séparer de quelqu'un qu'on aime. (Elle lui caressa la joue.) Ne soyez pas aussi bête que moi, mon cher petit-fils. Allez la retrouver.

— Ce n'est pas si facile.

— Si, ça l'est. Enfin… Vous avez raison, ce n'est pas facile. Mais la solution est limpide. Il vous suffit d'y aller.

— Je vais y réfléchir, dit-il en se levant.

— Mais allez-vous le faire ou vous montrerez-vous aussi têtu que votre grand-père en vous privant de cet amour ?

David ne trouva aucune réponse susceptible de les satisfaire tous les deux. Par conséquent, il se contenta de s'incliner devant elle et partit.

Il attendait qu'on lui amène son cheval quand Miss Smyth s'approcha de lui dans le hall d'entrée.

— Ce n'est pas vrai ! Vous n'allez pas vous y mettre, vous aussi ?

Il s'en voulut immédiatement mais les paroles avaient été prononcées.

— Toi aussi, Brutus ?

— J'ignorais que Theo avait étudié les classiques, remarqua David en regardant le perroquet d'un air maussade.

— Il possède une collection de phrases très éclectique, rétorqua Miss Smyth. Il est comme une pie voleuse, qui emporte dans son nid tout ce qu'elle trouve. Cela dit, il tient beaucoup de mon oncle Theo, bien entendu. C'est auprès de lui qu'il a tout appris. (Son regard se posa sur son pardessus puis sur la porte.) Nous quittez-vous ?

— En effet. J'ai salué lord Motton et l'ai remercié pour son hospitalité. Je vous remercie également, pour avoir tenu le rôle d'hôtesse et avoir organisé… Disons, tout.

Miss Smyth avait même dépassé ses attentes. En toute honnêteté, il avait espéré pouvoir s'en aller sans la croiser. Il savait pertinemment ce qu'elle allait lui dire et il en avait assez qu'on le pousse à se rendre dans le Devon. Pourquoi personne n'arrivait-il à comprendre que le père de Grace n'éprouvait que mépris pour lui, que Grace elle-même s'était exprimée clairement sur ses souhaits, si clairement que même un âne dans son genre pouvait l'assimiler ?

— Vous devriez aller dans le Devon, vous savez ? glissa Miss Smyth.

— Miss Smyth… Comprenez-vous que si je fais cela, lord Standen pourrait me tirer dessus à vue ?

— Je suis certaine que c'est illégal, s'esclaffa Miss Smyth. Vous êtes quand même un pair du royaume…

— Vous oubliez aussi que lady Grace m'a informé en termes on ne peut plus clairs qu'elle ne voyait aucun intérêt à poursuivre notre relation.

— Oh, elle ne le pensait pas…

L'espace d'un instant, il envisagea de s'arracher les cheveux par poignées.

— Elle va épouser un de leurs voisins.

— Seulement si vous ne montez pas sur votre cheval pour vous précipiter à son secours, répliqua Miss Smyth en agitant un doigt sous le nez de David.

— Mais elle ne veut pas être secourue ! s'écria-t-il.

— Inutile de crier, milord.

— Veuillez me pardonner. (Il prit une profonde inspiration.) Reste que lady Grace est parfaitement satisfaite de sa situation.

— Si vous le croyez vraiment, vous êtes encore plus ballot que je le pensais.

— Ballot ! Buse ! Benêt ! grinça Theo qui semblait bien connaître les synonymes du mot « idiot ».

N'ayant pas l'intention de se quereller avec un perroquet, il se contenta de le fusiller du regard. Theo ébouriffa ses plumes et lui fit à son tour les gros yeux.

— Milord, votre cheval est prêt, annonça un valet qui venait d'entrer.

David lui répondit par un signe de tête, se retenant de lui sauter au cou pour le remercier d'être venu à son secours.

— Euh, oui. Eh bien, je dois partir. Encore merci pour votre hospitalité, Miss Smyth.

— Elle n'aura pas servi à grand-chose si vous laissez lady Grace épouser cet autre homme. Bon sang ! Faites preuve de courage et partez pour le Devon !

Toute discussion avec Miss Smyth – et son perroquet – était vaine. La retraite était la seule tactique viable.

David s'inclina poliment et tourna les talons.

Chapitre 20

— Papa, je ne peux pas épouser Mr Parker-Roth.

Son père leva le nez du *Morning Post*, sa fourchette d'œuf poché suspendue en l'air, à mi-chemin entre son assiette et sa bouche.

— C'est ridicule, lança-t-il avant de terminer son geste, d'avaler ses œufs puis de les faire descendre avec une gorgée de café. Je peux vous assurer que vous allez épouser Parker-Roth.

— Non, je ne le peux pas, répéta Grace en repoussant son assiette qui contenait un toast froid. (Il n'était pas question qu'elle avale quoi que ce soit. Son estomac s'y refusait.) Je m'en sentais capable quand nous avons quitté la propriété de lord Motton. Je croyais y parvenir quand nous sommes allés au Prieuré hier pour voir John. J'ai même cru que je pourrais supporter ce mariage après avoir marché en sa compagnie dans le jardin et qu'il m'eut rebattu les or… je veux dire, détaillé toutes ces sata… pardon, intéressantes plantations. (Grace marqua une pause. Elle respirait si vite que la tête lui tournait.) Mais non. Je ne peux pas le faire.

— Sottises. C'est juste une angoisse de jeune fille. Une fois que le mariage et la nuit de noces seront passés, vous vous sentirez mieux.

Grace sentit son estomac se rebeller de nouveau, menaçant de délivrer le peu qu'il contenait sur la table du petit déjeuner. Elle posa une main sur sa bouche et se força à respirer avec calme par le nez. Elle écarta ensuite ses doigts de ses lèvres afin de formuler sa réponse.

— Non.

— Comment ça « Non » ? dit son père qui s'était replongé dans son journal comme si le sujet était clos.

— Non, je ne me sentirai pas mieux, précisa-t-elle. (*Voilà.* Elle sentit que son estomac s'était un peu calmé. Elle baissa sa main et se concentra sur son père.) J'ai très peu dormi la nuit dernière car j'ai beaucoup réfléchi et je suis arrivée à la conclusion que je ne peux pas épouser John. Ce serait injuste envers lui.

— Ne vous inquiétez pas pour cela, rétorqua son père en faisant un geste de la main dans sa direction et en tournant les pages de son journal. Je suis sûr que Parker-Roth s'en fiche.

— J'ai du mal à croire que John se fiche du fait que je sois amoureuse d'un autre homme.

— Vous vous en remettrez.

Avait-elle bien entendu ? Cet homme qui avait gardé une rancune tenace durant trente ans envers toute une famille parce que la femme qu'il aimait l'avait rejeté, cet homme qui lui avait avoué quelques jours auparavant qu'il était toujours amoureux de cette femme… Cet homme-là lui disait qu'elle se remettrait d'avoir été séparée de son grand amour ?

— Vous ne vous en êtes jamais remis, père.

— Comment ça ? demanda-t-il en s'arrachant à la lecture de son journal. Que voulez-vous dire ?

— Vous ne vous êtes jamais remis de lady Harriet.

Il la regarda d'un air renfrogné puis replongea dans son périodique.

— J'ai épousé votre mère, non ? Je… Je me suis adapté. Vous en ferez de même.

— Mais vous n'aviez pas d'autre choix. Vous ne pouviez plus épouser lady Harriet puisqu'elle était morte. Lord Dawson…

— Ne prononcez jamais ce nom sous mon toit, l'interrompit-il avec colère.

Grace jeta sa serviette sur la table et se leva.

— Pourquoi vous complaisez-vous dans votre animosité ? Je parie que vous n'aviez jamais rencontré lord Dawson avant cet esclandre dans le hall d'entrée chez lord Motton.

— Qu'est-ce que cela a à voir avec cette histoire ?

— Mais tout, bon sang ! Comment pouvez-vous détester quelqu'un que vous ne connaissez pas ?

— Assez facilement, en fait.

Grace se fit un devoir de garder son calme. Elle savait qu'il ne servirait à rien de hausser le ton avec son père. Au lieu de cela, elle se pencha par-dessus la table et le regarda dans les yeux.

— C'est cela, vous avez raison. Il est bien plus simple de haïr quelqu'un que vous n'avez jamais rencontré. Ainsi, vous pouvez ignorer tout ce qu'il y a de bon en lui.

— C'est un Wilton, non ? Il n'y a donc rien de bon en lui, rétorqua son père avec mépris. (Il fit claquer son journal puis tourna la tête pour reprendre sa lecture.) Prenez garde, ma fille, vous frisez l'hystérie.

— Non, c'est faux ! s'écria-t-elle. (Elle déglutit et tenta de maîtriser sa colère.) Vous vous refusez à entendre la part de vérité dans ce que j'ai à dire. (Elle se redressa et croisa les doigts pour éviter de les serrer autour du cou de son père. Il fallait qu'elle reste calme et réfléchie.) Lord Dawson était comme cela, lui aussi. Il détestait sa grand-mère, par principe, parce qu'il l'avait décidé. Et puis j'ai réussi à le convaincre de discuter avec elle. Si seulement vous acceptiez de le rencontrer...

— Non ! aboya son père en jetant son journal sur la table et en bondissant de sa chaise. Je ne rencontrerai pas Dawson. Je n'ai aucun besoin de le faire et je refuse de revoir cet homme.

— Il le faudra bien, pourtant. À moins que vous soyez prêt à ne plus jamais me revoir, le défia Grace. (*Pourvu que David n'ait pas changé d'avis au sujet du mariage !*) J'ai l'intention d'épouser le baron.

— Ah, vraiment ? répliqua Standen. (Les veines de son front étaient visibles, ce qui ne constituait jamais un bon signe.) Et comment comptez-vous vous y prendre ? En imaginant que Dawson s'y trouve encore, vous n'avez aucun moyen de retourner chez Motton car je vous rappelle que mes voitures ne sont pas à votre disposition. Qui plus est, vous n'aurez pas l'occasion d'épouser votre baron car vous vous mariez avec Parker-Roth dès demain.

— Non ! s'exclama Grace. (Elle dut se retenir au dossier de sa chaise. *Moins de vingt-quatre heures ?*) Je pensais qu'il restait encore quelques jours avant le mariage. Vous aviez dit…

— Je vous ai dit ce qui m'arrangeait.

Mariée dans moins de vingt-quatre heures… mon Dieu !

— Je n'ai jamais donné mon accord, rappela Grace. D'ailleurs, John ne m'a pas demandé ma main.

Il ne l'avait même jamais embrassée. Cet homme ne pouvait pas avoir envie de l'épouser. En refusant, c'était à eux deux qu'elle rendait service.

— Cela n'a aucune importance, vous l'épouserez quand même.

— Non. J'irai le voir pour lui demander d'ajourner cette cérémonie. Ce sera désagréable et embarrassant mais, au bout du compte, cela vaudra mieux. Il n'a sûrement pas envie d'une épouse non consentante.

— Rien de tout cela n'a la moindre importance, répéta son père en croisant les bras, les traits crispés par l'obstination. Il est d'accord pour vous épouser et c'est un beau parti. Cela vous permettra de rester près de chez vous, parmi les gens que vous connaissez. Vous allez donc vous marier avec lui. Cette discussion est close.

Elle serra davantage ses doigts sur le dossier de sa chaise, sentant monter une furieuse envie de frapper son père.

— Non, je ne me marierai pas avec lui. Je ne peux pas.

— Oh que si ! Vous étiez d'accord pour le faire quand vous êtes partie à Londres et c'était toujours le cas quand je vous ai ramenée de chez Motton.

— Je n'étais pas d'accord, j'étais résignée, corrigea Grace.

— Dieu du ciel ! s'écria son père en levant les mains en l'air avant de se pencher vers elle, un index accusateur tendu sous son nez. Écoutez-moi bien, ma petite fille. Vous allez épouser Parker-Roth. Je suis votre père et je vous ordonne de le faire.

— Vous ne pouvez plus rien m'ordonner, rétorqua-t-elle en le pointant du doigt à son tour. Je suis majeure. Je n'épouserai pas cet homme, vous avez compris ? Je suis désolée, père, mais ce que vous me demandez est impossible.

— Il n'est pas question que vous fassiez à Parker-Roth ce qu'Harriet m'a fait, hurla son père. Vous n'abandonnerez pas ce garçon, vous m'entendez !

— Toute la maisonnée vous entend, père.

— Tant mieux ! Retournez dans votre chambre, fille ingrate. Je vous reverrai à l'église.

— Quand le pasteur me demandera si j'accepte de prendre John pour époux, je répondrai « Non », père.

Son visage était carmin et ses veines semblaient prêtes à éclater. Était-ce un début de crise d'apoplexie ?

— Partez, gronda-t-il.

Grace s'exécuta.

Oui, il avait pris la direction du Devon. Oui, il était un imbécile.

Debout dans la chambre de cette auberge, David regarda son lit et soupira. Il était trop petit pour quelqu'un de sa taille mais, au moins, les draps étaient relativement propres.

Il aurait dû prendre la route vers Londres. C'était d'ailleurs ce qu'il avait décidé de faire au moment où il avait quitté Miss Smyth. Mais, quand il s'était retrouvé au premier carrefour... Bizarrement, son cheval avait pris la direction du Devon.

S'il était reparti pour Londres, il serait déjà chez lui depuis plusieurs jours et pourrait dormir dans son grand lit. Il aurait déjà participé à plusieurs bals et réceptions et se serait remis en quête d'une épouse.

Bon sang!

Il n'éprouvait aucun enthousiasme à l'idée de faire son choix parmi des débutantes riant sottement, des jeunes femmes jouant les effarouchées et des vierges angoissées à l'idée de finir vieilles filles.

C'était Grace qu'il voulait. Il ne désirait qu'elle. S'il subsistait la moindre chance, il remuerait ciel et terre pour la reconquérir.

Il se retrouvait donc là, à passer la nuit à l'auberge du *Héron Bleu*, avant de se rendre à Standen le lendemain matin en espérant que Grace y serait. Il était arrivé dans cet établissement juste avant le dîner et avait eu une charmante conversation avec Mr et Mrs Weyford, un couple de jeunes mariés. Bon… Il devait l'admettre, cette conversation n'avait pas été si charmante que cela. Oh, les tourtereaux s'étaient montrés très aimables mais, en leur compagnie, il n'avait cessé de penser à Grace. Il s'était imaginé qu'à la place des Weyford, c'était eux deux qui s'échangeaient des regards chargés de promesses, promesses qu'ils tiendraient une fois dans leur chambre.

Il avait préféré discuter avec le pasteur Barnsley, l'autre client de l'auberge. Celui-ci voyageait seul et se rendait en Cornouailles. C'était un fervent adepte de la pêche à la ligne. Quelques questions bien placées et l'homme avait passé la soirée à parler de poissons, d'appât et d'équipement.

Et le voilà à présent dans sa chambre, meublée de ce tout petit lit qui paraissait si inconfortable. Le lendemain, il atteindrait Standen et saurait enfin s'il lui restait un espoir de faire de Grace sa baronne… ou si elle avait déjà épousé son assommant voisin.

Cette éventualité le déprimait totalement.

Il se mit au lit et tenta de trouver une position commode, sans y parvenir. À croire que le matelas avait été rembourré avec des cailloux.

La nuit s'annonçait longue…

« Cher papa,

Je suis désolée de vous décevoir mais je ne peux pas vivre dans l'illusion et duper John par la même occasion pour de longues années. Dites-lui que je l'aime, mais comme un frère, pas comme un époux, et ayez l'obligeance de lui présenter, ainsi qu'à sa famille, mes sincères excuses et mes regrets.

Je vous aime même si je ne peux pas me résoudre à faire ce que vous m'avez demandé.

Grace. »

Voilà. Grace jeta un peu de sable sur la lettre pour en sécher l'encre et la déposa sur son oreiller, là où la femme de chambre ne manquerait pas de la trouver quand elle viendrait la réveiller. Elle venait encore de vivre une interminable nuit sans sommeil mais se sentait enfin en paix car elle avait pris sa décision : elle partait. Tout de suite, avant que le soleil ne se lève. Ainsi, personne ne la verrait.

Tout ce qu'elle avait à faire, c'était de rejoindre l'auberge du *Héron Bleu.* Il lui restait suffisamment d'argent de poche pour s'offrir une place dans la diligence partant pour Londres. Le voyage s'annonçait difficile, mais elle s'en sortirait. Ensuite, elle irait voir sa tante Kate… en espérant que celle-ci se trouvait toujours dans la capitale.

C'était sûrement le cas, même si la Fouine vivait à Oxbury House…

À présent que la fête chez lord Motton était terminée, tout le monde avait dû regagner Londres. Si tante Kate n'y était pas, Grace pourrait toujours s'adresser à lady Wordham. Il fallait qu'elle trouve quelqu'un pour l'aider.

Elle n'avait pas le choix. Il n'était pas question qu'elle épouse John. Il méritait une femme capable de l'aimer de tout son cœur, ce que le père de Grace se refusait à comprendre. Et si jamais celui-ci décidait de la ligoter et de la jeter dans une voiture pour l'emmener à l'église – hypothèse qu'elle n'écartait pas – alors son seul recours serait de refuser de prononcer ses vœux et elle ne voulait pas faire cela à John ni à sa famille. Non, il valait mieux qu'elle s'en aille immédiatement.

Elle rassembla son argent et les quelques bijoux qu'elle possédait dans son sac à main, les rangea dans une poche de sa mante puis éteignit les bougies et ouvrit la fenêtre. Le clair de lune lui permettait tout juste de voir la grosse branche du chêne qui poussait près de sa fenêtre... ainsi que le long chemin qu'il lui faudrait parcourir pour atteindre le sol.

Cela faisait des années qu'elle n'avait pas grimpé à un arbre. Le plus dur fut de passer par la fenêtre et de quitter la stabilité des murs de sa chambre pour atteindre une branche oscillante à la solidité incertaine. Ensuite, elle n'eut plus qu'à descendre à reculons, centimètre par centimètre, en veillant à poser les pieds sur des endroits qui supporteraient son poids, à décrocher ses jupes et jupons quand ils se prenaient dans des branches et à ramener en arrière les cheveux qui lui tombaient dans les yeux parce qu'elle avait perdu quelques épingles. Fort heureusement, personne n'était là pour assister à cette inélégante évasion.

Dès que ses pieds touchèrent le sol, elle s'adossa au tronc et poussa un soupir de soulagement… avant de faire une petite prière reconnaissante. Certes, elle n'était plus guère présentable, mais elle se trouvait sur la terre ferme, saine et sauve. Elle retira quelques brindilles de ses cheveux qu'elle rassembla en chignon à l'aide des épingles rescapées. La prochaine fois qu'elle tenterait de s'enfuir en se servant des branches d'un arbre, elle s'assurerait de mettre quelques épingles de rechange dans son sac !

Un nuage passa devant la lune, plongeant Grace dans les ténèbres. Dieu merci, elle avait achevé sa descente et ne risquait plus grand-chose.

Elle attendit un peu que son regard s'accommode de l'obscurité puis commença à traverser la pelouse avec précaution. Avec un peu de chance, elle serait déjà loin quand on se rendrait compte de sa disparition.

Elle trébucha sur un terrier de lapin et faillit tomber. *Bon sang!* Il ne manquait plus qu'elle se foule la cheville.

Elle ralentit le rythme de ses pas. Une fois sur la route, là où le sol était nivelé, elle pourrait marcher plus vite. Mais là, il valait mieux être prudent. Elle n'avait pas à s'inquiéter. Même à cette vitesse, il ne lui faudrait guère plus d'une heure ou deux pour atteindre *Le Héron Bleu*. Elle y serait donc bien avant que la diligence ne s'y arrête. Ensuite, elle quitterait Standen – son foyer – pour de bon.

Elle renifla. *Bonté divine!* Il n'était pas question qu'elle pleure. Son père ne lui avait vraiment pas laissé le choix.

Elle se concentra sur ses pas.

Le soleil n'était pas encore levé mais David l'était.

Il s'assit au bord de son lit et se frotta le visage. *Assez tergiversé.* Il allait faire une promenade, histoire de se rafraîchir les idées et de détendre les crampes qu'il avait dans le dos. Peut-être irait-il du côté de Standen, pour jeter un coup d'œil.

Dans le couloir, il croisa le pasteur Barnsley. Ils descendirent l'escalier ensemble.

— Vous vous levez bien tôt, lord Dawson.

— Je ne parvenais pas à dormir. Et vous ? Votre matelas aussi était plein de bosses ?

— Non, j'ai dormi comme une souche. Je m'en vais communier avec la création de Dieu… et aussi voir si les poissons mordent. J'ai laissé mon matériel dehors, je suis juste revenu prendre mon missel, expliqua le pasteur en souriant. Je l'avais oublié.

— Ah. Il y a de bons coins pour la pêche par ici ?

— Il paraît. J'ai eu la chance d'en discuter avec l'aubergiste hier soir et il m'a indiqué une petite mare très poissonneuse à quelques minutes de marche. Voulez-vous vous joindre à moi ?

— Non, je vous remercie, répondit David qui souhaitait bouger, pas rester assis des heures. Je vais plutôt faire une petite promenade à cheval.

Ils sortirent. La canne à pêche de Barnsley l'attendait, appuyée contre un mur. Le révérend fit un signe de tête et ramassa son équipement.

— Profitez bien de votre promenade, lança-t-il en s'éloignant vers la lisière d'un bois.

David se dirigea vers les écuries. Il faisait frais et humide. Quelques lambeaux de brume persistaient au-dessus du sol. Il prit une profonde inspiration, se sentant déjà mieux.

— Bonjour milord, dit le garçon d'écurie en sautant de la pile de bottes de foin sur laquelle il était allongé. Je vais chercher votre cheval…

— Inutile, l'interrompit David. Je vous remercie mais je vais le seller moi-même.

— Comme vous voudrez, milord.

Zeus lui lança un hennissement de bienvenue. L'animal semblait impatient de sortir pour se dégourdir les jambes. Dès qu'ils atteignirent la route, David lui lâcha la bride. Les sabots faisaient un bruit de tonnerre en frappant le sol, le vent humide écartait les derniers nuages noirs qui obscurcissaient l'âme du baron. Sans pour autant devenir optimiste, il se sentait déjà moins morose.

Il aperçut alors, venant dans sa direction, une silhouette en robe. L'entendant arriver, la femme releva la tête puis, sans crier gare, quitta le chemin pour disparaître parmi les arbres.

Bizarre. Voulait-elle satisfaire un besoin pressant ? Il n'allait pas la déranger. Il passa devant au grand galop… puis ralentit.

Il était tôt, il faisait encore assez sombre et cette femme était seule. Elle n'était sans doute pas en danger mais on ne savait jamais si un malandrin n'attendait pas au coin d'un bois.

Il jeta un coup d'œil derrière lui. Elle s'était remise en route et avançait d'un pas pressé et nerveux. Il pourrait peut-être l'aider. Il fit demi-tour et se mit à galoper dans sa direction.

Elle regarda par-dessus son épaule et plongea une nouvelle fois vers les arbres.

Que se passe-t-il, bon sang ? Il ralentit. Lui faisait-il peur ? C'était impensable. En tout cas, elle ne pouvait pas avoir peur de lui personnellement. À part Grace, personne ne pourrait le reconnaître dans cette région. De plus, il ne lui était jamais arrivé de faire peur à une femme. Tout dans le comportement de cette dame laissait croire qu'elle se sentait en danger.

Il fit avancer Zeus, scrutant les arbres.

— Madame ! cria-t-il. N'ayez pas peur. Je ne souhaite que vous aider si vous me le permettez. (Il aperçut un mouvement un peu plus loin. Il mit Zeus au pas et continua sur le chemin.) Je vous assure que je ne vous veux aucun mal. Je suis le baron Dawson de Riverview. Dites-moi comment je pourrais vous aider.

Venait-il d'entendre un petit cri de surprise ?

En restant cachée derrière un tronc, la jeune femme jeta un rapide coup d'œil puis se décida à quitter son abri. Elle était grande et… il lui semblait la connaître.

— David ? David, c'est bien vous ?

— Grace ! s'exclama-t-il en sautant à terre.

Elle courut vers lui et il ouvrit les bras. Il tint son corps généreux tout contre le sien alors qu'il la couvrait de baisers.

Les lèvres de la jeune femme étaient chaudes et délicieuses et sa poitrine était si douce contre lui. Elle ne portait certainement pas de corset. Il ne lui faudrait qu'un instant pour lui enlever cette mante et à peine davantage pour la débarrasser de sa robe. Ensuite, il se déferait de sa chemise et de sa culotte…

Rêvait-il ? Si c'était le cas, il souhaitait ne jamais s'éveiller.

Il concentra ses baisers sur sa joue.

— Oh, David. Je suis si heureuse de vous voir.

Ce rêve devenait de plus en plus beau.

— Je suis également ravi de vous voir, Grace, dit le baron en soulevant les longs cheveux soyeux de la jeune femme pour se blottir au creux de son cou.

— Oh, je vous en prie…, murmura-t-elle alors qu'il déposait un baiser juste sous son oreille et d'autres le long de son cou… Arrêtez, s'il vous plaît.

Comment ? Il releva la tête. Cela ne pouvait pas être un rêve car, dans son imagination, jamais Grace ne lui aurait demandé de s'arrêter. Donc, c'était soit un cauchemar, soit la réalité.

— Vous voulez que j'arrête ?

— Oui, il le faut.

Elle le regarda tout en restant exactement là où il le désirait : dans ses bras. Il fit glisser ses mains dans le bas de son dos, jusqu'à ses fesses, puis la ramena un peu plus contre lui. Elle n'opposa aucune résistance.

— Mais pourquoi ?

— Je dois me rendre au *Héron Bleu*. Je m'enfuis de chez moi.

— Oh, dit David, soudain assailli par une horrible pensée. Vous n'avez pas épousé ce voisin, dites-moi ?

— Non, souffla-t-elle en posant la tête contre son torse. C'est au-dessus de mes forces, David. Mais le mariage est prévu pour ce matin. C'est pour cela que j'ai dû partir. Père refusait d'entendre raison. Si je reste, il va me forcer à épouser John. Il faut que je sois à l'auberge à temps pour prendre une place dans la diligence qui part pour Londres.

— Non, ce n'est pas nécessaire.

— Si, il le faut. Vous ne connaissez pas mon père.

— Il ne pourrait pas vous forcer à épouser ce voisin si vous êtes déjà mariée avec moi, n'est-ce pas ?

— Quoi ? dit Grace, stupéfaite.

La surprise la rendait si charmante qu'il ne put résister à l'envie de l'embrasser une nouvelle fois... et de profiter de l'occasion pour caresser son corps.

— Grace, voulez-vous m'épouser, s'il vous plaît ? Vous feriez vraiment de moi le plus heureux des hommes. J'ai fait le voyage jusqu'ici dans l'espoir de vous convaincre.

— Mais...

— J'ai essayé de résister et de ne pas venir alors qu'Alex, votre tante, ma grand-mère et même Miss Smyth m'y ont poussé. Je voulais retourner à

Londres mais tous m'ont affirmé que vous m'aimiez. Soudain, je me suis rendu compte que vous ne m'aviez jamais dit le contraire.

— Ah.

C'était sans doute là un espoir minuscule mais il y avait puisé tout son courage. Il prit son visage entre ses mains et la regarda droit dans les yeux. Il tenait à ce qu'elle voie qu'il était sincère dans ce qu'il allait dire.

— Je vous aime, Grace. Cela ne fait aucun doute pour moi et je ne pourrai jamais renoncer à cet amour. Si vous ne voulez pas de moi, ma vie continuera. Un jour, il se pourrait même que j'épouse quelqu'un d'autre. Mais jamais je ne cesserai de vous aimer, comme Alex n'a jamais cessé d'aimer votre tante.

— Et mon père n'a jamais cessé d'aimer votre mère, ajouta Grace.

Elle pleurait un peu et souriait en même temps en restant tout contre lui. C'était sûrement un bon signe.

— J'ai obtenu une licence de mariage spéciale. Je l'avais sur moi avant que nous partions pour la fête chez Motton. Il se trouve qu'il y a au *Héron Bleu* un pasteur qui, j'en suis certain, serait ravi de nous marier ainsi qu'un couple charmant qui pourrait nous servir de témoins. Nous pouvons être mariés dans l'heure, voire dans la demi-heure.

Et nous retrouver au lit quelques instants plus tard. Mais ça, il le garda pour lui. Il ne voulait pas tout gâcher.

— Eh bien…

— Grace, je vous en prie. Je vous aime à la folie.

Effectivement, son parfum le rendait fou, comme le goût de sa peau sous ses baisers et les délicieuses courbes de son corps contre son torse et ses hanches et son… L'émotion l'étreignait et il était à bout de souffle. Il prit une grande inspiration… qui n'eut comme résultat que de plaquer encore un peu plus leurs deux corps l'un contre l'autre.

— Je voudrais passer ma vie entière à vous aimer, Grace. S'il vous plaît, dites-moi que vous acceptez de m'épouser.

— Oh, David, murmura-t-elle. (Grace pleurait davantage qu'elle ne souriait, désormais.) Je vous aime tant. J'ai été triste dès que la voiture a quitté la propriété du vicomte Motton et je n'ai pas cessé de l'être depuis, à chaque instant. J'ai été stupide et méchante en vous laissant. J'aime mon père mais vous êtes ma vie, mon avenir. Bien sûr que j'accepte de vous épouser.

— Hourra ! hurla David avant de la soulever pour la faire tournoyer, heureux comme il ne l'avait jamais été. Allons tout de suite trouver le révérend Barnsley et les Weyford.

Il lui prit la main et l'entraîna vers Zeus mais, soudain, elle s'arrêta.

— Je ne peux pas monter avec vous. Votre pauvre cheval va s'écrouler sous notre poids.

— Pas du tout. N'est-ce pas Zeus ? (Le cheval s'ébroua en secouant la tête et Grace éclata de rire.) Vous voyez ? Zeus trouve que vous êtes ridicule et je suis d'accord avec lui. Allez, venez.

Il saisit Grace par la taille et la fit monter sur le dos de Zeus puis il s'assit derrière elle, l'entourant de ses bras pour lui éviter de tomber. Il avait là l'occasion de toucher de nouveau ses formes mais… c'était avant tout pour sa sécurité, bien entendu.

Grace recula un peu pour s'installer entre les bras de David. Elle se trouvait enfin à sa place, là où elle avait le plus envie d'être.

La marche depuis Standen, dans une totale obscurité, avait été éprouvante. Elle avait trébuché sur toutes les pierres et toutes les racines du chemin ; elle avait sursauté au moindre cri d'animal, au plus petit bruissement dans les fourrés. Inquiète, elle avait regardé si souvent par-dessus son épaule en craignant que quelqu'un ne la rattrape pour la ramener à Standen que son cou était endolori. Quant à l'idée de devoir voyager toute seule jusqu'à Londres… Elle se réjouissait de ne pas avoir à vivre cette expérience.

Elle se tendit, comprenant tout à coup qu'elle n'était pas encore tirée d'affaire. À l'instant où son père découvrirait sa fugue, il retournerait la maison en tous sens puis ferait fouiller les environs à sa recherche. S'il la retrouvait en compagnie de David, Dieu seul savait de quoi il serait capable. De plus, quand ils atteindraient *Le Héron Bleu*…

— David, le propriétaire de l'auberge, Mr Timms, pense que je me marie avec John ce matin. S'il me voit, il va se demander…

— Ne vous inquiétez pas, l'interrompit lord Dawson. Je pense que nous pourrons éviter Mr Timms.

Ils étaient en vue de l'auberge quand David sortit de la route et s'arrêta dans un bosquet. Il descendit de cheval puis aida Grace à en faire de même.

— Attendez-moi ici, dit-il. Je ramène Zeus à l'écurie et je vais chercher les Weyford.

Elle le regarda tandis qu'il s'éloignait en tenant son cheval par la bride. Une femme de sa taille ne pouvait pas se cacher. Que ferait-elle si un domestique venait à passer ? Une bonne partie du personnel de l'auberge, voire la totalité des gens qui y travaillaient, la reconnaîtrait. Elle avisa un fourré derrière lequel elle pourrait peut-être s'accroupir…

— Grace…

Pour faire bonne mesure, elle tenta de transformer son cri de surprise en toussotement.

— Grace, je vous présente Mr et Mrs Weyford, qui viennent du Kent, dit David avec un grand sourire. Ils sont en voyage de noces. Mr et Mrs Weyford, permettez-moi de vous présenter celle qui sera très bientôt mon épouse, lady Grace Belmont.

— C'est un plaisir de faire votre connaissance, lady Grace, déclara Mr Weyford en s'inclinant.

— Un mariage dans les bois. Comme c'est romantique, ajouta Mrs Weyford, tout sourires.

— Espérons que le pasteur Barnsley acceptera d'interrompre ses activités afin de tenir cette cérémonie, glissa David en posant la main de Grace sur son bras.

Ils se dirigèrent vers un homme, debout au bord de l'eau, tenant un gros poisson à la main – le pasteur Barnsley, en déduisit Grace. Celui-ci les gratifia d'un grand sourire en les apercevant.

— Non mais regardez-moi cette beauté ! leur lança-t-il en levant son trophée. Il y a bien à manger pour trois, qu'en pensez-vous ?

— Au moins, répondit David. Révérend, puis-je vous présenter ma fiancée, lady Grace Belmont ?

— C'est une joie de vous rencontrer, lady Grace, dit le pasteur.

Il fit passer son poisson dans sa main gauche puis serra la main de la jeune femme avec la droite, désormais libre.

— Tout le plaisir est pour moi, révérend, assura-t-elle. (Si cet homme pouvait procéder à cette cérémonie de mariage, ce n'était pas le moment de faire sa mijaurée à cause d'une vague odeur suspecte.) Quel beau poisson vous avez là.

— Une truite, lady Grace. Une bien belle truite.

— Passionnant, lâcha-t-elle en tournant les yeux vers David qui, bien entendu, faisait de son mieux pour ne pas éclater de rire.

— En effet, c'est une truite superbe, révérend, renchérit Mr Weyford en s'approchant pour examiner cette prise. Quel appât utilisez-vous ?

Avant que le pasteur ne se lance dans un exposé, David se racla la gorge.

— Si je puis me permettre de vous interrompre, révérend, j'aurais besoin que vous me rendiez un petit service.

— Un service ? Mais bien entendu, lord Dawson. Que puis-je pour vous ?

— J'ai ici une licence de mariage spéciale, commença David en sortant le papier de sa poche. Mr et Mrs Weyford sont d'accord pour nous servir de témoins. Lady Grace et moi-même souhaiterions que vous nous mariiez.

Le pasteur examina la feuille de papier quelques instants.

— Cela m'a l'air en ordre, conclut-il avant de relever la tête en souriant. Je serai très heureux de diriger l'office. Quand et où souhaitez-vous que la cérémonie ait lieu ?

— Ici et maintenant, répondit David.

— À côté de cette rivière ? s'étonna le pasteur.

— Quel meilleur endroit que celui-ci ? demanda David.

Grace regarda autour d'elle. L'herbe, les arbres, l'eau... C'était effectivement un cadre charmant pour un mariage.

— Sapristi, c'est vrai, reconnut le pasteur Barnsley en souriant. Tenez, Weyford, aidez-moi, je vous prie.

Il lui confia sa truite puis se pencha pour ramasser son missel.

Chapitre 21

— Quelle chance que les Weyford soient eux aussi des passionnés de pêche, déclara David tandis qu'ils quittaient leur coin de verdure.

Il tirait Grace par le bras et la menait d'un pas pressé vers l'auberge.

— Pourquoi donc ? demanda la jeune femme avant de s'arrêter net. Allez-vous ralentir, à la fin ? Qu'y a-t-il de si urgent ?

Il se retourna et lui sourit. Elle avait les joues en feu et sa magnifique poitrine se soulevait au rythme de sa respiration accélérée. Plus que quelques instants et il pourrait contempler le moindre centimètre de cette sublime et imposante…

Autre chose devenait imposant.

— Eh bien, je devrais sans doute offrir le petit déjeuner à tout le monde pour fêter notre mariage. Toutefois, je suis très impatient de le célébrer d'une façon très différente et particulièrement intime, si vous voyez ce que je veux dire, expliqua-t-il en lui effleurant la poitrine pour la mettre sur la voie.

— Oh, lâcha-t-elle. (Elle s'empourpra de plus belle.) Est-ce… Je veux dire, devons-nous… si tôt ?

Il fait jour. Je croyais que cette… activité ne se pratiquait que la nuit.

— Pas du tout, je peux vous l'assurer. On peut s'y livrer n'importe quand et n'importe où, dit-il. (Il se sentait ridiculement joyeux.) Même là, tout de suite.

— Quoi ? s'exclama Grace d'une voix haut perchée. Dehors ? (Elle tourna la tête en tous sens.) Ici ?

— Eh bien oui. Même si, personnellement, je n'aime pas trop l'aspect public dc ce lieu, cela reste tout à fait envisageable au niveau physique. Toutefois, je pense qu'un lit et une porte verrouillée seraient indispensables pour votre première fois. Qu'en dites-vous ?

— Ah. Euh. Hum…

De toute évidence, Grace était trop bouleversée pour exprimer son opinion.

— De plus, étant donné notre situation, il serait prudent de consommer notre mariage au plus vite. Cela le rendrait plus… définitif au cas où votre père aurait l'idée de passer par l'auberge pour vous chercher. Si je ne m'abuse, l'heure de vos noces avec Parker-Roth n'est pas encore passée ?

— Oui, c'est vrai.

Grace regarda vers la route puis attrapa la main de David et repartit vers l'auberge en courant presque.

Y a-t-il plus beau spectacle qu'une jeune mariée impatiente ? se dit-il.

Grace sentait son cœur battre aussi fort qu'au moment où elle était passée par la fenêtre de sa chambre. À présent qu'elle était mariée à David, il était sans doute trop tard pour que son père la force à épouser John. Mais son époux avait raison. Autant qu'ils soient *tout à fait* mariés.

Alors qu'ils approchaient de l'auberge, elle tira la capuche de sa mante vers l'avant afin de dissimuler son visage. Elle préférait que les employés ne puissent pas la reconnaître au moment où elle s'introduirait dans la chambre d'un homme par l'escalier de service.

Dieu du ciel! Mais que faisait-elle ?

Elle hésita, ce qui ne fut pas le cas de David. Il ouvrit la porte en grand et, la tirant toujours derrière lui, grimpa l'escalier et traversa le couloir jusqu'à sa chambre. Elle entra et il la suivit, refermant la porte et la verrouillant une fois à l'intérieur.

Merci, mon Dieu. Elle poussa un long soupir de soulagement. Elle était enfin…

À cet instant, son regard tomba sur le lit et son cœur se remit à battre la chamade.

— Ne soyez pas nerveuse, Grace, murmura David en tâtonnant pour trouver le fermoir de sa mante qu'il finit par ouvrir.

— Je ne suis pas nerveuse, bafouilla-t-elle en s'éloignant dès que le vêtement se retrouva dans les mains de David. Enfin, si. Peut-être un peu.

Elle se sentait laide et regrettait de ne pas avoir pris le temps de mettre un corset. Qu'est-ce qui lui avait pris ? À cause de cet oubli, ses seins généreux dodelinaient de la plus affreuse des façons. Quant à ses cheveux, il y avait longtemps qu'aucune épingle ne les retenait plus.

— Je n'ai pas de chemise de nuit, ajouta-t-elle.

— Grace, mon amour, une chemise de nuit ne ferait que nous embarrasser, dit David en riant.

— Ah bon ?

Il hocha la tête avec ferveur.

Grace avait déjà réfléchi à cela. Bien entendu, elle savait que les relations conjugales impliquaient le partage d'un lit et si elle n'avait pas pour habitude de se coucher en robe et combinaison, rien ne l'empêchait de le faire. D'ailleurs, comme il s'agissait d'un lit d'auberge, elle se dit que ce ne serait sans doute pas plus mal. Elle pourrait…

David avait commencé à dégrafer sa robe.

— Mais que faites-vous ? demanda-t-elle.

— Je vous déshabille. Je vous veux complètement et magnifiquement nue, répondit le baron, le sourire aux lèvres et le regard enflammé.

— Attendez ! s'écria-t-elle en se débattant pour se libérer. Ce n'est vraiment pas une bonne idée.

— Bien au contraire, c'est une excellente idée. (Il la suivait tandis qu'elle reculait.) Une idée brillante. Une idée que je chéris et qui hante mes rêves depuis que je vous ai vue entrer dans la salle de bal d'Alvord.

— Vous vous moquez, souffla Grace. (Le sourire de David la faisait frissonner jusqu'au plus profond d'elle-même.) Arrêtez !

— Arrêter quoi ?

— Arrêtez de me regarder ainsi. Cela me donne comme des palpitations.

— Vraiment ? demanda-t-il en regardant son ventre…

Elle le cacha aussitôt en y posant les mains. Elle remercia Dieu d'être encore habillée.

— Oui, vraiment, déclara-t-elle.

— Je suis persuadé que c'est une bonne chose, pourtant.

Il n'essayait plus de la toucher, trop occupé qu'il était à enlever ses propres vêtements. Il se débarrassa de son pardessus puis de sa veste avant de commencer à déboutonner son gilet.

— À quoi jouez-vous maintenant ? demanda Grace.

— Je me suis dit que votre timidité venait peut-être du fait que j'étais encore habillé. Je fais donc le nécessaire pour rectifier cette situation.

— Oh. (Son gilet et sa cravate volèrent à travers la pièce puis il déboutonna le col de sa chemise et commença à la relever.) Euh… Pensez-vous que… Je veux dire… Est-ce bien raisonnable ?

— Attendez un instant et vous allez voir, répondit-il en marquant une courte pause pour la regarder.

Il leva les bras en l'air, entraînant sa chemise qu'il fit passer par-dessus sa tête. Une seconde plus tard, elle avait rejoint ses autres vêtements sur le sol.

La bouche de Grace devint soudain sèche. Elle eut l'impression que son cœur venait d'arrêter de battre alors que tout ce qui se trouvait plus bas palpitait deux fois plus. Sentant ses jambes se dérober sous elle, elle se retint au dossier d'une chaise.

Il était si beau. Ses bras étaient musclés et ses épaules si larges que Grace s'étonna qu'il parvienne à les rentrer dans une veste. Son torse puissant était recouvert de poils blonds. Étaient-ils aussi doux qu'ils y paraissaient ?

— Ce que vous voyez vous plaît-il ? lança David.

Un petit gémissement fut sa seule réponse.

Tout à coup, il se retrouva si près qu'elle put le toucher. Elle posa alors une main sur son torse. Oui, cette toison était soyeuse, et son torse, très dur. Grace avait l'impression de toucher du marbre chaud.

— Alors laissez-moi profiter du spectacle à mon tour, murmura-t-il en glissant ses mains sur sa robe.

— Non ! s'écria-t-elle en le lâchant, à son grand regret, pour mieux retenir son corset. Vous n'avez pas envie de voir, je vous assure. Je suis bien trop grosse.

— Trop grosse ? C'est impossible, susurra-t-il en la couvant de ses yeux de braise.

Elle secoua la tête en se disant que les hommes n'y connaissaient rien.

— Si ! Je suis… imposante, insista-t-elle. Je n'ai rien de féminin.

— Grace, écoutez-moi, poursuivit-il d'une voix tendue. J'aime ce qui est opulent. J'adore ce qui est imposant.

Il ponctua cet aveu d'un rire étrange, comme embarrassé.

— Mais les dames sont censées être menues et délicates.

— Regardez-moi. (Il recula, et soupira.) Ai-je l'air de quelqu'un de menu et de délicat ?

Grace le regarda, comme il l'avait demandé. Tout chez lui était sublime… et vraiment très massif : son front, ses larges épaules, son torse, son ventre plat et musclé, son…

Elle rougit en constatant qu'un renflement significatif déformait l'entrejambe de son pantalon.

— Non, balbutia-t-elle. On ne peut pas dire que vous soyez menu.

— C'est évident ! Et je ne veux pas d'une petite femme, j'aurais trop peur de l'écraser. J'ai besoin… Je désire une femme voluptueuse. Vous, Grace. C'est vous que je désire. (Il posa les mains sur ses épaules.) Je vous en prie, ne vous cachez pas. Je veux voir la moindre parcelle de votre corps. J'en meurs d'envie. (Il fit glisser ses mains, entraînant le haut de sa robe.) D'accord ? S'il vous plaît, laissez-moi vous regarder et vous toucher. (Il fit descendre ses mains davantage.) Laissez-moi vous goûter.

Comment aurait-elle pu se refuser à lui alors que tout son corps le réclamait ? Elle le désirait autant, sinon davantage, qu'il la désirait. C'était de la folie pure et elle ignorait comment en guérir.

À moins, bien entendu, qu'il ne soit justement le meilleur remède.

— D'accord, murmura-t-elle alors que le tissu de sa robe glissait sur ses seins pour tomber jusqu'à sa taille.

Elle entendit David retenir sa respiration et sentit ses tétons durcir contre le faible rempart que constituait le tissu de sa combinaison.

Un instant plus tard, celle-ci se retrouvait également au niveau de sa taille.

— Mon Dieu, Grace. Que vous êtes belle.

— Non, ne dites pas… Ah !

Il venait de poser les mains sur ses seins nus et les caressait, traçant des cercles autour de leurs pointes dressées. Il… Il la regardait.

Elle aurait dû se sentir mortifiée. Eh oui, elle avait un peu honte. Mais, par-dessus tout, elle se sentait… excitée. Elle n'aurait jamais cru que ses seins puissent être aussi sensibles.

C'est alors que son pouce effleura la dureté d'un de ses tétons. Elle sursauta en poussant un petit cri.

— Cela vous plaît-il ? murmura David.

— Oui, souffla Grace, aux anges.

Il se pencha et posa la bouche sur la pointe de son sein qu'il entreprit de sucer. *Ah !* Elle sentit un frisson la parcourir tout entière jusqu'à cet endroit brûlant entre ses jambes. C'était prodigieux… et sans doute davantage. À cet instant, David fit glisser ses mains de haut en bas sur ses hanches. Sa robe et sa combinaison terminèrent leur course vers le sol.

Elle était à présent totalement nue et, à sa grande surprise, elle s'en réjouissait. Elle se sentait vivante et… toute-puissante. David la contemplait avec un regard chargé de dévotion.

Il l'enlaça et leurs deux corps s'épousèrent. David lui mordillait le cou et le lobe de l'oreille. Son torse, et surtout les poils qui le recouvraient, excitait ses seins de manière inouïe. Toutefois, le contact de ses hauts-de-chausses était trop rude contre sa peau délicate. Elle le repoussa et, bien décidée à résoudre ce petit problème, tendit les mains vers les boutons de sa braguette.

— Hein ? lâcha David en relevant la tête.

Les seins de Grace étaient sans conteste les plus beaux et les plus opulents qu'il avait jamais vus. Le goût et l'odeur de sa peau l'enivraient totalement. Mais toutes ces sensations incroyables furent supplantées par le contact de ses doigts sur le devant de son pantalon. L'espace d'un instant, il crut qu'il allait exploser, non pas au sens littéral, heureusement, mais de bonheur.

— Vous portez encore trop de vêtements, dit Grace en riant.

Elle se sentait libre : libre d'être elle-même pour la première fois de sa vie, libre de se sentir bien et de donner du plaisir à David, du moins l'espérait-elle. L'amour de cet homme avait fait naître chez elle un élan formidable et irrésistible qui la grisait. Qu'elle soit triste ou joyeuse, qu'elle pleure ou qu'elle rie, qu'elle soit sérieuse ou légère, il l'aimerait et elle l'aimerait aussi.

— Si je suis toute nue, vous devez l'être aussi, affirma-t-elle.

Elle défit le premier bouton. Grace se sentait également reconnaissante. Elle avait frôlé la catastrophe. Un mariage avec ce pauvre John aurait été un désastre, un enfermement à vie, pour elle comme pour lui, dans la geôle sombre du devoir.

Si elle avait épousé John, elle n'aurait jamais connu cette chaleur, cette énergie qui déferlait en elle. Elle en ignorait l'existence, le jour où elle avait défié son père pour partir à Londres avec sa tante. Elle en avait senti les premiers signes en apercevant David lors du bal chez le duc d'Alvord et cela n'avait cessé de croître depuis, à chaque baiser, chaque caresse et chaque parole échangée. Ce fut du désir puis de l'amour et elle s'apprêtait enfin – enfin ! – à en découvrir la profondeur et l'étendue. Elle éclata de rire et caressa ce fameux renflement à travers le tissu du pantalon de David.

Celui-ci se mordit les lèvres. *Ah.* Grace-la-timide était adorable mais Grace-la-tigresse était d'un érotisme fou. Alors qu'elle bataillait pour défaire les boutons, elle le tuait, de la plus charmante des façons. Il sentait le plus petit contact de ses doigts sur son sexe – et s'en délectait – mais aussi dans son cœur. Voir ses magnifiques cheveux couleur bronze cascadant sur ses seins laiteux, sentir le doux parfum de sa chaleur et de son désir… Si Grace ne se dépêchait pas… eh bien, les boutons pourraient bien finir par sauter d'eux-mêmes, sous la pression.

Mais la jeune femme parvint à en venir à bout. Ce matin-là, David s'était dispensé de porter des dessous, sans savoir sur le moment à quel point cette décision était inspirée. Il sentit aussitôt l'air frais de la chambre sur son sexe, puis les doigts délicats de Grace.

— Oh mon D..., bredouilla celle-ci, le regard rivé sur lui.

C'était donc à cela que ressemblait un sexe d'homme. Avec mille précautions, elle fit courir ses doigts de la base à la pointe. Cela sursauta... de plaisir ? David prit une inspiration bruyante. Grace leva les yeux pour le regarder. Il avait le visage tendu et, pourtant, il semblait heureux.

— Vous pouvez..., commença-t-il avant de déglutir. Me toucher... autant que vous le désirez, mon amour. Vous ne me ferez aucun mal.

— Ah bon ? s'étonna-t-elle tout en refermant les doigts sur sa prise.

Elle le trouvait gros et chaud, à la fois doux et dur ; en tout cas, très différent du sien.

— Non, répondit-il, hors d'haleine. Pas du tout.

— Je vois, dit-elle en souriant et en déplaçant sa main sur toute la longueur. (Il ne put retenir un grognement et elle enleva ses doigts comme si elle s'était brûlée.) Vous disiez que je ne vous ferais aucun mal.

— Et vous ne m'en avez pas fait, assura-t-il. (Il s'humecta les lèvres. Une perle de sueur glissait sur son visage, et il semblait avoir quelques difficultés à formuler ses phrases.) C'était un gémissement de plaisir.

— De plaisir, vraiment ? dit-elle, sceptique.

Elle le saisit de nouveau. Un autre jour, il aurait adoré jouer à se plier à ses quatre volontés, mais pas aujourd'hui. Aujourd'hui, il fallait qu'il en vienne à l'essentiel avant de s'évanouir ou de s'oublier honteusement dans sa main.

— Je vous assure. Approchez-vous et je vous ferai gémir, vous aussi.

— Ça m'étonnerait, se moqua-t-elle.

Bon sang, il l'aimait tant ! Il n'aurait jamais cru qu'un tel amour puisse exister. Il avait couché avec de nombreuses femmes auparavant et, chaque fois, il avait prétendu leur faire l'amour mais il comprenait enfin le sens véritable de ces mots.

— Seriez-vous prête à le parier ? lui proposa-t-il en souriant.

— Eh bien…, hésita Grace, qui lui rendit un sourire à la fois timide et coquin. D'accord. Quels sont les enjeux ?

— Hum… Si je parviens à vous faire gémir de la sorte, vous devrez faire quelque chose que je vous demanderai… dans ce lit, bien entendu.

— Quel genre de chose ?

— Quelque chose qui vous plaira, je vous le promets.

— D'accord, dit-elle en riant. Et si je gagne ?

— Je ne suis pas certain que vous soyez gagnante si vous ne poussez pas au moins un gémissement et je serais, de plus, très déçu. Toutefois, si vous ne le faites pas, c'est moi qui devrai accomplir l'un de vos désirs… mais toujours sans sortir du lit.

Elle réfléchit un instant en se mordillant la lèvre.

— Très bien. Pari tenu, déclara-t-elle en lui tendant la main.

David s'en empara et l'attira à lui. Tout était parfait mais son pantalon le gênait encore. Il s'en dégagea et souleva Grace.

— Faites attention ! Je suis bien trop lourde.

— Je vous assure que non, dit-il en la soulevant suffisamment pour pouvoir poser sa bouche sur l'un de ses tétons. Je ne vous trouve pas lourde du tout. (Il continua à taquiner la pointe de son sein et elle poussa un petit cri.) J'aurais dû parier que je pouvais vous faire crier.

Il l'emmena jusqu'au lit et la déposa sur le matelas. Elle cria de nouveau.

— Mais cela aurait été trop facile, commenta-t-il.

Il la rejoignit. Le matelas plein de bosses ne le gênait plus. Grace ne semblait pas s'en plaindre non plus. Elle était étendue sur le dos et le regardait avec confiance.

L'amour le submergeait. D'accord, il avait dit qu'il voulait faire gémir Grace, mais il voulait aussi la faire rire, la protéger, avoir des enfants avec elle et, année après année, lier son existence à la sienne jusqu'à ce qu'ils deviennent totalement inséparables.

Il posa un baiser sur son front, puis sur ses paupières, et un dernier, plus profond, sur sa bouche. Il continua ainsi sur son cou, ses seins, son ventre et ses jolies cuisses douces. Il…

Elle serra les jambes avant qu'il puisse atteindre son but.

— Mais que faites-vous donc ? lança-t-elle d'un ton inquiet.

— Je vous embrasse. Ce n'est pas évident ?

Elle lutta quelques secondes pour se redresser sur ses coudes.

— Je suis certaine que ce que vous faites n'est pas correct du tout.

— Ah bon ? dit-il en effleurant les boucles cuivrées qui se trouvaient à quelques centimètres de ses lèvres. Dans quel manuel de savoir-vivre avez-vous trouvé une liste des baisers qu'il est correct ou pas de s'échanger entre époux ? Personnellement, je ne l'ai pas lu.

Tout son corps rougit et il trouva ce spectacle charmant.

— Je ne l'ai pas lu dans un livre, bien entendu.

— Dans ce cas, laquelle des matrones d'*Almack* a établi cette règle ?

— Ne soyez pas ridicule. Ces dames ne parlent jamais de ce genre de choses.

— Elles ont pourtant légiféré sur la bienséance de certaines danses. D'ailleurs, elles ont approuvé la valse. Je pense donc qu'elles jugeraient ce style de baisers tout à fait convenable.

— David, vous racontez n'importe quoi.

— Pas du tout, rétorqua-t-il en lui caressant les cuisses. (Elle parut retenir son souffle et les entrouvrit légèrement pour lui.) En revanche, je ne pense pas qu'elles approuveraient ce genre de baisers. N'oubliez pas de le leur demander la prochaine fois que vous passerez à Londres.

— Qu'allez-vous… Ah !

Surprise, elle referma de nouveau ses genoux quand il passa sa langue sur le petit bouton dur dissimulé parmi ses boucles. C'était parfait. Elle l'avait coincé exactement à l'endroit où il le souhaitait. Il recommença.

— Oh ! Oh ! (Elle lui agrippa la tête, enfonçant les doigts dans ses cheveux.) David !

— Il me semble que c'est plus une plainte qu'un gémissement.

— Quoi ?

— Je dois vous faire gémir, vous vous souvenez ?

Il sourit et continua à la titiller avec sa langue. Il inspira son odeur musquée, la goûta. Elle se débattait et sursautait en poussant de charmants petits sons : des cris, des hoquets, des murmures… mais avait-elle gémi ?

Cela n'avait aucune importance car, si cela continuait, c'était lui qui allait perdre son pari. Il était si dur et elle si offerte. C'était le moment, mais d'abord…

Il sentit la tension monter dans le corps de Grace et perçut qu'elle retenait sa respiration. Alors il posa avec délicatesse sa langue une fois de plus sur ce petit point si sensible. Elle ne put retenir un son étrange, comme un cri étouffé, puis elle se redressa. Enfin, elle gémit – cette fois-ci aucun doute n'était plus permis – et retomba sur le matelas.

Alors il remonta vers elle, et se glissa en elle, forçant son ultime rempart, aussi promptement, aussi délicatement qu'il en était capable. Puis il s'arrêta. Jamais de sa vie il n'avait ressenti quelque chose d'aussi merveilleux.

— Vous aurais-je fait mal ?

— Oui, dit-elle d'un ton agacé.

— Je suis désolé. Cela ne se reproduira pas.

— Il vaudrait mieux.

Il l'embrassa sur la pointe de son nez. Il voulait lui laisser le temps de se détendre mais il devenait impératif qu'il puisse se décontracter, lui aussi.

— Toutefois, la première partie était agréable, concéda-t-elle en laissant ses mains dériver le long de son dos en sueur jusque sur ses fesses.

Ses caresses étaient exquises et son corps contre le sien, rien de moins que le paradis. Elle était si douce, si chaude. Il ne put se retenir un instant de plus. Il bougea aussi prudemment qu'il en était capable.

— Tout… tout va bien ?

— Mmm.

Elle serra les doigts sur ses fesses, l'attira contre lui et roula des hanches.

— Ah.

La tension était à son comble. Il donna un nouveau coup de reins.

Gentiment, avec précaution, sans y mettre trop de force.

Il menait une bataille perdue d'avance. Au moins, ce serait rapide. En général, ce n'était pas une bonne chose mais comme il s'agissait pour Grace de sa première fois, c'était sans doute pour le mieux.

Il s'accrochait à un fil ténu, tentant de garder le contrôle tandis qu'il la pénétrait plus profondément. Après un ultime mouvement, il se répandit en elle.

Il retomba sur le corps de Grace aussi doucement que possible et sentit ses bras l'enlacer et le serrer très fort.

La jeune femme ferma les yeux, subjuguée. Elle fit courir ses mains le long de son dos et respira profondément. Ses jambes entouraient les hanches de David. Elle baignait dans sa chaleur et son parfum. C'était merveilleux.

Elle se sentait aussi mariée qu'on puisse l'être.

— Je suis trop lourd pour vous, murmura David à son oreille avant de rouler sur le côté.

Elle frissonna. À présent que son corps ne la recouvrait plus, elle avait froid. Mais cela ne dura pas. David ramena la couverture sur eux et la prit dans ses bras. Elle posa la tête au creux de son épaule.

Son entrejambe lui semblait sensible… et vide. Avait-elle vraiment éprouvé… Comment pourrait-elle le décrire ?

— Tout va bien, Grace ?

— Mmm.

— C'est un oui ?

— Mmm-hmm.

Elle jouait avec les poils de son ventre. Pour le moment, elle n'était pas capable de former des mots.

— Ainsi, vous comptiez prendre la diligence qui va à Londres ? demanda-t-il en lui caressant les hanches.

— Oui. (Elle lécha sa peau et en apprécia le goût salé.) Pour me réfugier chez tante Kate.

Elle se rapprocha de lui, désireuse de recommencer ce qu'ils venaient de faire.

— Je ne pense pas qu'elle se trouve en ville. Je n'ai pas eu l'occasion de vous le dire mais pendant que vous prépariez vos affaires pour repartir avec votre père, mon oncle et votre tante… avaient une conversation franche et approfondie.

— Ah ?

— Oui. Un peu comme celle que nous venons d'avoir.

— Oh.

Tante Kate avait donc fait… ça ? Impossible, elle était trop vieille.

— Alex est parti de chez Motton un peu avant moi pour aller se procurer une licence spéciale. À l'heure actuelle, votre tante et lui sont sans doute mariés et en lune de miel.

— Tante Kate ne m'a pas attendue ?

Elle aurait dû se sentir offensée et le serait sans doute d'ici quelque temps. Mais pour l'heure, une indicible langueur l'empêchait de s'offusquer de quoi que ce soit.

— Ils étaient plutôt pressés. Votre tante attend l'enfant d'Alex.

Cette nouvelle dissipa sa lassitude dans la seconde. Elle se redressa.

— Quoi ?

— Votre tante va être maman…, commença-t-il en prenant ses seins délicatement au creux de ses mains. Et mon oncle va être papa.

— Oh.

Les caresses de David étaient si douces qu'elle en perdait le fil de ses pensées. Elle réfléchirait à sa tante, mais plus tard. Pour l'instant, le désir la taraudait et des frissons de plus en plus intenses la tourmentaient. Quand donc allaient-ils recommencer ce qu'ils venaient de faire ?

Une autre pensée parvint à se frayer un chemin dans sa conscience enflammée.

— Si je ne m'étais pas enfuie, je serais probablement à l'église à l'heure qu'il est.

— Je suis heureux que ce ne soit pas le cas, dit David avant de se pencher pour poser sa bouche sur l'un de ses tétons.

— Moi aussi.

Elle cambra le dos afin de l'encourager à continuer. Pour la première fois depuis qu'elle était devenue femme, ses seins ne lui faisaient pas honte. En fait, elle en était même plutôt fière.

— J'espère que papa aura parlé à John.

— Arrêtez de vous inquiéter. (David la ramena contre son torse.) Parker-Roth est un grand garçon. Il aurait dû comprendre que vous ne l'aimiez pas. (Il prit son visage entre ses mains et l'embrassa avec fougue.) Franchement, il ne méritait pas toute cette passion qui est la vôtre.

— Parce que vous la méritez, vous ?

— Bien sûr. Je vous ai fait gémir, non ?

Elle lui sourit, un petit éclat polisson dans le regard.

— Je n'en suis pas si sûre.

— Que voulez-vous dire ? s'exclama David, les yeux écarquillés. Vous étiez là, gigotant en tous sens et poussant de petits cris.

— D'accord mais est-ce que je gémissais ? Des cris, je vous le concède. Mais étaient-ce des gémissements ? Je n'en suis pas si sûre.

David haussa les épaules, ce qui engendra un frottement très agréable contre les tétons de Grace. Ils pointèrent immédiatement et ce chenapan s'en rendit compte. Il commença à jouer avec l'un d'entre eux.

— Je constate que vous êtes une femme intransigeante, lady Dawson. Pour ma part, en tant que gentleman, je me refuse à contredire une dame, surtout s'il s'agit de mon épouse. Par conséquent, pour cette fois-ci, je vous accorde la victoire. (Il passa son pouce sur le téton et elle tressaillit.) Quel est mon gage ?

C'était une question simple dont elle connaissait déjà la réponse.

— Je veux que vous recommenciez ce que vous venez de faire. Tout, sans rien oublier.

— Tout ? demanda-t-il. (Il continuait de caresser la pointe de son sein et elle ressentait chaque contact au plus profond de son être.) Vous voulez dire à partir du moment où votre dos magnifique est entré en contact avec ce matelas loin d'être aussi magnifique ?

— Oui, répondit Grace en souriant par avance. (Elle se trémoussa contre lui un instant et il sentit que son ardeur revenait.) Tout.

— Ce sera avec plaisir, lady Dawson. (Il la retourna sur le dos et l'embrassa tout en laissant sa main libre descendre vers cet endroit si sensible.) Plus qu'un plaisir. Un vrai bonheur.

EN AVANT-PREMIÈRE

Découvrez la suite de la série
Noblesse oblige dans :

LE VICOMTE MIS À NU
(version non corrigée)

Bientôt disponible chez Milady Romance

Traduit de l'anglais (États-Unis) par Fanny Adams

Chapitre premier

Edmund Smyth, vicomte Motton, essaya d'ouvrir la porte-fenêtre. Elle céda sans opposer de résistance. Tss… Le majordome était terriblement négligeant ou, plus probablement, saoul comme un Polonais.

Il poussa les battants et pénétra dans le cabinet de feu ce pauvre Clarence Widmore. Mrs Parker-Roth et sa fille logeaient actuellement dans la maison. Il faudrait en toucher un mot à Stephen, qui lui saurait gré de l'avertir que sa mère et sa sœur n'étaient pas en sécurité. C'était Londres, tout de même ! N'importe quelle canaille pouvait entrer par effraction…

Motton prit une bougie sur le manteau de la cheminée et l'alluma aux braises du foyer.

Bien sûr, si Parker-Roth avait vécu sous ce toit, la situation ne lui aurait pas échappée. Cependant, Motton ne pouvait lui reprocher de vivre tout seul, car il aurait aimé en faire autant, à cause de ses tantes qui lui rendaient la vie impossible. Winifred était arrivée le jour même, accompagnée de son perroquet et de son singe. En conséquence, ses cinq tantes paternelles et leurs animaux de compagnie étaient à présent installés chez lui. Nom de Zeus, un asile d'aliénés n'aurait pas été plus agité que son hôtel particulier ! Le pire était que ces dames s'étaient réunies pour ourdir une conspiration contre son célibat. À cet égard, la présence de tante Winifred était particulièrement inquiétante. Elle excellait dans l'art du complot, et le vicomte devrait se montrer extrêmement vigilant, jusqu'à ce qu'elle retourne à la campagne.

Motton inspecta la pièce et se dit qu'il aurait été diablement pratique de savoir où chercher. S'il devait ouvrir chaque livre pour trouver le mystérieux croquis des espions français convoité par le comte Ardley, il y passerait la nuit ! Hélas, la mère et la sœur de Stephen seraient de retour avant qu'il n'ait fini.

Il prit le premier volume qui se présentait et en explora les pages. S'il n'avait pas habité la maison voisine de celle de Widmore – et souffert d'un ennui mortel –, il aurait poliment – ou peut-être vivement – refusé l'offre d'Ardley. Ce dernier était un crétin prétentieux aux lubies franchement bizarres. Mais quand, au club White's, il l'avait pressé d'intervenir, Motton avait été en plein marasme. Les réjouissances de la Saison commençaient à le lasser, et même ses activités annexes – traquer et éradiquer la pègre – s'avéraient cruellement décevantes.

Si seulement il parvenait à mettre la main sur celui qui pilotait la plupart des actions criminelles de la ville ! Hélas, toutes ses tentatives avaient échoué. Le scélérat était connu sous le nom de « Satan », et Motton commençait à croire que le gaillard était aussi évanescent que le prince de l'enfer.

Il reposa l'in-quarto sur l'étagère et en prit un autre. Tout cela n'avait aucun sens ! Comment Widmore, avec son gros ventre et sa calvitie, aurait-il pu espionner pour les Français ? Depuis des années qu'il vivait à côté de chez lui, Motton n'avait jamais soupçonné qu'il travaillait pour les mangeurs de grenouilles. À l'évidence, Widmore était un type louche, mais cela n'en faisait pas un traître.

Diable ! En parlant d'ambiguïté, les relations qu'Ardley entretenait avec Widmore battaient tous les records. Ardley était en effet présent chez lord Wolfson le jour où Widmore avait trouvé une mort prématurée en atterrissant, fesses à l'air, sur un nid de vipères.

Pourquoi Widmore gambadait-il ainsi tout nu ? Motton ne voulait pas le savoir.

Par ailleurs, pourquoi Ardley s'était-il ainsi acoquiné avec Widmore, s'il le suspectait de trahison ? Qui plus est, pourquoi s'était-il soudain inquiété de prétendus portraits d'espions français, à présent que Widmore était mort et que la guerre était terminée depuis longtemps.

Le vicomte remit en place le volume qu'il venait de retourner. Mieux valait commencer par le bureau. La fouille ne s'annonçait pas prometteuse, car le dessus du meuble était aussi vide que la lande par un jour de grand vent. À moins, peut-être, que quelque chose ne soit resté plaqué au fond d'un tiroir, ou, mieux encore, que le meuble ne contienne un ou deux doubles-fonds.

Soudain, quelque chose attira son attention. Peu de gens prennent la peine de décorer leur cabinet d'un objet d'environ deux pieds de haut recouvert de toile de Hollande. Le drap blanc, gonflé par la brise qui entrait par la fenêtre ouverte, prenait des allures fantomatiques. Peu de chance que l'objet ait un lien avec ce qu'il cherchait, mais il ne fallait rien négliger. Il arracha donc le morceau d'étoffe.

Bonté divine !

C'était une statuette du dieu Pan – une représentation, disons, très érotique du dieu-satyre !

Miss Jane Parker-Roth soupira en refermant son exemplaire de Frankenstein. Elle éprouvait toujours des regrets à finir un livre aimé ; c'était un peu comme prendre congé d'un ami cher. Prétextant une migraine, elle avait échappé à la soirée musicale des Hammersham et était restée lire à la maison. Sa mère n'avait sans doute pas été dupe, mais, Dieu merci, s'était abstenue d'ergoter. Elle posa le roman sur la table de chevet. L'avantage d'un séjour à Londres résidait grandement dans ses bibliothèques de prêt. Bien sûr, le Prieuré possédait une importante collection d'ouvrages, mais une infime partie seulement était des romans. Son père préférait la poésie, et sa mère les livres d'art. Quant à ses deux aînés, John et Stephen, ils amassaient les traités d'horticulture. Lire des romans n'était pas leur affaire !

On aurait pu s'imaginer qu'une artiste peintre et un poète se montreraient plus libéraux quant aux lectures de leurs enfants, mais il n'en était rien. À treize ans révolus, Lucy, la benjamine, avait déjà mémorisé la Défense des droits de la femme de Mary Wollstonecraft, mais leur mère continuait de lui interdire la lecture de Jane Austen. Cependant, Lucy était rusée, et avait réussi à faire entrer clandestinement chez eux un nombre important de romans.

Par bonheur, Mrs Parker-Roth avait perdu tout espoir d'orienter les lectures de Jane depuis le jour où celle-ci avait fait son entrée dans le monde. Désormais, à l'âge avancé de vingt-quatre ans, elle était libre de lire ce qu'elle voulait, du moins quand elle se trouvait à Londres.

Quel serait le prochain livre ? Elle n'avait pas envie d'en commencer un autre tout de suite, même si elle aimait faire son choix à l'avance car cela augmentait son plaisir.

Voyons... Waverley était le plus ancien sur sa liste d'attente. Bien que fervente admiratrice de Walter Scott, elle n'avait jamais lu son premier roman. Elle jeta un coup d'œil à l'horloge. Il était bien trop tôt pour dormir. Elle décida donc de descendre discrètement dans la bibliothèque des Widmore au cas où, avec un peu de chance, le livre s'y trouverait. Et puis pourquoi ne pas en profiter pour parcourir rapidement les premières pages ?

Jane sauta de son lit. Sa mère ne rentrerait que dans plusieurs heures. Mrs Parker-Roth n'était guère enthousiaste à l'idée d'entendre les « miaulements infernaux », comme elle disait, des jumelles Hammersham, même si elle avait hâte de revoir ses amis artistes. Elle les entraînerait sûrement à l'écart pour échanger avec eux les derniers potins du monde artistique, et ne rentrerait pas avant l'aube.

Jane enfila ses pantoufles. Sa robe de chambre, malheureusement, se trouvait à la lingerie, car elle avait renversé son chocolat au petit déjeuner. Qu'à cela ne tienne, elle ne s'attarderait pas ! Quant aux domestiques, ils étaient tous dans leur loge, occupés à fêter l'anniversaire de Mrs Brindle, la gouvernante.

Elle s'engouffra dans le vestibule qui, comme elle s'y attendait, était désert, puis se dirigea vers l'escalier.

Jane aurait tant aimé passer tout son temps dans les bibliothèques et les musées de Londres, mais sa mère avait, bien entendu, d'autres projets pour elle. La Saison battait son plein, et la jeune femme était toujours célibataire. Impossible de prétexter une migraine tous les soirs : Mrs Parker-Roth ne tarderait pas à faire venir le médecin. Cette sainte femme prenait très au sérieux le moindre accès de fièvre, le moindre petit rhume de ses enfants.

Jane soupira. Il lui faudrait donc suivre sa mère dans autant de soirées mondaines que possible, dans l'espoir que naisse une passion immortelle dans le cœur de quelque galant.

Sa mère vivait dans ses rêves. Quand regarderait-elle la réalité en face ? C'était sa… Bigre ! Jane agrippa la rampe et s'arrêta au sommet des marches pour compter sur ses doigts : c'était bien ça, elle entamait sa huitième Saison.

Elle n'était pas vieille fille par accident, mais par vocation, et ne s'en plaignait pas.

Jane descendit les marches. Elle avait rencontré tous les bons partis, et d'autres moins bons, et les avait tous trouvés absolument ennuyeux.

Sauf, à vrai dire, le vicomte Motton, avec son mètre quatre-vingts de muscles élégamment vêtus, ses yeux bleus, ses cheveux châtains et sa charmante fossette à la joue gauche.

Non qu'il ait particulièrement attiré son regard !

Jane grommela. Motton ne l'avait sûrement pas remarquée. Ou alors, il n'avait dû voir en elle que la jeune sœur de John et Stephen Parker-Roth, car il ne lui avait jamais demandé de danser avec elle à un bal ou à un rassemblement. C'est à peine s'ils avaient échangé deux mots durant toutes ces années.

Naturellement, il participait rarement aux soirées, se contentant, chaque année, d'une brève apparition au cours des deux ou trois premières. Elle était persuadée que d'autres femmes s'étaient aperçues des habitudes du vicomte à cet égard.

Elle considéra un angelot de plâtre de taille assez modeste, que Mrs Brindle n'avait pas pris la peine de recouvrir. Non, lord Motton n'était pas obligé de se rendre à tous les bals et à tous les petits déjeuners. Parce qu'il était un homme, il était libre de décider de sa vie. Comme John, il pouvait rester sur ses terres, ou, comme Stephen, voyager. Quand il se déciderait enfin à fonder une famille, il n'aurait qu'à choisir l'une des nombreuses jeunes aristocrates que l'on mettrait à sa disposition sur le marché du mariage.

Quelle injustice ! Il était infiniment préférable de naître homme plutôt que femme ! Les hommes pouvaient courir le monde pendant que les femmes devaient les attendre à la maison en reprisant des chaussettes et en maternant.

Arrivée en bas de l'escalier, Jane regarda autour d'elle : toujours pas de domestiques en vue. Il ne lui restait donc plus qu'à longer discrètement le corridor jusqu'au bureau. Avec un peu de chance, les livres seraient à peu près classés, mais compte tenu de l'état général de la maison, elle s'attendait à trouver une véritable pagaille. Peu importait, car elle avait tout son temps pour flâner le long des rayonnages.

Elle avança jusqu'à la porte du cabinet de lecture, posa la main sur le loquet et s'arrêta un instant pour humer l'air. N'était-ce pas une odeur de fumée ? L'odeur à peine perceptible d'une bougie qu'on vient d'éteindre ? Étrange !

C'était absurde. Le frisson de ses lectures gothiques lui montait à la tête. Elle n'était pas chez Frankenstein mais à Londres, où rien de passionnant ne lui arrivait jamais.

Elle chassa cette idée stupide, fantasque même, et ouvrit la porte.

Au même instant, sa chandelle s'éteignit. Zut ! Elle se dirigea vers la cheminée pour la rallumer aux braises du foyer, et fut caressée par une brise légère :

la porte fenêtre était entrouverte. Jane était occupée à se demander ce que cela pouvait bien signifier quand, soudain, un homme la prit avec force par la taille, lui plaqua sa large main sur la bouche, et la serra contre sa robuste poitrine.

Mon Dieu ! Jane essaya de donner un coup de bougeoir derrière elle, mais ne réussit qu'à renverser l'affreuse statuette du dieu Pan qui se trouvait sur le bureau. Elle n'avait pas assez de champ pour frapper son assaillant. Il était décidément trop fort pour elle. Mais il était aussi plus grand. Ainsi, elle abattit son arme par-dessus sa tête et sentit, que cette fois, elle avait fait mouche.

— Sacré nom d'une…

L'homme retira sa main pour s'emparer du chandelier, et Jane put reprendre sa respiration. C'était le moment ou jamais. Bien sûr, personne ne l'entendrait crier. Les domestiques étaient trop loin, et sûrement trop ivres pour lui venir en aide, mais ce malfaiteur ne le savait pas.

Elle hurla donc aussi fort qu'elle put.

— Eh, doucement, ma petite madame, vous m'avez fait éclater le tympan !

— Je vous ferais bien éclater autre chose, monsieur, si vous ne me lâchez pas immédiatement !

Chose étrange, l'individu avait une voix raffinée et très vaguement familière.

Il se mit à glousser.

— Qui aurait cru que vous étiez aussi enragée !

Enragée ? Ha, ha, ha ! Elle n'avait pas grandi au milieu de trois frères pour rien. Qu'il bouge d'un pouce, et il le regretterait toute sa vie. Elle se remit à crier en se débattant avec encore plus d'énergie.

— Avez-vous bientôt fini ?

— Pas tant que vous ne me lâcherez pas, espèce de… Oh !

Il avait réussi à la retourner face à lui, le bras gauche autour de sa taille, la main droite sur le candélabre, et le visage… mon Dieu, son visage était si proche !

Elle perdit le souffle. Dans le clair de lune, elle eut le temps d'identifier le visage du brigand avant que ses lèvres touchent les siennes.

Jane se trouvait dans les bras du vicomte Motton qui… hum, eh bien oui, l'embrassait.

Elle lâcha le bougeoir, qui tomba avec fracas sur le sol. Mais ni l'un ni l'autre ne s'en soucia. La bougie s'étant éteinte, elle ne pouvait, par conséquent, causer d'incendie.

Il en était tout autrement de Jane, qui était en feu, elle ; un feu circonscrit par l'odeur – mélange d'eau de toilette et de cuir – du vicomte, par sa présence… Par son baiser, il empêchait la jeune femme de crier, mais Jane en avait perdu toute envie. De tout autres désirs l'agitaient. Elle se sentait défaillir, comme si ses jambes allaient se dérober sous elle d'un instant à l'autre.

Achevé d'imprimer en août 2012
Par CPI Brodard & Taupin - La Flèche (France)
N° d'impression : 69737
Dépôt légal : septembre 2012
Imprimé en France
81120847-1